舌尖上的身份

美国南方女性小说中的饮食、自我与社会

肖明文 著

中山大学出版社
·广州·

版权所有　翻印必究

图书在版编目（CIP）数据

舌尖上的身份：美国南方女性小说中的饮食、自我与社会/肖明文著．—广州：中山大学出版社，2022.4
ISBN 978 - 7 - 306 - 07510 - 9

Ⅰ．①舌…　Ⅱ．①肖…　Ⅲ．①妇女文学—小说研究—美国　Ⅳ．①I712.074

中国版本图书馆 CIP 数据核字（2022）第 067523 号

Shejian Shang de Shenfen: Meiguo Nanfang Nüxing Xiaoshuo Zhong de Yinshi Ziwo yu Shehui

出 版 人：	王天琪
策划编辑：	徐诗荣
责任编辑：	徐诗荣
封面设计：	曾　斌
责任校对：	卢思敏
责任技编：	靳晓虹
出版发行：	中山大学出版社
电　　话：	编辑部 020 - 84110283，84113349，84111997，84110779，84110776
	发行部 020 - 84111998，84111981，84111160
地　　址：	广州市新港西路 135 号
邮　　编：	510275　传　真：020 - 84036565
网　　址：	http://www.zsup.com.cn　E-mail：zdcbs@mail.sysu.edu.cn
印 刷 者：	广东虎彩云印刷有限公司
规　　格：	787mm×1092mm　1/16　17.75 印张　282 千字
版次印次：	2022 年 4 月第 1 版　2022 年 4 月第 1 次印刷
定　　价：	45.00 元

如发现本书因印装质量影响阅读，请与出版社发行部联系调换

目　录
CONTENTS

绪　论 / 1
  第一节　选题背景及意义 / 1
  第二节　文献综述 / 9

第一章　文学饮食研究的方法和路径 / 19
  第一节　文学饮食研究的代表人物和主要观点 / 20
  第二节　本书的研究路径和内容概要 / 34

第二章　《心是孤独的猎手》中的饥饿：精神隔绝与情感滋养 / 46
  第一节　资本家：食人者与吸血鬼 / 48
  第二节　饮食空间：社区感与归属感 / 61
  第三节　通过仪式：美食与梦想 / 69

第三章　《暴力夺取》中的呕吐：饮食差异与思维对立 / 79
  第一节　乡村厨房：胃与脑的囚牢 / 82
  第二节　都市食品：卑贱与呕吐 / 88
  第三节　生命之粮：精神虚空的满足 / 97

第四章　《乐观者的女儿》中的菜谱：社区精神与孝道伦理 / 107
  第一节　葬礼的饮食维度 / 110

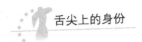

第二节　揉面板的双重神圣 / 120

第三节　鸽子互哺的隐喻 / 128

第五章　《愚人船》中的餐桌：权力秩序与狂欢反抗 / 137

第一节　吃喝的国民形象 / 140

第二节　食物的压迫表征 / 151

第三节　宴会的颠覆潜能 / 164

第六章　《在乡下》中的快餐：消费文化与战争创伤 / 172

第一节　速食与慢食：新旧文化的冲突 / 174

第二节　战争与打猎：丛林中的暴力 / 185

第三节　消费与进食：主体身份的协商 / 194

结　论 / 205

附录一　美国南方饮食：历史、文化与文学 / 213

附录二　何谓饮食批评？ / 240

参考文献 / 252

后　记 / 276

绪　　论

马克·帕东帕特（Mark Padoongpatt）在《坐在餐桌前：作为美国历史的饮食历史》（"Sitting at the Table: Food History as American History"）一文中指出："饮食……在美国历史上几乎所有重要脉络中都处于中心位置。"① 如果用于描述美国南方女性文学史，这个论断同样（甚至更加）贴切。

第一节　选题背景及意义

"美国南方"既是一个地理概念，更是一个历史概念。正如鲁珀特·万斯（Rupert Bayless Vance）所言，"历史，而不是地理，塑造了坚实的南方"②。美国南方通常是指内战时期的 11 个南方邦联州，包括南卡罗来纳、密西西比、佛罗里达、亚拉巴马、佐治亚、路易斯安那、得克萨斯、弗吉尼亚、阿肯色、田纳西和北卡罗来纳。如果根据美国人口普查局的区域划分标准，南方总共包括 16 个州，除了上述 11 个州之外，还包括肯塔基、西弗吉尼亚、马里兰、特拉华和俄克拉荷马。

在美国人眼里，美国南方一直是神秘而引人入胜的。几代文人墨

---

① Mark Padoongpatt, "Sitting at the Table: Food History as American History", *Journal of American History*, vol. 103, no. 3 (Dec. 2016), p. 687.
② Rupert Bayless Vance, *Human Geography in the South: A Study in Regional Resources and Human Adequacy*, Chapel Hill: University of North Carolina Press, 1932, p. 482.

客所描写的美国南方是一片慵怠舒适的乐土。在每一棵忍冬藤下，你可以看到满脸堆笑的托普西和温良恭顺的汤姆大叔；那里的每一个男人都是生长在大宅院里的贵族绅士，每一位女士都是雍容华贵的大家闺秀；那里棉田万顷，一望无际；月色中，你可以看到少女窈窕的身影，听到悦耳的班卓琴音；大橡树上倒挂着缕缕西班牙"摩丝"，条条河流编织出大地秀丽的图景；房前院后，花前月下，捉闲的人们呷咽着薄荷酒；动人的故事，朗朗的笑声，少男少女的嬉闹，谱奏出美国南方田园乐土的交响曲。①

一方水土养一方人，也孕育一方文学。美国南方文学，从广义而言，包括以美国南方地区为写作对象的文学和来自该地区的作家创作的文学。美国南方文学是美国文学乃至世界文学中的一朵奇葩，虽然它的历史不算悠久，但该领域群星璀璨，人才辈出。在革命和建国初期，"南部的历史几乎就是美国的官方历史，是西进扩张运动的传奇，是一个成功接着一个成功的传奇。从乔治·梅森到乔治·华盛顿、托马斯·杰斐逊，再到詹姆斯·麦迪逊的时代，南部一直都是文学作品的孕育地"②。美国内战之后，南方文学进入相对低迷的状态。经过长时间的积累和酝酿，第一次世界大战之后的"南方文艺复兴"涌现出一大批文学精品，其中最具代表性的作品包括威廉·福克纳（William Faulkner）的长篇小说，凯瑟琳·安·波特（Katherine Anne Porter）的短篇故事，"逃亡派"的诗歌以及田纳西·威廉斯（Tennessee Williams）的戏剧。第二次世界大战之后，美国南方文学迎来又一个创作高峰（有时被称为"第二次南方文艺复兴"③），在这支文学精英队伍中，女性作家脱颖而出，尤多拉·韦尔蒂（Eudora Welty）、卡森·麦卡勒斯（Carson McCullers）和玛丽·弗兰纳里·奥康纳（Mary

---

① 陈永国：《美国南方文化》，吉林大学出版社1996年版，第1页。

② ［美］萨克文·伯科维奇主编：《剑桥美国文学史》（第六卷），张宏杰、赵聪敏译，中央编译出版社2009年版，第262页。

③ Jeffrey J. Folks, "Southern Renaissance", in Joseph M. Flora and Lucinda H. MacKethan (eds.), *The Companion to Southern Literature: Themes, Genres, Places, People, Movements, and Motifs*, Baton Rouge: Louisiana State University Press, 2002, p. 840.

Flannery O'Connor）是其中的杰出代表。

　　福克纳是美国南方文学史上难以超越的巨人，他的后继者分为两支：一支是以厄斯金·考德威尔（Erskine Caldwell）为代表的"男性福克纳继承者"（masculine Faulknerians）；另一支是更有影响力、更具多样性的"母系福克纳继承者"（distaff Faulknerians），包括波特、韦尔蒂、麦卡勒斯和奥康纳等杰出的女性小说家。① 在一篇题为《南方文学的第一夫人们》（"First Ladies of Southern Literature"）的书评中，艾丽丝·佩特里（Alice Hall Petry）指出，在美国文学的母系家族中，"很明显超高比例的女性作家是来自南方"②。在"二战"前后的南方，创作人才辈出，尤其是女性作家光芒四射，以至于艾伦·泰特（Allen Tate）不禁感慨："如果说即使没有莎士比亚，伊丽莎白时代仍然是英国文学的辉煌时代的话，那么南方各州的新文学即使没有福克纳也仍然光彩夺目。"③本书的研究对象均为20世纪美国最重要的女作家，也是最具代表性的南方作家，对她们的作品加以研究具有重要的学术价值。

　　众多南方女性作家在全美甚至在国际上都拥有很高的知名度，然而吊诡的是，总是有少数男性评论家对女性作家持有偏见。他们认为女性作家的作品主要面向女性读者，反映的是女性的情感，而男性作家的作品具有普遍的吸引力。理查德·金（Richard H. King）是其中最具代表性的人物之一。在《南方文艺复兴：南方的文化觉醒，1930—1955》（*A Southern Renaissance: The Cultural Awakening of the South, 1930 - 1955*）一书中，金不仅轻视女性作家，而且几乎完全排除了女性作家。对于这种做法，他提出了两点理由：一是"她们没有主要关注更宏大的文化、种族和政治主题，而这些主题是我关注的焦点"；二是女性作家"没有把［南方］地域置于她们想象力的中心"。④

---

① Leslie A. Fiedler, *Love and Death in the American Novel*, New York: Criterion Books, 1960, pp. 449 – 450.
② Alice Hall Petry, "First Ladies of Southern Literature", *The Southern Literary Journal*, vol. 24, no. 1 (Fall 1991), p. 99.
③ Allen Tate, *Essays of Four Decades*, Chicago: Swallow Press, 1968, p. 578.
④ Richard H. King, *A Southern Renaissance: The Cultural Awakening of the American South, 1930 - 1955*, New York: Oxford University Press, 1980, p. 9.

舌尖上的身份

理查德·金排斥南方女性作家的两个理由都不成立。首先，金对"宏大"主题的定义过于狭隘并且存在偏见。他只通过父亲和祖父的形象来定义南方家庭的传奇故事，完全忽视了南方家庭传奇故事的另一半，在这些传奇故事中，南方女性和男性一样至关重要。正因为众多男性作家和批评家着迷于父亲和祖父的形象，女性作家自然更为关注占主导地位的女性形象，包括母亲和祖母，尤其是南方淑女（belle）、南方贵妇（lady）和黑人嬷嬷（mammy），由此反思和反抗社会对南方女性身份的期待。① 金提出的第二个理由同样有失偏颇。很显然，他在定义南方地域时并没有包括厨房和餐厅。饮食对南方人来说至关重要，它在很大程度上主导和定义了南方的地域特色和区域身份。玛茜·费里斯（Marcie Cohen Ferris）断言："从最早期到当下，饮食一直都是南方'地域感'的中心。"② 既然饮食是南方地区的关键特征，那么南方女性作家显然在地域这个问题上倾注了大量的甚至可以说是最多的想象力，这点从她们作品中大篇幅的、细腻的饮食书写便可以看出。

南方女性作家真的忽视了所谓的"更宏大的文化、种族和政治主题"吗？她们的作品与白人男性作家的作品相比，对于理解南方文化和历史就更不重要吗？关于这两个问题，答案显然都是否定的。在谈论1820年至1865年间的南方文学时，露辛达·麦克凯森（Lucinda H. MacKethan）指出：在美国南方文学史中，内战前历史传奇（ante-bellum historical romance）和种植园小说被看成全部由男性创作而成，它们以种植园为背景，将小说人物置于某些真实的历史语境之中；内战前家庭小说（ante-bellum domestic novel）被认定为都是出自女性作家笔下，不论她们如何将政治融入小说的种植园背景，这类作品仍被称作"家庭"或"情感"小说。这种分类法旨在强调，虽然男女作家都坚定地维护南方区域身份，但男性作

---

① Carol S. Manning, "On Defining Themes and (Mis) Placing Women Writers", in Carol S. Manning (ed.), *The Female Tradition in Southern Literature*, Urbana: University of Illinois Press, 1993, p. 8.

② Marcie Cohen Ferris, "The Edible South", *Southern Cultures*, vol. 15, no. 4 (Winter 2009), p. 16.

家侧重于历史的运用,女性作家则侧重于农业或家庭主题。① 由此可见,在概述1820年至1865年间美国南方小说的发展脉络时,文学史家通常带有偏见,认为男性作家侧重历史和政治,女性作家侧重农业和家庭。对南方作家的性别偏见不限于这一时期的文学,对于其他时期南方文学的评价同样被置于刻板印象之中。但是需要重点指出的是,文学史家通常都认为南方的男女作家都坚定地维护区域身份。

美国南方的历史、文化和经历都嵌入在南方的食物之中。正如玛茜·费里斯所言,"食物是历史。食物是地域。食物是权力和剥夺权力(power and disempowerment)"②。在食物的深处,隐藏着关于过去的诸多层面的信息。美国南方女性作家通过饮食书写,刻画出丰富多样的人物,他们处于一个充满冲突的世界中,依附于血缘和地域。女性作家在作品中聚焦于餐厅和厨房等室内空间,以及烹饪和进餐等家庭事务,但这些私人空间和家庭仪式折射出作家对文化、种族和政治等外部事务的关注、思考和参与。正如劳拉·帕特森(Laura Sloan Patterson)所言:"家庭及其核心地点厨房,不仅是作为物理空间存在,而且是探究更宏大的文化和历史问题的意识形态工具。"③ 用贝蒂·福塞尔(Betty Fussell)的话说,"厨房浓缩了整个宇宙"④。饮食是南方文化的根基,"从南方文学的最早期开始,食物和烹饪一直是定义和弘扬南方文化的主要方式之一"⑤。"食物是南方文学中的一个恒常的在场"⑥,它往往与南方文学的其他显著特征交汇在一起,

---

① Lucinda H. MacKethan, "Novel, 1820 to 1865", in Joseph M. Flora and Lucinda H. MacKethan (eds.), *The Companion to Southern Literature: Themes, Genres, Places, People, Movements, and Motifs*, Baton Rouge: Louisiana State University Press, 2002, p. 573.

② Marcie Cohen Ferris, "History, Place, and Power: Studying Southern Food", *Southern Cultures*, vol. 21, no. 1 (Spring 2015), p. 3.

③ Laura Sloan Patterson, *Stirring the Pot: The Kitchen and Domesticity in the Fiction of Southern Women*, Jefferson: McFarland and Co., 2008, p. 3.

④ Betty Fussell, *My Kitchen Wars*, New York: North Point Press, 1999, p. 5.

⑤ Thomas Head, "Food in Literature", in John T. Edge (ed.), *Foodways*, Vol. 7 of *The New Encyclopedia of Southern Culture*, Chapel Hill: University of North Carolina Press, 2007, p. 71.

⑥ Lorna Piatti-Farnell, *Food and Culture in Contemporary American Fiction*, New York: Routledge, 2011, p. 55.

包括家庭的重要性、社区感、对过去的深刻理解。① 在文学世界中，食物的酸甜苦辣映照了南方人的百味人生。

饮食在南方文学中几乎俯拾皆是，似乎南方作家不在作品中描述几道让人垂涎欲滴或"牵肠挂肚"的菜肴就会觉得写作不够完整。饮食与文学之间素来联系紧密，这一现象在南方文学中的表现尤为显著。与其他任何区域文学相比，南方叙事更像是一个成长的故事，它的核心是象征着南方富饶的食物矩阵。自我发现叙事和成年仪式故事中充盈着战前南方的慰藉食物（comfort food），诸如炸鸡、火腿、青菜、肉汁和秋葵等。南方女作家尤其擅长将这些食物纳入她们创作的区域文学之中。对尤多拉·韦尔蒂、弗兰纳里·奥康纳、范妮·弗拉格和安·泰勒等作家而言，厨房是南方叙事的心脏和灵魂，女性叙事者是南方文学的丰腴滋养者。② 饮食是透视南方的区域身份和历史文化的一面棱镜，因此，南方女性作家的饮食书写对于理解南方的历史和文化具有至关重要和不可替代的作用。

南方作家，尤其是女性作家，十分强调南方的家庭和社区生活。南方家庭和社区所具有的紧密性对一些人来说是无价的情感支撑，而对另一些人而言则是需要克服的障碍。无论是何种情形，家庭和社区总是南方生活中的重要元素，南方作家充分诠释了它们的复杂性。南方家庭成员喜欢围聚在厨房或餐厅，平常的日子是这样，特殊的时刻更是如此。南方食物和烹饪是南方特性的重要标志。南方作家在作品中着力凸显南方饮食的重要性以及食物引发的张力。

美国南方人把吃什么和怎么吃作为十分严肃的事情来对待。传统食物和饮食习俗是南方身份的重要组成部分。恪守传统的南方人会在早餐时喝咖啡，而不喝加奶油的热茶；在午餐时喝"冰茶"，而不喝热气腾腾的咖啡。这些南方人喜欢就着油炸玉米饼（hushpuppies）吃炸鲶鱼，而不会用莳萝汁（dill sauce）煨鱼，不会用面食作配菜。总之，南方人不希望自己

---

① Joanne Hawks and Sheila Skemp, "Introduction", in Joanne Hawks and Sheila Skemp (eds.), *Sex, Race, and the Role of Women in the South: Essays*, Jackson: University Press of Mississippi, 1983, p. xiii.

② Mary Anne Schofield, "Food and Literature", in Andrew F. Smith (ed.), *The Oxford Companion to American Food and Drink*, Oxford: Oxford University Press, 2007, pp. 359–360.

吃饭"像扬基佬一样"①。南方的地域身份在很大程度上归功于饮食培育出来的家庭和社区团结。南方人将饮食习俗视为社会规范的试金石，这些饮食传统根植于农耕需求，成就了南方社会的形态、安全和稳定。南方人通常吃自家种植、自家烹饪的传统食物，例如，弗吉尼亚熏火腿、南方炸鸡、黑眼豆、秋葵和玉米饼。代代流传的饮食习俗包括：南方好客的传统；通过不同的食物种类和做法建构起来的种族和阶层差异；节日正餐传统；充满仪式感的生日、婚庆和葬礼，全家男女老幼聚集在一个大餐桌前，上面摆着各式各样的菜肴。例如，在尤多拉·韦尔蒂的《三角洲婚礼》中，南方饮食中的贵族化传统表现得淋漓尽致。费尔查尔德家族开怀享受马秀拉婶婶做的椰子蛋糕和香蕉冰激凌，通过享受美食的方式传承三角洲婚礼的礼仪和习俗。

那么，哪种食物堪称南方食物的代表？南方饮食的核心特征是什么？②不同的南方人对这两个问题显然会有不同的答案。大卫·戴维斯（David A. Davis）和塔拉·鲍威尔（Tara Powell）这两位文化研究学者认为南方食物的代表当属玉米面包（cornbread）。它取材于新世界（New World）土生土长的玉米，南方人在长达几个世纪的时期里都依靠它生存下来，因而它演变成为一种具有图腾意义的食物。这种粗糙的面包可以直接在火上烘焙，它代表了南方饮食的核心特征：文化融合、面对贫穷时的随机应变、对传统的执着。③南方饮食风俗揭示了美洲印第安人、非洲人和欧洲人的文化是如何融合在一起，进而形成一种独特而综合的文化的。几个世纪的演变和多种文化的融合共同孕育了南方饮食，它饱含着丰富的人类情感和复杂的社会关系。南方食物本身可以被视为一个文本，它铭刻着南方人的历史和价值。④饮食经历是南方文化表达与再现的内核，它融入在南方的

---

① Darlene Reimers Hill, "'Use To, the Menfolks Would Eat First': Food and Food Rituals in the Fiction of Bobbie Ann Mason", *Southern Quarterly*, vol. 30, nos. 2-3 (Winter-Spring 1992), p. 81.

② 关于美国南方食物的详细介绍，请参阅本书的附录部分。

③ David A. Davis and Tara Powell, "Reading Southern Food", in David A. Davis and Tara Powell (eds.), *Writing in the Kitchen: Essays on Southern Literature and Foodways*, Jackson: University Press of Mississippi, 2014, p. 4.

④ 普兰肖曾撰写过一篇导论，题为《南方食物文本》；戴维斯和鲍威尔也合写过一篇序言性的文章，标题是《阅读南方食物》。详见下文的文献综述部分。

文学、电影、音乐、摄影、民间艺术以及各种流行文化之中。

炸鸡、饼干、甜茶，这些都是南方食物的代表，如今变得"分量超大"（supersized），加料、加糖、加黄油使得它们的样式和味道变化太大，有时会令土生土长的南方人头昏目眩。真正的南方饮食是一种独特、创新的烹饪，它根植于本地的农业条件——土地、水、地域、季节、动植物——以及全球文化的影响。① 在包含多个种族和族裔的当代南方，区域食物的全球化不断加速，来自亚洲、东欧、拉丁美洲的南方人持续不断地改变着本土的饮食结构。但是，南方的食物柜中仍然储藏着传统食物——绿色蔬菜、野韭葱、黄油豆、家里做的腌菜和泡菜、牡蛎、虾、熏火腿、用石磨磨制的粗玉米粉、花生、卡罗来纳金色大米、烤红薯、玉米面包。南方食物就像它的地域、人种、历史一样多种多样，尽管如此，南方人见到南方食物，总是能够辨认出来。南方人共享一套饮食语言，虽然它包含不同的食物方言。这套核心的饮食语法体现在各种南方食物之中，不论它是种植园主丰富的甜品，还是劳动阶级或贫困人群普通的餐食。

讲故事和品美食堪称美国南方最显著的两项文化活动，但它们之间的紧密联系尚未得到充分的研究。最近几年，南方饮食成为学术界和文化界密切关注的话题。南方饮食联盟（The Southern Foodways Alliance）、南方饮食博物馆（The Southern Food and Beverage Museum）等组织和机构以及一大批学者和自由职业者对南方饮食、文学和文化表现出浓厚的兴趣。虽然饮食与文化身份之间的关系在学术界还有待更深入的探讨，但此议题的重要性已经成为相关研究领域的共识。饮食研究在整个文学批评领域的地位或许尚未完全确立，但饮食已经成为南方文学与文化研究领域不可或缺的组成部分。

文学饮食研究的先驱者之一詹姆斯·布朗（James W. Brown）建议，开展文学饮食批评，"最好聚焦于某个时代或某个群体作家的文学作品，在这些作品中，饮食在历史和文本层面都扮演着关键的角色"②。南方文

---

① Marcie Cohen Ferris, "History, Place, and Power: Studying Southern Food", p. 3. 本书脚注中，前面已出现过的文献，在下一次出现时只列作者、作品及页码，其余题项均省略。

② James W. Brown, "On the Semiogenesis of Fictional Meals", *Romanic Review*, vol. 69, no. 4 (Nov. 1978), p. 324.

学与饮食研究学者塔拉·鲍威尔提出的建议更加具体,她认为如果要考虑选择什么类型的文学文本进行饮食研究的话,南方文学当属首选,主要原因有两个:一是美国南方具有独特的饮食历史;二是南方人将饮食作为活历史,以纾解正在消失的区域特性所引发的焦虑。① 对于一代又一代的南方人来说,食物的重要性不言而喻,南方饮食包含着无穷无尽的寓意。依照布朗和鲍威尔的提议来看,本书选择20世纪40年代至80年代的美国南方女性小说作为研究对象甚为合适和恰当,主要体现在以下三点:①女性作家比男性作家更擅长书写饮食;②美国南部比其他区域具有更加丰富的饮食文化传统;③南方地区在这一历史阶段经历了空前的社会变迁。饮食与400多年来塑造南方历史和文化的各种力量交织在一起,"当我们研究南方的饮食时,我们揭开了种族、阶级、族裔、性别和变化的经济力量所定义的社会关系网"②。美国南方女性小说中蕴含着丰富而细腻的食物意象和进餐场景,解读这些小说文本就等同于解开南方的饮食、历史、记忆和身份等要素交织而成的"斯芬克斯之谜"。

第二节 文献综述

批评界对美国南方文学中食物意象的关注由来已久,在各个时期的著述中,时而可见对此话题的论述。然而,在这些论述中,绝大部分是在讨论其他主题时对食物意象加以简要分析,并未专注于饮食主题本身。从现有文献来看,最早较为系统地从饮食角度探讨南方文学的学术论文是敏罗斯·格温(Minrose Gwin)的《从玉米粉蒸肉说起:凯瑟琳·安·波特的〈盛开的犹大花及其他故事〉中的饮食》("Mentioning the Tamales: Food and Drink in Katherine Anne Porter's *Flowering Judas and Other Stories*",

---

① Tara Powell, "Foodways in Contemporary Southern Poetry", in David A. Davis and Tara Powell (eds.), *Writing in the Kitchen: Essays on Southern Literature and Foodways*, Jackson: University Press of Mississippi, 2014, p. 216.

② Marcie Cohen Ferris, "The Edible South", p. 4.

1984)。该文指出,波特的短篇故事注重描述现实细节,这些丰富的细节背后揭示出生活的神秘,人类生活的自然神秘感通常外显于与饮食相关的细节、食物摄入行为及其影响。波特的这部短篇故事集包含大量有关进食行为的描写,这些描写"似乎是人类复杂性和不可界定性的身体和外在表现"①。韦尔奇夫妇(Roger L. Welsch and Linda K. Welsch)合著的《凯瑟的厨房:文学与生活中的饮食》(*Cather's Kitchens*: *Foodways in Literature and Life*,1987)一书通过考察薇拉·凯瑟在生活和创作中的饮食状况,阐述了凯瑟"如何使用食物来塑造人物以及揭示地域性和族裔性"②。值得提及的是,这本著作的精装本出版于 1987 年,而内容完全相同的平装本直到 2002 年才出版。当被问及为什么时隔 15 年才推出这本书的平装本时,出版社的回答是:"当前,饮食作为严肃的学术研究话题吸引了持续增长的关注,正是再版的好时机。"③

佩吉·普兰肖(Peggy Whitman Prenshaw)曾在《南方季刊》(*Southern Quarterly*)1992 年第 2、3 期(合刊)主编了以"南方食物文本"(The Texts of Southern Food)为主题的专辑,刊登了玛丽·泰特斯(Mary Titus)、玛丽·维姆萨特(Mary Ann Wimsatt)、帕特丽夏·耶格尔(Patricia Yaeger)等批评家的论文,探究了起源于南方并且与饮食相关的文学、日志、信件和菜谱中的"南方性",发掘了南方饮食习俗中蕴含的"复杂的文化遗产"。④ 专辑中精选的文章重点考察地域、语言与食物之间的联系,以新的方法来思考南方的口头传统,此传统折射出南方人喜爱讲故事和宴请的性情。普兰肖的导论详细介绍了南方食物的历史,引述了关于南方饮食的三部经典著作,它们分别是山姆·西里亚德(Sam Bowers Hilliard)的《猪肉与玉米饼:旧南方的食物供应,1840—1860》(*Hog*

---

① Minrose Gwin, "Mentioning the Tamales: Food and Drink in Katherine Anne Porter's *Flowering Judas and Other Stories*", *Mississippi Quarterly*, vol. 38, no. 1 (Winter 1984), p. 5.

② Roger L. Welsch and Linda K. Welsch, *Cather's Kitchens*: *Foodways in Literature and Life*, Lincoln: University of Nebraska Press, 1987, p. xix.

③ Charles Camp, "Review of *Cather's Kitchens*: *Foodways in Literature and Life*", *Western Folklore*, vol. 61, no. 1 (Spring 2002), p. 111.

④ Peggy Whitman Prenshaw, "The Texts of Southern Food", *Southern Quarterly*, vol. 30, nos. 2 – 3 (Winter-Spring 1992), p. 12.

Meat and Hoecake: Food Supply in the Old South, 1840－1860, 1972)、乔·泰勒（Joe Gray Taylor）的《南方的饮食与做客：非正式历史》（*Eating, Drinking, and Visiting in the South: An Informal History*, 1982）和约翰·艾格顿（John Egerton）的《南方食物：在家里、在路上、在历史中》（*Southern Food: At Home, on the Road, in History*, 1987）。西里亚德是一位历史地理学家，他断言南方拥有全美最浓厚的饮食文化，部分原因在于该地区的贫困、隔绝和历史上移民数量较少。他考察了南方黑人和白人的饮食模式，以及这两种饮食模式交叉和分离之所在。西里亚德通过食物将南方定义为一个文化区域，并以此划定社会界限。历史学家泰勒在他的代表性著作中生动地介绍了南方饮食历史，充分吸纳了这个地区的一手文献和历史研究成果中的经典之作。记者艾格顿以一次史诗般的陆地旅行开启南方食物的现代纪事，他详细记录了这个区域的菜谱、烹饪书、餐馆和被人遗忘的厨师。西里亚德、泰勒、艾格顿等人的重要著作成为当下南方饮食研究热潮的先声。尽管这些著作属于历史文化范畴，但它们为研究南方文学中的饮食主题提供了宝贵的参考资料。

进入21世纪以来，越来越多的人文学者倾力于美国南方饮食研究，其中有一位历史学家尤其值得关注，她是北卡罗来纳大学教堂山分校的玛茜·费里斯教授。费里斯从2015年1月起担任专注于研究南方历史和文化的学术季刊《南方文化》（*Southern Cultures*）的主编，在当年第一期发表了以饮食为主题的一组论文。在此之前，她还曾受邀作为客座主编，承担了两期饮食特辑的组稿工作，分别是2009年第4期和2012年第2期。费里斯的专著《可食的南方：食物的权力与一个美国区域的形成》（*The Edible South: The Power of Food and the Making of an American Region*, 2014）通过食物来展现美国南方的历史。她在书中再现了南方饮食的丰富历史，讲述了白人、黑人、土著人以及此区域其他种族的人为了滋养身心，掌控牲畜、土地和维护公民身份而进行的不懈奋斗；以饮食经历作为棱镜，审视殖民定居地、内战前的种植园、新南方的城市、民权运动时期的午餐柜台、长期的饥饿与农业改革、反文化公社（counterculture communes）和标志性餐馆（iconic restaurant），揭示作为烹饪对象和商品的食物如何塑造和呈现延续至今的南方身份。南方既是欧洲移民受到欢迎、自然富足超出想象之地，也是受奴役的非洲人警觉地守护饮食中的文化记忆之地，以及被驱赶杀戮的土著人坚守亲缘关系和饮食传统之地。南方食物与权力政治紧密交织在一起。南方历史上的特权与贫穷之间的冲突，在富足与饥饿的饮食经历中得到共振和回响。

近年来，有一部分饮食文化研究著作在论述过程中经常提及相关的文学作品。赛琪·威廉-福森（Psyche A. Williams-Forson）的专著《靠售卖鸡腿安家：黑女人、食物和权力》（*Building Houses Out of Chicken Legs: Black Women, Food, and Power*, 2006）探究了鸡在非裔美国妇女的生活中扮演的多种角色，分析了旅行日志、民间故事、广告、电影、文学等文化形式中，黑人妇女是如何通过以鸡为代表的食物来实现自我定义的。该书中零散涉及的文学文本均为非裔美国文学作品，例如，比比·坎贝尔（Bebe Moore Campbell）的《你的布鲁斯不像我的》（*Your Blues Ain't Like Mine*）。安德鲁·沃内斯（Andrew Warnes）在《野蛮的烤肉：种族、文化与美国头号食物的发明》（*Savage Barbecue: Race, Culture, and the Invention of America's First Food*, 2008）一书中通过考察早期跨大西洋的历史和文化，追溯了南方人爱吃的烤肉这种他认为排行第一的美国食物的多重含义，指出烤肉是一种被创造出来的传统，长期以来与边疆神话的粗犷和惬意联系在一起。该专著的研究对象主要是非裔美国作家，如佐拉·尼尔·赫斯顿（Zora Neale Hurston），旨在通过文本阐释来揭示黑人对美国饮食尤其是户外烧烤的贡献。

劳拉·帕特森（Laura Sloan Patterson）在《搅拌锅具：南方女性小说中的厨房与家庭生活》（*Stirring the Pot: The Kitchen and Domesticity in the Fiction of Southern Women*, 2008）①中考察了不同类型的南方家庭文学，聚焦于埃伦·格拉斯哥、尤多拉·韦尔蒂、李·史密斯和托尼·莫里森的小说中家庭厨房作为情节推动器的角色。书中探讨的话题包括格拉斯哥的《弗吉尼亚》和《生活与加布里埃拉》中的隔离主题及其幽闭恐惧症患者

---

① 该专著是在作者的博士学位论文的基础上修改而成的。Laura Sloan Patterson, "Where's the Kitchen?: Feminism, Domesticity, and Southern Women's Fiction", PhD Dissertation, Vanderbilt University, 2001.

般的第三人称叙事，韦尔蒂的《三角洲婚礼》中的公共厨房及其对性别话语的界定功能①，史密斯的《口述历史》和《白嫩淑女》中全国铁道线路的统一及其对传统阿巴拉契亚厨房的影响，莫里森②的《爵士乐》《天堂》和《爱》中奴隶制对"鬼魂缠绕的家庭生活"的持久性影响。有趣的是，该书的最后一章还分析了在线厨房（online kitchen），即网站和博客等虚拟空间中的厨房。伊丽莎白·恩格尔哈特（Elizabeth Engelhardt）在《杂乱的绿叶蔬菜：南方性别与南方食物》（*A Mess of Greens: Southern Gender and Southern Food*，2011）一书中结合性别理论和饮食研究方法，对小说、食谱、书信、日记等不同类型的文本加以研读，揭示了作为社会关系形式的食物之中隐藏的权力。对南方文学批评而言，此书的一个重要价值在于，它探析了奥利弗·提尔福德·达根（Olive Tilford Dargan）等四位不为人熟知的小说家的作品，它们共同书写了美国南方早期食物短缺、疾病肆虐的苦难历史。

大卫·戴维斯（David A. Davis）在针对上述两部著作的书评中指出："可以肯定，厨房是南方文学的一个重要话题。这两部著作探讨了南方饮食中的性别角色，但对厨房和食物的讨论不应该局限于性别，关于饮食的分析可以扩展到对种族、阶级、劳动、空间、意识形态、物质文化以及几乎每一个可以想象的其他话题的讨论。近期关于这个主题的著作数量激增说明了学界高涨的热情，饮食分析方法将更加频繁地融入未来的南方文学批评之中。"③这段话既表明了从饮食视角进行南方文学研究的前沿性，也指出了该领域现有研究的局限性以及如何加以突破。戴维斯的观点为本书的选题提供了有力的支撑。本书的研究对象虽是南方女性小说，但文中讨论的内容不限于女性这个聚焦点。在探讨饮食与身份之间的关系时，本书将拓展至种族、阶级、宗教、国家等诸多层面。

---

① 帕特森指出："对韦尔蒂而言，广义上的家庭事务总是制约着性事和饮食。换句话说，性和食从来都是家庭事务。" Laura Sloan Patterson, *Stirring the Pot: The Kitchen and Domesticity in the Fiction of Southern Women*, Jefferson: McFarland and Co., 2008, p. 92.

② 帕特森坦言："把托尼·莫里森纳入南方女性文学研究似乎让人感到奇怪，因为从严格意义上讲，莫里森（出生在俄亥俄州的洛兰市）不是一个南方人。" Laura Sloan Patterson, *Stirring the Pot: The Kitchen and Domesticity in the Fiction of Southern Women*, p. 147.

③ David A. Davis, "Book Review", *Mississippi Quarterly*, vol. 65, no. 2 (Spring 2012), p. 336.

舌尖上的身份

  从饮食视角解读南方文学的最新成果是大卫·戴维斯和塔拉·鲍威尔主编的《厨房里的写作：论南方文学与饮食》（*Writing in the Kitchen: Essays on Southern Literature and Foodways*, 2014），它是一部旨在"讨论饮食在南方文学中扮演的重要角色"的论文集。[①] 该文集起源于南方文学研究会（The Society for the Study of Southern Literature）于2010年在新奥尔良召开的两年一次的会议。会前，戴维斯和鲍威尔倡导成立了"饮食与南方文学"专题研讨小组；会后，他们精选出小组成员的会议论文编辑成集。12位论文作者大多数任教于美国南方的大学，他们讨论的话题宽泛，包括不同文类的作家如何使用食物来阐述南方的变迁，以及宗教、种族、族裔、性别和阶级等不同因素如何影响南方的饮食传统。他们描述了来自新奥尔良、阿巴拉契亚等南方具体区域的食物，将历史上的南方和当代的南方结合起来考察，通过研究食物在文本中的表现来研究饮食传统。

  虽然上述文集中的论文没有涉及本书所讨论的五位作家，但它们从多个角度阐述了饮食与南方文学的紧密联系，其中的一些分析与本书的思路有相近之处，对本书的写作具有参考价值。例如，萨拉·瓦尔登（Sarah Walden）和伊丽莎白·恩格尔哈特（Elizabeth S. D. Engelhardt）关于食物与种族的讨论，戴维斯关于白人家庭的黑人厨娘的论述，埃里卡·洛克利尔（Erica Abrams Locklear）和赛琪·威廉-福森（Psyche William-Forson）关于食物与阶级的分析，这些学者的观点、论据和阐释方法在本书的论述中得到借鉴、补充和修正。需要指出的是，该文集偏重于非裔美国人对南方饮食的突出贡献，一半以上的论文都是对此展开讨论的，甚至探讨其他主题的论文在论述中也用了或长或短的篇幅对这个话题加以分析。黑人对南方饮食的巨大贡献在南方文学批评中长期被忽视，因而加强这方面的研究具有重要的价值，但过度的重新发现和深入挖掘容易给人造成一种错觉，即南方饮食的主要组成部分是本土黑人的饮食或源于非洲的饮食。

  在学位论文方面，有关凯特·肖邦（Kate Chopin）、薇拉·凯瑟

[①] David A. Davis and Tara Powell, "Reading Southern Food", p. 3.

绪 论

（Willa Cather）、博比·安·梅森（Bobbie Ann Mason）等作家的饮食书写研究相对较多①，不过这些论文都不是专注于南方文学研究，而是将单个的南方女作家与北方或黑人女作家放在一起加以讨论。与本书直接相关的两篇博士学位论文分别是南希·阿姆斯（Nancy Ruth Armes）的《供食者：尤多拉·韦尔蒂及卡森·麦卡勒斯小说研究》和德洛丽丝·沃什伯恩（Delores Washburn）的《威廉·福克纳及弗兰纳里·奥康纳的部分作品中的供食者主题研究》。阿姆斯的论文详细分析了韦尔蒂和麦卡勒斯小说中的供食者（feeder）形象。在论文开篇处，作者对供食者下了一个（过于）简洁的定义："一个有技能为别人提供幸福感（a sense of well being）的人。"② 阿姆斯认为，两位作家以不同的方式叙述了南方社会和社区生活变迁及其供食者的应对，供食者的差异主要体现在对待养育责任的态度上：韦尔蒂笔下的供食者视之为与家庭和邻居建立关系的成败，而麦卡勒斯笔下的供食者则把它看作施展自己个性的成败。沃什伯恩在她的博士学位论文中借用了阿姆斯的阐释路径："相同的现象在威廉·福克纳和弗兰纳里·奥康纳的小说中也可以看到……这两位小说家同样精确地捕捉了南方社区的类型和价值。"③ 该文首先分析的供食者是家庭关爱和奉献等品质的化身，她呵护家族后代的精神健康，维护家庭的和谐。接下来论述的是现代供食者，她对家庭的奉献以及供食仪式被工业和科技时代的力量所腐蚀，她无法提供足够的社会滋养来保障家庭的幸福，从而导致家庭成员

---

① Laura Bearrie Pogue, "Devouring Words: Eating and Feeding in Selected Fiction of Kate Chopin, Edith Wharton, and Willa Cather", PhD Dissertation, Baylor University, 2000. 梅森的小说《在乡下》（*In Country*）中的饮食叙事在以下两篇学位论文中被讨论。Sara Lewis Dunne, "The Foods We Read and the Words We Eat: Four Approaches to the Language of Food in Fiction and Nonfiction", PhD Dissertation, Middle Tennessee State University, 1994; Kimberly Joy Orlijan, "Consuming Subjects: Cultural Productions of Food and Eating", PhD Dissertation, University of California, Riverside, 1999.

② Nancy Ruth Armes, "The Feeder: A Study of the Fiction of Eudora Welty and Carson McCullers", PhD Dissertation, University of Illinois at Urbana-Champaign, 1975, p. 1.

③ Delores Cole Washburn, "The Feeder Motif in Selected Fiction of William Faulkner and Flannery O'Connor", PhD Dissertation, Texas Tech University, 1978, p. v. 沃什伯恩的博士学位论文中的部分章节经修改后已公开发表。Delores Washburn, "The 'Feeder' in *The Violent Bear It Away*", *Flannery O'Connor Bulletin*, no. 9 (1980), pp. 112 – 119; "The 'Feeder' Motif in Flannery O'Connor's Fiction: A Gauge of Spiritual Efficacy", in Karl-Heinz Westarp and Jan Nordby Gretlund (eds.), *Realist of Distances: Flannery O'Connor Revisited*, Aarhus, Denmark: Aarhus University Press, 1987, pp. 123 – 134.

的离散。介于这两者之间的是一些代理的供食者,既有男性,也有女性。其中的一些代理供食者很好地履行了供食仪式,从而推迟了他们所在家庭的解散,缓解了家庭成员的身体饥饿。另一些代理供食者要么对供食任务不尽心,要么对他们供食的对象缺少关爱,结果导致个体的社会幸福感丧失,家庭成员四处离散。

上述两篇聚焦南方小说中的供食者角色的博士学位论文有一个突出的共同特点,即文本分析细腻。这种细读法为本书的写作提供了有益的借鉴。但是,这种新批评主导的文学评论对文化研究中的各种饮食理论几乎完全排斥①,不利于深入发掘文本中暗藏的意识形态、历史话语和身份政治。另外,它们都涵盖了相对过多的作品,因而对每部作品的阐释都显得不够深入。更重要的是,它们都在很大程度上忽略了被供食者(包括未成年人和成年人)的饮食角色和身份危机②,这个维度正是本书将要探讨的重点。

另外,有必要提及一篇硕士学位论文,杰奎琳·劳伦斯(Jacqueline Kristine Lawrence)的《酷儿的味道:南方女同性恋文学中的食物与性》("Queer Tastes: An Exploration of Food and Sexuality in Southern Lesbian Literature", 2014)。该文探讨了南方女同性恋文学中的女同性恋者如何通过操控食物隐喻来叙述自己的性欲和性身份。劳伦斯指出,通过分析女同性恋者如何使用食物隐喻,可以揭示女性的性身份在南方文化中是如何被建构起来的,以及更好地理解南方人、女人和女同性恋者三重身份之间的复杂关联。

令人欣喜的是,国内有三位学者分别发表了一篇从饮食视角探讨美国

---

① 除了新批评在当时的南方文学研究中仍占据主导地位这个因素之外,还有客观方面的原因,即人类学、社会学和文化研究中关于饮食的理论著述大多数都出版于20世纪70年代末期以后。
② 作为一个心理学概念,"身份危机"(identity crisis)是心理学家埃里克·埃里克森(Erik Erikson)首次提出的,指的是在青春期(12~18岁)未能获得自我身份认同的状态。自我身份认同是指自我认识与他人对自己的评价融合而成的自我形象。塑造和接受身份是一个艰难的过程,通常充满焦虑。如果这个过程得到满意的解决,结果便是一个和谐一致的自我形象。参见 Duane P. Schultz and Sydney Ellen Schultz, *Theories of Personality*, 8th ed., Beijing: Peking University Press, 2007, p. 227. 本书所讨论的遭遇身份危机的小说人物,不仅包括心理学上限定的青少年,而且包括成年人。

南方文学的论文。谢崇林在《食物与哥特化的身体:〈金色眼睛的映像〉中主体性的构建》一文中指出,麦卡勒斯在《金色眼睛的映像》中不吝笔墨地描写食物和人物的胃口,使食物与进食超越了单纯的生理需求,因此,探讨麦卡勒斯如何通过哥特化的身体表征人物的主体性构建是解读她的创作意图的一个突破口。① 田颖在《从厨房说起:〈婚礼的成员〉中的空间转换》中评论道,麦卡勒斯的小说《婚礼的成员》从厨房说起,继而聚焦于厨房之外的"蓝月亮"咖啡馆,最后重归厨房;在由内及外、再由外向内的空间转换中,厨房与"蓝月亮"咖啡馆这两个原本独立的场所形成了一个有机的空间整体,由此,这部小说巧妙地将私密与公众、个人体验与公共事件结合在一起。② 林斌的《美国南方小镇上的"文化飞地":麦卡勒斯小说的咖啡馆空间》借助福柯的异质空间概念和哈贝马斯的公共领域理论,在美国南方社会转型期的语境中解读麦卡勒斯笔下的咖啡馆这一另类空间的嬗变,揭示出作者的批判视角所包含的内在矛盾。③ 巧合的是,国内的这三篇从饮食视角探讨美国南方文学的论文都聚焦于卡森·麦卡勒斯的作品,虽然这三篇论文的侧重点不是本书第二章所聚焦的麦卡勒斯的饥饿叙事,但三篇论文中的一些观点对于本书的阐述和论证亦有借鉴意义。

  饮食是美国南方文学尤其是南方女性小说中的一个极为重要的主题,上述著作和论文分别讨论了南方食物与黑人身份、性别角色、怪诞身体、边疆文化、时代境况等方面的紧密联系,分析对象涉及多种文类。但是,对南方文学中有关食物和吃喝的探讨还有巨大空间,诸如饮食与种族、性别、阶级、宗教、身份认同、地域情感、意识形态等方面的联系的讨论还需要深化,许多重要作家和优秀作品尚未受到足够关注。鉴于此,本书选取的文本是代表美国南方女性文学突出成就的一部分作品。本书聚焦于麦

---

① 谢崇林:《食物与哥特化的身体:〈金色眼睛的映像〉中主体性的构建》,载《西南农业大学学报》(社会科学版)2011年第12期,第134~137页。
② 田颖:《从厨房说起:〈婚礼的成员〉中的空间转换》,载《国外文学》2018年第1期,第133~141页。
③ 林斌:《美国南方小镇上的"文化飞地":麦卡勒斯小说的咖啡馆空间》,载《外国文学评论》2019年第2期,第96~110页。

卡勒斯、奥康纳、韦尔蒂、波特和梅森的重要长篇小说中的饮食书写，发掘内嵌在食物之中的性别、种族、阶级和宗教等身份表征，探讨饮食背后错综复杂的社会关系与人类情感。

第一章　文学饮食研究的方法和路径

食物是生活中最基本的要素，是我们最平常的享乐之源。餐饮业是世界上最大的产业。据统计，"人的一生中，我们用于吃饭的时间总共约占15年，用餐次数平均达10万次之多"①。饮食在我们最密切的社会关系中处于核心位置，几乎每一次社会经历都会包含食物分享的元素。人类对食物的认知始于诞生之际，至今仍在不断拓展深化。关于食物的研究也有漫长的历史，参与其中的不仅有致力于提高食品营养健康价值的科学家，还包括旨在理解食物背后的历史推演和文化延伸的人文学者。近年来，国际学术界的人类学、社会学、文学、语言学等众多学科的专家对饮食进行了日渐深入的研究，这种研究呈现出越来越明显的跨学科倾向。以文学中的饮食研究为例，人类学、社会学等学科的相关研究成果在其中得到运用，文学研究与文化研究的疆域变得模糊，文学经典与餐馆菜单、家庭食谱、美食电视节目平行并置，不同"文本"之间相互阐发。2006年，《后殖民文学与文化学刊》（*Kunapipi*: *Journal of Postcolonial Writing & Culture*）出版了一期主题为"食谱"的专辑。主编安妮·科莱特（Anne Collett）在序言中指出，食物可以看作是"身体和身体政治的健康状况的表征"，在很大程度上，关于食物制作方法的"食谱本身就是一种文学形式"，学界应该重视和拓宽对"文学中的饮食和饮食文学"的研究。②

---

① [意]维里·帕西尼：《食与性》，巫春峰译，清华大学出版社2018年版，第2页。
② Anne Collett, "Editorial", *The Cookbook*, special issue of *Kunapipi*: *Journal of Postcolonial Writing & Culture*, vol. 28, no. 2 (2006), p. viii.

第一节　文学饮食研究的代表人物和主要观点

"文学饮食研究"(literary food studies)是一个新兴的学术领域,致力于"再评价、再思考、再发现(文学中的)饮食对于理解我们的生活和交流方式的重要性"①。有些学者偏向于使用"饮食诗学"(gastropoetics)一词,它由帕拉马·罗伊(Parama Roy)首创,用以探讨(后)殖民时期南亚的食物诗学(poetics of food)和食欲政治(politics of appetite)。② 罗纳德·勒布朗(Ronald D. LeBlanc)借用此术语,指称"文学作品对饮食主题和吃喝隐喻的处理手法"③。贝特丽丝·芬克(Beatrice Fink)使用的术语是"斯托批评"(sitocriticism)。希腊词语 *sitos* 的本义是小麦,芬克将此单词的含义加以外延,用于泛指所有的食物。她使用"斯托批评"这个概念来描述"通过食物符号解释甚至解码文学文本的尝试"④。罗纳德·托宾(Ronald W. Tobin)⑤ 则创造了"饮食批评"(gastrocriticism)这个术语。"饮食批评"的前缀 gastro-在英语和法语等西欧语言中表示烹饪和饮食的意思,它源自希腊词语 *gastēr*(胃)。通过运用饮食批评视角对莫里哀的 10 部戏剧加以解读,托宾展示了这种阐释方法的跨学科性质,它挑战了传统的学科界限。托宾诙谐地指出:"饮食批评不是一个用来烤肉的

---

① Lorna Piatti-Farnell and Donna Lee Brien, eds. , *The Routledge Companion to Literature and Food*, New York: Routledge, Taylor & Francis Group, 2018, p. 1.
② Parama Roy, "Reading Communities and Culinary Communities: The Gastropoetics of the South Indian Diaspora", *Positions: East Asia Cultures Critique*, vol. 10, no. 2 (Fall 2002), pp. 471–502.
③ Ronald D. LeBlanc, *Slavic Sins of the Flesh: Food, Sex, and Carnal Appetite in Nineteenth-Century Russian Fiction*, Durham: University of New Hampshire Press, 2009, p. 3.
④ Beatrice Fink, "Enlightened Eating in Non-Fictional Context and the First Stirrings of *Ecriture Gourmande*", *Dalhousie French Studies*, vol. 11 (1986), p. 10.
⑤ 罗纳德·托宾教授任教于美国加州大学圣塔芭芭拉分校,笔者 2015 年至 2016 年在美国访学期间有幸多次得到托宾教授的指导,特此致谢。

烤架（grill），而是支撑一个概念的一系列相互关联的技法（a network of techniques）。"① 相较而言，托宾的"饮食批评"所涵盖的内容比芬克的"斯托批评"更宽泛、更丰富。"饮食批评"提供了更加清晰的研究范围和方法，它不仅包含食物符号本身，而且涵盖进餐行为的社会文化过程。

托宾认为："我们在进餐时会遵循一种饮食语法，它决定着食物的选择、制作和消费。"② 人受益于食物的滋养，包括食物所代表的符号、神话、梦想等各种意涵。文学和饮食之间存在一种强大的纽带：进食是文学行为的对等物，食物为想象和思考提供养分。托宾倡导的饮食批评"旨在突显创作和烹饪这两门艺术的重要性，进而揭示诗人（作家）和厨师是创造变形（metamorphosis）和幻象（illusion）的顶级大师"③。他们从已经存在的事物中创造出新的事物，"通过遴选、创新和想象，他们施展原初的、神圣的、开创的行为，生产出原创、复杂的产品，它们从情感、思想和身体上改变消费者"④。在饮食批评家看来，文学和美食是两种伟大的艺术，作家和厨师都是"变形和幻象的伟大创造者"。

在当代，以费雪（Mary Frances Kennedy Fisher）为代表的美食作家深受大众和学者的欢迎，饮食文学成为重要的文学类型。然而，饮食书写在文学史中的地位并非一直备受重视。正如弗吉尼亚·伍尔夫（Virginia Woolf）所言："奇怪的是，小说家总有办法让我们相信，午餐会令人难忘，从来都是因为席间谈吐风雅、举止洒脱。他们很少多费口舌，谈谈吃了些什么。小说家通常不提鲜汤、鲑鱼和乳鸭，好像汤啦、鱼啦、鸭啦，都无关紧要，没人吸烟，也没人饮酒。不过，这里，我要冒昧地打破惯例。"⑤ 伍尔夫之所以"要冒昧地打破惯例"，是因为"美食对愉快的交谈

---

① Ronald W. Tobin, "Booking the Cooks: Literature and Gastronomy in Moliere", *Literary Imagination: The Review of the Association of Literary Scholars and Critics*, vol. 5, no. 1 (2003), p. 135.

② Ronald W. Tobin, *Tarte à la crème: Comedy and Gastronomy in Molière's Theater*, Columbus: Ohio State University Press, 1990, p. 3.

③ Ronald W. Tobin, "Booking the Cooks: Literature and Gastronomy in Moliere", pp. 129–130.

④ Ronald W. Tobin, *Tarte à la crème: Comedy and Gastronomy in Molière's Theater*, p. 4.

⑤ [英] 弗吉尼亚·伍尔夫：《一间自己的房间：本涅特先生和布朗太太及其他》，贾辉丰译，人民文学出版社 2003 年版，第 7～8 页。

至关重要。吃得不好,就难以好好思索,好好爱恋,好好睡眠"①。E. M. 福斯特(Eward Morgan Foster)在《小说面面观》(*Aspects of the Novel*)一书中也提出了类似的观点:"小说中的食物主要是用来交际的。食物将人物聚在一起,但他们在生理上几乎不需要它,极少享用它,从不吃它,除非是特殊的叙述安排所必需。他们之间相互需要,就像我们在生活中一样,但我们总是对早餐和午餐充满期待,他们却并非如此。诗歌包含更多关于进餐的描述,至少关于它的审美方面是这样的。弥尔顿和济慈比乔治·梅瑞狄斯更接近进食的感官性。"②

伍尔夫和福斯特都重点强调了小说家对饮食细节的刻意回避或轻描淡写,但事实上,自古以来有许多文学家乐于在文学作品中描述筵席、早餐、午餐、晚餐、甜点和饮品。布拉德·凯斯勒(Brad Kessler)甚至宣称,许多最伟大的小说都是以饮食场景开篇的,例如《奥德赛》《包法利夫人》《安娜·卡列尼娜》《白鲸》。③ 塞缪尔·罗加尔(Samuel J. Rogal)注意到,简·奥斯汀的小说经常描写"饮食导引日"(gastronomically-guided day),即小说人物典型的一天是以吃饭开启并且以吃饭结束的。④ 罗莎恩·朗特(Roseann Runte)在卢梭的《忏悔录》中发现了相似的范式:"整部作品被饮食情节所塑造,似乎每一天的时间段都是以进餐节奏来划分。"⑤ 果戈理的小说《死魂灵》也是如此,乞乞科夫的行踪在很大程度上也是"正餐之间的旅行"⑥。《尤利西斯》围绕利奥波德·布鲁姆在18个半小时内的活动展开,详细描绘了他对牲口和家禽内脏的痴迷。⑦ 作家在文学作品中书写饮食的例子从古至今比比皆是,批评家对文本中饮食

---

① [英]弗吉尼亚·伍尔夫:《一间自己的房间:本涅特先生和布朗太太及其他》,第15页。
② E. M. Forster, *Aspects of the Novel*, San Diego: Harcourt, Inc., 1955, p. 53.
③ Brad Kessler, "One Reader's Digest: Toward a Gastronomic Theory of Literature", *The Kenyon Review*, New Series, vol. 27, no. 2 (Spring 2005), pp. 149-151.
④ Samuel J. Rogal, "Meals Abounding: Jane Austen at Table", *Eighteenth-Century Life*, vol. 4, no. 3 (1978), p. 72.
⑤ Roseann Runte, "Nurture and Culture: Jean-Jacques Rousseau and *The Confessions*", *Eighteenth-Century Life*, vol. 4, no. 3 (1978), p. 67.
⑥ Alexander Obolensky, *Food-Notes on Gogol*, Winnipeg: Trident Press, 1972, p. 5.
⑦ 王凤:《食肉成"性"的布鲁姆——论〈尤利西斯〉中乔伊斯的反素食主义立场》,载《外国文学评论》2016年第2期,第192页。

第一章 文学饮食研究的方法和路径

元素的关注也由来已久，但总体而言，无论是作家还是批评家，对饮食书写的重视程度都经历了一个逐步增强的演变过程。

文学作品如此频繁地描述食物和吃喝的意义何在？它们仅仅反映了作家本人的美食痴迷？它们是否在文本中承担了某些重要而具体的叙事和表意功能？① 文学中的饮食话语吸引了一代又一代文学批评者进行持续的探讨：米哈伊尔·巴赫金在《拉伯雷和他的世界》（1940）一书中深入研究了拉伯雷作品中的筵席；让-皮埃尔·里夏尔在《文学与感觉》（1954）中采用现象学的视角研究了食物主题与感觉之间的关联；罗兰·巴特的《神话学》（1957）中包含多篇从符号学角度分析当代法国餐饮的文章。美国现代语言协会（MLA）在1974年召开的年会上组织了几场以"小说中的饮食维度"为专题的研讨会。自20世纪80年代始，文学饮食研究日益受到学者的青睐，开始成为博士学位论文和学术著作集中讨论的命题，研究成果也日益理论化和系统化。

詹姆斯·布朗（James W. Brown）是文学饮食研究的先驱者之一，他以1789年至1848年间的法国小说为例，深入分析了虚构文学中的食物及其功能。布朗认为："小说中的食物在本质上是文学符号，因此可以像分析其他文学现象一样分析它们。"② 对于小说家而言，"食物不再被视为单纯的物质，它获得作为符号的地位，成为一个内涵丰富的社会符号"③。很显然，文学批评家研究文本中的食物并非为了解决世界的温饱问题。饮食批评家有必要深入考察文学中的饮食与相关历史语境的互动关系，批评的视角要从分析作为物质现象的食物转移到分析作为传递与食物相关信息的符号，进而从总体上研究人与社会之间的关系。④ 杜威·佛克马（Douwe Wessel Fokkema）断言："任何忽视文学文本在更大的社会文化语境中

---

① 近年来，国内学界也越来越重视饮食描写的叙事功能，例如，王进驹、张玉洁：《论〈红楼梦〉日常"吃饭"描写的叙事功能》，载《文艺理论研究》2018年第4期，第48～57页。
② James W. Brown, *Fictional Meals and Their Function in the French Novel, 1789–1848*, Toronto: University of Toronto Press, 1984, p. 3.
③ James W. Brown, *Fictional Meals and Their Function in the French Novel, 1789–1848*, p. 8.
④ James W. Brown, "On the Semiogenesis of Fictional Meals", *Romanic Review*, vol. 69, no. 4 (Nov. 1978), p. 322.

的功能,对文本进行所谓的自主阐释,都必然失败。"① 食物是我们日常生活中不可或缺的部分,它不仅是我们生存所必需,而且扮演着至关重要的社会角色。因此,将饮食作为表意符号加以综合分析,必须聚焦于文本中的食物与外部世界之间的联系。

  文学饮食批评不同于形式主义的符号学分析,后者将文本中的食物作为一种叙述符号、结构或审美客体,其旨归是建立一套关于虚构饮食场景的描述性语法,从而不可避免地沦为热拉尔·热奈特(Gérard Genette)在《叙事话语》(*Narrative Discourse*)中提出的关于叙事普遍原理的一部分。这种简化的方法难以全面分析文学中精彩纷呈、错综复杂的饮食叙事。单纯的形式分析无法解释作为文化符号的真实食物与作为现实社会隐喻的虚构食物之间的内在联系。归根结底,文本外(hors-texte)的事物决定和生产了文本内(en-texte)的叙事。致力于探讨社会结构与叙述结构之间相互关系的批评,必须遵循一个基本假设,即编码的语义要素是在历史文本中运行的,然后这个要素转化为文学结构。② 尽管文本外与文本内之间的空间难以准确界定,这个空间也无法彻底消除,但可以对它加以压缩,深入分析关于饮食的具体历史情境如何转码为文学建构物。写作以及其他形式的转码实践都预设了一个语义矩阵的存在,即某种待转码的事物,例如,作为物质的食物转化成作为叙述材料的食物。

  食物既是用于滋养的物质,又是可以用来表意的符号。克劳德·费什勒(Claude Fischler)在《食物、自我与身份》一文中开宗明义地指出:"食物不仅具有滋养功能,而且具有表意功能。"③ 有关食物的表意功能,特里·伊格尔顿(Teny Eagleton)做过一个精彩的总结:"如果关于食物有一件事是确定的,那就是它绝不仅仅是食物,它可以得到无穷无尽的阐释,它是物质化的情感。"④ 食物的这种双重特质在历史和文学层面都是

---

① Douwe Wessel Fokkema, "Continuity and Change in Russian Formalism, Czech Structuralism and Soviet Semiotics", *PTL: A Journal for Descriptive Poetics and Theory of Literature*, no. 1 (1976), p. 186.

② James W. Brown, "On the Semiogenesis of Fictional Meals", pp. 323–324.

③ Claude Fischler, "Food, Self and Identity", *Social Science Information*, vol. 27, no. 2 (June 1988), pp. 275–276.

④ Terry Eagleton, "Edible écriture", in Sian Griffiths and Jennifer Wallace (eds.), *Consuming Passions: Food in the Age of Anxiety*, Manchester: Mandolin, 1998, p. 204.

如此，否则，叙事中的饮食场景只可能是纯结构性的，食物仅仅是一种文本组织手段。毕竟，不论叙述者如何绘声绘色地描述食物之色香味俱全，文学人物并不真正存在，他们并不会真正地吃喝。另外，社会风俗小说中的心理现实主义或许要求小说人物按规定的时间和礼仪进餐，但遵守这些叙事规则仅仅证明了这样一个事实，即文本中的饮食是模仿性的，它的产生基础源于文本之外的现实。

文本中的食物在本体上属于言语，所有叙述中的言语建构物都是作为符号而存在的，因为它们通过语言发挥作用。鉴于此，詹姆斯·布朗提出两条批评路径：第一条路径聚焦于饮食作为能指的角色，进而描述它在具体叙事中的功能，最终通向饮食符号的形式特征分析；第二条路径围绕能指与所指之间的辩证关系，将读者带出文本，假定外部存在一种语义结构，它支配着历史和文学共通的解码程序。在布朗看来，第二条路径显然更加合理，因为饮食符号同时在文学文本和更大的文化语境中运行，正是文化语境决定着文本饮食的语义界限。

那么，如何阐述文本中的食物所代表的能指与所指之间的关系呢？首先需要考察支配吃喝行为的表意系统。从作为现象的食物转化成作为符号的食物，依赖两个最根本的文本外符码（extra-textual codes），它们生产出社会和叙述两种子符码（sub-codes）系统。第一个符码是前语言的（pre-linguistic），涉及吃喝的普遍性，源于吃喝的心理动力机制；第二个符码内嵌于语言、习俗或礼仪之中，涉及饮食场景的具体性，派生于吃喝的社会学。简言之，两个符码分别属于心理起因（psycho-genetic）和社会起因（socio-genetic）。①

吃喝的普遍性对应味觉行为的心理动力层面，或者前语言的心灵空间，在此空间内，意指行为发生在本能转化为象征的过程之中。食欲是有机体的基本生理信号，它是前符号学的，因为饥饿属于非意向性的刺激－反应机制。食欲证实了主体与客体、"我"与"世界"之间存在的空间：通过进食，人吸收了客体和世界。在弗洛伊德看来，食欲等同于压缩和消除（哪怕仅仅是暂时性的）"我"与"世界"之间的空间，使得"我"

---

① James W. Brown, "On the Semiogenesis of Fictional Meals", p. 326.

与"世界"亲密接触,通过摄入、消化,最终变成"世界"。① 新弗洛伊德派学者诺曼·布朗(Norman O. Brown)认为世界是作为食物而存在的:"吃就是认同、内向投射、吸收。嘴是最古老的语言,是自我的口头形式。"② 诺曼·布朗甚至断言:"生存就是吃或被吃。"③

食欲开启了一个基于吃喝行为的象征过程,它标记了从缺场到在场的转化,或者说压缩了欲望主体与欲望客体之间的空间。在吃喝仪式中,人与世界亲密接触。食物仪式"制造"了这样一种意思,即"最世俗者便是最神圣者"④。在圣餐仪式上,吃是神圣的行为,世界是食物,上帝也是可食的。人的食欲对应着他的求知欲,分食神的肉身意味着分享神的知识。基于此逻辑,诸多礼仪庆典建构了以进餐为基础的意指和象征过程。⑤

弗洛伊德认为,口腔是最古老的本能领域,它对我们自己与世界做出基本的判断:这种食物将成为我的一部分,另一种食物则不会。⑥ 从符号－语言的角度而言,吃开启了一种原初语言,在这种情况下,符号的两个组成部分——能指和所指,是合而为一的,食物就是世界和客体。⑦ 吃的原始行为要早于意指过程:我吃世界,世界吃我。同时,吃也是一种社会行为和入世的标志。食欲代表着距离、缺场、虚空以及社会错位,进食则等同于亲密、在场、充实以及社会联系。进而言之,吃和说共享同一个动力结构:语言不过是由吃的行为转化成说的意指,两者从根本上都是人征用和吸收世界的交际行为。即使是在单独进食的情况下,吃也是一种交际行为。换言之,不论是否有人陪同,吃从本质上是一种强大的社会行为,因为通过吃,我们吸收了他者,有意识或无意识地重现和欢庆被供食的原初和基本的情感纽带。⑧

---

① James W. Brown, *Fictional Meals and Their Function in the French Novel, 1789–1848*, p. 12.
② Norman O. Brown, *Love's Body*, New York: Vintage, 1966, p. 165.
③ Norman O. Brown, *Love's Body*, p. 169.
④ 彭兆荣:《饮食人类学》,北京大学出版社2013年版,第208页。
⑤ James W. Brown, "On the Semiogenesis of Fictional Meals", p. 327.
⑥ Sigmund Freud, *New Introductory Lectures on Psychoanalysis*, trans. James Strachey, New York: Norton, 1964, p. 100.
⑦ Susanne M. Skubal, *Word of Mouth: Food and Fiction after Freud*, London: Routledge, 2002, p. 3.
⑧ Susanne M. Skubal, *Word of Mouth: Food and Fiction after Freud*, p. 3.

吃喝行为的心理发生机制可以表述为生物性逐渐转化为象征性，即将欲望主体与欲望客体（食物）之间最初的空间（食欲），投射到交际领域和意指系统之中。食欲与食物的轴线通常在隐喻或转喻层面表现为欲望与满足，这一基本范式在叙述符码中得以实现，作为符码集合的文学文本构成欲望投射的场域。婴儿吮吸母乳是他/她与世界的第一次密切接触。婴儿早期的口腔行为蕴含亲近、温暖、安全、归属等意涵，为后来餐桌上的社会关系建立了参照模式，包括友好、团结、共享等含义，所有这些积极意义都增强了进食的快乐。

如果小说家出于情节曲折之需，想要展示人物之间的冲突，那么他/她通过刻画进餐场景便能达到目的，因为一场宴会似乎是凸显意见分歧的理想场合，敌意会破坏餐桌所暗含的文明礼仪和友好气氛。弗洛伊德将吃作为口腔阶段的自我认知的基础，因为人的嘴巴通过"吃入"或"吐出"某些食物来"吸收"或"排斥"世界的物质，进而在心理意义上确立"内部"和"外部"的状况。[①] 这一观点可以解释为什么作家喜欢运用食物和进餐来刻画人物形象。"你吃什么就是什么样的人"这样的"陈词滥调"在文学中历久弥新，作家热衷于利用食物来描绘人物。毫不夸张地说，小说中所有与饮食相关的叙述都意在标记人物特点，有的反映个人性格和集体身份，有的反映人物心理的正常或异常状态。在文学作品中，吃喝往往与其他心理活动相遇，比如信仰认同、精神追求、神性思索等，形而下与形而上的活动有时相互排斥，有时有机结合。[②]

布朗认为，吃喝的具体性包含第二层级的生成符码（generative code），它从第一层级符码演化而来：吃喝的心理层面既预设又导致了饮食的社会性。社会化的吃喝行为是在与饮食相关的日常交际语言和类语言系统（paralinguistic systems）中编码而成的。[③] 社会意指过程派生于前语言象征过程：社会有机体仅仅是个体的延伸。文学饮食的社会动力机制具有高度模仿性。模仿性是文学中进餐场景的前提，用餐的具体信息，如上

---

① Susanne M. Skubal, *Word of Mouth: Food and Fiction after Freud*, p. 107.
② James W. Brown, "On the Semiogenesis of Fictional Meals", pp. 329-330.
③ James W. Brown, "On the Semiogenesis of Fictional Meals", p. 331.

菜的顺序、烹饪方式、座次安排等，都源于它们所对应的社会文化环境。这并不意味着作家只能在作品中被动地"复制"真实世界的饮食场景，实际上，作家具有足够的自主性。他们可以重新建立和扩大食物的能指与所指之间的距离，将饮食变成能够引发新的语义系统的表意符号。

从社会心理学角度而言，餐桌象征着母性关爱以及与环境的身体接触。正如母亲哺乳是婴儿首次接触世界，餐桌成为人迈入社会的场所。在布朗看来，吃可以看作社会交往的"原型"，因为坐下来用餐构成一种重要的社会仪式。① 进而言之，餐桌代表着祖国母亲，进食行为意味着认同祖国同胞及其价值观。从隐喻层面而言，社会就是一个餐桌，进餐是一种"学徒"的方式，孩子通过进餐逐步学习同胞们的风俗、习惯和信仰。与个人一样，一个国家往往也通过饮食习惯和态度来定义自我。在一个社会结构内，饮食代表着重复、常规、稳定、团结、统一，所有这些特征都意味着社会凝聚力。

餐桌在现实世界里的中心角色也体现于文学中。在文学世界里，餐桌挪用一个国家的社会结构、地理多样性，甚至更广阔的世界空间。文学家把文本外的社会文化现象转换成文本内部结构，因此，虚构世界的食物不仅仅是符号载体，而且是其所对应的社会文化的转喻。分析文本中作为社会转喻的餐桌，有助于读者考察此社会通过餐桌揭示自身的各种符码。这种分析的重点应该放置在考察吃喝的普遍性如何与特定的社会现象相结合，研判那个时代占主导地位的社会文化意识形态。② 通过这些宴会和聚餐，读者得以获得关于小说人物生活的具体信息。文本中的聚餐既是一种社交聚会，也是作者在叙述的事件，读者借此可以发掘小说人物的真实个性和内心情感。在轻松友好的氛围中，人更容易袒露心扉。从心理学角度来看，用餐能够使人进入休闲放松的状态，这种平静的状态，詹姆斯·布朗称之为"宁静综合征"（serenity syndrome）。③

布朗建议，批评家在对文学中的饮食场景加以综合、全面的符号学分

---

① James W. Brown, *Fictional Meals and Their Function in the French Novel, 1798–1848*, p. 12.
② James W. Brown, "On the Semiogenesis of Fictional Meals", p. 333.
③ James W. Brown, *Fictional Meals and Their Function in the French Novel, 1798–1848*, p. 38.

析时，应该既要聚焦于文学文本层面，同时又要关注衍生饮食场景之总体意义的历史符码。① 要揭示文学中的饮食场景是如何发生的以及它们在文本中发挥什么功能，就必须跳出文本，深入相应的历史语境。文学家使用饮食符号的意图各不相同，有的作家刻画进餐动作是为了强调作品中人物的某些个性，有的作家把筵席看作社会经济矩阵的具象化，有的作家视饮食为历史变迁的标记。文本中的饮食符号不仅具有特定的文学价值，而且与真实的历史进程紧密相关。总而言之，文本具有历史性，历史本身也能变成文本，饮食批评必然会从文学符号学领域跨入意识形态符号学领域。

詹姆斯·布朗关于文学饮食研究的理论阐述得到众多学者的承继、运用和发展，其中的代表人物是罗纳德·勒布朗。布朗的理论源于他对1789年至1848年间法国小说中的饮食书写的阐释，勒布朗将它应用于解读19世纪的俄国文学。虽然勒布朗的饮食批评专著直到2009年才面世，但他的相关论述早在20世纪80年代就已开始陆续发表。勒布朗指出，近年来，越来越多的文学批评者关注文学中的饮食，但他也坦言，文学饮食研究滞后于其他学科领域的饮食研究。饮食在文学文本中发挥着多种重要的功能，作家运用饮食来勾勒人物的内心世界以及他们生活的外部社会。作为一个叙事符号，食物具有广泛的表意可能性，因为进食这一人类行为从本质上包含了生理、心理、社会、文化等多个维度。

勒布朗重申了布朗的核心论点，即在文学研究领域，饮食批评主要遵循两个不同的表意符码：一个是社会起因的符码，表示在任何具体文化中的饮食社会学；另一个是心理起因的符码，表示在进食的普遍性中的饮食心理学。从社会起因符码来看，小说中的饮食映射出所处时代的社会、经济和政治结构；从心理起因符码来看，读者通过小说人物吃的食物和进食的方式得以了解他们的个性特征。② 值得注意的是，罗纳德·勒布朗将詹姆斯·布朗提出的饮食的两个表意符码在顺序上颠倒过来，先讨论社会起因的符码，再讨论心理起因的符码。显然，这样排序更符合逻辑。

---

① James W. Brown, "On the Semiogenesis of Fictional Meals", p. 335.
② Ronald D. LeBlanc, "Dinner with Chichikov: The Fictional Meal as Narrative Device in Gogol's Dead Souls", *Modern Fiction Studies*, no. 18 (Fall 1988), p. 68.

舌尖上的身份

首先，我们从社会起因的符码来审视作家如何操控食物的表意可能性。从社会意蕴角度而言，小说中的饮食活动揭示了几个符号学的对立项。其中之一是富有与贫穷之间的对立：富人的标志是奢侈的食物和大肆挥霍的宴会，穷人则食不果腹，总是在与饥饿作斗争。例如，在《心是孤独的猎手》（*The Heart Is a Lonely Hunter*，1940）中，卡森·麦卡勒斯把资本家和雇主描绘成贪吃的肥猪，而穷白人和黑人则基本上都食不果腹。食物成为作家想要描绘的社会状况的经济标记：富人大吃大喝，穷人忍饥受饿。作家可以非常便利地通过体形，即体态臃肿或瘦骨嶙峋，来区分富人和穷人。除了富有与贫穷之外，另一组常见的对立项是本土的与外来的，它有时表现为城市与乡村之间的对立。玛丽·弗兰纳里·奥康纳的《暴力夺走》（*The Violent Bear It Away*，1960）就是一个典型的例子，小说充满了关于城乡饮食差异的描述。作者示意，乡村居民吃的是简单、健康的食物，而城市居民吃的是华而不实的食品。在文学作品中，诱惑经常与昂贵的餐馆联系在一起，贪恋美食的行为受到指责，铺张浪费的筵席被批判。

从美食的社会起因转到心理起因，我们认识到，文本中的饮食书写不仅告诉读者关于社会的外部世界状况，也传递出食客们的内心世界。从弗洛伊德的观点来看，作家笔下的一些人物热爱美食，是因为他们害怕性冲动，竭力压抑力比多①。他们通过满足口腹之欲来排解被压抑的性欲，被压抑的性欲的满足在餐桌上享用美食的过程中得到补偿。借用精神分析术语来说，个体重回力比多发展的口腔阶段。在小说中，美食享受与性爱享乐总是关联在一起，被压抑的力比多在反复出现的进餐行为中得以释放。②

在很大程度上，饮食映照出小说人物的心理特点。文学作品中聚集了各种类型的食客，包括美食家（gourmets）、贪吃者（gourmands）和暴饮暴食者（gluttons）。饮食偏好为读者判断人物的具体性格提供了非常有价值的线索。不仅吃什么，而且怎么吃，决定着一个人的个性和身份。餐桌为人类交往提供了一个重要的场合。小说中的人物享受美食更多的是为了获得一种集

---

① 英文 libido 的中文译音，其基本含义是一种性力、性原欲，即性本能的一种内在的、原发的动能、力量，是弗洛伊德理论中的一个十分重要的概念。

② Ronald D. LeBlanc, "Dinner with Chichikov: The Fictional Meal as Narrative Device in Gogol's Dead Souls", pp. 71–72.

体感，人在获得身体的满足之后，感受更为深刻的是友谊、陪伴和温暖。对于孤独者而言，餐桌前的交谈比餐桌上的食物更重要。一些人物通过食物偏好和饮食习惯来展示自己的个性特点，例如务实节俭、缺乏判断力。对于另一些人物而言，巨大的食欲成为追逐权力、主导性和控制力的象征。正如肉食动物一样，他们"生吞活剥"受害者，耽于满足自己的肉欲。

罗纳德·勒布朗的饮食研究著述的另一个主要理论来源是罗纳德·托宾。托宾在20世纪80年代末从饮食视角深入研究了莫里哀的剧作，出版了专著《奶油馅饼：莫里哀戏剧中的喜剧与美食》(*Tarte à la crème: Comedy and Gastronomy in Molière's Theater*)。2002年，托宾又撰文专门对"饮食批评"这一术语加以系统阐述，该文先是以法语发表，题为《何谓饮食批评？》①。次年，他对论文进行扩充和修改后以英语发表，题为《作家与厨师：莫里哀论文学与美食》("Booking the Cooks: Literature and Gastronomy in Molière")。托宾指出，文学批评家很少研究文本中的饮食话题，直到20世纪后期，情况才稍有改观。《荷马史诗》以降，各个时代都有许多文学家在创作中大量使用饮食意象，19、20世纪文学中的饮食语言堪称时代的档案。托宾把烹饪比作变形和幻象的过程，厨师是玩火的普罗米修斯，作家则是摆弄语言的创造者。从饮食批评视角解读文学作品，能够带来丰富鲜活的细节发掘和别具一格的观点阐发。

罗纳德·勒布朗认为："罗纳德·托宾为理解饮食话语的本质提供了一个特别有用的概念模式。"② 在关于《太太学堂》的研究中，托宾将莫里哀戏剧中的核心浪漫情节阐释为两种截然不同的符码之间的冲突：他把暴力强势的阿尔诺尔弗与文雅享乐的贺拉斯争夺阿涅丝的爱解释为符号式的碰撞，前者是法语动词 *manger*（吞噬）所传递的权力的符码，后者是法语动词 *goûter*（品尝）所代表的享乐的符码。③ 食肉的阿尔诺尔弗企图

---

① Ronald W. Tobin, "Qu'est-ce que la Gastrocritique?", *Dix-Septième Siècle*, no. 217 (2002), pp. 621–630.

② Ronald D. LeBlanc, *Slavic Sins of the Flesh: Food, Sex, and Carnal Appetite in Nineteenth-Century Russian Fiction*, p. 3.

③ Ronald W. Tobin, *Tarte à la crème: Comedy and Gastronomy in Molière's Theater*, Columbus: Ohio State University Press, 1990, pp. 19–30.

舌尖上的身份

"吞噬"阿涅丝,在她成为他的"财产"和妻子之后,他迫切希望支配和控制她;而贺拉斯则是想要"品尝"作为爱情伴侣的阿涅丝的肉体和柔情。简言之,莫里哀将阿尔诺尔弗的性攻击和支配欲与贺拉斯获得享乐的欲望进行了强烈的对比。勒布朗将托宾关于 manger(吞噬)与 goûter(品尝)的区分应用于解读19世纪的俄国文学,他认为托尔斯泰小说中的人物倾向于"品尝",陀思妥耶夫斯基笔下的人物则倾向于"吞噬"。换句话说,勒布朗在俄国文学中也发现了两种对立的模式:陀思妥耶夫斯基式的"食肉性"(carnivorousness),食与性被刻画成暴力、侵占和支配的行为;托尔斯泰式的"感官快感"(voluptuousness),食与性被描述为力比多的享乐、愉悦和放纵。①

由此可见,饮食在小说中承担了多种重要的叙述功能。例如,饮食提供了关于当时社会状况和生活状态的详细信息,揭示出小说人物的性格,成为快乐和权力欲望的隐喻。作为一个组织手法,饮食是作家安排主要人物的重要事件的手段。作家利用饮食构建出"一个自给自足的世界,它持久不变,牢靠建立在物质性之上"②。一部分作家通过饮食书写达到教化和讽刺的意图。饮食代表了人类生活的生物维度,作家有时用它来降格和矮化人物,贪吃的人物被沉降到动物的生存状态,他们的人性被剥夺。在一些人物形象中,肚子代表的是罪恶,即消费、享乐和索取的欲望。要获得救赎,人必须克制膨胀的食欲,他/她不能敞开肚子去吃,而应该节食或斋戒。

在《十九世纪法国小说中的饮食符号学探析》一文中,琳达·大卫-朗斯特里特(Lynda Davey-Longstreet)提供了探析饮食符号学的一个简要清单,其中包括:细节(detail),食物构成传达"现实效果"的叙事;地域(place),例如,域外食物既是地理标记,更带有"他者、陌生、财富"等意味;时间(time),每日进食某种食物可以表示稳定甚至安心的意思,也可能代表着痛苦;个性(character),食物消费可以作为性格特点的索引。③

---

① Ronald D. LeBlanc, *Slavic Sins of the Flesh: Food, Sex, and Carnal Appetite in Nineteenth-Century Russian Fiction*, p. 3.
② Alexander Obolensky, *Food-Notes on Gogol*, Winnipeg: Trident Press, 1972, p. 129.
③ Lynda Davey-Longstreet, "For a Semiotics of Food in the Nineteenth-Century French Novel", *RSSI*, vol. 14, nos. 1 – 2 (1994), pp. 224 – 225.

大卫-朗斯特里特解释说,她希望列举一系列子话题(subtopics)来"打消关于此主题无话可说的担忧"①。事实上,饮食本身是一个跨学科的话题,饮食研究领域聚集了人类学家、社会学家、心理学家、神学家和科学家,以及文学研究者。除了大卫-朗斯特里特提出的子话题,还有许多话题可以探讨,例如,拉康的思想,欲望、缺乏、玷污、卑贱等精神分析的概念本身就暗含吃的动作;再如,新历史主义理论,膳食、菜单、广告、包装等与食物相关的人造物都有待深入探究。

在布朗、勒布朗和托宾等批评家的倡导下,文学饮食研究致力于从心理起因和社会起因这两个文本外的符码来阐释文本内的饮食符号的普遍性和具体性,"解码"的方法来自不同学科,诸如文学理论、符号学、社会学、人类学、心理学、历史学和文化研究。饮食批评牵涉所有与食物相关的学术领域:一些学者认为,它属于艺术(关于烹饪和文学的艺术),另一些学者则认为它属于哲学;一些学者把饮食批评与社会科学,尤其是与人类学联系起来,另一些学者还试图寻找它在科学史和医学史中的位置。从研究者们的兴趣和围绕食物书写展开的争论来看,饮食批评的前景十分光明。②尽管评论家对文学家的食物书写的关注由来已久,但这方面的评论还不够系统化和理论化,饮食批评具有广阔的发展空间。饮食研究者一致认为,讨论人类最常见的平淡的活动,能够产生关于日常生活和世界观的关键信息和深刻思想,"尤其是在后现代全面质疑现实的语境下,细察普通人的饮食及其物质文化,可以在不确定的世界内唤醒具体事物的吸引力"③。文学饮食研究鼓励学者不仅对进餐、食物生产和制作的叙述场景产生兴趣,更对饮食隐喻和消费修辞的运用加以深入讨论。由于解读小说、诗歌和戏剧中的食物意象通常依赖于人类学、社会学、历史学、哲学和文学理论的对话,因此,跨学科的批评方法将为文学饮食研究提供不竭的动力和无穷的活力。

---

① Lynda Davey-Longstreet, "For a Semiotics of Food in the Nineteenth-Century French Novel", p. 221.
② Ronald W. Tobin, "Qu'est-ce que la Gastrocritique?", p. 630.
③ Arlene Voski Avakian, ed., *Through the Kitchen Window: Women Writers Explore the Intimate Meanings of Food and Cooking*, Boston, Massachusetts, Beacon Press, 1997, p. 1.

第二节 本书的研究路径和内容概要

文学饮食研究①是一个前沿的学术话题，目前全球范围内尚没有专门的理论著作问世。相比之下，社会科学中的饮食研究基础则十分雄厚，它具有显著的跨学科性，涵盖的内容十分宽泛，最具代表性的有：罗兰·巴特（Roland Barthes）的符号学分析，列维-施特劳斯（Claude Levi-Strauss）和玛丽·道格拉斯（Mary Douglas）的人类学研究，诺贝特·埃利亚斯（Norbert Elias）的历史学探讨，皮埃尔·布尔迪厄（Pierre Bourdieu）关于饮食、消费和文化身份的社会学阐释。这些研究成果都可以被合理地应用到文学研究之中。虽然文学批评领域还没有像列维-施特劳斯的"烹饪三角"那样系统的理论框架，但已经有大量针对不同文学文本展开的案例研究。近年来，国外的文学饮食研究硕果累累，学术著作的数量逐年显著增加。②

目前，国内尚没有文学饮食研究方面的学术专著，但已有一些评论者

---

① 波莫纳学院（Pomona College）的学者汤普金斯（Kyla Wazana Tompkins）从自己的教学实践出发，讨论了如何从文学批评角度进行饮食研究，详见 Kyla Wazana Tompkins, "Literary Approaches to Food Studies: Eating the Other", *Food, Culture & Society*, vol. 8, no. 2 (Fall 2005), pp. 243 - 258。另外，印第安纳大学伯明顿分校的学者哈洛伦（Vivian Nun Halloran）专门建立了关于文学饮食研究的个人网站（https://literaryfoodstudies.com）。她致力于探讨文本如何体现、挑战或拓宽我们对精美的、感人的、发人深思的、扣人心弦的饮食书写的认知。

② 进入21世纪以来，国外涌现出一大批从饮食研究视角来解读文学文本的学术专著，例如：Sarah Sceats, *Food, Consumption and the Body in Contemporary Women's Fiction*, Cambridge: Cambridge University Press, 2000; Diane McGee, *Writing the Meal: Dinner in the Fiction of Early Twentieth-Century Women Writers*, Toronto: University of Toronto Press, 2001; Susanne M. Skubal, *Word of Mouth: Food and Fiction after Freud*, London: Routledge, 2002; Denise Gigante, *Taste: A Literary History*, New Haven: Yale University Press, 2005; Andrea Adolph, *Food and Femininity in Twentieth-Century British Women's Fiction*, Farnham: Ashgate, 2009; Annette Cozzi, *The Discourses of Food in Nineteenth-Century British Fiction*, New York: Palgrave Macmillan, 2010; Lorna Piatti-Farnell, *Food and Culture in Contemporary American Fiction*, New York: Routledge, 2011; Jayne Elisabeth Archer, Richard Marggraf Turley, and Howard Thomas, *Food and the Literary Imagination*, New York: Palgrave Macmillan, 2014; Sandra M. Gilbert, *The Culinary Imagination: From Myth to Modernity*, W. W. Norton & Company, 2014; David B. Goldstein and Amy L. Tigner (eds.), *Culinary Shakespeare: Staging Food and Drink in Early Modern England*, Pittsburgh, P. A.: Duquesne University Press, 2016。

撰文探讨了外国文学作品中的饮食主题。① 国内的文学饮食研究主要体现在女性文学和族裔文学方面,尤其集中于华裔女性美国文学,这在硕士学位论文的选题中体显得更加明显,例如,刘芹利:《饥饿女儿们的追寻——解读〈华女阿五〉、〈女勇士〉、〈喜福会〉中的食物、女性与身份》(2006);薛君:《食物与身份——论谭恩美之食物情结与身份追寻》(2009);向艳丽:《饮食与华裔女性身份建构——以〈华女阿五〉和〈喜福会〉为中心的讨论》(2012)。文学批评中的饮食研究主要集中在族裔文学(如亚裔、非裔美国文学)的状况在美国学界也是如此。以亚裔美国文学中的饮食研究为例,在现有的学术成果中,学术论文的数量十分可观,学术专著也多达4部。② 这种研究热度的出现不难理解,因为食物是族裔身份的最重要标识之一,族裔作家往往会在创作中大量使用饮食意象

---

① 例如,宋晓萍:《厨房:欲望、享乐和暴力——厨房中的女性话语以及〈恰似水于巧克力〉》,载《外国文学》2000年第4期;陆薇:《"胃口的政治":美国华裔与非裔文学的互文性阅读》,载《国外文学》2001年第3期;王晋平:《论托妮·莫里森的食物情结》,载《西安外国语学院学报》2001年第3期;陈爱敏:《饮食文化上的"他者"——当代华裔美国女作家的东方主义色彩》,载《当代外国文学》2003年第3期;李博婷:《弗吉尼亚·伍尔夫的吃与疯狂》,载《国外文学》2012年第3期;武田田:《食物、食人、性与权力关系——安杰拉·卡特20世纪70年代小说研究》,载《解放军外国语学院学报》2012年第2期;刘思远:《从"食欲"到"餐桌礼仪"——论〈认真的重要〉中的喜剧性》,载《外国文学》2013年第3期;刘彬:《食人、食物:析〈天堂〉中的权力策略与反抗》,载《外国文学研究》2014年第1期;张辛仪:《小叙事和大意象——论君特·格拉斯笔下的饮食世界》,载《当代外国文学》2014年第1期;郑佰青、张中载:《安吉拉·卡特小说中的吃与权力》,载《当代外国文学》2015年第2期;王韵秋:《隐喻的幻象——析〈可以吃的女人〉与〈神谕女士〉中作为"抵抗话语"的饮食障碍》,载《国外文学》2015年第4期;刘芹利:《论〈最蓝的眼睛〉佩科拉疯癫之路的食物话语》,载《四川师范大学学报》(社会科学版)2016年第1期;黄新辉:《华裔女性文学中的食物叙事与性别政治》,载《北京第二外国语学院学报》2016年第3期;王凤:《食肉成"性"的布鲁姆——论〈尤利西斯〉中乔伊斯的反素食主义立场》,载《外国文学评论》2016年第2期;刘晓春:《世界精神与生态关怀:雪莱和他的素食主义》,载《外语教学》2016年第3期;王晓雄:《文明人的食人焦虑和帝国的纾解策略——十八世纪初期英国文学中的食人书写》,载《外国文学评论》2018年第2期;余杨:《文本的滋味——论君特·格拉斯的饮食诗学》,载《上海交通大学学报》(哲学社会科学版)2019年第2期;陈海容:《〈锻如血〉与"马斯科吉三部曲"中的食物书写》,载《外国文学》2019年第5期。

② 这些学术专著分别是:Sau-Ling Cynthia Wong, *Reading Asian American Literature: From Necessity to Extravagance*, Princeton, N. J.: Princeton University Press, 1993; Monica Chiu, *Filthy Fiction: Asian American Literature by Women*, New York: Altamira Press, 2004; Wenying Xu, *Eating Identities: Reading Food in Asian American Literature*, Honolulu: University of Hawai'i Press, 2008; Anita Mannur, *Culinary Fictions: Food in South Asian Diasporic Culture*, Philadelphia: Temple University Press, 2010。

来再现族裔人群的身份认同。① 国外的文学饮食研究著作和国内的相关学术论文为本书的写作提供了有益的借鉴和参考。

饮食研究作为一种新兴的文学批评方法或理论视角，它具有什么定义性或差异性的特征？毋庸置疑，一部充盈着食物意象的经典文学作品，早就有对它的食物意象加以分析的学术研究，如果从当下的饮食批评方法或饮食研究视角进行重新解读，如何才能避免"新瓶装旧酒"呢？华裔美国学者许文英在一次访谈中精辟地回应了这个问题："饮食研究已经开始了较长一段时间。它最近逐步变得势头强劲。然而，在文学研究中关注饮食的学者还不太多。在过去，我们通常将食物看作象征或隐喻，极少有人思考食物的政治含义，去探寻它与个体的身份，尤其是与政治身份之间的关系。"② 更进一步而言，作为一种文学批评方法或理论视角的饮食研究，相较于以前对文学作品中的食物意象所进行的分析，最大的不同在于：以往的研究将饮食作为文本分析的背景，重在阐释食物的象征意义和叙事功能；现在的研究将饮食在文本中的作用前置，发掘饮食话语中内嵌的身份认同、文化意蕴和政治（无）意识。

许文英教授的学术专著《"吃身份"：解读亚裔美国文学中的食物》（*Eating Identities*: *Reading Food in Asian American Literature*, 2008）充分反映了她的上述理论观点。在绪论中，作者谈及该书的学术价值，其中之一是："我对亚裔美国文学文本的阐释可以为解读其他文学传统中的饮食与身份提供一些范式。"③ 本书借鉴该著作的一部分阐释范式，融合其他相关的理论视角，进而构建起一个解读美国南方女性小说中的饮食与身份的研究框架。

"我们吃什么决定我们是什么"这句谚语的字面意思是，进食的人和

---

① 一个值得关注的现象是，在美国，从事亚裔文学的饮食研究的学者基本上是亚裔美国学者，几乎没有美国白人或其他族裔的学者。可能的原因有两个，一是亚裔美国文学尚未得到主流文学批评界足够的重视，二是美国白人或其他族裔的学者对亚洲的饮食文化了解不够，因而很难进行深入的探讨。

② 王祖友：《饮食身份及文化探索者——许文英教授访谈录》，载《当代外语研究》2013年第11期，第66页。

③ Wenying Xu, *Eating Identities*: *Reading Food in Asian American Literature*, Honolulu: University of Hawai'i Press, 2008, p.2.

被吃的食物是互通的。在基督教的圣餐中,领圣餐者通过吃基督的"肉"、喝他的"血",吸收和内化耶稣基督的教义。在食人部落里,后代通过食用刚去世长辈的身体来吸收和传承智慧。许文英解释说,她将著作的标题定为"吃身份"(Eating Identities),旨在揭示饮食与身份之间的多重关系,包括饮食与族裔、饮食与性别、饮食与阶级、饮食与流散、饮食与性特征之间的关系。"吃"(eating)传递出两层不同于"食物"(food)的意义。第一,吃是一种原始的行为,而食物是一种文明化的物质。人类和其他生命体一样把吃当作最基本的行为。如果剥开人类的面具,我们只是吃喝拉撒的有机体。通过餐具、场合、风格、礼仪等物质或文化手段,人类将进食予以升华,使之成为一种社会行为。第二,与身份这一建构主义的概念连接在一起时,吃所蕴含的意义比食物要丰富得多。吃包含消费、内化、吸纳、生成、加工、建造、加强、侵蚀、克服、外化(排泄)等意义。因此,"吃身份"具有多种阐释,例如,通过吃来获取身份、吃完耗尽身份、被我们的身份吃掉。[1]许文英概括道:"在我们吃身份的同时,身份也在吃我们。建构和维持我们的身份,不论身份是真实的还是虚假的,这种努力都在消费我们,将我们切碎,正如牙齿咬碎食物一样,然后进行社会意义上的加工处理和新陈代谢。"[2]

社会规范是构成我们身份的隐性物质,作为一种社会化行为,人类的饮食必须遵守相应的礼仪习俗。我们自然而然地或被强迫接受既定的身份,有时也妨碍和阻挠身份的日常操演,并从中获得快乐。许文英在全书结尾处用一种抒情的语调说道:"大部分时候我们都遵守社会规范,但真正赋予我们人类特性的正是我们对规范的抵制。我们既消费身份,也排泄身份。有进必有出。正是由于身份形成与身份解构之间的辩证关系,人类生活不仅弥漫着冲突,也充满了快乐。"[3]

在许文英的论述框架的基础上,笔者尝试进一步阐述进食与身份的关系,通过援引德勒兹(Gilles Deleuze)和瓜塔里(Pierre-Félix Guattari)关

---

[1] Wenying Xu, *Eating Identities: Reading Food in Asian American Literature*, pp. 166–167.
[2] Wenying Xu, *Eating Identities: Reading Food in Asian American Literature*, p. 168.
[3] Wenying Xu, *Eating Identities: Reading Food in Asian American Literature*, p. 169.

于"生成"(becoming)的论述,指出人进食的过程也是生成身份的过程,人对食物的选择,尤其是主动的饮食选择,是人对自我认知和自我身份的主观能动的追求。吃是生成的方式,这指涉的不仅是营养物质的吸收,更重要的是我们选择吃什么,我们如何吃,以及我们如何表达自己的食欲。多丽丝·维特(Doris Witt)在《黑色饥饿:食物与美国身份政治》一书中强调:"对食物的研究可以帮助我们理解我们是如何看待自己作为个人和集体的主体,因此进而理解我们如何与占优势的社会秩序进行妥协或抗争。"[1] 儿童开始说话时,他/她进入到复杂的符号体系之中,从少年时期开始,他/她的认知能力逐步形成,一方面继续习得社会规范和接受体制规训,另一方面开始反抗既定的现实以及自觉寻求个性的空间。本书讨论的文学文本包含多种类型的关于青少年成长和成年人抗争的叙事,他们的饮食偏好和对某种食物或用餐礼仪的选择或拒绝,映照了他们的社会身份的生成。

  饮食习俗和饮食选择对于身份塑造和主体性建构的相关性,也可以援用雷蒙·威廉斯关于味道/品味的论述来诠释。威廉斯认为,Taste(味道/品味)这个词的首字母是大写还是小写直接关系到它的含义,而要了解大写的 Taste 与小写的 taste 之间的区别,我们只要想到它的相关词的用法就可以得知,例如触摸(touch)与感觉(feel)的引申及隐喻意涵:这两个词尚未被抽象化,没有大写的形式,也没有被条理化。Taste 与 Good Taste 这两个词汇已经远离了主动的身体意涵,转为与某些习惯或规范的获得有关。概言之,小写的 taste 具有浓厚的主动意涵,而大写的 Taste 是抽象化概念,即具有习惯性的、不明显的特质。[2] 笔者从雷蒙·威廉斯关于大写的 Taste 与小写的 taste 之间的区分得到启发,进而将这组概念的含义加以借用和延伸:大写的 Taste 意指饮食的社会文化语境,小写的 taste 意指个体的饮食实践。透过饮食这面棱镜,本书聚焦探讨美国南方女性作家如何叙述社会文化对小说人物的形塑以及她们为建构主体性所做的努力。

  饮食批评是一个新兴的学术领域和研究视角,缺乏像生态批评、文学

---

[1] Doris Witt, *Black Hunger: Food and the Politics of U. S. Identity*, New York: Oxford University Press, 1999, p. 17.

[2] [英]雷蒙·威廉斯:《关键词:文化与社会的词汇》,刘建基译,生活·读书·新知三联书店 2005 年版,第482页。

第一章　文学饮食研究的方法和路径

伦理学批评等流派所具备的基本范式、关键术语和分析架构。现有的文学饮食研究著作既有对单个作家加以细察的，也有对一组作家进行讨论的，这些著作的结构设计都是逐章论述所选作品的某一个或几个与饮食紧密相关的主题，再总结它们的共性或差异。已有研究成果的内容结构都是基于研究对象而设计的，个性鲜明，没有相对固定和广泛运用的理论框架，但它们有一个重要的共性，即都采用了跨学科的研究方法，注重从其他学科借鉴相关研究成果。在广泛阅读和深度思考的基础上，笔者重点借鉴和融合了罗纳德·托宾、詹姆斯·布朗、罗纳德·勒布朗、许文英、雷蒙·威廉斯等学者的著述，总结了文学饮食研究的基本路径，构建了适用于本书的结构框架，各章的论述都是在这一框架下展开的。

　　在选择小说文本时，本书着重考虑了文本之间的跨度。① 此处所说的跨度，指的是五位作家的饮食书写中展现出来的空间跨度。关于饮食的空间/地理维度，大卫·贝尔（David Bell）和吉尔·瓦伦丁（Gill Valentine）在他们合著的《消费地理》（*Consuming Geographies*: *We Are Where We Eat*，1997）一书中进行了精辟的阐述。两位作者采用尼尔·史密斯（Neil Smith）提出的身体（body）—家庭（home）—社区（community）—城市（city）—区域（region）—国家（nation）—全球（global）这个空间量级结构，② 分别从各个层次详细阐述了"我们吃什么以及在哪里吃定义了我们的身份"这一核心观点。③ 贝尔和瓦伦丁断言："每一口食物，每一顿

---

① 另一个文本选择的标准是，避开那些饮食主题已经被反复讨论过的作品，如韦尔蒂的《三角洲婚礼》。

② Neil Smith, "Homeless/Global: Scaling Places", in John Bird, et al. (eds.), *Mapping the Futures*: *Local Cultures*, *Global Change*, London: Routledge, 1993, pp. 87–119.

③ David Bell and Gill Valentine, *Consuming Geographies*: *We Are Where We Eat*, New York: Routledge, 1997, p. 3. 尼尔·史密斯的第一个空间量级"身体"，似乎不好理解。然而，自20世纪90年代开始，陆续有学者，例如，罗斯（Gillian Rose）、克里姆（Julia Cream）和毕尼（Jon Binnie），开始将身体纳入空间加以研究。关于身体的社会建构以及身份投射的理论表明，把身体作为社会和空间理论的一部分进行研究，具有重要的学术价值。参见 David Bell and Gill Valentine, *Consuming Geographies*: *We Are Where We Eat*, p. 12. 另外，笔者注意到，约翰·罗伯茨在讨论中国饮食文化时，也借用了这本书的理论作为研究视角："另一种确定中国食品在当今西方社会所处地位的办法是充分理解大卫·贝尔和吉尔·瓦伦丁在著作中提出的观点。"详见［英］约翰·罗伯茨：《东食西渐：西方人眼中的中国饮食文化》，杨东平译，当代中国出版社2008年版，第179～186页。

饭，都可以告诉我们关于我们自己的身份以及我们在世界的位置。"① 本书致力于研究的系统性和全面性，所选取的五部小说完整覆盖了贝尔和瓦伦丁提出的上述七个饮食地理维度。② 例如，麦卡勒斯笔下的南方工业小镇，镇上的"纽约咖啡馆"和非裔美国人的家庭厨房；奥康纳笔下的南方乡村厨房与城市的跨国餐馆；韦尔蒂笔下的麦凯尔瓦家庭、芒特萨卢斯社区和大都市芝加哥；波特笔下肥胖的德国人（身体），绍姆魏因酒象征的德国国家身份，法国香槟酒的全球盛誉；梅森笔下的希望镇、莱克星顿市和越南的丛林。

本书文本分析部分的五个章节的排序并不是按照各章讨论的文学作品的出版时间，而是根据小说主要人物所处的饮食空间的差异（空间范围呈现由小到大的趋势）进行的。《心是孤独的猎手》中十四岁的米克生活在被饥荒笼罩的南方工业小镇，她选择一边学习一边工作，把吃炸鸡的欲望与音乐梦想结合在一起。《暴力夺取》中同样是十四岁的塔沃特离开南方偏僻乡村，前往城市投靠舅舅，告别乡村菜肴、接受城市饮食对塔沃特造成巨大的挑战，他的成人之旅意味着跨越自己的进食障碍。《乐观者的女儿》中劳雷尔参加完父亲的葬礼之后，彻底告别出生和成长的南方小城芒特萨卢斯，返回长期工作和生活的北方大都市芝加哥，故乡的美食化作亲情的记忆，融入新的饮食模式之中。《愚人船》中珍妮和特雷德韦尔太太离开美国，乘坐"真理号"航船前往德国，她们在这个微型宇宙中，同时

---

① David Bell and Gill Valentine, *Consuming Geographies*: *We Are Where We Eat*, p. 2. 全书的讨论从身体开始，就生理和心理层面而言，身体都是食物构建身份表现最显著的维度；两位学者援用福柯关于西方历史上对身体加以压制的理论，讨论了食物在塑造厌食的身体和肥胖的身体等不同身体空间方面的角色。"家庭"这一章从女性主义视角描述了食物制作和消费如何反映出家庭成员之间的权力关系。关于"社区"的部分阐明了食物在加强成员之间的团结和纽带方面的作用，以及共同的饮食传统对内部的人和外部的人进行的划界。"城市"这一章讨论了当代西方城市中饮食选择的多样性以及餐馆和大型超市如何将城市变成文化资本的场域。"区域"这一章考察了独特的饮食对区域的定义性角色，以及区域内的人如何通过有效利用原产地标识的食物来对抗全球化力量和维护区域身份。接下来关于"国家"的部分与讨论"区域"采用的是相似的路径，主要揭示了传统饮食如何被用来强化民族/国家主义，以及食物如何在不同群体之间划分及维护政治和意识形态边界。最后一章"全球"阐述了当代西方人对外国饮食的热爱，他们吃遍全球的方式与另一种"只吃本地的食物"的潮流形成鲜明对照。

② 诚然，有些维度，例如家庭、社区和地域，被讨论的频率相对要高得多，它们在多部小说中得到集中体现。

受到性别主义和种族主义的挤压，饮酒成为她们释放压抑情绪和反抗压迫的强有力途径。《在乡下》中十七岁的高中毕业生山姆·休斯在快餐和传统南方食物之间徘徊，并且希望通过尝试越战时期美国士兵的食物来理解父亲和舅舅的战争创伤。

五部作品都出自美国南方女性小说家之手，创作时间介于20世纪40年代至80年代之间。在这半个世纪期间，工业化、城镇化的加速推进吞噬了南方重农主义的根基，建立在农耕传统之上的南方家庭、社区结构发生了深刻的变化。席卷美国的经济大萧条使本来就落后于其他地区的南方陷入更加艰难的困境，许多南方人食不果腹，长期积累的阶级矛盾和种族冲突集中爆发。在全球范围内，第二次世界大战前夕及期间的反犹主义和帝国军事主义等反人类行径引发了许多南方人的谴责和抵抗。越南战争给美国社会带来新一轮的剧烈波动，对美国社会产生了深刻的影响。[①] 区域、全国、全球范围内的社会政治变迁给作为一个大集体的南方人带来了深刻的身份危机。本书讨论的五部作品中的小说人物经历的身份危机或身份焦虑正是南方人身份危机的缩影。除此之外，他们的身份危机往往还与个人的、直接的原因有关，但这些个人的原因并不是孤立地发生作用，而是与南方人共同面对的社会政治变迁交织在一起的。

在文学研究领域，饮食批评主要遵循两个不同的表意符码：社会起因符码和心理起因符码。詹姆斯·布朗主张先讨论源于心理动力机制的吃喝之普遍性，再分析派生于社会生成机制的吃喝之具体性；罗纳德·勒布朗将詹姆斯·布朗提出的饮食的两个表意符码在顺序上颠倒过来，先讨论社会起因符码，再讨论心理起因符码。笔者认为这样的讨论顺序更符合逻辑，避免了陷入环境决定论，有助于凸显人的能动性，因此在后文的论述

[①] 近年来，有多位学者指出，美国南方文艺复兴时期以及当代的南方作家将南方置于与其他空间的关系之中，从而揭示了全球视角下的区域生活状况。例如，Martyn Bone, "The Transnational Turn in the South," in Russell Duncan and Clara Juncker (eds.), *Transnational America: Contours of Modern U. S. Culture*, Copenhagen: Museum Tusculanum Press, 2004; Leigh Anne Duck, *The Nation's Region: Southern Modernism, Segregation, and U. S. Nationalism*, Athens: University of Georgia Press, 2006; James L. Peacock, *Grounded Globalism*, Athens: University of Georgia Press, 2007; Noah Mass, " 'Caught and Loose': Southern Cosmopolitanism in Carson McCullers's *The Ballad of the Sad Café* and *The Member of the Wedding*", *Studies in American Fiction*, vol. 37, no. 2 (Fall 2010), pp. 225 – 246。

中采取了这条论述路径。

本书的研究方法是，以文本细读为根本，注重发掘具体食物和饮食行为的历史根源和社会语境，合理借鉴人类学、社会学、马克思主义、女性主义、文化研究和精神分析等相关方面的理论。在理论的吸收和运用上，本书采取的是"杂食主义"立场，不拘泥于某个学科或某个学派的理论观点，只注重是否适用以及是否有利于深化文本的解读。因此，在行文的过程中，本书并没有刻意将相关的理论观点放在章节的开头等相对独立和突出的位置，而是将它们融入文本分析之中。

本书由绪论、主体部分、结论和附录组成。绪论包含本研究的选题意义和文献综述。主体部分包括六章。第一章概述了文学饮食研究的历史轨迹和重要观点以及本书的研究路径。第二章到第六章分别选取麦卡勒斯、奥康纳、韦尔蒂、波特和梅森的重要长篇小说，从五个不同的维度探讨小说中的饮食语言、食物意象和进餐场景所蕴含的社会关系、人类情感和身份政治，从分析作为物质现象的食物转移到分析食物承载的隐含信息，进而从总体上研究人与社会之间的关系。

第二章围绕《心是孤独的猎手》中的饥饿叙述，讨论麦卡勒斯如何书写大萧条时期美国南方的食物分配不均问题和底层南方人的饮食经历。饥饿是剥削和压迫的恶果，也是阶级和种族冲突的根源。控制食物的生产和分配是资产阶级施展权力的终极体现，资本主义生产方式导致了人与人之间关系的异化。底层白人和有色人种通过廉价出卖劳动力而获得的食物滋养了他们的身体和情感，美食既是精神隔绝的"化解剂"，又是炽热梦想的象征物。

第三章重点关注《暴力夺取》中的呕吐隐喻，探究奥康纳如何将有关生命之粮和共享圣餐的宗教信仰嵌入一个关于城乡饮食差异和思维对立的世俗故事之中。呕吐这一生理行为影射的是一个撕裂的身份，因为呕吐既是"我"，又是"非我"，它一方面把食物吸收到自我之中，另一方面又暴力地加以排斥。通过吸入和排出的逆向辩证，揭示呕吐这一原始行为象征的身份塑造的复杂性。饮食模式和思维方式交织在一起，清空肠胃与清空头脑具有一致性，呕吐是为接纳新的食物和思想做准备。

第四章以《乐观者的女儿》中的菜谱为支点，阐述韦尔蒂如何借由这部具有浓厚自传色彩的作品,深刻反思20世纪中期美国南方的性别政治和地域道德。菜谱是家族渊源的象征,依照母亲的菜谱烹饪出美味佳肴,是女儿对上辈致敬和尽孝的方式,也是对家族身份和社区遗产的承继。家庭传统与个体自由构成一种并存的矛盾状态,烧掉菜谱意味着逃离过去和记忆,开启另一种生活模式,与外部世界建立新的联系。

第五章着眼于《愚人船》中的餐桌,深入发掘波特在葡萄酒和猪肉等具体食物以及餐桌座次和礼仪上加载的复杂丰富的政治文化意义。餐桌是一个检验食客道德素养的测试场地和等级化的排他性场所。面对美食盛宴,真正有涵养的人时刻克制自己的欲望,在筵席上暴饮暴食被刻画成下层阶级和"粗劣国民"的行为。食物既是压迫者施展权力的规训策略,也是被压迫者向权力发起反攻的有效手段。被排斥的人群占领象征特权的餐桌,意味着给当权者加冕的狂欢宴会实质上是一场颠覆性的脱冕仪式。

第六章聚焦于《在乡下》中的快餐符号,解码梅森如何通过饮食书写来展现美国南方的社会变迁和越南战争对南方人造成的创伤。当代饮食变迁的一个重要表现在于"慢餐"的衰落和"快餐"的兴起,饮食的变迁揭示出新旧文化之间的冲突。给传统饮食带来剧烈冲击的主要力量是后现代拟像社会的堕落和消费主义的肆虐。消费既体现在实际的吃喝之中,也反映在消费文化,以及一种文化被消费、消化或者转化成另一种文化之中。食物的多样性诠释了纷繁杂乱的选择及其对当代生活造成的困境,食者的消费行为隐含着对主体身份的协商。

本书的结论部分指出,五位南方女性小说家的饮食书写具有不同的侧重点,但她们在叙述小说人物的饮食与身份之间的关系上存在共同之处。上述作品中的主要人物在不同程度上都经历着身份危机和身份焦虑,这种危机和焦虑的状态主要源于他们的性别、阶级、种族、宗教等社会因素。他们的身份危机显著地表现在各自的进食模式上,与此同时,他们竭力通过饮食行为在一个被边缘化或变迁的环境中找到自己的安全位置或重新定义自己的身份。

本书的第一章着力阐明了三个要点:文学饮食研究的基本路径(即从心理起因和社会起因这两个文本外的符码来阐释文本内的饮食符号的普遍性和具体性),本书在理论吸收和运用方面的"杂食主义"立场(即从人类学、社会学、心理学等学科借鉴相关理论来阐释文学作品的跨学科研究方法),以及上述路径和方法如何贯穿于书稿的各章内容。第二章到第六章分别从一个与饮食相关的关键维度切入,聚焦分析五位南方女性作家的相关作品,每章包含三节,前两节从社会起因符码出发,考察文本中的饮食细节反映的有关时代和地域的社会文化语境,第三节从心理起因符码出发,通过分析小说人物吃的食物和进食的方式来揭示他们的身份认同/身份危机和主体性建构。这五章的内容安排和论述思路依循第一章提出的文学饮食研究的基本路径和跨学科研究方法,因而具有较好的连贯性和统一性。

本书的创新之处主要体现在三个方面:第一,在研究对象层面,本书避开了那些被反复讨论的有关美国南方的富足、宴会和好客等主题的"浪漫主义"作品(尤其是描述内战前南方种植园中的奢华盛宴的作品)[①],转而关注那些书写食物短缺、餐桌政治或饮食变迁的"写实/食主义"小说。选择后一种类型的文本加以讨论,是为了破除关于南方饮食丰盛富足的刻板印象,揭示南方作家对于南方饮食更加多元复杂的叙述。此外,这样的文本选择可以避免复述国内外已有的研究,发掘没有得到足够重视的研究领域和议题。但是,这并不意味着本书摒弃和排斥关于南方饮食富足的论述。实际上,书中包含大量关于食物富足的讨论,并且通常是与饥馑、食物短缺和营养不良加以并置,从而揭示出美国南方社会中富足与饥馑并存的状况根源于种族、阶级、性别关系的不平等。第二,在研究路径层面,分别将饥饿、呕吐、菜谱、餐桌和快餐作为文本分析的切入点,借助马克思主义、女性主义、文化研究、精神分析、人类学和社会学等相关方面的理论,深入发掘作品中的饮食意象和进餐场景所蕴含的社会关系、人类情感和身份政治。第三,在研究内容层面,关注以往研究中不够重视的话题,例如,食物短缺引发的主体性危机、城乡饮食差异导致的身份撕裂、菜谱隐含的孝道伦理、餐桌上的权力和反抗、人类为获取肉食的打猎

---

① 正如托马斯·海德所言,美国南方文学包含许多与饮食相关的主题,其中最常见的是"丰盛、筵席、宴会和好客"。Thomas Head, "Food in Literature", in John T. Edge (ed.), *Foodways*, Vol. 7 of *The New Encyclopedia of Southern Culture*, Chapel Hill: University of North Carolina Press, 2007, p. 71.

与相互残杀的战争之间的同质性等,这些话题都指向一个更为关键但尚未得到深入探讨的主题,即饮食与身份危机及主体性建构之间的关系。

迄今为止,国外尚没有学术专著或学位论文从饮食视角对美国南方白人女性作家群体进行全面系统的研究。① 在国内,据目前了解的情况,本书是第一本研究外国文学作品中的饮食书写的学术专著。选题上的诸多考量有助于取得一定的学术创新,但也在某种程度上成为本书写作的难点,这主要体现在直接相关的参考资料较少。在研究过程中,本书以文本细读为根基,着力探究饮食意象的历史和文化语境,竭力寻求文化学、人类学和社会学等学科中的相关理论的支撑,这个过程较为艰难,具有一定的挑战性。

饮食研究不是简单地研究食物本身,更重要的是探讨食物与人类经验之间的关系。美国南方女性小说家在作品中经常使用食物意象,这些意象并不是单纯为了让读者了解相关地区的饮食文化,食物扮演着一个更加重要的角色,它与人在个体和集体层面的身份认同紧密相关。在阐释麦卡勒斯、奥康纳、韦尔蒂、波特和梅森的文学作品时,本书将饥饿、食物、烹饪、进餐、呕吐和欲望等置于更加复杂的身份问题之中,发掘饮食中内嵌的性别、种族、阶级和宗教等身份政治。通过解读美国南方女性小说中的饮食书写,本书致力于探讨饮食与社会、文化以及人类状况之间的关系,提出有深度的问题,得出有意义的结论,获得有价值的认识。

---

① 《南方季刊》1992年第2、3期(合刊)的"南方食物文本"特辑,以及《厨房里的写作:论南方文学与食物》(2014)这部论文集,是目前较为集中的研究成果,二者都是由不同作者的论文组成,涉及的文本在文类和创作时间上十分宽泛,并且各个作者的关注重点和写作风格差异很大。《搅拌锅具:南方女性小说中的厨房与家庭生活》(2008)是目前唯一一部专门探讨南方文学中的厨房和家庭主题的学术专著,该书选取的女性小说家分别是格拉斯哥、韦尔蒂、史密斯和莫里森,其中韦尔蒂也是本书选取的作家之一,但该书讨论的文本是《三角洲婚礼》,本书聚焦的文本是《乐观者的女儿》。

第二章 《心是孤独的猎手》中的饥饿：
精神隔绝与情感滋养

1953 年，《假日》（*Holiday*）杂志的主编邀请卡森·麦卡勒斯撰写一篇关于故乡风土人情的文章，并为此资助 1500 美元用于她回乡考察调研。其间，由于麦卡勒斯的丈夫自杀身亡，她心情沉重，勉强完成了一篇怀旧感伤的稿子。这篇约稿最后被杂志社拒绝刊登，理由是它不够轻快愉悦。50 年之后，手稿被发现和整理成文，题为《大吃大喝的佐治亚人》（"The Great Eaters of Georgia"），于 2005 年发表在杂志《牛津美国》（*Oxford American: A Magazine of the South*）上，后收录于美国文库（the Library of America）出版的《卡森·麦卡勒斯：短篇小说、戏剧和其他作品》。在这篇文章中，麦卡勒斯叙述了她拜访佐治亚的亲朋好友的经历和感受，重点描述了佐治亚的饮食习俗。她观察指出："佐治亚人一日三餐都大吃大喝。这种既喝橙汁又喝咖啡的早餐，我在北方从来没见过。一顿体面的佐治亚早餐通常包含鱼卵、粗玉米粉、鸡蛋、乡村香肠。"① 此外，佐治亚人喜欢聚餐，单独就餐的行为"不符合佐治亚人的习俗"（"un-Georgian"）②。麦卡勒斯在文中回顾了儿时的饮食经历，介绍了佐治亚的特色食物，例如，她认为排名第一的炸鸡、排名第二的田间豌豆（field peas）、名为"乡村船长"（Country Captain）的咖喱鸡、水果蛋糕、紫树蜂蜜（tupelo honey），还有"谈论佐治亚食物就不得不说的西瓜"③。她在文末总结道："虽然我们显得有些古怪，但极少有佐治亚人不喜欢享受生活，不喜欢社

---

① Carson McCullers, *Carson McCullers: Stories, Plays, & Other Writings*, ed. Carlos L. Dews, New York: Library of America, 2016, p. 458.

② Carson McCullers, *Carson McCullers: Stories, Plays, & Other Writings*, p. 463.

③ Carson McCullers, *Carson McCullers: Stories, Plays, & Other Writings*, p. 461.

第二章 《心是孤独的猎手》中的饥饿：精神隔绝与情感滋养

交、打猎、美食和开怀大笑。"① 除了描述故乡的饮食，麦卡勒斯在文中还着重谈论了饥饿、贫困和种族歧视问题。这几个问题有诸多交集，本章将通过细读小说文本和考察历史语境加以深入探讨。

路易丝·戈塞特（Louise Y. Gossett）曾评论道："麦卡勒斯太太小说中的绝大部分内容都排斥过去，着重将当下的问题置于舞台之上，她不像福克纳那样从历史中寻找解释。除了种族问题之外，她并没有严厉谴责现代社会。"② 这个观点显然不适用于卡森·麦卡勒斯的第一部长篇小说《心是孤独的猎手》（1940），因为作者在小说中不仅揭露了种族主义的罪恶，更抨击了资本主义社会的贫富悬殊和阶级压迫。莱斯利·菲德勒（Leslie Fiedler）断言它是"最后一部'无产阶级小说'，一部真实反映大萧条的作品"③。众多批评家称赞该小说"真实再现了当时的美国经历，让读者听到了被排斥、被遗忘、被虐待、被压迫者的声音"④。大萧条时期，麦卡勒斯亲眼看见了工人的悲惨处境，他们的生活异常艰苦，脸上透着绝望和无奈。在麦卡勒斯看来，经济不景气导致整个南方处于崩溃的边缘，更可怕的是，不公正的社会制度剥夺了人的价值和尊严。麦卡勒斯解释说，这部小说的中心主题是"个人反抗被强加的隔绝以及不惜一切代价去表达自我的冲动"⑤。小说中的马克思主义者杰克·布朗特向工人们揭露了美国社会的贫富差距和分配不均："我想要说的是很简单、很朴素的。拥有工厂的这些杂种是百万富翁。落纱工、梳棉工和所有那些在机器后忙着纺啊织啊的人们却填不饱肚子。"⑥ 穷白人凯利家的幼子巴伯尔经常食不果腹，他不明白餐桌前的祷告说的是什么，而只是天真地想知道"上帝吃什么？"（第47～48页）底层人民的嘴既没有足够的食物可以吃，更无

---

① Carson McCullers, *Carson McCullers*: *Stories*, *Plays*, *& Other Writings*, p. 463.

② Louise Y. Gossett, *Violence in Recent Southern Fiction*, Durham, N. C.: Duke University Press, 1965, p. 176.

③ Leslie Fiedler, *Love and Death in the American Novel*, McLean, I. L.: Dalkey Archive Press, 1960, p. 453.

④ Heidi Krumland, "'A Big Deaf-mute Moron': Eugenic Traces in Carson McCullers's *The Heart Is a Lonely Hunter*", *Journal of Literary & Cultural Disability Studies*, vol. 2, no. 1 (May 2008), p. 32.

⑤ Margaret B. McDowell, *Carson McCullers*, Boston: Twayne Publishers, 1980, p. 31.

⑥ [美] 卡森·麦卡勒斯：《心是孤独的猎手》，陈笑黎译，上海三联书店2005年版，第63页。本章后文出自该著作的引文，将随文在括号内标出引文出处页码，不再另行作注。

舌尖上的身份

法自由地表达自己的政治主张:"在这个伟大的国家,我们是最受压迫的人。我们不能大声说话,因为没有机会使用舌头,它在我们的嘴里腐烂。"(第184页)在大萧条时期的美国南方,穷人的嘴巴的最重要两个功能:吃和说,都被庞大的资本主义机器钳制和囚禁。

本章从嘴巴的生理功能切入,聚焦于小说人物的嘴巴与主体性之间的关系:聋哑人安东尼帕罗斯以食事为中心,他肥胖的身体和怪诞的食欲折射出资本主义体制对人性的扭曲;杰克·布朗特经常口若悬河地宣扬自己的革命理想和政治信仰,但他却是一个暴饮暴食者,尤其嗜酒成性;班尼迪克特·考普兰德医生不遗余力地在非裔美国人群中宣扬民权思想,但这位禁欲的素食主义者未能深刻领悟到食物对于维系家庭和社区关系的重要性;聋哑人约翰·辛格是杰克和考普兰德医生这两位马克思主义者的忠实听众,但他无法通过言说予以反馈,而是用食物给人提供温暖和力量。对比而言,米克·凯利的嘴巴充分发挥了进食和言说的功能,她吃饭狼吞虎咽,说话直截了当。正如苏珊娜·斯库巴尔(Susanne M. Skubal)所言:"嘴巴是一个多样性的场域,既是需求的地点,也是欲望的能指。它是反复出现的缺乏和失去以及享乐和持续补偿的场所。"① 青春期的米克食欲旺盛,饥饿感一直纠缠着她。饥饿既是一种生物冲动,也是身份危机的外在标志。但米克的身份危机不是指哈里特·布洛杰特(Harriet Blodgett)所说的"对食物的痴迷显示了女性无法摆脱母亲但又无法认同母亲的身份危机"②。米克狼餐虎噬的进食方式主要起因于食物供应不足引发的不安全感。在心理层面上,进食是获得安全感和建立主体性的根本途径。

第一节 资本家:食人者与吸血鬼

马克思指出:"资本只有一种生活本能,这就是增殖自身,创造剩余

---

① Susanne M. Skubal, *Word of Mouth: Food and Fiction after Freud*, p. 6.
② Harriet Blodgett, "Mimesis and Metaphor: Food Imagery in International Twentieth-century Women's Writing", *Papers on Language & Literature*, vol. 40, no. 3 (2004), p. 261.

第二章 《心是孤独的猎手》中的饥饿：精神隔绝与情感滋养

价值，用自己的不变部分即生产资料吮吸尽可能多的剩余劳动。资本是死劳动，它像吸血鬼一样，只有吮吸活劳动才有生命，吮吸的活劳动越多，它的生命就越旺盛。"① 资本的根本特征是嗜血为生，资本家是彻头彻尾的吸血鬼，"我们的工人……只要还有一块肉、一根筋、一滴血可供榨取，吸血鬼就决不罢休"②。在马克思的著作中，血液和内脏的形象经常出现，资本家经常被描绘成"放纵的饕餮"，资本"对剩余劳动具有盲目的、无限的、无法满足的欲望"③。马克思的此类用词旨在揭示资本家的贪婪本质。对马克思而言，在资本主义社会，繁荣（prosperity）与贫困（privation）并存，资本家（capitalist）是食人者（cannibal），他们是吮吸工人身体里的血液的吸血鬼。控制食物的生产、分配和消费是权力的终极体现。在同一个时空下，"饥饿的历史总是与充裕的历史交织在一起"④，掌控食物资源的人与无法获得食物的人之间横着一道无法跨越的鸿沟。造成这种状况的原因是社会资源分配的严重不公。印度诺贝尔经济学奖得主阿马蒂亚·森在《贫困与饥荒：论权利与剥夺》一书中对获取食物的权利、能力和交换机会进行过精辟的阐述，他的核心观点是："饥饿是指一些人未能得到足够的食物，而非现实世界中不存在足够的食物；虽然后者能够成为前者的原因，但却只是很多可能的原因之一。"⑤ 在大萧条时期的美国，资本家生产了大量的食品却卖不出去，最后只能将食品当成垃圾处理，但与此同时，千千万万的劳苦大众却食不果腹。麦卡勒斯在小说中饱含怜悯地刻画了饥肠辘辘的南方人的形象，其中包括聋哑人、穷白人和非裔美国人。

在这部小说完稿之前，麦卡勒斯曾经将它的大纲提交给米夫林出版社

---

① [德]卡尔·马克思：《资本论》第1卷，中共中央编译局编译，人民出版社2004年版，第269页。

② [德]卡尔·马克思：《资本论》第1卷，第349页。

③ Jerry Phillips, "Cannibalism qua Capitalism: The Metaphorics of Accumulation in Marx, Conrad, Shakespeare and Marlowe", in F. Barker, P. Hulme and M. Iverson (eds.), *Cannibalism and the Colonial World*, Cambridge: Cambridge University Press, 1998, p. 185.

④ Sara Millman and Robert W. Kates, "Toward Understanding Hunger", in Lucile F. Newman (ed.), *Hunger in History: Food Shortage, Poverty, and Deprivation*, Oxford: Blackwell, 1995, p. 9.

⑤ [印度]阿马蒂亚·森：《贫困与饥荒：论权利与剥夺》，王宇、王文玉译，商务印书馆2009年版，第1页。

(Houghton Mifflin),当时拟定的标题是《哑巴》(*The Mute*)。① 虽然在正式出版时,麦卡勒斯把小说的标题改成《心是孤独的猎手》,但两个聋哑人在小说中仍占据重要的位置。小说以介绍两个聋哑人辛格和安东尼帕罗斯的日常起居开篇,其中最引人注目的是关于后者疯狂进食的描述:"除了喝酒和某种孤独而秘密的享受外,安东尼帕罗斯在这世上最热衷的事就是吃。"(第4页)安东尼帕罗斯是一个体型肥胖、头脑迷糊的聋哑人,在他表兄的果品店工作。每天傍晚下班时,他总会带上白天藏在货架上的纸袋,里面有他积攒的不同食物。回到家中,安东尼帕罗斯的活动状态就是坐躺和吃喝。虽然屋内的烹饪设备十分简陋,厨房里仅有一个煤油炉,但是"安东尼帕罗斯是一个下厨的能手,对他来说,下厨是一个敬拜的行为:食物是他的上帝"②。烹饪和进餐不仅成为日常生活的中心,而且在很大程度上变成一种拜神仪式。叙述者没有交代安东尼帕罗斯的晚餐具体包括什么菜肴,但对他进餐后的神态进行了细腻的刻画:安东尼帕罗斯十分享受用餐的过程,总是细嚼慢咽;饭后他会斜躺在沙发上,用舌头触碰每一颗牙齿,仿佛不想失去任何美味。安东尼帕罗斯是一位食物至上主义者,有着《巨人传》中卡冈都亚一样的胃口。

在谈论拉伯雷作品中的怪诞描写时,巴赫金指出:"吃喝是怪诞身体的最重要体现。这种身体的典型特征是开放的未完成性,即它与世界的互动。这些特点最显著和具体地表现在吃的行为之中;身体越过它的界限:它咽下,吞噬,把世界分开,它的增大和生长以世界作为代价。"③ 显然,安东尼帕罗斯的身体是怪诞的,但麦卡勒斯并没有对此加以丑化,而是用它来揭露资本主义的压迫以及彰显下层阶级的生命力。两个聋哑人离群索

---

① 周作人在《看云集》中收录了一篇名为《哑巴礼赞》的短文,文章指出,"嘴的用处大约是这几种:(一)吃饭,(二)接吻,(三)说话"。周作人认为,普通人把哑巴当作残废,视同于跛脚或失明,这是不正确的看法。哑巴的嘴并没有残废,只是不说话罢了。哑巴的嘴既不缺少舌尖,也并不是上下唇连在一起,在吃喝方面,没有丝毫不便。至于接吻,自然也不成问题。周作人:《看云集》,河北教育出版社2002年版,第7~8页。

② Nancy Ruth Armes, "The Feeder: A Study of the Fiction of Eudora Welty and Carson McCullers", p. 156.

③ Mikhail Bakhtin, *Rabelais and His World*, trans. Hélène Iswolsky, Bloomington: Indiana University Press, 1984, p. 281.

第二章 《心是孤独的猎手》中的饥饿：精神隔绝与情感滋养

居，但丝毫不寂寞，他们高兴地吃喝享乐。不幸的是，后来安东尼帕罗斯得了一场病，病愈后精神错乱，在夜间偷窃当地一家糕点店的食物。[①] 安东尼帕罗斯被警察带到拘留所，第二天辛格去接他，他却不愿离开，原因是"他很享受晚餐的腌猪肉、浇上糖汁的玉米面包"（第 8 页）。海蒂·科伦兰德（Heidi Krumland）评论说，麦卡勒斯描写安东尼帕罗斯在拘留所中的场景"仅仅是作为一个幽默的例证，强调他孩子气的、怪诞的个性"[②]。更重要的是，这个场景揭露了大萧条时期最底层南方人的极端贫困状态。腌猪肉和玉米面包都是非常廉价的食物，南方穷人依靠它们维持生存，但安东尼帕罗斯甚至连这些食物也买不起。

西尔维·布吕内尔认为：饥饿现象的存在并不是由于整个社会无法生产出足够的食品，而是因为"饥饿的人通常过于贫穷，无力购买食物，即便食物近在咫尺"[③]。大萧条时期美国南方的底层民众所经历的食物短缺和营养不良的状况与马克思在《资本论》中的相关讨论十分类似。马克思对维多利亚时期工人阶级饮食状况的了解主要依赖于英国首席医疗官员约翰·西蒙的研究。在《资本论》中，他重新绘制了西蒙和他的同事们编制的表格，更加直观地展示了工业城镇的工人们营养摄入的不足：兰开夏郡工厂的职工几乎没有获得最低限度的碳水化合物，失业工人得到的更少，被雇佣的工人和失业工人都没有获得最低限度的蛋白质。西蒙及其团队的研究表明：只有迫不得已的时刻才会出现食物匮乏，食物的严重不足只出现在其他匮乏之后。马克思大量引用西蒙的研究，证明工人阶级的饮食状况是更宏大的贫困辩证法（dialectic of poverty）的一部分，这是穷人在资本主义社会中陷入困境的征兆。[④] 在食物短缺的境况中，患病前后的安东尼帕罗斯都只对吃感兴趣，动物性的本能欲望主导了他的全部行为模式。在州立疯人院，其他病人吃饭时无精打采，只有安东尼帕罗斯吃得津津有

---

① 基于该小说改编的同名电影正是以这个场景开头的。

② Heidi Krumland, "'A Big Deaf-mute Moron': Eugenic Traces in Carson McCullers's *The Heart Is a Lonely Hunter*", p. 38.

③ ［法］西尔维·布吕内尔：《饥荒与政治》，王吉会译，社会科学文献出版社 2010 年版，第 72 页。

④ ［美］约翰·贝拉米·福斯特：《粮食生产、食品消费与新陈代谢断裂——马克思论资本主义食物体制》，肖明文译，载《马克思主义与现实》2019 年第 4 期，第 145 页。

味,这个场景显得十分荒诞,"我们会忍俊不禁地想象,州立疯人院病房中的安东尼帕罗斯先生俨然就像一位把持宫廷的国王"①。米歇尔·福柯在《尼采、谱系学和历史》一文中指出,谱系学的研究重点不是那些花哨虚幻的概念,而是身体的物质性,诸如神经系统、营养、消化和能量。②在《规训与惩罚》这部卓越的谱系学著作中,福柯认为,国家承担监狱、济贫院和精神病院等机构的福利责任,并通过这些机构来规训和惩罚待在里面的人。向特定的人群提供食物是社会福利的表现形式之一,但这一福利与规训和惩罚是密不可分的。为孤儿、精神病人、犯人提供食物是国家的义务,但与此同时,通过控制食物的数量和种类,国家机器将营养摄入变成规训的方式。从这个意义上说,安东尼帕罗斯在州立疯人院津津有味地吃喝的身体行为可以解读为反抗规训和确立权力的象征。但由于精神病院的伙食很差,并且食物是按时供应的,安东尼帕罗斯的贪吃本性无法得到满足,因此,他日夜期盼辛格在假期带上他最爱吃的食物来探望他。小说中详述了辛格带着安东尼帕罗斯外出野餐的一次经历,尽管他事先为这次旅行做了充分的准备,以尽可能满足同伴的巨大食量,但结果还是出乎辛格的意料:"他们租了一辆出租车去了野外,四点半他们去酒店的餐厅吃饭。安东尼帕罗斯尽情地享受他的大餐。他点了菜单上一半的菜,贪婪地大吃大喝。饱餐一顿后,他还赖着不肯走。他抱着桌子不放。辛格哄他,出租车司机都想动武了。安东尼帕罗斯顽固地坐在那里,他们靠近他时,他就做下流的手势。"(第89页)针对这个难以想象的场景,玛丽·惠特(Mary A. Whitt)尖刻地评论道,安东尼帕罗斯是有着"怪诞人性的典型形象:他粗鲁、可憎、猥亵、下流、淫荡、无德"③。然而,麦卡勒斯刻画这种"负面"形象,并不是为了对边缘人物加以嘲讽,而是为了凸显饥饿对人性的扭曲。"胃口的政治"直接隐喻了个人生存的"主体欲

---

① Charlene Kerne Clark, "Pathos with a Chuckle: The Tragicomic Vision in the Novels of Carson McCullers", *Studies in American Humor*, vol. 1, no. 3 (Jan. 1975), p. 164.

② Michel Foucault, "Nietzsche, Genealogy, History", in Paul Rabinow (ed.), *The Foucault Reader*, trans. J. Harari, Harmondsworth: Penguin, 1984, p. 89.

③ Mary A. Whitt, "The Mutes in McCullers' *The Heart Is a Lonely Hunter*", *Pembroke Magazine*, vol. 20 (1988), p. 24.

第二章 《心是孤独的猎手》中的饥饿：精神隔绝与情感滋养

望"①，吃喝行为不仅意味着食欲的满足，也有助于被边缘化的人确立自主意识和主体性，是表达权力和反抗压迫的重要方式。

小说的精彩之处在于，辛格和安东尼帕罗斯虽然性格相反，却合为一体，这两个哑巴的关系"对应着小说的宏观结构，同时代表了深陷于宏大世界中的神话般'现代人'的个性特点"②。斯皮瓦克将辛格和安东尼帕罗斯之间的关系描绘为"偏离所谓'正常'关系的、包含爱和性的人类关系……它发生在个性完全无法融合的两个聋哑的男同性恋者之间，它是未实现的、事实上在性方面未加承认的关系"③。事实上，对于故事中的两个聋哑人来说，尤其是对于安东尼帕罗斯来说，和吃比起来，性几乎微不足道。患病前的安东尼帕罗斯是一个收入极低的聋哑人，他的劳动只够勉强维持生存，吃喝成为他的生活重心。在小说中，像安东尼帕罗斯那样终日辛勤劳作却仅能糊口的工人比比皆是。

小说的背景是一个南方工业小镇，虽然麦卡勒斯没有给它命名，但学界通常认为它的原型是作者的故乡，即佐治亚州的哥伦布。在小说的开篇，叙述者对小镇的地理环境进行了介绍，落脚点是小镇上的人："大部分工人都很穷。街上行人的脸上往往是饥饿、孤独的绝望表情。"（第6页）麦卡勒斯的青少年时光正逢大萧条时期，她在家乡切身体验到穷人的艰难处境，她参观过当地的工厂，目睹了工人们所处的肮脏劳动环境，她感到无比愤怒。④ 麦卡勒斯强烈的社会责任感在小说中清晰可见，杰克·布朗特在很大程度上成为她抨击美国南方社会的不公正和阶级压迫的代言人。

杰克的首次露面揭示出关于他的几条关键信息：穷困潦倒、酷爱读书、食量巨大、嗜酒如命。杰克是小镇的陌生人，初次进入"纽约咖啡

---

① 黄新辉：《华裔女性文学中的食物叙事与性别政治》，第7页。
② Rowland A. Sherrill, "McCullers' *The Heart Is a Lonely Hunter*: The Missing Ego and the Problem of the Norm", *Kentucky Review*, vol. 2, no. 1 (1968), p. 14.
③ Gayatri Chakravorty Spivak, "A Feminist Reading: McCullers's *Heart Is a Lonely Hunter*", in Beverly Lyon Clark and Melvin Friedman (eds.), *Critical Essays on Carson McCullers*, New York: Hall, 1996, p. 133.
④ Virginia Spencer Carr, *Understanding Carson McCullers*, Columbia: University of South Carolina Press, 1990, p. 57.

馆"时，他手里提着装满了书的手提箱，身穿廉价的白亚麻西装，"他要了一品脱①酒，半个小时内痛快地喝光了。他坐在一个隔间里，吃着鸡无霸套餐。然后他读书、喝啤酒。他［比夫］没见过一个家伙能喝得这么多，醉得这么久"（第16页）。来到小镇之前，杰克做过织工、织机修理工，还在车库以及汽车装配厂工作过。流浪多日之后，杰克终于在小镇的游乐场找到一份工作。迫于生计，他只好接受这份时间超长、报酬极低的工作。愤怒的杰克将雇主描绘得如肥猪一般："说到吃的，我的朋友，我有没有说起克拉克·派特森先生，就是'阳光南部'游乐场的老板？他太胖了，都有二十年看不到自己的下身了。他整天坐在拖车里，玩一个人的纸牌游戏，抽大麻。他从附近的快餐店叫外卖，［作为］每天的早饭。"（第149页）在希伯来圣经中，肥胖与死亡、动物性、失控紧密相关，肥胖者往往被视为肮脏之物、动物，尤其是猪。② 杰克凸显雇主的贪吃和肥胖，意在揭示资本家是罪恶的化身。

为什么有些人可以不劳而获，而有些人则必须拼命工作才能勉强养家糊口？这个问题一直困扰着杰克，他的答案是，资源分配不公导致过剩和匮乏的对立，有人饿肚子，那是因为有的人吃得过多，把别人的那份都吃了。杰克觉得自己不像是生活在一个陌生的小镇，更像是生活在一个陌生的国度："美国在他的眼里就是疯人院。他看见人们为了生存如何打劫自己的兄弟。他看见饥饿的儿童和为了填饱肚子不得不一周工作六十小时的妇女。"（第144～145页）还有人没日没夜地劳动却依旧食不果腹，因而选择暴力反抗剥削者："一个吃不饱饭的女人认为工头扣了她的工分，她把刀扎进那个工头的喉头。"（第190页）上述文字读来像是无产阶级文学对资本主义罪恶的深刻揭露，由此可见马克思主义政治思想以及俄国现实主义作品对麦卡勒斯的影响。

麦卡勒斯将杰克塑造成一个坚定甚至狂热的马克思主义者，他在不同场合发表的言论大体上代表了她本人的观点。杰克是一个受过教育的工

---

① 1品脱（美）＝0.4732升。
② Susan E. Hill, *The Meaning of Gluttony and the Fat Body in the Ancient World*, Santa Barbara: Praeger, 2011, p.41.

第二章 《心是孤独的猎手》中的饥饿：精神隔绝与情感滋养

人，去过全美最大的几个图书馆，他一直在读书，手提箱里装有卡尔·马克思和索尔斯坦·凡布伦等人的著作。他认为这些说出纯粹真理的书让他彻底认清了美国社会的罪恶："听我说吧！你走到哪儿，都能看到卑鄙和腐败。这间屋子，这瓶葡萄酒，这些篮子里的水果，都是盈亏的商业产品。一个家伙要想活下去，就不得不向卑鄙屈服。人们为了每一口饭、每一片衣服而累死累活，但却没人知道这个。每个人都瞎了，哑了，头脑迟钝——愚蠢和卑鄙。"（第65页）杰克的这番控诉呼应了马克思在《1844年经济学哲学手稿》中的论断："不幸的是，千百万人只有通过那种伤害身体、使道德和智力畸形发展的紧张劳动，才能挣钱勉强养活自己，而且他们甚至不得不把找到这样一种工作的不幸看作是一种幸运。"① 20世纪30年代的经济大萧条导致美国数以百万的人失业，南方各州的失业和食物匮乏状况尤其严重，整个南方陷入经济灾难的恐慌之中，马克思的这番论述尤其适用于当时的历史环境。

马克思在不同的著作中多次对食物问题发表过精辟的论断，从粮食生产、食品消费和新陈代谢断裂等层面对资本主义食物体制进行了深刻的剖析和批判。② 概括来说，他认为食物的重要性主要体现在两个方面：作为生产资料，以及作为某种生产资料和生产方式的产品。③ 马克思的基本观点是，"饥荒和饥饿源于资源的不合理分配，资本家积累资本的原始欲望导致了低工资和高物价"④。必须加以区分的是，马克思的著述饱含对无产阶级的理解和同情，而杰克的言论则显得愤世嫉俗，他自恃众人皆醉我独醒的姿态导致他的观点无法获得广大工人阶级的拥护。

食物匮乏不仅是白人下层阶级的窘境，更是非裔美国人的梦魇。在考察20世纪非裔美国文学中的饥饿议题的批评著作中，安德鲁·华内斯

---

① ［德］卡尔·马克思：《1844年经济学哲学手稿》，见《马克思恩格斯全集》第三卷，中共中央编译局编译，人民出版社2002年版，第235页。

② ［美］约翰·贝拉米·福斯特：《粮食生产、食品消费与新陈代谢断裂——马克思论资本主义食物体制》，肖明文译，载《马克思主义与现实》2019年第4期，第144～151页。

③ Gerald Allan Cohen, *Karl Marx's Theory of History: A Defense*, Princeton: Princeton University Press, 1978, p.53.

④ William Alex McIntosh, *Sociologies of Food and Nutrition*, New York: Plenum Press, 1996, p.220.

（Andrew Warnes）颇具洞见地指出：非裔美国人的饥饿起源于"白人至上主义意识形态和不加制约的资本主义这两者的毒性混合"，他们的"营养缺乏通常牵涉到种族主义和资本主义"；纵观爱尔兰的历史和土著美国人的历史，可以发现，"在一个国家的亚文化中，食物变得具有强烈的政治化色彩，非裔美国人不是唯一的群体"，各类边缘人群皆是如此。① 在《心是孤独的猎手》中，黑人医生考普兰德感到最绝望的事情是眼睁睁地看着自己的病人离世，他们的死亡"是因为常年的物质匮乏。玉米面包、腌猪肉和糖汁，四五个人挤在一个屋子里。死于贫困"（第239页）。玉米面包、腌猪肉和糖汁是贫困的象征，它们既出现在黑人的餐桌上，也出现在穷白人的餐桌上。然而，下层南方白人往往充满种族优越感，他们为自己的白皮肤感到骄傲，自认为他们所处的阶层下面还有黑人群体。② 艰辛的工作让穷白人劳动者感到悲观倦怠，但作为一个白人的虚假荣耀却提振了他们的自信心，带给他们"一种感觉自我很特别和有价值的膨胀心理"③。在小说中许多白人的眼里，黑人天生就有许多恶习，比如在游乐场逃票、在商店偷东西等。麦卡勒斯的所有作品几乎都涉及种族关系，她坚决反对白人至上主义："那些友好、亲切的人细心抚育我们，却因为他们的肤色而遭到羞辱。"④ 麦卡勒斯的丈夫里夫斯是一位坚决主张众生平等的马克思主义者，他同情所有遭受剥削压迫的人，不论种族和性别，他不遗余力地声讨只支付给劳动者不足生活费一半的薪酬的资本主义制度。⑤ 受丈夫的影响，麦卡勒斯同样深切关注社会中所有的底层人群。麦卡勒斯的种族平等思想，尤其是她对黑人的穷困与饥饿的关注，得到黑人作家同行的赏识和称赞。麦卡勒斯的《心是孤独的猎手》最初发表在杂志《新

---

① Andrew Warnes, *Hunger Overcome? Food and Resistance in Twentieth-Century African American Literature*, Athens: University of Georgia Press, 2004, pp. 2 – 4.

② Carson McCullers, "The Flowering Dream: Notes on Writing", in Margarita G. Smith (ed.), *The Mortgaged Heart*, Boston: Houghton Mifflin, 1971, p. 281.

③ John Dollard, *Caste and Class in a Southern Town*, 2nd ed., New York: Harper and Brothers, 1949, pp. 173 – 174.

④ Carson McCullers, *Illumination and Night Glare: The Unfinished Autobiography of Carson McCullers*, ed., Carlos L. Dews, Madison: University of Wisconsin Press, 1999, p. 56.

⑤ Virginia Spencer Carr, *Understanding Carson McCullers*, p. 94.

第二章 《心是孤独的猎手》中的饥饿：精神隔绝与情感滋养

共和》（*New Republic*）上，理查德·赖特（Richard Wright）是评审人之一，对这部作品给予了很高的评价，并由此结识了麦卡勒斯及其丈夫。① 赖特本人曾写过一部自传《美国饥饿》（*American Hunger*, 1977），详细记述了他迁居北方之后的生活经历，通过自然主义的笔触揭示了非裔美国人遭受的不公正待遇和苦难遭遇。在《心是孤独的猎手》的创作年代，种族隔离无处不在，用餐地点的区隔便是其中之一。当考普兰德医生被喝醉了的杰克拽到"纽约咖啡馆"门口时，柜台边的白人无礼地向他吼叫，阻止他进入白人专享的用餐地点。在美国南方，1964年7月2日约翰逊总统签署《1964年民权法案》之前，非裔美国人被禁止在非黑人经营的餐馆里用餐。民权运动的一个重要组成部分是争取非裔美国人在柜台式便餐馆用餐的权利，这并不是偶然的。在静坐抗议者看来，只有坐在一起吃饭，共同分享一个桌子，才真正拥有平等。② 在20世纪30年代，不仅是餐馆，而且所有政府机构和白人经营的公共场所，包括救死扶伤的医院，都不允许黑人进入。在写给安东尼帕罗斯的信中，辛格对考普兰德医生作了以下描述："黑人有肺结核，但这里没有他能去的好医院，因为他是黑人……他有很多书。但他没有一本侦探书。他不喝酒，不吃肉，不看电影。"（第204页）透过辛格对考普兰德医生的描述，麦卡勒斯表达了对非裔美国人的同情和崇敬。

考普兰德医生是一个禁欲主义者，有着崇高的使命感。他只吃素食，家庭厨房的餐桌上摆满了书，全是马克思、斯宾诺莎等人的政治理论著作，没有任何消遣的书籍。麦卡勒斯把考普兰德医生刻画成一个有尊严的非裔美国人，他的一生在同一个地方度过，将生命中最好的时光献给了促进黑人同胞福祉的工作。除了救死扶伤和为产妇接生，他还不遗余力地对社区的同胞们宣传优生优育和种族平等思想。

然而，对于饥肠辘辘的黑人而言，食物远比说教更有吸引力。考普兰

---

① Alan M. Wald, *American Night*: *The Literary Left in the Era of the Cold War*, Chapel Hill, N. C. : University of North Carolina Press, 2012, p. 358.

② John T. Edge, "Lunch Counters（Civil Rights Era）", in John T. Edge（ed.）, *Foodways*, Vol. 7 of *The New Encyclopedia of Southern Culture*, Chapel Hill: University of North Carolina Press, 2007, p. 78.

德医生认识到,举办宴会是比走家串户更有效的宣传途径。从行医的第一年开始,考普兰德医生每年都会在圣诞节举办一个年终派对。相较于日常聚会而言,圣诞派对上的食物丰富多样,许多黑人都会力所能及地贡献一些食物和礼物。在弥漫着新烤的蛋糕和冒着热气的咖啡混合成香甜气味的屋子里,思想洗礼变得更加容易被接受。考普兰德医生一如既往地把圣诞节的饮食盛宴转化成思想宣教,向大家详细解释阶级、种族、劳动力、财富分配、暴力革命等概念,尤其是反复强调马克思倡导的"各尽所能,按需分配"原则。

杰克将雇主视为"吸血鬼",而考普兰德医生则将雇主视为寄生虫。在圣诞节演讲中,他将女儿鲍蒂娅的工作等同于奴役:"我们中的许多人为那些没有能力给自己准备食物的人做饭……我们把一生浪费在各种各样毫无意义的工作上。我们劳作,我们所有的劳作都是浪费。这是服务吗?不,这是奴役。"(第183页)事实上,聘用鲍蒂娅作厨娘的是一户穷白人家庭,他们也过着朝不保夕的生活。虽然他们时而拖欠或少给鲍蒂娅本来就已经很低的工钱,但他们对黑人厨娘没有表现出明显的种族敌意,而是让家中几个年幼的孩子和她一起在厨房进餐。对于下层的黑人来说,能吃饱饭在当时失业率居高不下的社会环境中算是幸事一桩。"二战"前,黑人妇女的就业范围和机会非常有限,厨娘是所有工作中从业人数最多的职业。据沙普利斯(Rebecca Sharpless)的统计,在《心是孤独的猎手》出版的1940年,黑人妇女在白人家庭工作的比例高达60%。①

由于考普兰德医生长期遭受种族歧视,他对白人的偏见根深蒂固,因此,他无法与同样信仰马克思主义的穷白人杰克联手推动社会变革运动。白人杰克和黑人考普兰德医生都熟读马克思主义理论,但他们之间存在较大分歧,杰克聚焦于美国的贫富差距和阶级压迫,而考普兰德重点关注种族平等和黑人的社会权益。他们倡导的实现各自目标的方式也不同,杰克号召工人团结一心进行社会斗争,考普兰德医生则坚信拯救的根本在于教

---

① 这个比例一直在逐年下降,它在1960年是36%,在1980年是7%。参见 Rebecca Sharpless, *Cooking in Other Women's Kitchens: Domestic Workers in the South, 1865–1960*, Chapel Hill: University of North Carolina Press, 2010, p.179。

第二章 《心是孤独的猎手》中的饥饿：精神隔绝与情感滋养

育和培养下一代。杰克和考普兰德医生未能相互理解，"他们的见面只是进一步印证了我们在小说别的地方看到的场景——人与人之间缺乏交流，每个人和他的同类都相互疏离"①。种族主义是资本主义社会的最大罪恶之一，它把同属下层阶级的穷白人和黑人隔离开来，阻止了他们结成统一战线："资本主义需要种族主义；没有种族主义的话，白人工人便能看到黑人工人的处境，意识到他的阶级兄弟所遭受的超级剥削，进而两方会为了共同福祉而联合起来。"② 事实上，下层白人和黑人都深陷于资本主义的泥淖中，虽然他们的肤色不同，但他们的经济地位几乎完全相同。

麦卡勒斯在《俄国现实主义作家与南方文学》一文中谈到，南方社会的"价值体系如此不确定，谁能够说一个人是不是比一捆干草更值钱，或者生命本身是否具有足以支持它为获得生存必需物质而奋斗的价值"③。在小说中，杰克痛斥道，在美国现行的制度下，"猪是有价值的，而人却没有。从骨瘦如柴的小工人身上，你可做不成猪排或香肠……不到一百个公司吞吃了一切，只留下点残羹剩饭。这些企业吸干了人们的血，熬干了人们的骨髓"（第283～284页）。资本主义制度的本质是"嗜食人肉"（anthropophagy），在这种体制下，"男男女女被当成可以消费的商品而被吞噬"④。

资产阶级是"吸血鬼"，推翻资本家的残酷剥削则可以看作是逆向吸血。在小说中，有人用鲜艳的红粉笔在一堵街墙上写道："你应该吃强者的肉，喝大地之君主的血。"（第152页）这句话激起了杰克的强烈兴趣，他迫切想要找到写字的人。令杰克失望的是，在墙上写字的那个人并不是一位志同道合者，而是一个牧师，见面后，他试图改变杰克的马克思主义信仰，劝他皈依基督教。与此同时，杰克经常拦住下班回家的工人，向他

---

① Joan S. Korenman, "Carson McCullers' 'Proletarian Novel'", *Studies in the Humanities*, vol. 5, no. 1 (1976), p. 13.

② David G. Stratman, "Culture and the Tasks of Criticism", in Norman Rudich (ed.), *Weapons of Criticism: Marxism in America and the Literary Tradition*, Palo Alto: Ramparts Press, 1976, p. 106.

③ Carson McCullers, "The Russian Realists and Southern Literature", in Margarita G. Smith (ed.), *The Mortgaged Heart*, Boston: Houghton Mifflin, 1971, p. 252.

④ Jerry Phillips, "Cannibalism qua Capitalism: The Metaphorics of Accumulation in Marx, Conrad, Shakespeare and Marlowe", p. 188.

们高声宣讲大罢工和暴力革命的思想,但是没有人停下脚步聆听。当时的南方到处是纺织厂,大部分纺织工人缺乏专业技能,也没有加入工会,如果他们举行罢工,他们很快会被大量正在待业的劳动者所替代。① 有时在街车里,杰克喝着加了威士忌的可口可乐,带着醉意向工人们宣讲革命道路,号召大家行动起来,将资本主义夷为平地,但他的慷慨陈词却遭到工人们的嘲笑。克伦曼(Joan Korenman)认为:"杰克发言的长度、逻辑性以及它与我们在小说其他部分看到的情景的一致性,表明麦卡勒斯是在借杰克之口向读者传递她自己的观点。"② 但是,麦卡勒斯显然不赞同杰克的酗酒习惯,她的父亲和丈夫都是酗酒者,因此,她深知酒精的危害。工人阶级通常把喝酒作为逃避生活困境的出路,因为它比改变社会要容易得多。正如卢卡奇(Georg Lukacs)所言:"只能靠酒精来化解对世界的厌恶的人,就像吗啡成瘾者一样,他们寻求的出路是不断提高强度的麻醉剂,而不是一种完全不需要麻醉的生活方式。"③ "革命者"杰克每晚都会备好一品脱私酿的白酒,喝完劣质酒精后,才会感到温暖和放松。

在杰克从前结识的那些所谓的革命党人看来,革命似乎意味着吃喝:"他们从基金里偷走了五十七块三角钱,买制服帽,吃免费的星期六晚餐。我撞见他们正坐在会议桌旁,掷着骰子,帽子戴在头上,面前是火腿和一加仑④的杜松子酒。"(第148~149页)杰克也和他们一样,是一个"饮食革命者"。在一番激情演说之后,"他开始念午餐的菜单。他念菜名时,脸部出于对美味的热情而变得很激烈。他每说一个字,都抬起嘴唇,像一头饿极了的野兽"(第149页)。尽管杰克对现实极为不满,但在小镇生活了一段时间之后,"他长胖了,鼓出了一个小小的啤酒肚。他不得不松开裤子最上面的扣子。他知道这是酒精导致的发胖,但他依然喝酒"(第265页)。阿姆斯充满讽刺地评论道:"他经常处于饥饿状态,总是需要依

---

① William J. Cooper and Thomas E. Terrill, *The American South: A History*, New York: Alfred A. Knopf, 1990, p. 657.

② Joan S. Korenman, "Carson McCullers''Proletarian Novel'", p. 9.

③ Georg Lukacs, "Existentialism", in E. San Juan, Jr. (ed.), *Marxism and Human Liberation: Essays on History, Culture and Revolution*, New York: Delta, 1973, p. 252.

④ 1加仑(美) = 3.78512升。

靠他人来获得食物。他像个孩子一样，只要有机会就会吃得过量，时常因为狼吞虎咽而身体不适。他的生活状态揭示了新南方的自我毁灭倾向。"① 杰克的贪吃和嗜酒的个性阻挡了他成为一名真正的革命者。但是，阿姆斯的这个结论显得过于苛刻和沉重，毕竟对于大萧条时期的工人阶级来说，饱餐一顿是无比愉悦的享受。虽然麦卡勒斯深受马克思主义的熏陶，但她缺乏暴力革命的坚定信念。她强调社会改良和社区精神，认为咖啡馆和厨房给劳苦大众带来的温暖和力量有助于化解资本主义大生产导致的异化和疏离。

第二节 饮食空间：社区感与归属感

韦斯特林（Louise Westling）注意到，虽然和她同时代的尤多拉·韦尔蒂和弗兰纳里·奥康纳偶尔也在作品中选用室内作为故事的场景，但卡森·麦卡勒斯这样做的频率要高得多。② 查姆利（Kenneth D. Chamlee）进一步指出，韦尔蒂和奥康纳主要使用三角洲、森林和破败的农场作为小说背景，而麦卡勒斯更喜欢将她的故事置于卧室、餐厅、医院和宾馆的房间、酒吧、厨房和餐馆之中。这种喜欢封闭空间的倾向暗示了小说人物的内向性格，他们处于隔离的状态，渴望交流和关爱。麦卡勒斯在创作中经常设置的室内社交场所是咖啡馆，③ 针对这个特点，查姆利解释说："麦卡勒斯使用咖啡馆作为活动中心，里面的各种社会氛围反映出咖啡馆主人的显著个性。主人和顾客往往都是麦卡勒斯笔下的身体残障或精神恍惚的

---

① Nancy Ruth Armes, "The Feeder: A Study of the Fiction of Eudora Welty and Carson McCullers", p.161.

② Louise Westling, *Sacred Groves and Ravaged Gardens: The Fiction of Eudora Welty, Carson McCullers, and Flannery O'Connor*, Athens: University of Georgia Press, 1985, p.6.

③ 在《伤心咖啡馆之歌及其他故事》中，除了标题故事之外，另一个短篇故事《树·石·云》也刻画了一家没有命名的、整夜不打烊的咖啡馆，它的产权人是利奥，自称"疯狂行为的批评者"。他冷眼旁观一切，摆出一副洞察世事的架势。在故事中，他对一个年老的旅行者与一个年轻的送报男孩之间的对话进行了愤世嫉俗的评论。

人物的一部分，他们渴望建立人际联系，但咖啡馆最终只提供了一种情感安全的虚假体验，无法提供持久的接受和他们渴望的社区归属感。"① 这个观点过于悲观和片面。咖啡馆为孤独的人提供了一个享用美食和相互交流的空间，即使它"只提供了一种情感安全的虚假体验"，也有助于用餐者战胜孤独，避免像辛格一样选择自杀来终结令人感到绝望的生活。

从地理位置来看，"纽约咖啡馆"位于小镇的中心区域；更重要的是，从它在小镇居民的心理位置而言，"这家咖啡馆是沙漠中的绿洲"②。它是镇上唯一整晚都营业的场所，成为孤独者在夜间的聚集点。虽然比夫·布瑞农没有清楚地解释为何整夜开放咖啡馆，但小说结尾处的一个细节为这个问题提供了重要的线索：在一道突然的亮光之中，他看到了人类的勇气和斗争，人性流淌于连绵的时间之河。或许比夫本人并没有完全认识到这么深刻的道理，但他似乎"在天性上能够理解人类生活的高贵和徒劳"③。"纽约咖啡馆"在星期天也照常开放，尽管主街的其他店铺在周日都会关闭。那些没有家庭关系的人，例如辛格和杰克，在星期天也和平日一样会来咖啡馆用餐。甚至有家室的人也会带着全家前来："礼拜日午餐是家庭聚会。平时晚上独自饮酒的男人，星期天带着他们的妻子和孩子来了。放在后面的高脚椅常常不够用。"（第220页）

"纽约咖啡馆"是一个商业餐饮机构，"作为小镇中为顾客提供食物和交流的聚会场地，这家咖啡馆可以看作是几十年前流行的乡村商店的升级版"④。和那些乡村商店一样，它为需要获得额外食物的人提供服务，为20世纪30年代工厂社区的孤独压抑的人提供交流的机遇。大萧条时期，小镇居民在咖啡馆的聚餐有助于减轻身心的痛苦，在艰难的时刻，饮

---

① Kenneth D. Chamlee, "Cafés and Community in Three Carson McCullers' Novels", *Studies in American Fiction*, vol. 18, no. 2 (Autumn 1990), p. 233.

② Nancy Ruth Armes, "The Feeder: A Study of the Fiction of Eudora Welty and Carson McCullers", p. 151.

③ Wayne D. Dodd, "The Development of Theme Through Symbol in the Novels of Carson McCullers", *Georgia Review*, vol. 17, no. 1 (Spring 1963), p. 212.

④ Nancy Ruth Armes, "The Feeder: A Study of the Fiction of Eudora Welty and Carson McCullers", p. 151.

第二章 《心是孤独的猎手》中的饥饿：精神隔绝与情感滋养

食"成为某种形式的逃避"①。通过简单的进餐行为，不论食物分量的大小和种类的多寡，用餐者可以一起分享生活经历，共同营造餐桌前的愉悦感。在同一个场所进餐和交谈，他们展示了彼此的感情和相互的信任，食物带给他们简单的快乐和纯粹的生理愉悦。

在很大程度上，比夫正是以服务社区为宗旨来经营这家咖啡馆的。作为雇主，比夫对雇工较为慷慨，在咖啡馆上班的犹太青年哈里切实感受到，这份工作比他以前所有的工作都好。作为店主，比夫善待顾客，不唯利是图，从不打破与顾客之间的信任。比夫始终坚守营业时间表，从不因为凌晨时分没有顾客而提前关门；他从各个细节上用心服务顾客，牢记常客的喜好厌恶；从不欺诈顾客，始终确保食品安全和价钱合理；从不拒绝任何顾客，允许当场付不起钱的顾客赊账消费。比夫认为，真正的生意不是追求最大限度的利润，而是理解人性、与人建立联系，尤其是通过了解古怪的人来理解完整的人性。他的妻子艾莉斯却不以为然，她不赞同赊账给顾客的做法，尤其不愿意赊账给杰克这样的醉汉。杰克经常光顾"纽约咖啡馆"，以寻求温暖和减轻孤独感。比夫的咖啡馆既给他提供了酒——它有助于缓解他的焦虑、给他带来新能量，也给他提供了一批听他宣讲马克思主义信条的听众，尽管这些听众通常都表现出冷漠和敌意。② 艾莉斯觉得比夫本人就是一个怪物，所以才喜欢和怪物打交道："他对病人和残疾人抱有特殊的情感。如果碰巧进来一个长着兔唇或得了肺结核的家伙，他准会请他喝啤酒。如果是一个罗锅或残疾得很厉害的人，那就换成了免费的威士忌。有一个家伙在锅炉爆炸中炸飞了鸡巴和左腿，只要他进镇，准有一品脱免费酒等着他。如果辛格是个嗜酒的家伙，任何时候他都可以打五折。"（第21页）比夫对不寻常的顾客给予特殊关照，并不完全出于病态的好奇心，更重要的原因是，他天性中具有怜悯和温暖之心，乐于包容理解各种怪诞的情感。③

---

① Jessamyn Neuhaus, *Manly Meals and Mom's Home Cooking: Cookbooks and Gender in Modern America*, Baltimore: John Hopkins University Press, 2003, p. 130.
② Constante González Groba, "A Haven in the Age of Anxiety: The Café as Setting and Symbol in the Fiction of Carson McCullers", *Atlantis*, vol. 8, no. 1/2 (June-November 1986), p. 89.
③ Lawrence Graver, *Carson McCullers*, Minneapolis: University of Minnesota Press, 1969, p. 13.

小说中的"纽约咖啡馆"就像《卡萨布兰卡》中的"里克咖啡馆"（Rick's Café）一样，是各种人物交汇的场所，店主也扮演着一个观察者的角色。多年来，各种类型的人迈入他的咖啡馆，在观察这些顾客的过程中，比夫养成了敏锐的洞察力和真切的怜悯心。咖啡馆是"人类关爱能力的象征，人类能够在缺乏生机的环境中营造亲密和喜悦"①。"纽约咖啡馆"是一个微缩世界，它的主人将全部兴趣和精力都投射于其中。虽然他通常与顾客保持一定的距离，但他能够与他们保持情感共鸣，将他们视为某种大家庭的成员，以此来代替他与妻子之间不愉快的关系。比夫或许是一个作用不大的朋友，"但他对不幸者的同情彰显了作者的信念，即处于任何状态下的人都应该得到有尊严的对待"②。比夫在小说中的形象是人性的洞察者，他在咖啡馆观察深夜前来的顾客，探寻他们落魄、迷失、绝望的灵魂，"他的咖啡馆成为对抗夜间绝对孤寂的一堵城墙"③。

比夫的咖啡馆为小镇居民提供了物质食粮和交流空间，顾客之间私下轻声细语的闲聊有可能汇集成人类相互理解和彼此真诚的洪流。人类的理解和关爱的潜力一直在那里，但有时这股潜力难以变成现实。尤其是在黎明时分，上夜班的人与刚睡醒的人在咖啡馆里相遇，睡眼蒙眬的服务员端来咖啡和啤酒，相互之间没有交谈，所有人都显得孤单，彼此之间相互不信任，每个人心里都有着一种疏离感。（第29页）此外，"纽约咖啡馆"所处的位置是佐治亚州的一个小镇，这个颇具意味的店名似乎"强调了它的顾客们与周边环境的疏离"④。

更重要的是，"纽约咖啡馆"可以看作是一个去阶级化的空间，但绝不是一个种族中立的空间。比夫的咖啡馆是一个"充满矛盾的生活抗争的重要场所，这个常见的社会空间并不总是营造出社会交流"⑤。杰克想要带黑人医生考普兰德去"纽约咖啡馆"用餐，但还在门口便遭到正在里面

---

① Lawrence Graver, *Carson McCullers*, p. 31.

② Louise Y. Gossett, *Violence in Recent Southern Fiction*, p. 168.

③ Jennifer Murray, "Approaching Community in Carson McCullers's *The Heart Is a Lonely Hunter*", *Southern Quarterly*, vol. 42, no. 4 (Summer 2004), p. 109.

④ David Madden, "The Paradox of the Need for Privacy and the Need for Understanding in Carson McCullers' *The Heart Is a Lonely Hunter*", *Literature and Psychology*, vol. 12, nos. 2 – 3 (1967), p. 131.

⑤ Kenneth D. Chamlee, "Cafés and Community in Three Carson McCullers' Novels", p. 239.

第二章 《心是孤独的猎手》中的饥饿：精神隔绝与情感滋养

用餐的白人顾客的阻拦与呵斥。尽管杰克表现出狂怒和抗议，但他并没有一意孤行。比夫也只是警惕地关注事态进展，不想牵涉进种族问题之中。此外，在咖啡馆员工中，叙述者交代了姓名的黑人雇工有两个，分别是路易斯和威利。尽管比夫对待雇员还算宽容，给出的薪酬也相对较高，但他并不是黑人平等运动的支持者。比夫是一个缺乏生命激情的人，他的生活建立在妥协之上。"纽约咖啡馆"映照出美国南方社会的阴暗面：在白人经营的餐馆里，黑人只能成为食物生产者和餐饮服务提供者，而不能成为消费者。令读者感到欣慰的是，虽然小说中的非裔美国人在白人经营的咖啡馆无法获得食物，但他们在家庭厨房中能够获得丰富的物质和精神滋养。如果说"纽约咖啡馆"部分代表了食物供应的失败，那么鲍蒂娅的厨房则是人间温暖的象征。

厨房是鲍蒂娅的中心领地，她几乎从不离开这个空间。如果说安东尼帕罗斯、杰克和米克等人是通过进食来建构主体性，那么鲍蒂娅则是通过烹饪来获得自主性。鲍蒂娅经常穿梭于几个厨房之间，"做饭被确认为女性的事务，但是以一种不同的、令人羡慕的方式：一种交流和表达的形式，它催生出新的艺术语言，成为女性艺术的关键组成部分"①。鲍蒂娅展示自我才能的地方无疑是厨房，她将这个属于自己的空间收拾得整整齐齐、一尘不染。她的厨艺可圈可点，干家务活任劳任怨。鲍蒂娅说话柔声细语，行动优雅敏捷，待人谦逊有礼，不管遇到白人还是黑人，她都不卑不亢。在某种程度上，鲍蒂娅可以看作是小说的精神支点。她与福克纳的《喧嚣与骚动》中的黑人厨娘迪尔西有着共同的优点：充满爱心、乐于奉献、坚忍不拔。② 鲍蒂娅渴望和谐的家庭生活，对外部环境的变迁不太关注。鲍蒂娅对传统和过去的坚守令父亲考普兰德医生大为不解，但她并不认

---

① Diane McGee, *Writing the Meal: Dinner in the Fiction of Early Twentieth-Century Women Writers*, Toronto: University of Toronto Press, 2001, p. 180.

② 麦卡勒斯把鲍蒂亚塑造成一个充满爱心、任劳任怨的黑人厨娘，这种做法不免有将人物形象浪漫化之嫌。凯瑟琳·克林顿认为，南方白人作家在创作中刻画黑人厨娘是为了改善旧南方的形象：刻画把烹饪当成一件乐事的黑女人，在内战前是为了回应反奴隶制的指控，在内战后则是通过怀旧对奴隶制加以粉饰。详见 Catherine Clinton, *The Plantation Mistress: Woman's World in the Old South*, New York: Pantheon, 1982, pp. 201 – 202。

为保持与家庭和土地的紧密联系便意味着接受旧南方奴隶制的负面遗产。①鲍蒂娅是女佣,但不是女奴,她能忍受艰辛的劳作,同时也追求个性的独立。

通过烹饪,鲍蒂亚获得了自主性。当她在烹饪时,她是一个身心都投入到食物生产、意义生产和自我再现之中的完整个体。鲍蒂娅除了给凯利家及其房客做饭外,还要为自己的家人下厨。考普兰德医生住在离主街很远的黑人街区,他经常独自坐在黑暗的厨房里看书。一般而言,厨房是一个充盈着家庭温暖的地方,是整个屋子内最温馨舒适的房间。②但在考普兰德医生的家里,"干净的厨房空荡荡的。餐桌的一边摆着书和墨水台,另一边是叉、勺和碟子"(第68页)。厨房和餐桌不是烹饪和享受美食的地点,而是他研读思想著作的场所。鲍蒂娅不在时,考普兰德医生家的"厨房冷冰冰的,毫无生气"(第129页),但是每当她"走进厨房准备晚餐,温馨的气味溢满了房间"(第140页)。鲍蒂娅的到来给这个在物理上和精神上都冰冷的家提供了温暖。麦卡勒斯在小说中详细叙述了鲍蒂娅准备晚餐的场景:鲍蒂娅带来的是玉米面包、甘蓝叶和肋肉,虽然考普兰德医生只吃素食,但他不反对女儿烹饪肉食菜肴给她自己吃;考虑到各自的饮食偏好,鲍蒂娅冲泡咖啡后,把一杯不加糖的递给父亲,在自己的那杯里加了几勺糖。

考普兰德医生与鲍蒂娅在饮食上的分歧很容易克服,但在世界观上的冲突似乎难以彻底解决。事实上,对饮食差异的尊重和包容为解决世界观的冲突提供了直接有效的借鉴,他们要做的是抛开分歧、共同进餐。鲍蒂娅在厨房准备晚餐,考普兰德医生回忆起妻子多年以前也是这样在厨房里沉默而忙碌着。妻子去世后,考普兰德医生的厨房变得空荡冷清,女儿回来给他准备晚餐时,才能带回那股人间烟火味背后的亲情味。③

---

① Nancy Ruth Armes, "The Feeder: A Study of the Fiction of Eudora Welty and Carson McCullers", p. 141.
② Elizabeth David, *French Country Cooking*, Harmondsworth: Penguin, 1966, p. 23.
③ 虽然考普兰德医生反复强调宇宙中没有上帝,黑人只有靠自己的努力才能改变命运,但他的素食习惯和家庭关爱呼应了《圣经》中的信条:"吃素菜,彼此相爱,强如吃肥牛,彼此相恨。"(《旧约·箴言》第15章第17节)

第二章 《心是孤独的猎手》中的饥饿：精神隔绝与情感滋养

鲍蒂娅是母性和关爱的化身，她关心自己的父亲、丈夫和兄弟。尽管鲍蒂娅和考普兰德医生在思想和信仰上有冲突，在饮食习惯上也有差异，但他们从不会在晚餐食物方面发生争执。每次晚餐都能增进两人之间的亲情，缓解在其他生活方面的不愉快。当弟弟威利做完截肢手术回家后，鲍蒂娅的厨房变成全天候的值班室，她用食物给痛苦中的弟弟传递祝福。面对儿子遭受的种族迫害，考普兰德医生悲痛得像个木头人，鲍蒂娅再次用食物来给他安慰："我们今天上午待在一起吧。我给你煎条鱼，做蛋糕，还有土豆，你在这里吃中饭。你待在这儿，我想给你好好做一顿热饭。"（第245页）虽然思想激进的考普兰德医生与坚守传统的鲍蒂娅之间有隔膜，但食物在很大程度上化解了思维冲突和家庭争吵，共餐时光汇聚着温暖浓厚的亲情。

与厨艺精湛的鲍蒂娅不同，辛格不会下厨，但他以一种谦逊沉默的方式将他租住的公寓变成小说中的又一个关键供食场所，每一个饥饿的到访者都能得到满足。辛格身上体现了供食者真正关爱他人的品质，"他提供的无意识的、本能的供食技能源自更宏大的奉献体系。辛格提供给米克、杰克、考普兰德医生甚至比夫的正是这种滋养。在麦卡勒斯太太的文学经典中，一个社区往往必须要有这种滋养模式才能稳定，因为社区成员经常在重要人际关系上相互疏离"①。辛格的房间里总是存放着不同种类的食物供访客享用。他的房间虽小，但干净整洁，有家的气息；天热的时候，有不同种类的冷饮，天冷的时候，有火炉和热咖啡。

辛格把他的房间变成一个远离尘嚣的隐居地和包容一切的圣殿。青春叛逆期的米克、对白人不怀好感的考普兰德医生、疾恶如仇的杰克都喜欢到辛格的房间来，甚至连比夫也偶尔来到辛格的房间。辛格对每个人的态度都一样，都报以同样的热情。除了"纽约咖啡馆"之外，辛格租住的公寓是孤单落魄的杰克获得物质食粮的重要场所。麦卡勒斯多次描述了杰克在辛格的房间进食的场景。杰克第一次造访时，辛格为他提供了面包、橘子奶酪和啤酒。面对一个陌生人的热情招待，个性粗犷的杰克甚至感激得

---

① Nancy Ruth Armes, "The Feeder: A Study of the Fiction of Eudora Welty and Carson McCullers", p. 157.

说不出话来。找到工作后，杰克做的第一件事就是在果品店挑了一篮水果送给辛格，以表达对他的谢意。他们之间无法用语言进行交流，食物成为交流的媒介和情感的载体。食物蕴含着人类的相互交往，它对于巩固和加强人际关系具有重要作用。

辛格对任何人都热情地供应食物，对任何人的观点都耐心倾听。在杰克看来，辛格是镇上唯一能听懂他说话的人，只有辛格明白他想说什么，只有他和辛格知道真理。实际上，杰克和辛格之间存在巨大的差异。两个人的吃相在某种程度上揭示了各自的性格：杰克粗鲁无礼，辛格温文尔雅；他们的进食方式和性格个性上的差异也反映到两人的政治观点上，杰克主张暴力革命，而辛格则安于现状。考普兰德医生和辛格交流过多次，谈论的话题主要集中在种族问题和奴隶制的罪恶上，他发现辛格有着一种属于被压迫民族的理解力。

辛格对所有人都慷慨大方，与所有人都能愉快共处，因此，他成为小镇上的一个谜。对怪诞人物着迷的比夫试图揭开辛格的神秘面纱，他认为每个人都将辛格定位为各自心中想象的那个人，这极有可能是个误会。比夫注意到："辛格每天来这里三次，坐在中间的桌子边。放在他前面的是什么，他就吃什么——除了卷心菜和牡蛎①。在喧闹嘈杂的声音中，只有他是沉默的。他最喜欢吃一种烂烂的绿色小扁豆，他把它们整齐地推在叉子尖上，然后将饼干浸在它们的卤汁里。"（第212页）比夫坚持"饮食定身份"的信条，试图通过观察一个人的进餐行为来确定关于这个人的看法。辛格是一个聋哑人，他的嘴巴主要用于进食，无法言说的品质使他成为一个人造的神。② 那些在精神上依靠辛格的人与他的关系"更像是病人与精神病医生的关系，这是一个投射和迁移的场所，通过它内心冲突得以释放和调节"③。

---

① 辛格是犹太人，所以他不吃牡蛎。根据犹太教的教规，犹太人只可以吃有鳍和鳞的鱼，不可以吃带壳的海鲜，如虾、蟹和牡蛎等。详见 Morris N. Kertzer, *What Is a Jew?*, rev. ed., New York: Simon & Schuster, 1996, p. 87.

② 关于辛格是"人造/虚假的神"的论述，参见 Frank Durham, "God and No God in *The Heart Is a Lonely Hunter*", *South Atlantic Quarterly*, no. 56 (Autumn 1957), pp. 494–499.

③ Jennifer Murray, "Approaching Community in Carson McCullers's *The Heart Is a Lonely Hunter*", p. 112.

第二章 《心是孤独的猎手》中的饥饿：精神隔绝与情感滋养

卡尔指出："小说主要人物的大部分活动都发生在比夫·布瑞农的'纽约咖啡馆'或辛格的房间。他们交叉往返于小镇之中——每个人有时会有不同的方向——但是所有人都反复被吸引到辛格那里，从他那里获得精神和情感养料，正如他们总是不断希望从彻夜供应的晚餐那里获得物质滋养一样。最终，他们的精神和物质需求——以及随后暂时获得的滋养——纠缠在一起，所有人物都几乎没有独立的身份。"① 这段文字的最后一句有失偏颇。在饥饿幽灵吞噬着成千上万条生命的恶劣环境中，进食显然有助于建构独立的身份。进食与身份建构之间的紧密联系在米克·凯利身上表现得尤其显著。这个青春期少女正在追寻着自己的身份，② 辛格、鲍蒂娅和比夫为她提供的物质和精神滋养为她追逐梦想注入了强劲的动力。

第三节　通过仪式：美食与梦想

麦卡勒斯将米克·凯利塑造成一个有天赋却无法施展的孩子，她有着强烈的食欲和炽热的梦想。在小说中，十四岁的米克似乎总是处于饥饿状态，对食物有种难以抑制的渴望。心理治疗师金·彻宁（Kim Chernin）认为，对食物的着迷是某种形式的成年礼，它总是表达着某种尝试，以获得深刻的个人转变或进入集体生活及其精神意义。③ 在米克的成人之旅中④各个标志

---

① Virginia Spencer Carr, *Understanding Carson McCullers*, p. 20.
② 关于米克在成人的世界中寻找自己的位置和性身份的论述，参见 Louise Westling, "Carson McCullers' Tomboys", *Southern Humanities Review*, vol. 4（1982），pp. 339 – 350；Louise Westling, "Tomboys and Revolting Femininity", in Beverly Lyon Clark and Melvin J. Friedman（eds.），*Critical Essays on Carson McCullers*, New York: G. K. Hall, 1996, pp. 155 – 165；Constance M. Perry, "Carson McCullers and the Female Wunderkind", *The Southern Literary Journal*, vol. 19, no. 1（Fall 1986），pp. 36 – 45。
③ Kim Chernin, *The Hungry Self: Women, Eating and Identity*, London: Virago Press, 1986, pp. 167 – 168.
④ 米勒德（Kenneth Millard）指出，南方女作家创作的女性成长小说讲述了女孩与"新南方"的社会变迁达成妥协的故事，《心是孤独的猎手》中的米克·凯利可以称得上是此类小说人物的"先驱者"。Kenneth Millard, *Coming of Age in Contemporary American Fiction*, Edinburgh: Edinburgh University Press, 2007, p. 143.

性事件都与食物紧密地关联在一起。食欲不仅是一种生理需求,"它确认甚至象征了存在于主体与客体、自我与世界之间的空间"①。人类通过进食,将外部物质吸收到身体内部,使之成为自我的组成部分,从而建构起完整的身份。米克的基本饮食需求难以得到保证,暗示着她的主体性处于受威胁的状态。

米克用餐的地点和吃的食物揭示了她在家庭中的边缘处境。出于生计,凯利太太将她家的房子改造成出租屋,房客在餐厅吃饭,享用家中更好的食物,孩子们在厨房和黑人厨娘一起用餐,吃更差的食物以及房客剩下的饭菜。凯利家的孩子们大多没念完中学就出去工作了,② 还在上学的以及更小的孩子也过得十分艰苦:"乔治和她[米克]不再有午饭钱了……鲍蒂娅留下中午的剩饭,让她和乔治放学后回家吃。他们总在厨房里吃饭。比尔、海泽尔或埃塔和房客一起吃还是在厨房吃,取决于有多少食物。厨房里的早餐有粗燕麦粉、黄油、肋肉和咖啡。晚餐是同样的,加上餐厅里能剩下的任何食物。不得不在厨房吃饭时,大孩子们就满肚子不高兴。有时她和乔治会整整饿上两三天。"(第 227 页)青春期的米克食量巨大,她能够接受较差的甚至难以下咽的食物,从中吸取身体所需的营养,并且还能以一种享受的心态进食此类食物,这意味着她完全能够应对底层阶级所面临的局限和困境。

凯利一家所面临的局限和困境直接反映在厨房之中。在 20 世纪 30 年代,尤其是在大萧条时期,政府和食品公司都希望把厨房变成一个运转高效、对国家和家庭都有"好处"的公共空间。按照它们的标准,在一个"好"的厨房里,食物大多是公司生产的,而不是手工制作的。③ 政府和公司的逻辑是,只有商品销售出去了,工厂才不会倒闭,工人才不会失业,经济萧条才能逐步化解。显然,凯利家的厨房不是一个"好"的厨

---

① James W. Brown, *Fictional Meals and Their Function in the French Novel, 1789 – 1848*, p. 12.

② 在 20 世纪早期的美国,未成年人就业以及一天工作 12 个小时以上的现象并不少见。参见 Irving Werstein, *A Nation Fights Back: The Depression and Its Aftermath*, New York: Julian Messner, 1962, p. 60。

③ Laura Sloan Patterson, *Stirring the Pot: The Kitchen and Domesticity in the Fiction of Southern Women*, p. 196.

第二章 《心是孤独的猎手》中的饥饿：精神隔绝与情感滋养

房，因为凯利太太根本没有能力购买工业生产的食品。凯利家只能提供十分有限的食材，并且负责烹饪的是黑人厨娘，因此做出来的饭菜基本上与黑人家庭的一样，大多数属于后来非裔美国人所谓的"心灵食物"（soul food）。鲍蒂亚是一位"以生存为导向的黑女人，她深信自己的创造性厨艺，她几乎是个能应对无米之炊的巧妇，把所有可以吃的东西烹饪出维持生存的食物"①。尽管有时米克会表现出对食物不满意，但填饱肚子依然是她的优先目标。在凯利家的孩子中，米克的食欲最旺盛，她总是狼吞虎咽，并且始终觉得没吃饱。

饥饿的幽灵一直缠绕着米克，食物成为她的潜意识和想象中最显著的部分。在职业学校，米克听西班牙语老师说，"在法国，人们会扛着面包棍回家，包都不包；他们站在路上说话时，面包棍会撞到路灯柱上。在法国根本就没有水——只有酒"（第100页）。这个受饥饿困扰的美国南方少年，对作为饮食乌托邦的法国充满向往。米克在政府兴办的免费艺术课上画的几张画，也投射出她对食物的痴迷。其中有一张画的是人们在大火中逃生的场景，"一个女士奋力试图拎着一串香蕉带走"；另一幅画叫"工厂锅炉房的爆炸"，男人跳窗奔跑，"一群穿工装裤的小孩挤在一起，抱着饭盒，他们是来给爸爸送饭的"。（第42页）还有一张油画是关于发生在布劳德大街的小镇集体骚乱，米克不知道自己为什么会画它，也不知道给它取什么名字合适。大萧条时期，工人们的生活非常悲惨，大人、小孩都将食物视为生命，哪怕在逃离危险时仍旧不会忘记带走来之不易的食物。贫穷和饥饿是这几幅画的共同主题，也是油画中表现的布劳德大街的小镇集体骚乱的根本原因，虽然年纪尚小的米克无法完全理解，但相关的原型意象一直存在于她的潜意识中。米克的画反映了她的世界观，她觉得这个世界是一个混乱和没有理性的地方，她感到难以适从。

绘画只是米克的业余爱好，音乐才是她的至高梦想；她的画揭示出她饥肠辘辘的生存状况，而她对交响乐的热爱与她对"奢侈"食物的渴望互为参照。米克断言："为了一样东西我可以放弃一切，那就是钢琴。如果

---

① Marvalene Hughes, "Soul, Black Women and Food", in Carole Counihan and Penny Van Esterik (eds.), *Food and Culture: A Reader*, New York: Routledge, 1997, p.276.

我们有一架钢琴,每天晚上我都会练习,学习世界上每首曲子。这是我最想要的东西。"(第38页)然而,对米克来说,且不论钢琴,甚至连一台能收听交响乐的收音机也是一件无法企及的奢侈品。尽管如此,米克似乎"有必要通过梦想和幻想来补偿真实世界的缺陷及其对它的不满"[①]。夏季的时候,所有房屋的窗子都是打开的,她便跑到富人家的院子里倾听收音机里播放的交响乐。幸运的是,米克的父母还算通情达理,他们在主观上并没有想要扼杀她的音乐梦想,这点从她父亲不赞同她辍学去打工这件事情上就足以印证。虽然米克的父母没有能力给她提供充足的食物,更不用说是令她满意的食物,但至少她不会经常忍饥挨饿。更重要的是,比夫、辛格和鲍蒂娅都对米克呵护备至,她的成长过程中充满了温暖和鼓励。

米克经常感觉到受困于南方社会这个异化的世界,比夫的咖啡馆能够带给她些许慰藉,成为她暂时的心灵避难所。她如果身上有点钱,就会去"纽约咖啡馆"买一瓶可口可乐或是"银河"巧克力,比夫总是给孩子们打折,五分钱的东西只要三分钱,但米克时常手头上连三分钱都没有。她对"纽约咖啡馆"里的食物过于迷恋,以至于她曾在咖啡馆行窃过一回,但比夫并没有因此而责怪她。比夫一直对米克关爱有加:"米克对热巧克力上瘾,每周都要来三四次,喝上一杯。他只收她半价——五分钱,其实他不想收她的钱。"(第115页)比夫将米克视若自己的女儿,这种特殊的关爱是"父亲"身份和情感的投射,它在某种程度上弥补了他与妻子没有生育孩子的缺憾。

与比夫相比,辛格在米克心目中占据更为重要的位置。在辛格那里,米克的进食欲望和音乐梦想能同时得到满足。米克一吃完晚饭就会到辛格的房间去,那里有各种零食小吃,还有收音机播放的交响乐。辛格搬到米克的母亲经营的家庭旅馆之后,特意分期付款买了一台收音机,这样米克只要上楼就能收听交响乐,不用再跑到小镇的富人区去。对小说中的男女人物而言,尤其是对米克而言,辛格是一位救世主,他是"圣母玛利亚和

[①] Oliver Evans, *The Ballad of Carson McCullers: A Biography*, New York: Coward-McCann, 1966, p. 123.

第二章 《心是孤独的猎手》中的饥饿：精神隔绝与情感滋养

圣子耶稣的合一体"①。在米克看来，每一件她新了解到的关于辛格的事情都是重要的："他不喜欢卷心菜，这是为布瑞农先生打工的哈里告诉她的。现在她也不吃卷心菜了。"（第231页）青春期是充满探索和试验的时期，处于青春期的人很容易受到环境和文化的影响，他们尝试在社会中找到自己的位置。饮食是身份塑造的重要力量，米克在饮食偏好上追随辛格，充分反映了米克对辛格的身份认同。

处于青春期的米克时常情绪不稳定，厨娘鲍蒂娅成为她情感上的"母亲"。食物与情感密切相关，暗含着慰藉和舒适。处于青春期的少年在经历危机时，通常使用食物来恢复情感平衡。进食可以带来即时的满足感，有助于消解焦虑和沮丧。② 鲍蒂娅的厨房对米克而言始终是一个有安全感和归属感的地方。尤其是周末从外面回到家中，米克会径直迈向厨房："门厅里一股烟味和礼拜日午餐的气味。米克深深地吸了口气，向后面的厨房走去。午饭闻起来很香，她饿了。"（第44页）米克通常吃的是脂肪和淀粉含量高的食物，虽然它们对房客而言属于品质差的食物，但对孩子们和他们的厨娘来说，这种食物也能满足基本需求。

鲍蒂娅总是不遗余力地帮助米克，给予她关爱和力量。米克想要举办她生命中的第一个派对，她的想法得到厨娘的充分支持，鲍蒂娅毫无怨言地付出额外的劳动。除了准备足够的点心和饮料之外，鲍蒂娅还得在回家给她父亲做完晚饭之后，返回来招待米克的客人。米克举办派对的出发点之一是为了消除她此前参加过的一个派对给她留下的阴影："去年夏天她去过一次舞会，没有一个男孩请她散步或跳舞，她一直站在果汁钵旁边，作壁花状，直到所有的点心和饮料都吃完了，然后她就回家了。这次的派对肯定不会像上次那样。"（第99页）米克为了让自己回归"正常"，由"假小子"变回淑女，决定在家中举办舞会派对，希望以此为契机完成自己的转变。③

---

① Chester E. Eisinger, *Fiction of the Forties*, Chicago: University of Chicago Press, 1963, p. 247.
② Paul Fieldhouse, *Food and Nutrition: Customs and Culture*, London: Chapman & Hall, 1995, p. 186.
③ 李杨：《欧洲元素对美国"南方文艺复兴"本土特色的构建》，同济大学出版社2015年版，第64页。

舌尖上的身份

米克成长过程中的标志性事件之一是第一次发生性行为，它发生在她和哈里外出野餐之时。人认识身体的两个重要途径分别是食和性。德勒兹和瓜塔里在《千高原》中阐明了身体是如何"生产"出来的："对必须、必要或被允许的身体混合加以调节的首要因素是饮食机制和性机制。"[①] 通过野餐中的食物和性爱中的身体，米克获得对自我的进一步认识。米克预想，"也许哈里会带稀奇古怪的东西，因为他们家吃的是地道的犹太食品"（第254页）。结果，哈里带的是"冷猪肝布丁、鸡肉沙拉三明治和馅饼"，相比之下，米克"对自己带的东西感到羞愧，'我带了两只煮得很老的鸡蛋——里面塞了馅——加上两小袋盐和胡椒。三明治——黑莓果冻加黄油的那种'"（第255页）。米克对自己带来的食物感到自卑，但哈里并没有由此表现出自我的优越感。在米克的怂恿下，他们在加油站的商店买了两瓶冰啤酒，随后两个懵懂的青少年在树林里发生了性关系。哈里对未成年人的性行为感到愧疚，随即提议要和米克结婚，但她完全没有结婚的意愿，只是觉得"现在她是成年人了，不以自己的意志为转移"（第262页）。这显然是一次缺乏情感的野餐。这次约会经历反映在野餐篮中的食物上，这些食物难以激发浪漫的情调。一向食欲旺盛的米克并没有在野餐中表现出好胃口，就像她对这次性爱一样缺乏激情，米克似乎只是把人生中的第一次性爱当作成人仪式的一部分。有论者指出，这或许正是麦卡勒斯对两位青涩的年轻人有意做出的安排，她似乎将自己的经历投射到米克身上。这次野餐在情感上和性关系上都是失败的，它在某种程度上反映了麦卡勒斯写作时的现实生活状况，当时她的生活一片混乱，婚姻濒临破裂。[②]

[①] Gilles Deleuze and Félix Guattari, *A Thousand Plateaus*, trans. Brian Massumi, London: Athlone Press, 1988, p.90.

[②] Walter Levy, *The Picnic: A History*, New York: AltaMira Press, 2014, p.143. 麦卡勒斯的传记作者通常认为，她的文学人物源于真实生活中的人，例如，米克是青春期的自己，杰克·布朗特带有她丈夫的某些个性特征，鲍蒂娅的原型是她家在不同时期聘请的几个女佣，辛格的雇主跟她开珠宝店的父亲有几分相似。Oliver Evans, *The Ballad of Carson McCullers*, New York: Coward-McCann, 1966, pp.10, 18; Virginia Spencer Carr, *The Lonely Hunter: A Biography of Carson McCullers*, New York: Doubleday, 1975, p.152. 这两部经典的麦卡勒斯传记的标题都借用了她的小说标题，分别是 *The Ballad of the Sad Café*、*Heart Is a Lonely Hunter*。

第二章 《心是孤独的猎手》中的饥饿：精神隔绝与情感滋养

另一个标志着米克步入成人阶段的事件是她开始上班，工作意味着自食其力。在凯利家，上班的成员可以在餐桌上吃饭，不用和厨娘一起在厨房吃房客剩下的食物；对米克而言，有收入就可以到"纽约咖啡馆"买自己爱吃的食品。当米克听到乌尔沃斯商店提出的工作报酬时，她的第一反应是，"一星期十块意味着可以买十五只炸鸡"（第301页）。紧接着，她想到了分期付款买收音机，甚至想到了钢琴。米克充满青春朝气和理想主义，"倘若没有她坚定不移地追求的梦想……米克将难以引起我们强烈的兴趣"[1]。米克幻想在她二十岁时，便会成为世界著名的作曲家，她会站在舞台上，"辛格先生会在那儿，之后他们一起到外面吃炸鸡，他会崇拜她，把她当成最好的朋友"（第228页）。[2] 在米克心中，吃炸鸡是实现理想和获得成功的象征。今天的读者会觉得难以想象，因为炸鸡早已是热销全世界的食品，它成为传统美国南方食物的商品化版本，也是价廉、便利、快捷食品的代名词。然而，在20世纪60年代以前，虽然南方人爱吃炸鸡，但"他们并不经常能吃到，它是一种奢侈食物，通常在星期天或其他特殊日子才会出现在餐桌上"[3]。

在小说的末尾，米克用自己打工挣来的钱，在"纽约咖啡馆"购买了巧克力圣代和五分钱一杯的生啤。比夫对米克说，他从没见过谁同时点这两样东西。对于比夫的评论，米克没有加以回应，她只想一个人待着，细细品味这两样她偏爱的食物："圣代不错，满满地盖着巧克力、坚果和草莓。啤酒让她放松。吃完冰激凌后，啤酒有可口的苦味，让她有了醉意。除了音乐，啤酒是最好的。"（第336页）米克在咖啡馆里品尝的"两种食品分别体现了儿童与成人的特征。这个场景表明，在追寻自己的身份

---

[1] Oliver Evans, *Carson McCullers: Her Life and Work*, London: Peter Owen, 1965, p. 48.

[2] 对于米克而言，听音乐和品美食以及成为作曲家和吃炸鸡是相通的。钱钟书先生也有类似的看法："这个世界给人弄得混乱颠倒，到处是摩擦冲突，只有两件最和谐的事物总算是人造成的：音乐和烹调。一碗好菜仿佛一支乐曲，也是一种一贯的多元，调节器和滋味，使相反的分子相成相济，变作可分而不可离的综合。"钱钟书：《吃饭》，见《钱钟书散文》，浙江文艺出版社1997年版，第29页。

[3] Joe Gray Taylor, *Eating, Drinking, and Visiting in the South: An Informal History*, Baton Rouge: Louisiana State University Press, 1982, p. 114.

时，米克的生活正在发生斗争和改变"①。她婉拒了比夫推荐的刚出炉的炸鸡，原因是她没有足够的钱。她想要吃冰激凌，说明她还保持着童年时期的口味。一整天的工作之后，她想要喝一杯加冰的廉价啤酒，因为她是一个工人，喝酒在她的阶层中非常普遍；另外，她最好的朋友辛格刚自杀，伤心的米克想要借酒消愁。她吃的这两样东西在口味上形成剧烈反差，先是巧克力圣代的甜味，紧接着是生啤的苦味，味蕾对不同食物的感受影射了五味杂陈的人生体验。最重要的是，只有在吃饱喝足的前提下，米克才能继续追求她的音乐梦想。

食物是权力和控制的操演场域，饥饿叙事将人的身体置于叙述的中心，关联着文本之外的政治、经济和历史话语。食物的获取标示出社会阶层之间的差异，这些差异建构和定义了阶层的权力身份，即谁是社会身体的主宰者。饥饿叙事隐含着种族、阶级和性别等社会因素，揭露出边缘人群被剥夺政治、经济和文化权力的"赤裸"状态。在《心是孤独的猎手》中，麦卡勒斯不仅饱含同情地展示了穷白人、非裔美国人和聋哑人的饥饿境况，更深刻尖锐地揭示了造成底层人群忍饥挨饿的根本原因，即"嗜食人性"的资本主义制度和与之交织在一起的种族隔离制度。在双重异化力量的碾压下，底层南方人不仅承受着肉体的饥饿，也经历着精神的隔绝。诚如林斌所言，大多数评论家都认为"精神隔绝"是贯穿麦卡勒斯作品的一条主线，② 这条主线在《心是孤独的猎手》中表现得尤为突出，引发了批评界的持续关注和深度发掘。哈桑（Ihab H. Hassan）认为，这部小说中的人物没有亲密交谈，处于"集体隔离"的状态。③ 米利查普（Joseph R. Millichap）进一步指出，这部小说揭示了"现代社会中普遍存在的交

---

① Emily Knox, "Tomboys in the Work of Carson McCullers", in D. Nicole Farris, Mary Ann Davis, and D'Lane R. Compton (eds.), *Illuminating How Identities, Stereotypes and Inequalities Matter Through Gender Studies*, New York: Springer, 2014, p. 52.

② 林斌：《"精神隔绝"的宗教内涵：〈心是孤独的猎手〉中的基督形象塑造与宗教反讽特征》，载《外国文学研究》2011 年第 6 期，第 83 页。

③ Ihab H. Hassan, "Carson McCullers: The Alchemy of Love and Aesthetics of Pain", *Modern Fiction Studies*, vol. 5, no. 4 (Winter 1959), p. 317.

第二章 《心是孤独的猎手》中的饥饿：精神隔绝与情感滋养

流失败、隔离和暴力"[1]。查姆利也持类似的看法：在辛格的房间，这位聋哑人和其他主要人物之间的交流实际上只是个体之间的误解，"纽约咖啡馆"也同样是一个令人沮丧和没有活力的中枢场所。[2] 上述学者的看法都显得过于悲观。事实上，在这部小说的叙事进程中，经常会闪现人物之间饱含情感的交流互动，这种交流往往发生在室内场景之中。"纽约咖啡馆"和辛格的房间为孤单的人提供了沟通交流的空间，鲍蒂娅的厨房更是充满了温情和关爱，是人们有可能真正获得相互理解的地方。如果没有这些场所，人类关系会变得冷漠不堪。

笔者无意夸大食物的社会功用，毕竟"纽约咖啡馆"提供的物质食粮未能让辛格放弃自杀的念头。辛格最需要的是安东尼帕罗斯的陪伴，哪怕这位癫狂的同伴远在州立精神病院，哪怕这位哑巴同伴最在乎的只是吃喝。但必须重申的是，食物的重要意义不容忽视，前文所作的分析足以说明食物在作品中的突出地位，尤其对米克这个青春期少女的身份塑造发挥了关键作用。在小说的结尾部分，"麦卡勒斯展示了一些乐观主义的迹象"[3]。热情好客的辛格的去世对那些曾经在物质和精神上依靠他的人产生了不同程度的影响，但他们都具有足够的适应能力，没有辛格的日子并非彻底令人绝望。麦卡勒斯并没有想象社会将会自然地朝着好的方向发展，给社会提供解决问题的方案并不是她的创作目标。她的出发点是描绘社会现状，因而在小说结尾，种族主义并没有消失，工人阶级也没有摆脱压迫。读者不能期待杰克发动一场革命，贪食的个性和酗酒的恶习扼制了他的革命理想。素食主义的考普兰德医生无法再一个人生活下去，因为身体状况不足以支撑他继续在黑人社区教导同胞们如何改变命运。小镇的未来和希望投射在米克身上，她的远大志向和旺盛的生命力足以抗拒资本主义的异化力量。在20世纪30年代末期的美国南方，全国性大萧条的后遗症尚未得到根治，世界范围内的法西斯阴影正在加速扩散，饥荒、失业、贫困、战争、

---

[1] Joseph R. Millichap, "The Realistic Structure of *The Heart Is a Lonely Hunter*", *Twentieth Century Literature*, vol. 17, no. 1 (Jan. 1971), p. 16.

[2] Kenneth D. Chamlee, "Cafés and Community in Three Carson McCullers' Novels", p. 234.

[3] Jennifer Murray, "Approaching Community in Carson McCullers's *The Heart Is a Lonely Hunter*", p. 112.

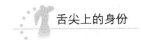 舌尖上的身份

种族冲突等各种社会问题集中爆发。南方人的身份危机和生命体验浓缩在小说中的这位青春期少女身上,米克在吃饱喝足之后继续追求她的梦想,这样的故事结尾传递出麦卡勒斯对南方人共克时艰的信念和期待。

第三章 《暴力夺取》中的呕吐：
饮食差异与思维对立

相较于其他的美国南方女性作家，弗兰纳里·奥康纳的生平中包含着两个独特的要素：红斑狼疮和天主教信仰。或许正是由于这两个要素，奥康纳展现给评论界的似乎是一个不食人间烟火的形象。然而，通过细读奥康纳的信件和日志，我们得以了解她的饮食偏好，从而有助于更好地解读她作品中经常出现的饮食叙述。奥康纳在爱荷华大学读研究生时就开始写祈祷日志，在她的祈祷日志中，我们不仅可以感受到她坚定的天主教信仰，也可以发现她爱吃苏格兰燕麦饼干（Scotch oatmeal cookies）的喜好。奥康纳在1964年5月25日写给山福德餐馆（the Sanford House）的两位主人范妮·怀特和玛丽·乔·汤普森的信中说道："我现在离开了城里，正好趁此机会给你们写一封真挚的、长距离的书信，感谢你们提供的烤土豆、虾沙拉、豆子沙拉、薄荷派和烤牛肉，所有这些食物都出自你们的厨房，我在过去的几个月里吃得津津有味。这里的伙食很贫乏。虽然味道不错，但量太少了——这样的膳食适合我的疾病却不适合我的胃口。"① 山福德餐馆在20世纪五六十年代的米利奇维尔市颇有名气，奥康纳和她的母亲经常前去就餐。奥康纳最喜欢山福德餐馆的炸虾（fried shrimp）和店里的招牌菜薄脆薄荷派（peppermint pie）。奥康纳喜欢孔雀、鹌鹑、火鸡、鹅等禽类是众所周知的事情，但鲜为人知的是，她也非常爱吃用各类家禽的蛋做成的食物，其中蛋黄酱（mayonnaise）是她的最爱。拉马·约克（Larma York）曾撰文指出："奥康纳的短篇故事中充满了关于早餐的描

---

① Flannery O'Connor, *The Habit of Being*, ed. Sally Fitzgerald, New York: Farrar, Straus & Giroux, 1979, pp. 581–582.

述,南方传统的早餐很丰盛,主要以蛋类食物为主。"① 早餐不仅在奥康纳的短篇故事中反复出现,也在她的长篇小说中占据重要的位置,本章将要讨论的小说便以早餐作为故事的开端。

《暴力夺取》② 出版于 1960 年,是弗兰纳里·奥康纳的第二部也是最后一部长篇小说。出乎作者预料的是,这部宗教色彩浓厚的作品面世后,得到读者的广泛回应。然而,奥康纳认为:"尽管许多人以这种或那种方式阅读这本书,但仅有一小部分人是真正阅读它,或从里面看到一些东西。刊出的评论证明了这点,甚至是那些正面的评论。正面的评论有时是最差的。我看到《波士顿先驱报》上的一篇评论说,这是一本极好的书,关于一个老人毫无人性地对待一个可怜的男孩,一个真正的悲剧,因为男孩无法逃离老人。"③ 也有论者坚称,"学校教员是小说中最重要的撒旦式人物",他不仅仅是一个现代的存在主义者,更是腐化塔沃特的一条毒蛇。④ 彼得斯(Jason Peters)则对梅森·塔沃特和乔治·雷拜都没有好感,认为老塔沃特是"道德上的恶棍",雷拜是奥康纳所斥责的"摩尼教教主"。⑤ 笔者认为,上述批评都过于极端,夸大了小说主要人物的恶性。诚然,小说中的主要人物都显得怪诞:老塔沃特脾气暴躁、信仰疯狂;塔沃特愤世嫉俗、行为粗暴;雷拜理性过度、情感贫乏。然而,奥康纳并没

---

① Lamar York, "Breakfast at Flannery's", *Modern Age*, vol. 38, no. 3 (Summer 1996), p. 245.
② 小说的标题源自圣经:"从施洗约翰的时候到如今,天国是凭借努力进入的,努力的人就得着了"(《新约·马太福音》第 11 章第 12 节)。关于小说标题的多重含义,参见 John R. May, "*The Violent Bear It Away*: The Meaning of the Title", *Flannery O'Connor Bulletin*, no. 2 (1973), pp. 83 – 86。Violent 一词在经文中被译成"努力",凸显了进入天国的艰辛历程;而在小说中被译成"暴力",勾勒了主人公的暴力言行。值得注意的是,虽然小说的标题取自《马太福音》,但小说的很大一部分叙述却是围绕施洗约翰而展开的,这种"不一致性"不可避免地引发了批评者之间的分歧和争论。P. Travis Kroeker 的论文 " 'Jesus Is the Bread of Life': Johannine Sign and Deed in *The Violent Bear It Away*"从约翰的福音书出发来解读小说中的先知意象,Karl E. Martin 的论文"Suffering Violence in the Kingdom of Heaven: *The Violent Bear It Away*"则强调马太的福音书与小说之间的紧密关联。这两篇观点相左的文章都被收录于同一部论文集:Susan Srigley (ed.), *Dark Faith*: *New Essays on Flannery O'Connor's* The Violent Bear It Away, Notre Dame, Indiana: University of Notre Dame Press, 2012.
③ Flannery O'Connor, *The Habit of Being*, p. 381.
④ Kenneth Scouten, "The Schoolteacher as a Devil in *The Violent Bear It Away*", *The Flannery O'Connor Bulletin*, no. 12 (1983), p. 36.
⑤ Jason Peters, "The Source of Flannery O'Connor's 'Flung' Fish in *The Violent Bear It Away*", *ANQ: A Quarterly Journal of Short Articles, Notes and Reviews*, vol. 18, no. 2 (2005), pp. 71 – 72.

第三章 《暴力夺取》中的呕吐：饮食差异与思维对立

有以一种鄙夷的态度来刻画这些人物，她既揭露和讽刺他们的缺陷，同时也对他们报以关爱和同情，展示出他们的优点和善意。更重要的是，上述以小说中的成人为焦点的评论忽视了十四岁的塔沃特的中心角色和主观能动性。正如布鲁姆（Harold Bloom）所言，塔沃特是"诺斯替教徒式的哈克贝利·费恩（a Gnostic version of Huckleberry Finn）"，他和费恩一样，是个具有反抗精神的少年，他不仅抵制雷拜，而且拒绝接受老塔沃特的说教。① 毋庸置疑，老人和学校教员都有私心、会犯错，但他们都充满"父爱"。在一个女人缺场的家庭，塔沃特的舅姥爷和舅舅争夺抚养权，竞相给他灌输各自的世界观，造成他生理上的呕吐和精神上的撕裂，触发他歇斯底里式的疯狂反抗。但与此同时，他们都是真心关爱塔沃特的抚养人和供食者，他们各自的供食模式与他们的信仰体系以及城乡环境和社会变迁紧密相关。

奥康纳在小说中刻画了两个空间背景：一个是老塔沃特居住的乡村鲍得黑德，另一个是雷拜居住的一座没有命名的城市。老塔沃特和雷拜都对自己的居住地感到自豪，对对方的居住环境嗤之以鼻。这种二元对立的叙述呼应了雷蒙·威廉斯关于乡村与城市的论述。威廉斯在《乡村与城市》一书的开篇指出，对这两种基本生活方式，人们倾注了强烈的、概括化的情感："对于乡村，人们形成了这样的观念，认为那是一种自然的生活方式：宁静、纯洁、纯真的美德。对于城市，人们认为那是代表成就的中心：智力、交流、知识。强烈的负面联想也产生了：说起城市，则认为那是吵闹、俗气而又充满野心家的地方；说起乡村，就认为那是落后、愚昧且处处受到限制的地方。"② 威廉斯总结的关于乡村与城市的观念用于探讨城乡之间的饮食差异可谓顺理成章、恰到好处。③ 关于都市饮食与乡村饮食，长期以来人们总是褒贬不一。有人坚称最雅致的食物出现在城市，那

---

① Harold Bloom, "Introduction", in Harold Bloom (ed.), *Modern Critical Views: Flannery O'Connor*, New York: Chelsea House Publishers, 1986, pp. 2 – 3.
② [英] 雷蒙·威廉斯：《乡村与城市》，韩子满、刘戈、徐珊珊译，商务印书馆 2013 年版，第 1 页。
③ Nuno Domingos, José Manuel Sobral, and Harry G. West (eds.), *Food Between the Country and the City: Ethnographies of a Changing Global Foodscape*, London: Bloomsbury, 2014, pp. 1 – 2.

里汇集了最复杂多样的口味。例如，食物的极大丰富和极其多样性使得巴黎享有美食之都的盛誉。有关城市饮食的优越性的描述往往包含着对乡村饮食的负面比较："美食家的社会角色在本质上是'都市的'，它相反的极点是传统乡村自给自足，吃自己土地上的产品，产什么吃什么。不言而喻，在那些贫穷得饥不择食的人之中，美食家精神几乎不存在。食物必须充足和多样，当然烹饪也要多样和精致，美食家才能选择一些东西和拒绝其他的东西。"① 与此同时，对都市饮食的诋毁也不绝于耳。譬如，18世纪的英国小说家托比亚斯·斯摩莱特（Tobias Smollet）把伦敦的食品斥为恶臭、低劣的物质，与此形成鲜明对比的是，在乡村，鸡是自由的，猎物来自荒野，蔬菜直接采摘自菜园。② 在以斯摩莱特为代表的许多文学家的叙述中，乡村的田园饮食成为简单、自然和健康的代名词。奥康纳便是其中的一员。

第一节　乡村厨房：胃与脑的囚牢

在奥康纳笔下，鲍得黑德"代表了一个与人性丧失的城市相反的伊甸园世界"③。这块乡野之地几乎与世隔绝，尚未受到剧烈社会变迁的席卷，保留着美国南方乡村的原始风貌。老塔沃特家是一栋破败的两层木屋，建在一块玉米地的中央，只有一条土路与外界相连。叙述者从塔沃特的视角写道："从这条路上回来时，舅姥爷总会停在这里，从远处庄稼地的上方，看着他那矗立在两座烟囱之间的房子、他的地和他的玉米。老人就像看见了应许之地的摩西一般，从这样的景致中获得了极大的满足。"④ 对宗教

---

① Stephen Mennell, *All Manners of Food: Eating and Taste in England and France from the Middle Ages to the Present*, Oxford: Blackwell, 1985, p. 273.

② Bee Wilson, *Swindled: The Dark History of Food Fraud, from Poisoned Candy to Counterfeit Coffee*, Princeton: Princeton University Press, 2008, p. 5.

③ Ross Labrie, *The Catholic Imagination in American Literature*, Columbia: University of Missouri Press, 1997, p. 228.

④ ［美］弗兰纳里·奥康纳：《暴力夺取》，仲召明译，新星出版社2011年版，第191页。本章后文出自该著作的引文，将随文在括号内标出引文出处页码，不再另行作注。

第三章 《暴力夺取》中的呕吐：饮食差异与思维对立

狂热的老塔沃特自视为摩西一般的先知，鲍得黑德则是一块应许之地。他怡然自得地耕种庄稼，享受着自然恩赐的食材，出行靠双脚和骡车，偶尔在乡村商店购些油盐酱醋，并在那里饱餐一顿，和社区的邻里谈天说地，日子过得有滋有味。

厨房是老塔沃特家的中心，祖孙俩长时间以来吃睡都在里面，进食成为他们的生活重心。老塔沃特的两层木屋没有任何现代的装饰，它的特别之处在于，"他们房子的整个一层全都做了厨房。厨房宽敞但暗沉沉的，一端摆放着一只木炉子，一张长桌和炉子连在一起，一袋袋饲料和土豆堆在角落里。他和塔沃特将废铜烂铁、刨花、旧绳子、梯子和其他引火物弄得到处都是。他们原本是睡在厨房里的，直到某天晚上一只红猫从窗外跳进来，吓得他舅姥爷把床搬到了有两个空房间的楼上"（第8～9页）。囿于一隅的塔沃特祖孙俩没有受到贫穷的困扰，虽然他们没有多样的娱乐活动，但一日三餐给他们提供了最主要的快乐之源。

进城后的塔沃特经常回忆往昔的乡村生活，尤其是餐桌前的美好时光："他和他舅姥爷的胃口很好。虽然说老人没为他做什么别的事，但他至少往他的盘子里堆了很多吃的。没有哪个早晨，他不是在煎腊肉的气味中醒来的。"（第133页）译者在此处将小说的英语原文 the smell of fatback frying 翻译为"煎腊肉的气味"，意思传达得不够准确，因为腊肉有很多种，猪背肥肉（fatback）是最差的制作腊肉的原材料。猪背肥肉，顾名思义就是猪背上的肥肉，它几乎没有蛋白质，营养价值很低。虽然猪背肥肉通常也是通过腌制或熏制来保存，但它的肉质远比火腿和里脊肉差。在旧时的南方，这种肉在大多数种植园中是奴隶的肉食配额的主要构成部分。[①]在经济落后的地区，低廉的猪背肥肉满足了众多南方穷人吃猪肉的欲望。

从老塔沃特烹制的早餐可以看出，他的生活仍处于贫困状态，但他懂得利用有限的原材料，做出味道鲜美的食物。尽管塔沃特不认同老人疯狂的宗教情结，但他对舅姥爷的烹饪之道十分推崇。在乡村原生态食物的滋

[①] Sam Bowers Hilliard, *Hog Meat and Hoecake: Food Supply in the Old South, 1840–1860*, Carbondale: Southern Illinois University Press, 1972, pp. 46–47.

养下，①塔沃特自豪地说，"我从不生病，除了有时候我会吃撑了"（第173页）。多数评论者对老塔沃特的烹饪技艺持赞赏态度，例如，沃什伯恩指出，在奥康纳笔下的所有男性供食者中，"老梅森·塔沃特是最值得称赞和最有效率的，尽管他在神学和行为上显得极端"②。在女性缺席的情况下，老塔沃特在鲍得黑德担负起传统供食者的角色，为他的外孙提供简单而有营养的食物，在餐桌前营造出家庭的温馨。

奥康纳并没有把老塔沃特塑造成禁欲的先知，而是将他刻画成世俗世界里的享乐者。老塔沃特不仅是一个善于烹饪的供食者，也是一个耽于美食的饕餮。小说以细腻的食物意象开篇，祖孙两人坐下来享用可口的早餐，但不幸的是，这竟然变成了老塔沃特"最后的晚餐"："临死的那个早晨，老人像往常一样下楼做早饭……死去的那一刻，他坐下来正准备吃早餐，用一只布满方形红色斑点的手举起的叉子，在离嘴还有一半的距离时，他带着大惊失色的表情把叉子放下来，把手搁在盘子的旁边，接着把盘子从桌上掀飞了。"（第8～9页）奥康纳不是一个信仰摩尼教的二元论者，不主张为了精神而牺牲身体，"她的想法正好相反，她主张艺术家和信徒为了实现理想，必须紧贴世界和身体"③。周铭也认为："奥康纳的信

---

① 在对待城乡饮食模式的态度上，奥康纳完全偏向乡村，她把鲍得黑德描绘成伊甸园和乌托邦。奥康纳在小说中对乡村的浪漫化，与威廉斯在《乡村与城市》中揭示的英国田园诗中对乡村的美化具有共通之处。威廉斯在该书的第三章"田园与反田园"中指出，英国文艺复兴时期以及17、18世纪新古典主义时期的田园诗，是对古希腊罗马时代的田园诗的挪用和改写，目的是对封建秩序加以美化，为地主阶级和封建时代的价值观念辩护。在"人造"田园诗中，乡村社会和阶级秩序被视为一种更为广泛的自然秩序的组成部分，万物皆安于自己的位置，鸟兽和牲畜甚至自愿把自己贡献给乡绅的餐桌，乡绅们乐善好施，允许村里的穷人和自己共享盛宴。这种愉悦、轻快的描述，呈现给读者的是一种充满人道主义精神、和谐的农业文明秩序。通过分析那些"围绕餐桌组织起来"的诗歌，威廉斯阐明了美化过程的两种模式。第一种是把乡村美化成伊甸园，对富足自然的享用等同于人类堕落之前的轻松享受，因为从天堂堕落的结果是，人类不再能够轻易地从提供一切的自然中采摘食物，而是要被迫用自己的汗水挣取面包。第二种是将乡村描绘成乌托邦，乡村经济中没有傲慢、贪婪和算计，只存在注重责任、睦邻和慈善的自然秩序。详见威廉斯：《乡村与城市》，第37～50页。

② Delores Washburn, "The 'Feeder' Motif in Flannery O'Connor's Fiction: A Gauge of Spiritual Efficacy", in Karl-Heinz Westarp and Jan Nordby Gretlund (eds.), *Realist of Distances: Flannery O'Connor Revisited*, Aarhus, Denmark: Aarhus University Press, 1987, p. 132.

③ Robert H. Brinkmeyer, Jr., "Asceticism and the Imaginative Vision of Flannery O'Connor", in Sura P. Rath and Mary Neff Shaw (ed.), *Flannery O'Connor: New Perspectives*, Athens: University of Georgia Press, 1996, p. 182.

仰建基于天主教正统思维模式，强调物质与精神的融合。"① 尽管奥康纳的小说有时读起来像是对基督教所作的神秘解释，但从本质上而言，她是一个对抽象的事物不信任的作家。奥康纳认为，小说是具象化的艺术，故事的叙述应该通过感官来展开，她希望在自己的小说中，像福楼拜一样，"把爱玛放在一个可信的（believable）村庄里"②。她称自己为"基督教现实主义者"③，致力于刻画生活在具体的世界之中的现代人。奥康纳写道："艺术家洞察具体的世界，目的是在它的深处发现根源的意象，终极现实的意象。"④

　　食事是这位老先知的生活重心，甚至他的外貌也呈现出暗含宗教含义的食物意象。在叙述者看来，老人的眼睛像鱼，肚子像面包。鱼是一个神秘的基督教记号，希腊语中"鱼"的第一个字母与"耶稣"的第一个字母相同。在早期基督徒看来，鱼是耶稣的象征，预示着圣餐和洗礼。面包是生命的象征，耶稣施展神迹，用5片面包和2条鱼喂饱了5000名信众。在小说中，老塔沃特的身体被类比为耶稣的身体，它像一座乡村教堂，与城市的银行大楼形成鲜明的对照。当老塔沃特带着外孙进城找律师确定地产继承事项时，由于缺乏对城市的基本了解，中午时分他们不敢在城里的餐馆用餐，只能靠从家里带来的饼干充饥。老塔沃特背靠银行大楼，腆着大肚子，吃得津津有味。奥康纳凸显老塔沃特的大肚子以及肚子与食物的关联，尤其是与面包的关联，"旨在暗示老塔沃特为他自己和外孙制作的充足食物象征着'生命面包'作为不朽的供食者所提供的永恒盛宴。当它与城市的银行并置在一起时，这个暗示被赋予了更多的意义，因为银行是一些市民用来替代基督教信仰的场所"⑤。对于多数城市居民而言，他们平常去得最多的地方不是教堂，而是银行和超级市场。在奥康纳的小说

---

① 周铭：《"上升的一切必融合"——奥康纳暴力书写中的"错置"和"受苦灵魂"》，载《外国文学评论》2014年第1期，第52页。
② Flannery O'Connor, *Mystery and Manners: Occasional Prose*, ed. Sally Fitzgerald and Robert Fitzgerald, New York: Farrar, Straus & Giroux, 1969, p. 70.
③ Flannery O'Connor, *The Habit of Being*, p. 92.
④ Flannery O'Connor, *Mystery and Manners: Occasional Prose*, p. 157.
⑤ Delores Washburn, "The 'Feeder' in *The Violent Bear It Away*", *Flannery O'Connor Bulletin*, no. 9 (1980), p. 113.

中，城市体现了"上帝已死"的现代世界的典型特征。

与消费主义占主导的南方都市相反，鲍得黑德几乎没有现代商业。由于交通不便和收入低下，老塔沃特从来不去城市购物，如果确需手工不能制作出来的日用物品，他便在乡村商店购买。塔沃特祖孙俩有时会去离家不远的乡村商店购物和用餐，老人每次都在商店里滔滔不绝地宣扬自己的宗教信仰。尽管同行的塔沃特感觉非常乏味，但乡村商店的顾客中有些人是老塔沃特的忠实听众。在小说的后半部分，当塔沃特从城市返回路过乡村商店时，他想购买一瓶饮料，但商店的女主人拒绝卖给他，原因是她对不孝之人深恶痛绝，并谴责他放火烧掉舅姥爷的遗体和房屋的大不敬行为。从女主人的举止可以看出，这家乡村商店并不是一个商业至上的场所。

旧时的美国南方乡村商店，商业气息并不浓厚，它更像是一个社区中心。乡村商店的突出特色和核心理念是"对地方和邻居深切的热爱"①。村民赶集时可以在店里吃到家中没有的菜肴，外出路过时可以在此歇脚，尤其是在恶劣天气时可以进去遮风避雨。乡村商店和现代的便利店不同，"便利或高效服务并不是它们的优先目标"②。乡村商店为顾客提供极其丰富多样的产品和服务：店主给路人指路，给遇到问题的乡邻提供建议，向农民出售农具和肥料，为前来用餐的顾客提供亲手制作的食物。乡村商店一般位于交叉路口，不仅是南方原始商业的"心跳和脉搏"，更是社群交际的场所，它是各类消息的集散地以及政治辩论和插科打诨的地点。周六通常是店里生意最红火的日子，偏远农村的居民到镇上出售家禽和野味，然后来到乡村商店做短暂停留，享用午餐和购买日常用品。过半数的乡下人是在乡村商店里首次品尝到"购买的"食物，"在乡村商店就餐带给南方农村人体验多样化的喜悦和痛快，他们在别处无法获得"③。每到周六，饥饿的棉花农民和烟草农民涌向乡村商店，吃掉成千上万份牡蛎、沙丁

---

① Brooks Blevins, "The Country Store: In Search of Mercantiles and Memories in the Ozarks", *Southern Cultures*, vol. 18, no. 4 (Winter 2012), p. 58.

② Brooks Blevins, "The Country Store: In Search of Mercantiles and Memories in the Ozarks", p. 46.

③ Thomas D. Clark, *Pills, Petticoats and Plows: The Southern Country Store*, Norman: University of Oklahoma Press, 1964, p. 26.

第三章 《暴力夺取》中的呕吐：饮食差异与思维对立

鱼、三文鱼和长串香肠。沙丁鱼和椒盐饼干是乡村商店的主要产品。克拉克生动地描绘道："一罐海湾牡蛎、几块饼干、一瓶辣椒酱加上五美分钱的奶酪，对于厌倦了'稳定的'食物类型的顾客来说，便是七月里的圣诞晚宴。"① 在乡村商店，老塔沃特一边大快朵颐，一边滔滔不绝地宣讲他的宗教信条。在"二战"后的南方边远地区，老塔沃特这个宗教激进主义者仍然有大批的听众。

老塔沃特在塔沃特的生活中扮演了"三位一体"的角色：供食者、牧师、老师。老塔沃特在抓住孩子的胃的同时，企图操控他的脑。塔沃特出生不久，他的父母就死于一场车祸，老塔沃特从雷拜那里把他抢走，带到鲍得黑德来抚养，希望把他培养成自己的接班人。老人拒绝将塔沃特送去学校，而是将他留在家中亲自教育，学习的内容从亚当和夏娃被逐出伊甸园开始，直到最后审判日和耶稣基督重临。鼓动腮颊大吃大嚼的老塔沃特振振有词地向外孙灌输约翰福音：基督是永生的供食者，信耶稣者必定不饿不渴。然而，这位自我标榜的老先知并不是一个禁欲主义者，而是一个贪吃之人。在他的影响下，他的外孙也成为一位食事至上者。令读者感到惊愕和愤慨的是，老人在正准备吃早餐时突然去世，而塔沃特却表现出异乎寻常的冷漠。他坐在尸体对面的桌旁，不紧不慢地吃完老人为他准备的早餐，感觉对面是个陌生人。吃完早餐后，他起身将舅姥爷没有吃的食物拿去喂鸡。塔沃特的冷漠表明，他一直期待着这个时刻的到来，老人去世后，他便能摆脱他的影响，拥有自由的选择。在整部小说中，塔沃特一直在"抵制外部的控制"②，进而努力"创造一个独立的自我"③。老塔沃特生前给塔沃特安排了两项主要任务：在他去世后以基督徒的方式将他土葬；给智障的毕肖施洗。为了逃避被设定的成为先知的生活模式，塔沃特在舅姥爷去世后，并没有去埋葬他，而是放火烧掉他的遗体和房屋。

塔沃特害怕舅姥爷的疯狂会传递给他，因此，他在整个故事中一直在

---

① Thomas D. Clark, *Pills, Petticoats and Plows: The Southern Country Store*, p. 27.
② Susan Srigley, *Flannery O'Connor's Sacramental Art*, Notre Dame: University of Notre Dame Press, 2004, p. 105.
③ Steven Olson, "Tarwater's Hats", *Studies in the Literary Imagination*, vol. 20, no. 2 (1987), p. 41.

逃避和反抗。尽管塔沃特竭力排斥舅姥爷的说教，但它就像老人烹饪的美食一样，在他的脑海中挥之不去。塔沃特吃的最后一顿美餐是舅姥爷去世前准备的早餐，此后他再也没吃过一顿合胃口的饭菜。他的饥饿既是生理上的，也是精神上的。小说中反复出现"饥饿感"和"生命之粮"的意象，① 食物充斥着塔沃特的内部和外部世界，他抵抗"先知的天命"，实际上是抵制生命之粮。和老塔沃特生活在一起时，塔沃特总是能获得充足而好吃的食物，物质食粮与精神信仰被供食者融合在一起，所以他不会有饥饿感。在塔沃特进城后，两者发生断裂，他的饥饿感即刻变得强烈起来。

第二节　都市食品：卑贱与呕吐

乡村传统饮食模式似乎总是跟家庭、田园、土地、社区、自然等联系在一起，蕴含关爱、健康、喜乐、幸福、完整等意义。相较而言，城市现代饮食模式则常常被贴上负面的标签，诸如方便速食、工业加工、人工合成、商业售卖、营养缺乏。在小说中，"原始的鲍得黑德的供食习惯与城市中复杂的供食模式形成对比，后者的特点是权宜、便利、人造"②。随着美国南方的城市化进程不断加快，乡村饮食习惯正在逐步被都市餐饮模式所取代，居住在城市里的人，尤其是移居城市的年轻一代往往缺乏烹饪

---

① 史瑞格里注意到奥康纳在小说中使用的食物象征，尤其是作为精神追求的饥饿隐喻，认为读者需要从饥饿、欲望、禁欲主义和圣徒的圣餐仪式之间的关系方面加以理解。参见 Susan Srigley, "Asceticism and Abundance: The Communion of Saints in *The Violent Bear It Away*", in Susan Srigley (ed.), *Dark Faith: New Essays on Flannery O'Connor's The Violent Bear It Away*, Notre Dame, Indiana: University of Notre Dame Press, 2012, p. 202. 史瑞格里的评论契合奥康纳对这部小说的解释。奥康纳在写给友人特德·斯皮维（Ted Spivey）的信中说道："这本书中有两个主要象征符号——代表基督的水和面包。小说的整个行动是塔沃特出于自私的意愿而反抗小湖（施洗的圣水坛）和面包所代表的神性。此书是一首关于圣餐的微不足道的颂歌。" Flannery O'Connor, *The Habit of Being*, p. 387.

② Delores Washburn, "The 'Feeder' Motif in Flannery O'Connor's Fiction: A Gauge of Spiritual Efficacy", p. 133.

第三章 《暴力夺取》中的呕吐：饮食差异与思维对立

精致菜肴的技能，也没有时间和精力准备传统膳食。社会变迁和城乡差异显著地表现在日常饮食方面，考验着人的味觉转变和适应变迁的能力。

总体而论，人类具有极强的饮食适应能力，在全球范围内，所有能吃的东西几乎都成了人类的食物来源。甚至有进化论者断言："人类身体的所有适应性都是围绕着获取、烹制和消费食物的需求。"[1] 但对个体而言，饮食不适应的情形时有发生，"进食障碍在社会变迁时期更为普遍，瓦解、错位和不稳定既是社会变迁时期的特征，也是厌食症的标记"[2]。在塔沃特的成人之旅暨乡村转向城市之旅，他首先面临的是饮食模式转变带来的巨大挑战。厌食和呕吐是他对都市食品产生的心理和生理反应。

从空间描写来看，雷拜的家与老塔沃特的家形成鲜明对照。老塔沃特的家以厨房为中心，家里堆放的都是各类农家食物，滋养身体是家庭生活的根本。雷拜的家以书房为中心，每一面墙上都堆满了书，追求知识是家庭生活的全部。雷拜负责学校的心理学测试项目，他认为现代科学技术和心理学理论可以测试人类的欲望和动机。正如彼得斯（Jason Peters）所言："雷拜的生活是抽象化的，身体对他而言是精神生活的障碍。"[3] 雷拜的视力和听力都很差，戴着厚镜片的眼镜，依靠电子助听设备。奥康纳暗示，雷拜生理功能上的障碍对应了他精神信仰上的残缺。他希望用现代知识将塔沃特从错误的宗教信念中解放出来，给他提供一个得体的、非神学的教育。塔沃特厌恶雷拜把用餐时的对话当作增长知识的一个方式，反对将餐桌演变成书桌的做法。在塔沃特看来，相比老塔沃特提供的家庭烹饪的饭菜，雷拜提供的工业化生产的食品既乏味又缺乏营养。

到达城市的第一天早晨，塔沃特便经历了饮食上的"文化冲击"。雷拜把托盘放到塔沃特的膝盖上，告知这是他的早餐，"仿佛塔沃特认不出来这早餐——一碗干麦片和一杯牛奶是什么似的"（第86页）。塔沃特迟

---

[1] Peter Farb and George Armelagos, *Consuming Passions: The Anthology of Eating*, New York: Washington Square, 1980, p. 14.

[2] Diane McGee, *Writing the Meal: Dinner in the Fiction of Early Twentieth-Century Women Writers*, p. 85.

[3] Jason Peters, "Abstraction and Intimacy in Flannery O'Connor's *The Violent Bear It Away*", *Shenandoah*, vol. 60, nos. 1–2 (2010), p. 216.

钝地瞄了早餐一眼，但并没有拿起勺子。过了一会儿，塔沃特开始大嚼大咽起来，但"从他的表情可以清晰地看出来，他觉得早餐的质量很差"（第 87 页）。针对此场景，鲁宾评论说："对比健康、滋养的乡村食物，早餐燕麦等现代食品缺乏吸引力。"① 史瑞格里的批评则显得尖锐："雷拜家的早餐索然寡味，没有充足的食物，这种状况暗示了雷拜的精神贫乏。"② 塔沃特的舅舅提供的早餐都是从超市买回来的工业食品，与他舅姥爷每天自己动手烹饪的早餐完全不同，老人的早餐原料都源于自己在乡村的耕种和养殖。塔沃特不喜欢雷拜提供的由工厂加工的早餐，偏爱一直以来享用的农村传统食物。

雷拜缺乏烹饪技艺，试图通过外出进餐来弥补这个短板，并希望塔沃特能通过舌尖来感受城市的多元文化主义。当天晚上，雷拜带着外甥塔沃特和儿子毕肖到一家幽暗僻静的意大利餐厅吃饭，"他为他们点了方形饺子，因为毕肖喜欢吃这东西"（第 99 页）。经常有评论家抨击雷拜对智障的儿子毕肖漠不关心，这种批评有失公允。事实上，雷拜对毕肖甚为疼爱，孩子的生母因不愿抚养智障的儿子而离家出走，但他对儿子一直不离不弃。对于新的就餐环境和异域食物，塔沃特并没有表现出丝毫兴趣。他沉着脸把方形饺子推来推去，只吃了几个就放下了叉子。雷拜关切地问他是不是不喜欢吃这个，如果不喜欢的话，可以吃点别的。令雷拜吃惊的是，塔沃特粗鲁地答道，"都是从同一只污水桶里出来的"（第 99 页）。面对塔沃特的冒犯，雷拜并没有发怒，而是提醒他，毕肖正在用餐，说这种话不妥当。此时，毕肖吃得满脸都是饺子汤汁，偶尔还把勺子塞到汤碗里，或者用舌尖舔餐盘的边沿。叙述者生动地刻画了毕肖的不雅吃相，读者不难体会雷拜面对生活不能自理的儿子的无奈心情。然而，塔沃特并未理会雷拜的善意劝告，而是更加赤裸裸地嘲讽智障的毕肖："猪才会喜欢吃这东西……他就像一头猪……他像猪那样吃东西，他想的东西也不比一

---

① Louis D. Rubin Jr., "Flannery O'Connor and the Bible Belt", in Melvin J. Friedman and Lewis A. Lawson (eds.), *The Added Dimension: The Art and Mind of Flannery O'Connor*, New York: Fordham University Press, 1977, p. 67.

② Susan Srigley, "Asceticism and Abundance: The Communion of Saints in *The Violent Bear It Away*", p. 204.

第三章 《暴力夺取》中的呕吐：饮食差异与思维对立

头猪多，等他死了，他会像猪那样腐烂掉。我和你……也会像猪那样腐烂。我、你和猪的唯一不同是我和你会算术，但他和猪没什么不同。"（第99页）这番话直戳雷拜的心理伤疤，充分展示了塔沃特的桀骜不驯和缺乏教养。塔沃特对餐馆提供的食物并不感兴趣，只是觉得在金钱上对雷拜有所亏欠。每次用餐后，他都会从口袋里拿出一张纸和一截铅笔头，写下他对这顿饭的估价，目的是将来一起还给雷拜。每次进餐前，塔沃特都会先把食物推到盘子的四周仔细观察，似乎怀疑食物被下了毒。他对雷拜的招待没有表现出丝毫的感激之情，而是心存戒备和抗拒。

塔沃特对都市饮食的抵制导致生理上的饥饿，与此对应的是，他精神意识中的饥饿感越来越强烈，这种饥饿感源于他一直抵制的老塔沃特的说教。塔沃特在夜里偷偷溜到街上闲逛，突然停在街区的中央，往一家商店的橱窗里看。跟在后面的雷拜"好奇地观察了一会儿，他觉得，那就像是一个饥肠辘辘之人的表情，一桌食物就摆在他面前，但他却够不到。他终于有了想要的东西了，他想。他决定明天回来买下那东西"（第103页）。塔沃特离开后，雷拜朝那面橱窗走去，发现这只是一家糕点店，橱窗里什么也没有，只有一大块被遗落的面包。雷拜以为塔沃特是因为晚饭没吃饱，所以渴望得到那块面包。雷拜未能意识到，塔沃特是被别的东西所控制，他的饥饿感并不会因为购买到糕点店的面包而消失。

塔沃特对面包的渴望不单纯是生理上的，更是精神上的。糕点店的面包不能解决他的饥饿，只有当他承认饥饿的真正原因时，才能彻底满足胃里的虚空。奥康纳在她的书信集《生存的习惯》（*The Habit of Being*）中多次提到热那亚的圣凯瑟琳，① 上述场景揭示了她对圣凯瑟琳相关教理的认同和吸收："一个健康、有食欲的人会寻找面包；当他无法找到或吃不

---

① 奥康纳对热那亚的圣凯瑟琳（St. Catherine of Genoa）所著作品的熟读可以解释塔沃特的欲望、精神饥饿概念以及它与圣餐的关系。根据史瑞格里的考证，奥康纳在创作《暴力夺取》的前后，正在阅读圣凯瑟琳的《论炼狱》（*Treatise on Purgatory*）。参见 Susan Srigley, "Asceticism and Abundance: The Communion of Saints in *The Violent Bear It Away*", p. 203. 圣凯瑟琳将心灵靠近和渴望上帝的状态刻画成饥饿，奥康纳将塔沃特描绘成处于永远无法满足的饥饿状态之中。在《论炼狱》中，圣凯瑟琳说道："我们想象一下，整个世界只有一块面包，它能满足所有人的饥饿。" St. Catherine of Genoa, "Purgation and Purgatory", *Classics of Western Spirituality*: *Purgation and Purgatory and the Spiritual Dialogue*, trans. Serge Hughes, Mahwah, N. J.: Paulist Press, 1979, p. 76.

到时，他的饥饿感会无限制地增强。当他意识到只有面包才能缓解饥饿时，他知道没有它饥饿感就无法减弱。这便是饥饿者的地狱，他们越接近这块面包时，他们越清楚他们无法得到它。他们对面包的渴望不断增强，因为它是他们的快乐之源。"① 尽管塔沃特竭力否定他在真实世界中的生理饥饿与精神饥饿相关，但这片面包让塔沃特想起他的舅姥爷以及老人向他描绘的耶稣形象。

塔沃特不喜欢城市的麦片粥和用酵母发酵的白面包，怀念家庭制作的玉米面包和饼干。雷拜的供食模式经常遭到评论者诟病②，他们指责雷拜在用餐时拼凑点心或利用商业供食机构的餐食，而替代性的商业服务仅仅是出于利润动机，缺乏厨房烹饪的家庭温情，这种行为是供食者抛弃传统抚养角色的症状，揭示了他不重视亲人的身体和精神健康。塔沃特习惯于乡村的进餐习俗，家庭成员陪伴在身旁一起用餐的快乐远高于到不同国家风格的餐馆中尝试新鲜的菜肴和体验异域的文化的愉悦。塔沃特离开农村来到城市投靠舅舅，却无法接受他的饮食模式：

> 在城市的第一天，他就意识到了肚子里的那种陌生感，一种奇特的饥饿感。城里的食物只能使他虚弱……学校教员不在意他往男孩的肚子里塞了什么。他从一个硬纸盒里倒出一碗剃须膏③似的东西当作早餐；中午，他用白面包做三明治；晚上，他带他们去不同肤色外国人开的不同的餐馆，每天晚上都不重复。他说，这样你就能了解其他国家的人是怎么吃饭的了。男孩不关心其他国家的人是怎么吃饭的。他总是饥肠辘辘地离开餐馆，清醒地意识到了他身体里的问题。自从在他舅姥爷的尸体前吃了那顿早餐之后，他还没对食物感到满意过。饥饿感似乎变成了他体内的一种绵延不断的沉默力量。（第133页）

---

① St. Catherine of Genoa, "Purgation and Purgatory", p. 76.

② 例如，琼·布里顿指出："家庭的失败在小说中表现得非常突出。" Joan Brittain, "The Fictional Family of Flannery O'Connor", *Renascence*, vol. 19, no. 3 (Fall 1966), p. 49.

③ 此处对应的英语原文是 a bowl of shavings，应该译为"木屑"或者"刨花"。塔沃特将早餐燕麦比作木屑，或许是因为他从未见过这种食物，更大的可能性是他故意作此比喻，以凸显他对城市早餐的厌恶。

第三章 《暴力夺取》中的呕吐：饮食差异与思维对立

塔沃特拒绝雷拜提供的食物意味着抵制他的教育模式和思维方式。老塔沃特抓住了塔沃特的胃，也在某种程度上控制了他的思想。塔沃特抵制雷拜提供的食物，可以从两方面予以解释：一方面是由于他在味觉上习惯于老塔沃特提供的乡村食物，对城里的加工食品和餐馆烹饪的菜肴不适应；更重要的一方面是由于他在思想上受到老塔沃特关于"生命之粮"说教的影响，他体内的饥饿感无法通过物质形式的食物来满足。

小说中最重要的进餐场景发生在一家名叫"切罗基小屋"的旅馆中，它离鲍得黑德只有大约三十英里[①]。在地理位置上，它介于雷拜居住的城市与老塔沃特在世时居住的乡村之间，这种中间状态呼应了塔沃特的身份特征。雷拜安排这次旅行是为了测试塔沃特返乡的意愿，结果表明，他返回鲍得黑德的意愿十分强烈。为了储备旅途所需的体力，塔沃特违心地吃入大量自己厌恶的食物："他们在大堂黑暗的另一头吃午饭，饭是经营这个地方的女人做的。塔沃特狼吞虎咽。他专心致志地吃了六块塞满了烤肉的圆面包，喝了两罐啤酒，好像是在为长途旅行或一次耗尽他全部力量的行动做准备。雷拜注意到了他对劣质食物突然而生的胃口，他断定塔沃特是在强迫自己吃东西。他想知道，啤酒能不能软化他的舌头，但到了船上时，他还像往常那样闷闷不乐。"（第138页）塔沃特对划船到小湖中钓鱼这项娱乐活动并不感兴趣，只想尽早回到鲍得黑德。他逐渐意识到自己吃了太多东西，那些食物在他体内下沉，但同时又被先侵入的饥饿感推回来。塔沃特将身子探到船外面，胃里的食物"被吐了出来，在水面上形成一个散发出甜酸气味的圆圈。一阵眩晕之后，他的头脑被清空了。饥饿的虚空感在他的胃里蔓延，好似重新获得了自己合法的占有权"（第143页）。从生理学角度而言，塔沃特的呕吐是由进食过量、过快、过杂等不当方式引起的，但奥康纳并不是在提供关于科学进餐的医学建议，而是通过肠胃对食物的反应来影射头脑对信仰的回应。

呕吐是整部小说的关键意象和核心隐喻，它是塔沃特的进食障碍以及身份撕裂状态的最集中体现。克里斯蒂瓦提出的"卑贱"概念为阐释塔沃特的呕吐行为提供了一个贴切的理论视角。根据克里斯蒂瓦在《恐怖的权

---

① 1英里＝1609.344米。

力：论卑贱》中的论述，"卑贱"指的是人类对意义遭到崩溃威胁时的反应，如恐惧和呕吐，这种意义的崩溃源于主体与客体或自我与他者之间界限的消失。"卑贱"在心理分析图式中处于一个不稳定的位置，它既拒绝成为主体，也拒绝成为客体。克里斯蒂瓦以她对牛奶表皮的反应为例子对这个术语进行了解释：

> 我讨厌某种食物、某种脏物、某种废物、某种垃圾。痉挛或呕吐保护着我。厌恶、恶心使我远离它们，背向污秽、臭脏、脏物。我以折中、二者之间、背叛为耻辱。……食物憎厌也许是卑贱的最基本的、最古老的形式。牛奶表面那层并不伤人的皮，薄得像一张卷烟纸，像指甲屑那样微不足道，但当它出现在我眼前，或碰到我的嘴唇时，我的声门，还有更下面的胃、肚子、所有内脏就会痉挛，使全身收缩，压迫出眼泪和胆汁，使心跳加快，额上和手心沁出汗珠。眩晕使目光模糊，恶心使我缩背弓腰，以抗拒这层奶油……"我"不要它，"我"也不想知道它是什么，"我"不吸收它，"我"排斥它。……我就排斥自我，把自我吐掉，使自我卑贱，在同一个动作中，"我"声称把自我安排停当。①

呕吐这一生理行为影射的是一个撕裂的身份，因为呕吐既是"我"，又是"非我"，它一方面把食物吸收到自我之中，而另一方面又暴力地加以排斥。通过吸入和排出的逆向辩证，呕吐这一原始行为揭示出身份塑造的复杂性。

卡洛琳·克尔（Carolyn Michaels Kerr）曾在《忍受真理：让－保罗·萨特和弗兰纳里·奥康纳的作品中的恶心意象探源》（"Stomaching the Truth: Getting to the Roots of Nausea in the Work of Jean Paul Sartre and Flan-

---

① ［法］朱莉娅·克里斯蒂瓦：《恐怖的权力：论卑贱》，张新木译，生活·读书·新知三联书店2001年版，第3～4页。

nery O'Connor")① 一文中简略提及《暴力夺取》中的呕吐场景。作者指出，萨特的小说《恶心》中的主人公安托尼·洛根丁"从未真正呕吐过，至少据我们所知是这样的，但奥康纳的作品中有几个恶心导致呕吐确实发生的例子——呕吐的原因是主人公孩子气地试图通过进食过量来满足精神的饥饿"②。塔沃特呕吐的原因，表面上是进食过量所致，实质上是他的身份撕裂状态引发的生理反应。塔沃特的呕吐源于他同时反抗两位抚养人对他的身份塑造，老塔沃特只想着把他培养成自己的继承人，一位基督教先知；雷拜则希望他摆脱老塔沃特的疯狂思想，用科学理性武装头脑。

塔沃特呕吐出来的是雷拜提供的"劣质食物"，象征着他对雷拜的理性主义说教的拒斥。然而，雷拜却认为塔沃特的呕吐是摆脱老人思想控制的征兆，因而抓住时机劝导说，"就像清空胃一样……把一些东西清出脑袋，会让人觉得同样的轻松……我可以帮你。有个东西正在从里面吞噬你，我可以告诉你那是什么"（第 144 页）。雷拜对清空头脑与清空肠胃进行的类比十分贴切，他想把塔沃特从老人的观念中"拯救"出来，为的只是用他自己的科学理性思想替代老塔沃特的疯狂宗教信仰。尽管雷拜所提供的各种食物不合塔沃特的胃口，但他还是不断尝试，希望塔沃特认识到，老人误导性的说教是他进食障碍的根本原因。

关于进食障碍，疾病学和精神分析学分别给出了不同的解释。现代疾病学强调的是意识层面，认为厌食症的主要症状是恐惧进食、节食、绝食，它起因于过分担心（或者错误估计）自己的身型和体重，进而有意识地拒绝食物。精神分析学说强调的是无意识层面，认为厌食症是伴随着厌

---

① 该文章标题中的"忍受真理"（Stomaching the Truth）源于奥康纳写给好友海斯特（Betty Hester）的一封信，她在信中说道："真理并不会基于我们在情感上对它的忍受而改变。"Flannery O'Connor, *Collected Works*, New York: Library of America, 1988, p. 952.

② Carolyn Michaels Kerr, "Stomaching the Truth: Getting to the Roots of Nausea in the Work of Jean Paul Sartre and Flannery O'Connor", *Christianity and Literature*, vol. 60, no. 1 (Autumn 2010), p. 86. 毫无疑问，恶心和呕吐是有区别的，后者是前者的结果，但前者并不一定会导致后者的发生。因此，桂裕芳将萨特的小说标题 *La nausée* (1938) 翻译为《恶心》。见沈志明、艾珉主编：《萨特文集》（第 1 卷），人民文学出版社 2005 年版。遗憾的是，桂裕芳的译本在中国台湾地区出版时，书名被改成了《呕吐》。

食感、饥饿感、暴食、呕吐等症状的一种癔症。① 很显然，塔沃特的厌食症是无意识层面的，不受理性的控制。在小说呈现的最后一个在餐馆进餐的场景中，雷拜点了三盘汉堡，三人惯常的用餐神态在此得到集中的表现："男人立刻开始吃起来，好像他想趁早吃完了事。小傻子把圆面包片拿开，开始去舔上面的芥末酱。男孩看着自己的汉堡，碰都不碰它，好像它们已经坏掉了……男孩终于拿起他的汉堡，但还没到嘴边，又被他放了下来。他再次拿起汉堡，又放下，最终也没咬下去。"（第 157～158 页）雷拜再次尝试帮助塔沃特去探明自己厌食的原因，但还是以失败告终，"你吃不下去……因为有个东西正在吃你。我愿意告诉你那是什么"，塔沃特厌恶地回应说是"虫子"。（第 158 页）雷拜所说的"有个东西"，指的是老塔沃特的神学说教，但塔沃特将它理解为本义上的某个东西。老塔沃特曾经告诉他，幼儿的肚子里会长蛔虫。从他的回答可以看出，童年时期的教育在他头脑中根深蒂固。塔沃特一直在反抗，既反抗老塔沃特，也反抗雷拜，但对比而言，他对老塔沃特表现出更多的认同。这种对比显著体现在他对待两人提供的食物的态度上：塔沃特对舅姥爷提供的农家饭菜表现出强烈的食欲，有时会吃撑；他对舅舅提供的都市食品缺乏兴趣，甚至会呕吐。

食物是塔沃特无法用言语表达的情感依附，呕吐则影射了他处于危机之中的主体性。饮食揭示了塔沃特内心根深蒂固的区域情结，从他对城市食品的排斥，可以看出他对南方乡村的地域认同。② 塔沃特并不是到达都市之初由于生活不习惯而不吃东西，而是在那里的整个时期都拒绝进食。正如莉莲·弗斯特（Lilian R. Furst）所指出的："吃，与不吃一样，都是对自我以及所处环境施加权力的手段。尤其是当一个人被迫进入任何类型的压制性形势之中，他可以通过进食的方式和数量来施展控制和某种程度

---

① 王韵秋：《隐喻的幻象——析〈可以吃的女人〉与〈神谕女士〉中作为"抵抗话语"的饮食障碍》，载《国外文学》2015 年第 4 期，第 103 页。

② 这点和《苏菲的选择》（*Sophie's Choice*）中的斯汀戈很相似。详见 Sharon Therese Nemeth, *Transforming the Rebel Self: Quest Patterns in Fiction by William Styron, Flannery O'Connor and Bobbie Ann Mason*, Frankfurt am Main: Peter Lang, 2010, p. 78。

的选择权。"① 刚到那里时,他就表现出不舒适,随后他不论面对何种食物,都拒绝享用,希望以此种方式来支配自己所处的环境。塔沃特的饮食排斥呼应了他对刚进入的现代世界的感受。他把雷拜第一天早晨给他的早餐麦片比作木屑,并充满渴望地回忆在鲍得黑德常吃的煎猪背肥肉早餐。他习惯于这种食物,从而不想吃城市食品。雷拜有意将塔沃特带到富有外国风味的餐馆,每晚去一个不同的地方,希望他能够学习不同的文化,但此举只是进一步强化了塔沃特的错位感。塔沃特的反应非常强烈,称这些食物是"污水桶里出来的","猪才会喜欢吃这东西"。他的反应与另一个场景形成鲜明对比,即他和舅姥爷在城里分食饼干,那时候他还有"家"可归。在流离失所的漂泊旅程中,饥饿成为塔沃特最重要的体验。

第三节　生命之粮:精神虚空的满足

塔沃特的饮食偏好以及饥饿症状形成于童年时期,他的成人之旅必须逾越幽灵般的进食障碍。一般而言,旅途或冒险是成长故事的核心情节,塔沃特的精神成长和自我认识也是在他的"觅食"旅途中渐次获得的。心理分析学家阿伦·艾斯曼(Aaron Esman)研究指出,处于青春期的人,不论来自哪个阶级和种族,都比较容易受到社会的放逐和排挤。② 塔沃特的孤单旅行充分说明了这一点。塔沃特有三次搭车经历,第一次是从鲍得黑德前往城市,后两次是在返乡的途中。在三位司机看来,塔沃特是个"怪胎":他的衣着和举止都与时代脱节,缺乏起码的现代知识,满嘴都是有关施洗和救赎之类的宗教话语。在这几次单独与陌生人相处的过程中,塔沃特总是刻意强调他对舅姥爷的生命之粮说教的排斥,而事实上老塔沃特的教导并不全是激进的宗教教条,还包括独立生存的有用技能。塔沃特

---

① Lilian R. Furst, "Introduction", in Lilian R. Furst and Peter W. Graham (eds.), *Disorderly Eaters: Texts in Self-Empowerment*, University Park: Pennsylvania State University Press, 1992, p. 4.

② Aaron H. Esman, *Adolescence and Culture*, New York: Columbia University Press, 1990, p. 33.

最后的惨痛经历表明，他完全不懂如何与陌生人打交道，缺乏基本的生活技能和自我保护意识，舅姥爷在世时提出的不搭陌生人的车、不吃陌生人的东西之类的警告乃是金玉良言。老塔沃特不仅是一位狂热的先知，还是一位"代理母亲"，他代表了"奥康纳关于女性和男性均衡合体的象征"①。此外，塔沃特从未对舅舅表达过任何感激之情，在他使用舅舅赠予的开瓶器那一瞬间，他幡然醒悟。当魔鬼化身的司机窃走象征着亲情关爱的开瓶器和帽子时，塔沃特彻底失去了身份依附和情感纽带。

在塔沃特第一次搭车的途中，开车人一语道破了他生存状况的本质。司机米克斯是一个铜烟道推销员，他眼里只有生意，嘴里总是蹦出游说的话语。听完塔沃特讲述他在舅姥爷家的生活经历之后，推销员断言："你是一个被囚禁的听众。"（第50页）老人不仅囚禁了塔沃特的胃，还囚禁了他的脑。② 塔沃特没有上过一天学，对现代知识和外界经验一无所知。米克斯觉得塔沃特大脑不正常，而他正需要一个既无知又有力气的人为自己工作，于是他尝试说服塔沃特跟着他干活，但遭到塔沃特的拒绝。虽然推销员总是打着自私的如意算盘，说话也很尖刻，但他对陌生人给予了些许关照，最后将塔沃特送到雷拜的屋前，塔沃特的城市饮食模式由此开启。

塔沃特第二次遇到的司机给他提供了食物，但它却加剧了他的精神饥饿。由于此次搭车是在夜间，卡车司机害怕开车犯困而发生危险，要求塔沃特不停地说话来给他提神。但塔沃特没有幽默感，只是坚定地说自己不饿："只有能行动和不能行动的人，饥饿的和不饿的人。就这么简单。我能行动，而且我不饿。"（第172页）当司机要他继续说话时，他又说自己很饿。司机感到一脸茫然，塔沃特解释说，他"不对生命之粮感到渴望……我想要一些此时此刻就能吃的东西。我吐了午餐，又没吃晚饭"（第172页）。塔沃特刻意区分宗教意义上的食粮和物质意义上的食物，旨在表明他对老塔沃特的宗教观点的排斥。司机听后，从口袋里摸出一块他

---

① Robert Donahoo, "Tarwater's March to the Feminine: The Role of Gender in O'Connor's *The Violent Bear It Away*", *Critic*, vol. 56, no. 1 (Fall 1993), p. 100.

② 苏珊·史瑞格里指出，《暴力夺取》的中心主题是"控制"（control），故事的主要内容围绕塔沃特针对梅森施加的控制而展开的抵制行动。参见 Susan Srigley, *Flannery O'Connor's Sacramental Art*, Notre Dame: University of Notre Dame Press, 2004, p. 106。

之前咬过一口的三明治。塔沃特拿过三明治握在手里，但他没打开蜡纸，因为当他准备吃时，他又感到不饿。塔沃特说道："虚空就像我胃里的一件东西，它不允许别的东西下到那里。如果我吃了，我会吐出来的。"（第172页）塔沃特在旅行途中认识到自己的"虚空的胃"，从而为他返回鲍得黑德领受圣餐迈出了坚实的一步。

神学家伯纳德·洛纳根（Bernard Lonergan）认为，世上存在两种类型的虚空：盒子（box）的虚空和胃（stomach）的虚空。盒子不知道自己是满的还是空的，如果恰巧它里面是满的，它也不知道里面是何物，作何用途。胃则知道自己是满的还是空的，如果它是空的，它知道自己想要什么，并且知道如何行动：它是有生命的、有智性的。为了清楚地区分这两种虚空，洛纳根分别用虚空（emptiness）来指涉盒子的虚空，用饥饿（hunger）来指涉胃的虚空。如果一个人把生命的宽大躯体当成一个虚空的盒子，他的生命便是不断用物质满足身体需求的疯狂过程；相反，如果一个人的生命是以饥饿为特征，他的饥饿感便开启了他经历意义和方向的旅程。从虚空的盒子到虚空的胃的转变需要直面人的有限性本质，这是一种不可避免的、艰难痛苦的经历。奥康纳给我们展示了一系列"虚空的盒子"，它们正在变成"虚空的胃"。她的大多数小说人物只有在故事的结尾才由虚空的盒子转变成虚空的胃。[①] 另一位奥康纳十分推崇的神学家威廉·林奇（William F. Lynch）指出，任何人如果想要品尝到无限性，他/她必须投身于日常生活的有限性之中，越深入越好。这看上去似乎很矛盾，但它确是唯一的途径，人在具体经验中认识到自己的有限性，才能敞开心胸拥抱生命的无限性。

在这次旅途中，狂妄自大的塔沃特开始认识到自己的有限性。他坐在卡车的驾驶室里，"就像是一条被抛到了死亡岸上的鱼，正和空气扭打着，却没有能在那里呼吸的肺"（第177页）。前文谈到奥康纳借用食物意象

[①] G. J. Bednar, "From Emptiness to Hunger: Lonergan, Lynch, and Conversion in the Works of Flannery O'Connor", *Renascence*, vol. 68, no. 3 (Summer 2016), pp. 194–197. 贝德纳引述两位神学家洛纳根和林奇的观点用于阐释奥康纳的长篇小说《智血》以及几个短篇故事，实际上，两位神学家的观点用来解释《暴力夺取》中塔沃特的行为甚至更为合适，但贝德纳只是在论文的两个注释中稍加提及，并未展开论述。

来刻画老塔沃特的形象，将他的眼睛比作鱼眼。在此，鱼的意象再次出现，它不仅指涉了基督教的象征意义，而且传递了奥康纳"对摩尼教这个将肉体和精神分离的古老邪说予以完全的、彻底的拒斥"①。彼得斯考察了"被抛的鱼"这一形象的来源，认为奥康纳上述有关鱼的刻画是受到林奇神父的文章《神学与想象》（"Theology and the Imagination"）的启发。奥康纳称赞林奇神父是美国最有学养的牧师之一。谈到现代人企图超越身体而依靠"纯粹的内心世界"来了解神性的徒劳努力时，林奇神父写道："在这种状况下，内心浮现出一条挣扎着想跳出水面去呼吸的鱼这样一个粗糙的隐喻，水代表有限性，空气代表无限性。鱼的嘴巴张大得变了形，试图以这种痛苦的方式来吸入空气。显然，他（He）应该是在水中呼吸，任何企图使这个过程更为快捷的尝试都将造成他本性的剧烈扭曲。"② 奥康纳援引"被抛的鱼"这一形象，"揭示了塔沃特从一个摩尼教的世界观转向一个圣礼的世界观"③。她巧妙地将这个转变与暗示着洗礼的动作结合起来，一直盲目而狂乱地反抗外部世界的塔沃特第一次深刻地体会到无奈和无助。然而，塔沃特很快便摆脱了沮丧的心情，他从卡车的驾驶室跳下，朝林中空地的方向走去，心想"太阳落山时，他就到了那个可以开始过自己选择要过那种生活的地方了。在那里，在他余下来的日子里，他要学会拒绝"（第 178 页）。塔沃特认为自己已经长大成人："他的骨头又硬又脆，好像是属于一个比他年长而又经历过沧桑的人，而想到这个——沧桑——他明显地感觉到，自从他的舅姥爷死了，他就开始过男人的生活了，他再也不是个男孩了。"（第 179 页）在这次搭车过程中，塔沃特并未受到剧烈的冲击（除了被卡车司机蔑称为"傻子"所引发的言语伤害），因而他对回到鲍得黑德之后的生活感到乐观，依然奉行他的"拒绝原则"。塔沃特坚称舅姥爷的教理毫无意义，后悔当初没有把老人的尸体拖出来，在外面烧掉他，这样他就不会没有房子住，而现在只能被迫睡在

---

① Jason Peters, "The Source of Flannery O'Connor's 'Flung' Fish in *The Violent Bear It Away*", p. 71.

② William Lynch, "Theology and the Imagination", *Thought*, no. 29 (1954), p. 68.

③ Jason Peters, "The Source of Flannery O'Connor's 'Flung' Fish in *The Violent Bear It Away*", p. 73.

第三章 《暴力夺取》中的呕吐：饮食差异与思维对立

牲口棚里，直到他再建一栋房子。

从叙述者对塔沃特的心理描写可以看出，塔沃特尚未充分认识到人的有限性。世俗世界的食物和房子无法解决塔沃特的精神需求，"他的饥饿象征着人类本性中无法满足的一面，即人无法在现世找到永恒的家"①。正因为如此，当饥饿感再次来袭时，塔沃特仍然无法进食。他从口袋里拿出三明治，打开后发现卡车司机咬掉了一个尖角，于是把没被咬过的一边放进嘴里，但瞬间之后，他又把带着模糊牙印的三明治从嘴里拿出来放回口袋。塔沃特行走在烈日下，感到又饿又渴，经过一间黑人的小木屋时，他用三明治换来井水，痛快地喝了个够。令他感到奇怪的是，水并不能缓解他的干渴感。如同他的饥饿感一样，塔沃特的干渴感也不纯粹是生理上的，更多是心理上的：

> 为了把心思从干渴感上转移开，他把手伸进口袋，掏出学校教员送给他的礼物开始欣赏它。它让他想起他还有一枚五美分的硬币。走到第一间杂货店或加油站时，他要给自己买一瓶饮料，并用这个开瓶器打开瓶子。这个小工具在他的掌心里闪闪发光，好像它已经答应了为他打开一些大物件。他开始意识到，在有机会时，他并未诚心感谢过学校教员。现在在他的脑海里，他舅舅的脸的轮廓已经不那么清晰了，于是他又看到了来城市之前他想象出来的那双笼罩在知识阴影里的眼睛。他把开瓶器放进口袋里，用手握着，好像从此以后，它就是他的护身符了。（第182页）

这是小说中难得一见的温暖人心的场景，说明塔沃特开始学会感恩，他此前拒绝雷拜提供的从城市商店购买的食物或由餐馆烹饪的菜肴，并不仅仅因为他偏爱乡村的家庭烹饪菜肴，更重要的原因是他厌恶雷拜不断向他灌输现代科学知识。现在他打算用雷拜给他的硬币到杂货店购买饮料，

---

① P. Albert Duhamel, "The Novelist as Prophet", in Melvin J. Friedman and Lewis A. Lawson (eds.), *The Added Dimension: The Art and Mind of Flannery O'Connor*, New York: Fordham University Press, 1977, p. 100.

舌尖上的身份

并用开瓶器打开,说明他在某种程度上接受了工业化食品,并表现出想要探索如何使用城市生活中的常用物件的兴趣,而以前他对雷拜买给他的任何东西都没有兴趣。小说中另一处令读者倍感温暖的叙述是,老塔沃特每天给外孙精心准备一日三餐,去世前也已经将早餐做好。事实上,塔沃特的两位供食者都对他关爱有加,只是他们一味地将各自的思想强加给他,由此引起他的强烈反感和激烈反抗。

塔沃特第三次搭车遇到的司机是个十足的恶魔,他的邪恶主要体现在两个方面:他提供的"食物"是象征着腐化力量的烟和酒;他偷走了对塔沃特来说意味着亲情关爱的开瓶器和帽子。他首先引诱塔沃特抽烟,塔沃特本不想吸烟,但在对方的劝导下,他拿起一根烟,像那个司机一样把它挂到嘴角。塔沃特想通过抽烟的行为来证明自己已经长大成人,但他受不了烟雾的怪异臭味,被烟呛得剧烈地咳嗽。司机从杂物箱里取出一瓶威士忌递给他,谎称它能治咳嗽。此时塔沃特想起了舅姥爷关于毒酒和不搭陌生人的车的忠告,他非但没有听从,反而更加急切地想打开酒瓶。这个场景说明,塔沃特不仅仅是抵制舅姥爷的神学说教,而是抵制他所说的一切。他把瓶子放在两膝之间,从口袋里掏出雷拜送给他的开瓶器,用力按进木塞,进而成功将它拔出。在塔沃特看来,打开酒瓶的木塞意味着他最终推翻了老人的论断。这一幕似乎表明,此刻塔沃特摒弃了老人的说教,接受了雷拜的帮助。但他无法适应浓烈的威士忌,吞下一大口之后,感觉它在灼烧喉咙,他的干渴感又肆虐起来,于是他只好再喝一口,咽下比刚才更多的酒。虽然他的感官极为排斥威士忌,但他依然坚称威士忌胜过生命之粮。在塔沃特酒醉昏睡时,司机鸡奸了他,还偷走了他最重要的两样东西:老塔沃特送给他的帽子和雷拜送给他的开瓶器。塔沃特失去了帽子和开瓶器,象征着他失去了两位亲人的关爱,也意味着他失去了身份依附。约瑟芬·亨丁(Josephine Hendin)认为,开瓶器帮助塔沃特打开了生命之酒(the Wine of Life,对应生命之粮 the Bread of Life),司机偷走了开瓶器,意味着他夺取了塔沃特的成熟身份标志。[①] 在基督教的圣餐仪式中,

---

① Josephine Hendin, *The World of Flannery O'Connor*, Bloomington: Indiana University Press, 1970, p. 60.

第三章 《暴力夺取》中的呕吐：饮食差异与思维对立

面包和葡萄酒分别代表了耶稣的身体和血液，两种具有神圣意义的食物是合为一体的，只有参与到共享的宴席之中，塔沃特才能悟其要旨。

在经历了城市之旅和车途创伤之后，塔沃特回到土生土长的乡村，他将从这片故土中解开饥饿之谜。塔沃特到达鲍得黑德时，碰见黑人布福德，受邀到他家里吃点东西，但刚想到食物，他就感到反胃。塔沃特最后意识到，他渴望的东西不仅仅是果腹之物，而且是生命之粮。塔沃特站在舅姥爷的墓穴边上，眼前浮现一个幻象，至此他终于认识到长期折磨他的饥饿感之根源：

> 对他而言，那片田地不是空荡荡的，而是簇拥着一大群人。在每个地方，他都能看见模糊的身影坐在斜坡上。他定睛一看，发现那群人正从一只篮子拿吃的喂饱自己。他的目光在人群里搜寻了好久，仿佛他无法找到自己想要找的那个人，这时他看见了他。老人向着地面躬下身体，坐了下来。在安顿好自己庞大的身躯后，他向前探出身子，转过脸，目光不耐烦地跟随着正在朝他而来的篮子。男孩也向前探出身体，并终于意识到他饥饿感的目标，意识到他饥饿感的目标和老人的是一样的，意识到人间的一切都无法使他饱足。他的饥饿感如此强大，他能够吃下所有掰开后的饼和鱼。（第195～196页）

上述场景在小说中占据重要的地位，它暗示旅途归来的塔沃特以一种自主选择的方式接受了上帝的恩典。沃什伯恩评论说："当塔沃特出现幻觉，仿佛见到他舅姥爷正在和其他信仰者分享面包和鱼的时候，他皈依了基督教，小说的冲突也得以解决。"[①] 史瑞格里也得出类似的结论："至此，塔沃特自梅森去世开始一直不懈地追求的自由和自立画上圆满的句号，他进入到一个共享圣餐而不是与世隔离的地方。"[②] 在这块众人分担饥饿感的土地上，在这个分享圣餐的时刻，塔沃特的自我认知没有减弱，

[①] Delores Washburn, "The 'Feeder' Motif in Flannery O'Connor's Fiction: A Gauge of Spiritual Efficacy", p. 133.

[②] Susan Srigley, "Asceticism and Abundance: The Communion of Saints in *The Violent Bear It Away*", p. 210.

而是在他人的陪伴下得以增强和深化。塔沃特在生者和逝者之中共享可以变多的面包和鱼，他的饥饿感得到完全的满足。约翰·德斯蒙德（John Desmond）进一步指出："塔沃特浮想出来的一群人分享生命之粮的幻象，传达了奥康纳关于神秘主义社群的理解，这个社群由在世和去世的人组成，他们通过一个中心行动——基督的化身和复活而聚合在一起。"① 塔沃特的欲望将他推向真正能满足他的饥饿感的宴会，他到达了共享的圣餐筵席，一个有足够食物满足所有人的盛宴。这次圣餐筵席或永恒宴会意味着充裕，神性的充裕能够给个人和社群带来满足感。能够正确处理个人和社群的关系是走向成熟的显著特征，塔沃特眼前浮现的幻象标志着他顺利通过了成人仪式。

塔沃特在共享的筵席中找到了满足他精神饥饿的物质，从而展示了一种个人和社群同时得到满足的新模式，这种模式超越了他个人的欲望，得益于他不断增长的、将自己与他人联系起来的能力。在经历幻象之后，塔沃特弯下腰，从舅姥爷的坟头上抓起一把泥土抹在前额上。这一仪式性动作"清楚地表明塔沃特不可避免地超越了先知预言和他的过去"②。塔沃特的这个谦卑的动作象征着他与舅姥爷融合在一起，他抛弃了一直以来的傲慢和自大，此刻开启了通往一个全新的个人使命的出口。在小说结尾，获得新生的塔沃特告别乡村前往城市，满怀对未来生活的憧憬："男孩锯齿形的影子时不时地会倾斜在他前面的路上，仿佛是要清理通向他目标道路上的坎坷。他那双被烤焦了的眼睛深陷在眼窝里，似乎已准备好眺望等待着他的命运了，但他依然稳步地前进着，他的脸坚定地朝向黑色的城市，在那里，上帝的孩子正躺着，熟睡着。"（第197页）对塔沃特而言，城市不再是一个"逃离的去处"③，而是一个"永恒的家园"。

---

① John Desmond, *Risen Sons: Flannery O'Connor's Vision of History*, Athens: University of Georgia Press, 1987, p. 64.

② Anne Marie Mallon, "Mystic Quest in *The Violent Bear It Away*", *Flannery O'Connor Bulletin*, no. 10（Autumn 1981）, p. 67.

③ Ted R. Spivey, *Flannery O'Connor: The Woman, the Thinker, the Visionary*, Macon, Georgia: Mercer University Press, 1995, p. 133.

第三章 《暴力夺取》中的呕吐：饮食差异与思维对立

在整部小说中，奥康纳凸显了折磨塔沃特的两股强大而对立的现实观，两种观点似乎水火不容。梅森·塔沃特和乔治·雷拜形成鲜明的对比，小说的冲突在于塔沃特既要面对前者代表的传统基督教信仰，又要面对后者代表的世俗理性主义。对于老塔沃特来说，雷拜是一个都市畸形人，他被科技、机器和消费所控制；在雷拜看来，老塔沃特是一个乡村畸形人，他因执迷于宗教信条而疯狂。塔沃特不是一个精神分裂症患者，而是一个信仰和行为统一的人，他必须在他狂热的舅姥爷与愤世嫉俗的舅舅两人的说教之间做出选择。① 与此同时，老塔沃特和雷拜的世界观都与供食模式交织在一起，对塔沃特来说，吃谁提供的食物就会受到谁的思想控制。奥康纳似乎要想说明，供食模式与生活环境和精神追求密不可分：老塔沃特生活在偏僻的乡村，维系着自给自足的农耕传统，食材取自庄稼和圈舍，在信仰上笃信基督教；雷拜生活在喧嚣的都市，深受商业消费浪潮的影响，餐桌上的食物源自超市和餐馆，在思想上坚持科学理性主义。通过两种对立的供食模式，奥康纳在小说中揭示，"现代与过去两股思潮之间的碰撞或许会导致恪守传统者通过暴力来维持和守护习俗，致使现代模式的推动者缺乏感性，最后变得毫无生命力"②。在老塔沃特的熏陶下，塔沃特的行为也充满暴力，他火烧舅姥爷的遗体，淹死舅舅的智障儿子，采用极端的方式来抵制两位亲人对他施加的影响。尽管塔沃特依赖身边的两位男性抚养人，尤其是老塔沃特，但是塔沃特对舅姥爷和舅舅分别代表的教育模式都加以排斥：老人在世时，他反抗老人；和雷拜相处时，他反抗雷拜。塔沃特心理上的抵制和行动上的反抗，在生理上的最显著表现是他进食后的呕吐。

从奥康纳对老塔沃特和雷拜的人物刻画可以看出，她对两人的抚育方式持双重态度，既有赞同，也有批判：她把具有暴力倾向的老塔沃特描写得"像是圣经旧约中愤怒的上帝（God of Wrath）"③，而"唯一能替代愤

---

① Bede Sullivan, "Flannery O'Connor and the Dialogue Decade", *Catholic Library World*, no. 31 (1960), p. 518.
② Delores Washburn, "The 'Feeder' in *The Violent Bear It Away*", p. 119.
③ Robert Drake, "The Paradigm of Flannery O'Connor's True Country", *Studies in Short Fiction*, vol. 6 (1969), p. 34.

怒的上帝的只有仁爱的上帝（God of Love），但是奥康纳小姐如此辛辣地讽刺雷拜这位理性主义者，我们很难认同他的做法，他的理性主义是愤怒的障碍，但同时也阻挡了仁爱的上帝"①。奥康纳既不认同疯狂的老"先知"，也不认同信奉社会科学这门"宗教"的学校教员雷拜。老塔沃特和雷拜代表了两个极端，塔沃特的精神成长必须突破这两种负面的影响。奥康纳在谈论小说的人物塑造时说道："塔沃特肯定是自由的，本来就是如此；如果说他看上去有着成为先知的冲动，我只能认为这个冲动带有神秘性，蕴含上帝对他的意志，这种冲动不是临床意义上的。"② 布鲁姆坚称，塔沃特是奥康纳最喜欢的人物之一，他不是一个怪人，"他招人喜欢是因为他把自己的自由置于任何事情和任何人之上，甚至包括对他成为先知的召唤。我们被塔沃特感动是因为他的反抗，因为他是一个有预见能力的哈克·费恩"③。他的疯狂反抗和"觅食"旅程使他最终认识到他的两位供食者对他的真切关爱，旅途归来并不是回到原点，而是通过成长仪式后的新起点。顿悟到人类相互依存关系的塔沃特将不会沉入自私意愿的孤立之中，他将承载珍贵的乡村传统，开启新式的都市生活。通过刻画塔沃特的身体饥饿和精神虚空以及同时满足两者的共享圣餐，奥康纳将关于人类救赎的宗教信仰注入讲述城乡饮食冲突的南方叙事之中，以隐喻的方式向读者揭示了神性的充裕和人类的重生。

---

① Louis D. Rubin Jr., "Flannery O'Connor and the Bible Belt", p. 68.
② Flannery O'Connor, *Mystery and Manners: Occasional Prose*, p. 116.
③ Harold Bloom, "Introduction", in Harold Bloom (ed.), *Modern Critical Views: Flannery O'Connor*, 1986, p. 8.

第四章 《乐观者的女儿》中的菜谱：
社区精神与孝道伦理

尤多拉·韦尔蒂出生于密西西比州首府杰克逊市，一生中的大部分时光都在此度过。她热爱故乡的风土人情，喜爱本地的美食佳肴。在大萧条时期，她曾短暂任职于公共事业振兴署（The Works Progress Administration），其间撰写过一篇题为《密西西比的美食》的小册子。在这篇推介家乡食谱的短文开头，韦尔蒂调侃道："欢迎北方佬学做下面这些菜肴。遵照指南去做，保证会成功。"① 此外，韦尔蒂还曾为她的老朋友威妮弗蕾德·切尼（Winifred Green Cheney）的烹饪书《南方好客食谱》（*The Southern Hospitality Cookbook*, 1976）作序。这本书中包含一个小节名为"尤多拉的壁龛"（Eudora's Niche），作者记录了她在不同场合专门为韦尔蒂烹饪的美食："尤多拉"苹果（馅饼）、砂锅炖海鲜、覆盆子（馅饼）、"尤多拉"南瓜（砂锅炖南瓜和鸡肝）。② 韦尔蒂不仅与本地的朋友共享美食，也与外地的朋友相互寄送和共叙美食。韦尔蒂与威廉·马克斯韦尔（William Maxwell）保持长达 50 年的通信联系，他们在信件中谈论各类共同感兴趣的话题，其中的一个重要话题是食物。③ 在谈论食物的邮件中，有些是基于工作的。作为《纽约客》杂志的文学编辑，马克斯韦尔有时在

---

① Eudora Welty, "Mississippi Food," in Mark Kurlansky (ed.), *The Food of a Younger Land: A Portrait of American Food from the Lost WPA Files*, New York: Riverhead Books, 2009, p. 102.

② Ann Waldron, *Eudora: A Writer's Life*, New York: Doubleday, 1998. p. 298.

③ 威廉·马克斯韦尔从 1936 年至 1975 年担任《纽约客》杂志的文学编辑，同时也是一位作家，韦尔蒂在信件中称呼他为比尔（Bill）。美国南方饮食联盟（Southern Foodways Alliance）的网站上有一篇博客文章《尤多拉·韦尔蒂与威廉·马克斯韦尔：美食、友谊和通信》对他们的通信进行了详细的介绍，美国有线电视新闻网（CNN）的 *Eatocracy* 专栏进行了转载，详见 https://cnneatocracy.wordpress.com/2014/02/18/eudora-welty-and-william-maxwell-food-friendship-and-letters/。

编辑韦尔蒂的投稿时想要确认具体的细节信息。例如，在 1953 年 9 月初写给马克斯韦尔的信中，韦尔蒂针对相关的问询进行了解释："虽然桃子大部分是在 7 月份成熟，但有少量桃子是 6 月初成熟的品种，就像西瓜也是如此。"① 通过邮寄食物，分享食谱，回忆一起共餐的美好时光，韦尔蒂与马克斯韦尔缔结了亲密的友谊。经过长年写信交谈和切磋，这两位作家在描述晚宴、野餐、美酒、甜点的过程中，提升了对细节的敏锐捕捉和对记忆的浓墨重彩，这两点均为他们各自作品的显著标记。例如，关于食物的记忆在下文将要详细讨论的长篇小说《乐观者的女儿》中占据中心位置，这部作品讲述了一个离开故乡的女儿回到南方照顾病重的父亲并安葬他的故事。

在访谈和传记中，尤多拉·韦尔蒂多次谈及家庭、社区和孝道（filial piety）问题。甚至在韦尔蒂所有的直系亲人都已去世近二十年的时候，有人问她是否仍感觉到被独立自主与家庭关爱两种状态撕裂，她的回答是："噢，是的，我现在依然有此感受。它萦绕着我。我在考虑如何才能更好地应对。"② 据安·罗明斯（Ann Romines）的研究，韦尔蒂的两个短篇故事《声音从何处来？》（"Where Is the Voice Coming From？"）和《游行示威者》（"The Demonstrators"）写于她几乎把全部精力都投入于关爱病重的家庭成员的时期，揭示出韦尔蒂对孝道的潜在代价及后果的深刻反思。韦尔蒂的母亲和弟弟于 1966 年 1 月前后四天相继去世，到那时，她从 1955 年起就无微不至地照顾患病亲人的焦虑疲惫的生活才画上句号。长达十年间，"作为女儿和作为姐姐，尤多拉·韦尔蒂是无私奉献的标兵，堪称孝顺的典范"③。罗明斯认为，上述两个短篇故事都聚焦于男性主人公以及父子关系，写作为这位全心照顾母亲和弟弟的女作家提供了一个反思孝道问题的机会，这种反思不是仅仅从自传的角度，而是从外部环境的

---

① Suzanne Marrs (ed.), *What There Is to Say We Have Said: The Correspondence of Eudora Welty and William Maxwell*, Boston: Houghton Mifflin Harcourt, 2011, p. 39.

② Eudora Welty, *More Conversations with Eudora Welty*, ed. Peggy Whitman Prenshaw, Jackson: University Press of Mississippi, 1996, p. 149.

③ Ann Romines, "A Voice from a Jackson Interior: Eudora Welty and the Politics of Filial Piety", in Harriet Pollack and Suzanne Marrs (eds.), *Eudora Welty and Politics: Did the Writer Crusade？*, Baton Rouge: Louisiana State University Press, 2001, p. 111.

第四章 《乐观者的女儿》中的菜谱：社区精神与孝道伦理

维度展开，揭示了20世纪中期纷繁复杂的性别、种族和阶级政治。罗明斯在文章末尾一笔带过地提及韦尔蒂的长篇小说《乐观者的女儿》，认为如果将这部作品置于韦尔蒂发表于20世纪60年代的两个短篇故事的语境中，会更加容易理解。① 与两个短篇故事不同的是，这部长篇小说聚焦于女主人公以及母女关系，反映了作家本人更加深切和矛盾的个人情感。

《乐观者的女儿》是韦尔蒂有关家庭和社区主题的小说中最复杂的一部，评论界一致认为这是她的长篇小说代表作。它出版于1972年，次年获得普利策小说奖。这部作品具有浓厚的自传色彩，它与韦尔蒂的回忆录《一个作家的起步》(*One Writer's Beginnings*, 1984) 之间的联系密切，小说中的许多事件和场景在回忆录中都能找到原型。韦尔蒂坦言："选择在家乡生活，在熟悉的世界里写作，我从未感到遗憾。"② 韦尔蒂一生的大部分时间都在密西西比州杰克逊市度过，当地的风土人情和小镇生活成为她文学创作的原始素材。迈克尔·克雷林（Michael Kreyling）认为："《乐观者的女儿》中的事件和意象是简单的和自产的（homemade），但蕴含奇迹般的丰富意味或刺耳般虚空的威胁（the threat of tinny emptiness）。弗吉尼亚·伍尔夫也使用同样的平凡日常的事件来创造奇迹。"③ "自产的"这个词经常用于描绘食物，但遗憾的是，克雷林在论述中没有涉及食物。毋庸置疑，与饮食相关的意象和场景在《乐观者的女儿》中占据十分重要的位置，其中最为突出的是贝基的菜谱和揉面板以及劳雷尔外祖母家的鸽子相互喂食的场景。如果将社区精神和孝道伦理作为情感参照，读者便能更加深切地体会劳雷尔在小说结尾做出的一些无情而无奈的决定：烧掉母亲的菜谱、放弃她的揉面板、离开幼时的家。

---

① Ann Romines, "A Voice from a Jackson Interior: Eudora Welty and the Politics of Filial Piety", p. 120.

② Eudora Welty, *More Conversations with Eudora Welty*, p. 36.

③ Michael Kreyling, *Eudora Welty's Achievement of Order*, Baton Rouge: Louisiana State University Press, 1980, p. 154. 克雷林在该书的第九章 "The Culminating Moment: *To the Lighthouse* and *The Optimist's Daughter*" 对伍尔夫的《到灯塔去》和韦尔蒂的《乐观者的女儿》进行了比较。关于韦尔蒂与伍尔夫这两位女作家的全面深入的比较研究，参见 Suzan Harrison, *Eudora Welty and Virginia Woolf: Gender, Genre, and Influence*, Baton Rouge: Louisiana State University Press, 1997。

舌尖上的身份

第一节 葬礼的饮食维度

"乐观者"麦凯尔瓦法官的葬礼是小说的中心事件。故事围绕这场葬礼展开,透射出变迁中的密西西比州芒特萨卢斯社区的风土人情和社会关系。在美国南方,"不只是在欢乐时刻食物成为家庭生活的中心,哀悼时刻也包含饮食维度。家中有人去世,亲人和邻居通常都会登门拜访,给参加葬礼的宾客准备好食物……到访者想简单地表达礼貌的话,一般会带上常规的祭品,甚至是专门适用于此场合的'葬礼馅饼'。悲痛深切的吊唁者一般会带上几道菜,包括一道或多道他们最拿手的佳肴"[①]。

劳雷尔的父亲去世时,前来吊唁的人带给她安慰和关爱,食物是他们表达情感的媒介。当劳雷尔护送父亲的遗体回到家中,社区的邻居们将她家收拾得一尘不染,并带来了鲜花和食物:"坦尼尔小姐把劳雷尔领进餐厅。女傧相们早就在准备便餐了。靠墙的那张小桌子上放着饮料托盘,里边摆着几只瓶子和玻璃杯。布洛克少校站在那儿,背朝她们,正迅速喝完什么东西。劳雷尔不由自主地坐在餐桌边的老地方,她是唯一坐着的人,其他人全都想来服侍她。"[②] 劳雷尔想要重温家人一起用餐的场景,但如今物是人非,亲人离世的伤痛涌上心头。在北方大都市追求事业的劳雷尔不擅长厨艺,社区的女人们为悲恸中的她准备了充足的食物,带给她情感上的慰藉和关爱:"食品柜里放着三块馅饼,还有个冰箱可以随时打开……餐桌上也放着吃的,免得你饿着肚子上床。"(第49页)食物除了能充饥果腹,也能带来精神和心理上的快乐。充足而可口的食物带给人们安全感,热腾腾的饭菜代表着家与温暖,做饭人在用心烹制的饭菜中倾注

[①] John Egerton, *Southern Food: At Home, on the Road, in History*, New York: Knopf, 1987, p. 36.

[②] [美]尤多拉·韦尔蒂:《乐观者的女儿》,杨向荣译,译林出版社2013年版,第48页。本章后文出自该著作的引文,将随文在括号内标出引文出处页码,不再另行作注。

第四章 《乐观者的女儿》中的菜谱：社区精神与孝道伦理

着爱与关心。①

芒特萨卢斯社区是一个由女人主导的世界。虽然许多男人出现在麦凯尔瓦法官的葬礼上，但真正参与葬礼筹备事务的只有他的法律事务搭档布洛克少校。然而，这位少校也几乎没帮上什么忙，在整个葬礼过程中，他一直处于醉酒的状态。社区的女人们才是真正的生力军，她们圆满完成了麦凯尔瓦法官的葬礼。葬礼的准备工作的重心在于为前来吊唁的人提供食物和餐宴，因此"厨房这儿要忙碌起来了"（第51页）。葬礼当天早晨，左邻右舍直奔厨房，开启了一天的忙碌。麦凯尔瓦家的黑人女佣米索里一大早就来到厨房，迅速投入到一天的繁忙工作之中。

对于痛失亲人的劳雷尔而言，社区居民烹制的食物不仅提供身体滋养，更提供精神滋养。然而，阿姆斯却错误地割裂了食物的这两个相互关联的功能："芒特萨卢斯社区存在不适应新环境的问题，它使用农业社会的旧方法来解决科技时代出现的复杂问题。小说的中心事件——葬礼——以及围绕它的一系列事件都表明，小镇的人借助表面符号（surface token），通常是食物，来传递他们的关爱。但这是一个新的、复杂的、不那么集中化的南方世界，精神破碎而并非身体滋养，成为供食者的真正挑战。"② 诚然，芒特萨卢斯正在经历着剧烈的社会变迁：小镇边上新修了高速公路，从前宁静的夜晚被过往车辆的声音打破；虽然女傧相们的父母仍然住在离麦凯尔瓦家不远的几幢房子里，但女傧相和她们的丈夫几乎全在芒特萨卢斯的新区盖了新房子；劳雷尔结婚时举办宴会的"老乡村俱乐部"也毁于一场大火，此后附近再也没有那样的舞厅。芒特萨卢斯的城镇化进程极大地改变了它的物理环境，但当地的传统习俗得以保留下来。正如苏珊·卡尔西克（Susan Kalcik）所言，"饮食习俗似乎特别抵制变迁……因为饮食习俗是一种文化中最早形成的'岩层'，因此也最难被腐

---

① 张辛仪：《小叙事和大意象——论君特·格拉斯笔下的饮食世界》，载《当代外国文学》2014年第1期，第119页。

② Nancy Ruth Armes, "The Feeder: A Study of the Fiction of Eudora Welty and Carson McCullers", p. 133.

蚀"①。以食物为关键要素的婚丧嫁娶仪式是南方人的精神支柱和文化内核，它们比楼房和公路更具备抵御社会变迁的能量。

美国南方的葬礼具有神圣特征和社会交往的功能。早在殖民地时期，葬礼成为表达悲痛和展示殷勤好客的场合。鸣枪、饮酒和宴会是葬礼的主要环节。邻居和朋友在葬礼中发挥重要作用，因而它能够增强社区的联系。葬礼也有助于培养家庭感，一个人去世后，通常亲人和远房亲戚都会聚集在一起。宴会上通常会准备特定的食物和饮料，其中以肉、蔬菜为原料做成的炖菜（casseroles）最为普遍。随着社会的变迁，许多传统葬礼的习俗已经或正在消失，但时至今日，葬礼仍然是一个吃南方食物、听南方音乐、培养南方引以为豪的家庭感和社区感的重要场合。② 和其他类型的筵席一样，葬礼筵席有助于加强共餐者之间的亲密关系。分享食物或共同进餐是"强大的社区符号"（a great signifier of community），它在不同的社会场合发挥了促进亲属互助关系的重要作用。③ 劳雷尔在世上无依无靠，丈夫死于战争，母亲死于疾病，接着年迈的父亲离开人世。她自己以及母亲的好友前来吊唁，给她带来真切的安慰，除了言语的安抚，更重要的抚慰形式是她们亲手烹饪的食物。

在南方的葬礼中，从厨房和餐桌上的礼物数量和种类，便可大致判断出逝者的声望。④ 麦凯尔瓦法官去世后，他家的厨房和餐桌上摆满了吊唁者带来的食物，既有中上阶层带来的雅致食品，也有山区居民带来的土特产。此外，从芒特萨卢斯市市长的描述中，可以看出麦凯尔瓦法官的葬礼规格之高：在葬礼当天，银行关门，广场上大部分店铺不营业，市政府也停止办公，法院门前降半旗，学校提前放学。麦凯尔瓦法官是一位具有旧南方骑士精神和强烈社区感的人。布洛克少校称赞"他是密西西比州整个

---

① Susan Kalcik, "Ethnic Foodways in America: Symbol and the Performance of Identity", in Linda Keller Brown and Kay Mussell (eds.), *Ethnic and Regional Foodways in the United States: The Performance of Group Identity*, Knoxville: University of Tennessee Press, 1984, p. 39.

② Charles Reagan Wilson, "Funerals", in Glenn Hinson and William Ferris (eds.), *Folklife*, *Vol. 14 of The New Encyclopedia of Southern Culture*, Chapel Hill: University of North Carolina Press, 2009, pp. 102 – 104.

③ David Bell and Gill Valentine, *Consuming Geographies: We Are Where We Eat*, p. 106.

④ John Egerton, *Southern Food: At Home, on the Road, in History*, p. 36.

第四章 《乐观者的女儿》中的菜谱：社区精神与孝道伦理

法律界最正派、最无私、最温和的人"（第60页）。老法官在芒特萨卢斯享有崇高的地位，这源于他在世时对社区的奉献精神。前来吊唁的社区裁缝说道："我记得，哦，我记得，不知有多少个圣诞节，我都会跟在座的一起，在这个可爱的老家接受殷勤的款待。"（第66页）麦凯尔瓦法官慷慨好客、乐善好施，考特兰医生是最大的受益者之一。考特兰医生出生于贫困家庭，"在劳雷尔早年的记忆中，考特兰太太还卖过牛奶（自家养的几头牛产出的奶），并且让麦凯尔瓦法官烦恼的是，她曾让她的孩子们喝那种把奶油撇光的牛奶，好把奶油全部卖掉"（第111页）。法官给考特兰医生提供过难能可贵的支持：资助他读完医科学校；在考特兰医生的父亲去世后，又资助他的生活；经济大萧条开始时，又帮助他创业。

芒特萨卢斯的丧葬风俗主导着麦凯尔瓦法官的葬礼，同时来自得克萨斯的奇萨姆家族加入了他们当地的一些元素。与芒特萨卢斯社区的居民在厨房忙碌的情景不同，费伊以及多数奇萨姆家族的人表现得粗俗和势利。费伊在丈夫的葬礼上基本什么都没做，大小事务都是由芒特萨卢斯的女人们操办的。然而，她却对劳雷尔的傧相们的倾力相助表现出冷漠和反感。费伊甚至不顾众人的反对，坚持不让法官和前妻贝基葬在一起。与此同时，大部分费伊家族里的人觊觎着麦凯尔瓦宅邸内的财物，甚至讨论将这幢房子改造成出租公寓的可行性。罗森菲尔德（Isaac Rosenfeld）和特里林（Diana Trilling）等学者认为，韦尔蒂似乎是有意在小说中揭示在文化上受压迫阶层的情感认知，暗示那些人物出于某种原因缺乏恰当的品位和意识。①

尽管费伊的家族成员大部分和她一样缺乏素养，但其中至少有一个人物有着显著的不同。奇萨姆爷爷遵照传统，给丧失亲人者表达同情，尽管他的方式显得有些滑稽。奇萨姆爷爷来自别的州，但整个南方的吊唁方式基本相同，到达芒特萨卢斯时，他带给劳雷尔礼节性的食物。他不是直接把胡桃交给劳雷尔并简短地表达自己的安慰，而是详细地讲述了他旅途中的细节。他一只手拿着个发黄的糖果盒子，另一只手拿着个纸袋，走到劳

---

① Thomas H. Landess, "The Function of Taste in the Fiction of Eudora Welty", *Mississippi Quarterly: The Journal of Southern Culture*, vol. 26, no. 4 (Fall 1973), p. 543.

雷尔面前说："小姐,我给你带了点毕格比的大胡桃。我想你们这一带可能收获不到这样的胡桃。是去年产的。"(第71页)老人解释说,他凌晨三点钟要招呼长途汽车停车,因为害怕错过下车的地点,他大半夜都是醒着的,为了保持清醒,就一路上剥胡桃。他把糖果盒和纸袋递给劳雷尔,告诉她糖果盒里装的是胡桃仁,纸袋里装的是胡桃壳,请她替他扔掉,他不想把它们留在长途汽车的座位上,留给下一位旅客。劳雷尔在某种程度上被奇萨姆爷爷的行为感动了,但她同时又觉得有些别扭,连一句感谢的话也说不出来。劳雷尔与奇萨姆爷爷之间的互动表明,她身上存在缺乏喜乐感的性格缺陷,这抑制了她从别人那里获得安慰的能力。[1] 或许劳雷尔的基本弱点是她对人际交往的天生含蓄,"这使得她对不是和她一样矜持和敏感的人几乎产生彻底的恐惧"[2]。从关于奇萨姆爷爷的细节描述可以看出,韦尔蒂对生活在南方腹地的乡村居民并未一概加以讽刺,她由衷赞赏他们的爱心和善意。

葬礼结束后,大家开始享用丰盛的筵席,其中最重要的菜肴是贝基在世时教社区的女人们制作的弗吉尼亚火腿。长老会牧师的妻子对劳雷尔说:"我曾在这儿一直等待,看看我的弗吉尼亚火腿是留给谁的……还是你母亲最先告诉我怎样麻利地收拾猪腿,还要炖一炖,这样不管谁吃都合适。噢,这就送到你的厨房来了。"(第59页)这句话表明,在烹制一些具有显著区域特色的菜肴时,"烹饪方式比使用特定食材更为重要"[3]。贝基是南方农业生活方式的代表,她出生在西弗吉尼亚的一个山区,少女时代从母亲那里习得精湛的厨艺,成年后嫁到另一个山区小世界——密西西比州的芒特萨卢斯。贝基将家里打理得井井有条,烹饪技艺远近闻名,她的丈夫和女儿都享有好口福。能品尝到她制作的美食的人不仅有她的家庭成员,还有她所在社区的左邻右舍。对贝基而言,"厨房既是烹饪食物的

---

[1] Adrienne V. Akins, "'We weren't laughing at them…We're grieving with you': Empathy and Comic Vision in Welty's *The Optimist's Daughter*", *The Southern Literary Journal*, vol. 43, no. 2 (Spring 2011), pp. 93 – 94.

[2] Michael Kreyling, *Eudora Welty's Achievement of Order*, p. 168.

[3] Paige Gutierrez, *Cajun Foodways*, Jackson: University Press of Mississippi, 1992, p. 35.

第四章 《乐观者的女儿》中的菜谱：社区精神与孝道伦理

场所，也是创造艺术的空间"①。她把下厨当作一件充满创造性的事情，她经常改进和创新原有的菜品。她慷慨地将自己的厨艺和菜谱传授给别的家庭主妇，在她去世后多年，劳雷尔还见到牧师的妻子保存的她手写的菜谱，上面详细记录了烹饪的每个步骤。在葬礼筵席上，按照贝基的菜谱烹饪出来的弗吉尼亚火腿味道鲜美可口，深受社区成员的欢迎。甚至费伊的家属，来自得克萨斯的奇萨姆家族这些外乡人，也觉得弗吉尼亚火腿十分好吃，费伊的母亲甚至希望，如果葬礼结束还有剩余的话，她可以带点儿这种火腿回老家。

弗吉尼亚火腿是一种久负盛名的区域性美食。费什威克（Marshall Fishwick）幽默地说："没有哪一头充满自尊心（self-respecting）的南方猪，可以想象出比某个时候变成弗吉尼亚火腿更高的品味——它像女人的舌头一样辛辣，像她的吻一样甜蜜，像她的爱一样温柔。"② 从源头来看，弗吉尼亚火腿是英国北大西洋的殖民地食物在本土性和跨国性两个因素相互作用下的产物。有证据显示，这种烹饪技艺最初是从欧洲旧世界传入，在殖民地弗吉尼亚的社会和自然环境不断被克里奥尔化（Creolization）的过程中，外来的饮食传统与本土习俗逐步融合在一起。③ 弗吉尼亚火腿是南方人在落后的条件下为保存食材而创造的食物，在帮助人们度过了困难时期后，依然受到人们的推崇。在加工食品占据优势的时代，它对抗着现代工业饮食的趋同化："在一个冰箱普及的年代，弗吉尼亚火腿成为一种被时间困住的食物；这种返祖性的食物在美国南方显得十分自然，因为这个区域的过去从未远离过当地种植园博物馆。"④ 从内战到第二次世界大战期间，南方一直是美国经济最落后的地区，许多南方人，不论是白人或是黑人，经常处于食不果腹的状态。到了韦尔蒂创作这部小说的年代，南方经济虽然已经蓬勃发展起来，但困难时期留下的饮食习惯仍在潜移默化

---

① Laura Sloan Patterson, *Stirring the Pot: The Kitchen and Domesticity in the Fiction of Southern Women*, p. 127.
② Qtd. in Megan E. Edwards, "Virginia Ham: The Local and Global of Colonial Foodways", *Food and Foodways*, vol. 19, nos. 1-2 (Feb. 2011), p. 56.
③ Megan E. Edwards, "Virginia Ham: The Local and Global of Colonial Foodways", pp. 56-73.
④ Megan E. Edwards, "Virginia Ham: The Local and Global of Colonial Foodways", p. 57.

地影响着南方人的生活。猪肉在艰苦时期成为人们餐桌上的重要食物,因为猪在南方供应较为充足,并且几乎每个部位都能被加工成菜肴。在帮助南方人走出困境后,猪肉依然作为主要食材出现在南方的厨房中。

筵席是美国南方葬礼的重要组成部分。苏珊·卡尔西克认为:"食物能够将不同时空的人联系在一起,因此它有助于在逝者与生者之间建立纽带关系。"[1] 葬礼的筵席本身是一首挽歌,人们通过饮食而不是通过饥饿来告慰死者,逝去的亲人留下的文化遗产和家族传统通过舌尖延续下去。在筵席上,亲朋好友一同分享各自带来的不同食物,气氛俨然成为一个狂欢节。巴赫金的观点有助于解释葬礼筵席的喜庆特点:"在历史的所有时期,筵席都关联着危机时刻,即自然循环或社会和人的断裂点。死亡和复兴以及变迁和重生的时刻总是引起关于世界的喜庆看法。这些时刻通过具体的形式表现出来,产生了筵席的奇异特征。"[2] 尽管劳雷尔对家中的狂欢气氛很不满,但她知道这是南方葬礼的习俗。房子里挤满了亲朋好友,充足的食物开始在宾客中传递,各种娱乐活动依次上演,大家似乎很快忘记了刚才逝者入棺的悲伤,开始尽情享用美食:

> 坦尼森·布洛克小姐在餐厅里发出一声响亮的叹息,如果有某样饭菜做得恰到火候,她就会叹息。这次是她自己做的冰冻奶油鸡。她请大家进来尝尝。
>
> 费伊望着好大一桌菜,坦尼森小姐、阿黛尔小姐、蒂什和女傧相中的其他几个正忙着摆放盘子和大碟子。米索里又系上了围裙,脚后跟上还粘着公墓的泥土。她端着咖啡壶进来,看了看自己印在壶身上的模样,抬起那张微笑的脸望着劳雷尔。
>
> "瞧!"她轻声说,"屋子看着又像从前一样了!像从前一样了!"

(第86~87页)

---

[1] Susan Kalcik, "Ethnic Foodways in America: Symbol and the Performance of Identity", p. 59.

[2] Mikhail Bakhtin, *Rabelais and His World*, trans. Hélène Iswolsky, Bloomington: Indiana University Press, 1984, p. 9.

第四章 《乐观者的女儿》中的菜谱：社区精神与孝道伦理

米索里的感叹"屋子看着又像从前一样了"，指的是麦凯尔瓦法官和贝基在世时，宴请社区邻里的场景。但是，对劳雷尔来说，屋子再也不可能像从前一样了，尽管她依旧坐在以前用餐的位置，躺在小时候睡觉的床上。过去的画面历历在目，但时光已经流逝。劳雷尔的父母都已不在人世，屋内却添增了费伊这个陌生人。

葬礼筵席上的美食让人大饱口福，但是过于仪式化的葬礼给人一种虚幻的感觉。麦凯尔瓦法官的葬礼基本上按照过去的风俗举行，按部就班的做法让劳雷尔觉得"正在发生的一切并不真实"（第75页）。牧师低着头对着棺材念念有词，"这不就是麦凯尔瓦法官在餐桌上说的祷告词吗？这是劳雷尔最后听到的一句话。她看着他举行仪式，然而他说的话，却像他不断拿手绢从前额擦到面颊四周的动作那样无声无息"（第81页）。对于出席葬礼的人而言，牧师的悼词本身无足轻重，不管它是逝者在餐桌上说的祷告词或是其他内容，牧师的在场和仪式的举行最为重要。这种场景让劳雷尔觉得，大家只是在各司其职，完成某项既定的任务。和短篇小说《漫游者》中的丧葬情景一样，葬礼的家庭仪式像是一种拒绝变迁的语言。①

令劳雷尔更加难以忍受的是，社区的女人们在席间及饭后反复对她进行规劝甚至嘲讽。她们的闲言碎语折射出笼罩着芒特萨卢斯的令人窒息的道德气候。社区里的人动用一切话语资源，希望说服劳雷尔留在家乡。劳雷尔可以从她父亲那里继承一大笔钱，从而过上轻松悠闲的中产阶级生活，但她却执意回去芝加哥过那种孤苦伶仃的生活，社区居民觉得无法理解。社区的女人们不了解劳雷尔在芝加哥当设计师的工作，只是简单地认为她是在北边靠画几张画为生。虽然她在芒特萨卢斯长大，但劳雷尔"对'女傧相们'来说也看上去怪怪的，像是一个局外人"②。阿黛尔小姐冷嘲热讽地说，芒特萨卢斯没法为聪明的头脑提供施展才华的机会。坦尼森小姐认为，女儿应该留在家乡，这样她们就可以照顾家里的老人。皮斯太太

---

① Ann Romines, *The Home Plot: Women, Writing & Domestic Ritual*, Amherst: University of Massachusetts Press, 1992, p. 259.

② Marion Montgomery, *Eudora Welty and Walker Percy: The Concept of Home in Their Lives and Literature*, Jefferson: McFarland, 2004, p. 24.

也认为，劳雷尔不应该在战争期间嫁给一个海军军官，尤其是在她母亲去世后，她应该待在家，陪伴年老多病的父亲。皮斯太太郑重提醒道："这次你要是走了，再回来可就永远是客人了……当然，你也自由了——不过我向来都认为，人们并不真心喜欢接待客人。"（第 104 页）美国南方一直以慷慨好客的传统著称，皮斯太太的话撕开了南方好客神话的面纱。此外，这句话也表明，离开南方家乡、脱离原来的社会关系意味着获得自由。

芒特萨卢斯的女人们既展示了乐于助人的社区关爱，又发动了唇枪舌剑的社区谴责。社区关爱和社区谴责都是南方地域道德的重要组成部分。艾克尔伯格（Julia Eichelberger）评论说："《乐观者的女儿》揭示，芒特萨卢斯的公众氛围比社区成员想象得更为复杂，它的等级更加具有决定性。当地居民企图通过假装培育爱意、鼓励工作、构筑一个具有合作精神的社区，来保留它的不公正性。然而韦尔蒂暗示，她的人物努力维持他们的社会、捍卫芒特萨卢斯的准则，阻止它们发生变化，这些努力不是建构社区的方式，而是障碍。"[①] 这部小说或许看上去像是韦尔蒂的"传统南方小说"，传统对小说中的人物产生了深刻的影响，小说的情节主要体现了传统与变迁之间的冲突，但它"并没有认为旧秩序（the Old Order）成员的显著缺点是时代变迁的产物，也没有暗示从前的人要好得多"[②]。

芒特萨卢斯的女人把芝加哥想象成一个荒原，断定劳雷尔在这个北方大都市的生活必然是惨淡无味。坦尼森小姐不乏怜悯但同时充满优越感地说道："不知道她上顿吃用真正的蔬菜做的家常便饭是什么时候的事了。"（第 80 页）对于南方小镇的女人而言，烹饪自家菜园里种植的蔬菜、吃家里做的饭菜才有家的感觉，"为家庭提供食物的责任深深地嵌入在女性气质概念的内核"[③]。在许多当地居民看来，芒特萨卢斯或许显得偏僻落后，

[①] Julia Eichelberger, *Prophets of Recognition: Ideology and the Individual in Novels by Ralph Ellison, Toni Morrison, Saul Bellow, and Eudora Welty*, Baton Rouge: Louisiana State University Press, 1999, p. 130.

[②] Carol S. Manning, *With Ears Opening Like Morning Glories: Eudora Welty and the Love of Storytelling*, Westport, Conn.: Greenwood Press, 1985, p. 175.

[③] Alan Beardsworth and Teresa Keil, *Sociology on the Menu: An Invitation to the Study of Food and Society*, New York: Routledge, 1997, p. 86.

第四章 《乐观者的女儿》中的菜谱：社区精神与孝道伦理

但是比起那些无特色、快节奏的现代都市，这个小城市的社区生活似乎是更好的选择。

然而，对于长期生活在大都市、具有强烈女性主义意识的劳雷尔来说，每日在厨房烹饪家常菜是女性缺乏独立性的表现。默科特（Anne Murcott）在分析"烹饪的晚餐"（the cooked dinner）在家庭和社区中的重要性时指出，这个概念隐含了强加给女性的烹饪和喂养责任所产生的女性附属身份。"烹饪的晚餐"中包含的菜肴相对比较固定，往往需要较长的时间去准备和烹饪食材。菜肴的做法是一代又一代由母亲传给女儿的，它强调了女性家庭义务的连续性。"烹饪的晚餐"具有重要的社会功能，而不单纯是营养功能。为家庭提供"烹饪的晚餐"，说明女性在一项与地位和性别相符的事情上花费了时间和精力。较长的时间付出和更多的劳动投入将女性捆绑在家庭事务之中，从而强化了女性的居家特征。默科特总结说，"烹饪的晚餐"是男性操控家庭的一种形式，也是区隔妻子与丈夫性别角色不平等的象征。① 把烹饪晚餐看成男权压迫的思想在芒特萨卢斯显得格格不入，延续着南方传统的女人把烹饪视为自身价值的体现。

社区里的女人力劝劳雷尔放弃北方都市的工作，回到熟悉的家庭环境之中，顶替她母亲的位置，加入她们的园艺协会，跟她们一起烹饪美食和玩桥牌游戏。但是劳雷尔知道，她不属于芒特萨卢斯。对于劳雷尔选择离开南方的原因，屈长江和赵晓丽的解释是：虽然劳雷尔对死者充满眷恋之情，但她仍旧毅然飞离南方，去追寻自己的生活，因为那个充满人情味的南方世界在20世纪70年代已不复存在。② 实际上，劳雷尔决然离开，恰恰是因为她无法适应仍旧"充满人情味"的南方世界。返回芝加哥、彻底告别密西西比的故乡是劳雷尔的必然选择，因为她的父母均已去世，原来的家庭生活彻底终结，社区环境对她来说已经非常陌生，她早已完全融入了北方都市的生活模式。

---

① Anne Murcott, "'It's a Pleasure to Cook for Him': Food, Mealtimes and Gender in Some South Wales Households", in Eva Gamarnikow, et al. (eds.), *The Public and the Private*, London: Heinemann, 1983, p. 88.

② 屈长江、赵晓丽：《此情可待成追忆——论〈乐观者的女儿〉的悼亡情感记忆》，载《外国文学研究》1992年第3期，第30页。

舌尖上的身份

第二节 揉面板的双重神圣

芒特萨卢斯的女人们极力劝说劳雷尔留在家乡，还有一个不愿公开的动机，即希望她能够和她们一起对付费伊这个外来者和侵入者。在固守现状的当地社区居民眼中，费伊是变迁的征兆，具有毁灭传统和过去的潜能，"她可能会剪断连接过去与将来的最后一根线，成为征服南方旧式滋养方式的新兴力量"①。费伊一直是《乐观者的女儿》中被指责的焦点人物。小说出版后，随之而来的评论几乎异口同声地谴责费伊的世俗、自私和浅薄。其中，布鲁克斯（Cleanth Brooks）的批评尤为尖锐，他将费伊斥为"浅薄的粗俗者、白人垃圾、下贱、以自我为中心、具有攻击性、完全缺乏修养"②。费伊不仅缺乏持家技能，而且非常贪婪，"渴望物质奢侈和感官放纵，总是在满足这些欲望时，与其他人的希望或旧传统产生直接的冲突"③。与麦凯尔瓦法官结婚后，她给芒特萨卢斯社区带来了显著变化，她轻浮和炫耀的生活方式在这个封闭的南方小镇掀起了巨大的波澜。

作为一个女人和妻子，费伊的种种做法让社区里的南方人感到吃惊。荒诞的是，费伊在她丈夫的葬礼上基本什么都没做，大小事务都是由芒特萨卢斯的能干女人操办。葬礼之后，她们开始对她议论纷纷。透过这些流言蜚语，费伊的个性以及她与在世时的老法官的生活状况被披露出来。总体说来，费伊的生活"就是坐坐吃吃……她不吃不行。因为没有别的活儿占用她那双手"（第98页）。在与法官一年半的婚姻期间，费伊从未做过一顿饭。她对任何家务都没有兴趣，法官的前妻贝基去世后，家里的花园

---

① Nancy Ruth Armes, "The Feeder: A Study of the Fiction of Eudora Welty and Carson McCullers", p. 118.

② Cleanth Brooks, "The Past Reexamined: *The Optimist's Daughter*", *Mississippi Quarterly*, vol. 26, no. 4 (Fall 1973), p. 578.

③ Julia Eichelberger, *Prophets of Recognition: Ideology and the Individual in Novels by Ralph Ellison, Toni Morrison, Saul Bellow, and Eudora Welty*, p. 131.

第四章 《乐观者的女儿》中的菜谱：社区精神与孝道伦理

便遭废弃，费伊也不希望法官想念前妻种植的花花草草。在芒特萨卢斯的女人，尤其是贝基这一辈的女人看来，费伊简直不可理喻。在她们心中，料理家务是女人实现自身价值的媒介，这些价值包括勤劳、秩序、忠诚和孝顺。费伊没有履行传统女性的角色，因而受到社区道德的谴责。

在芒特萨卢斯居民的眼中，费伊完全是一个"另类"，这个身份标签最直接地体现在食事上。费伊不是像传统女性一样的食物制作者，而是一位世俗主义的食物消费者。费伊虽然出身贫寒，并且一直生活在南方腹地，但她却不是一位传统的南方家庭主妇。她不会下厨，甚至连厨具都不认识。她在床上吃早餐，每顿饭都是女佣米索里做的。星期天女佣不到家里来做饭，她便和法官在餐馆用餐。坦尼森小姐愤怒地说道："劳雷尔，你知道吗，当他把费伊带到你们家来的时候，她连怎样把鸡蛋的蛋白和蛋黄分开都不会！……你母亲厨房里的所有器具，她只叫得出'油炸锅'这一个，劳雷尔。这种事很快就在市里传开了，你知道。我可不想告诉你后果……可是，每逢星期天，世上无论什么力量都不可能把米索里召唤过来的时候，他们从教堂出来后就去艾奥纳饭店的那个餐厅吃午饭了……每个星期天，我们都会透过那个肮脏的厚玻璃窗看到他们喁喁私语的样子。桌上连台布都没铺。"（第99~100页）麦凯尔瓦法官和费伊去的这家餐厅层次较低，与法官的社会地位不相称。更重要的是，在美国南方，星期天是家庭和亲友聚会的特殊日子，甚至连佣人也不在雇主家伺候，而是选择和家人团聚。费伊和麦凯尔瓦法官不跟亲友一起度过每周最重要的日子，而是选择两人单独在一起，到一家低级的饭馆用餐和闲聊。费伊的世界"充斥着低劣的物质主义，但同时充满魔力般的能量，它对抗的是一个正在消失的蕴含文明价值但同时保护特权的世界"[①]。

费伊与芒特萨卢斯社区的女人们的冲突主要归结于她的面向消费的享乐主义，而她与劳雷尔的冲突则源于她的面向未来的世俗主义。对芒特萨卢斯的女人们而言，费伊是社区的闯入者；对劳雷尔而言，她是家庭的闯入者。费伊代表了摧毁性的现代化力量，"她就像她安装在贝基的房子里

[①] Howard Moss, "Review of *The Optimist's Daughter*", *New York Times Book Review*, May 21, 1972, p. 1.

舌尖上的身份

的现代化按钮操作的厨房器具一样无动于衷、实用和可预测。费伊是劳雷尔的最后障碍,后者必须抵制报复前者的诱惑"[1]。费伊是麦凯尔瓦家庭厨房的陌生人和侵入者。透过劳雷尔的视角,叙述者详细描绘了费伊对贝基的厨房的"升级改造":

> 她小时候用的那张厨房木桌,坚实得像老式方形钢琴的地盘,光秃秃地放在木地板的正中间。还有两个橱柜,只有那个新的、金属做的是日常使用的。原来那个木制的,在平常生活中多少被劳雷尔忽略了,就像那扇她忘记关闭、淋了雨的窗户一样被她忽略了。她走到那个木橱前,用力拉两扇木门,最后两扇门都松动了。她打开橱柜门,闻到一股很浓的老鼠的气味。
>
> 在黑乎乎的橱柜里,她认出几口做水果蛋糕用的平锅,一袋做冰激凌用的盐,几个烘华夫饼的铁模,还有那只五味酒钵,连同挂在里面的几只杯子,由于无人照管,它们闪着道道油腻的虹彩。在所有这些无用的物品底下,有样东西虽然被塞在最里面,但似乎随时要挤出来,这样东西好像在等待着她来发现,而她正好在这儿找到了它。(第157~158页)

叙述者故意设置悬念,吸引读者迫不及待地想要知道,"有样东西"到底是何物。随后谜底揭晓,这样东西就是贝基的揉面板,它是小说中的一个核心意象,劳雷尔和费伊之间的冲突围绕它展开。

这块揉面板是双重神圣的,因为它是劳雷尔的丈夫亲手制作的,她母亲在世时用它做出了社区里最好的面包。两种充满爱意的手艺,"男性的木工和女性的烘焙,汇聚在这个物品上,它镌刻了爱意浓浓的家庭时光"[2]。劳雷尔在这块揉面板上"看到了全部经历,所有真切可靠的过去"

---

[1] Michael Kreyling, *Eudora Welty's Achievement of Order*, p. 172.

[2] Louise Westling, *Sacred Groves and Ravaged Gardens: The Fiction of Eudora Welty, Carson McCullers, and Flannery O'Connor*, Athens: University of Georgia Press, 1985, p. 108.

第四章 《乐观者的女儿》中的菜谱：社区精神与孝道伦理

（第164页）。费伊无法理解，随处可以买到的揉面板，为什么要手工制作。[①] 劳雷尔强调，这块揉面板是一件了不起的作品，她目睹了丈夫制作的全过程，她母亲看到这块揉面板后露出了喜悦的笑容，称赞这块揉面板结实漂亮，完全满足她长久以来的需求。这块揉面板是劳雷尔的丈夫用真心诚意做出来的，是爱的辛劳，也是家庭纽带的象征。

这块精工细作的揉面板是记忆的承载物，它见证了劳雷尔的丈夫的制作工艺和母亲的烹饪手艺。令劳雷尔愤怒的是，这个家庭美好时光的见证物遭到费伊的毁坏。看到揉面板肮脏不堪，上面有多处开裂和疤痕，劳雷尔责问费伊是不是在它上面敲过钉子，费伊毫无歉意地回答说，她去年用锤子在上面砸过胡桃。不仅如此，揉面板还有被香烟烧过的痕迹，边缘也被老鼠咬坏了。以前劳雷尔的母亲细心保护着这块揉面板，它光滑得像缎子，干净得像只碟子。费伊完全无法体会这块发了霉的揉面板的意义，她没有居家技能，更缺乏一颗敏感的心，自然不会爱惜它。虽然这块揉面板"被亵渎"，但劳雷尔"铭记着它最深层的本质。她知道揉面板是菲尔用爱打造的，这份爱将永恒持续，任何费伊之类的人都无法摧毁，虽然这些人在法律上对它拥有所有权"[②]。费伊坚称，这块揉面板现在是她的，任由她处置；劳雷尔却认为揉面板应该由她保管，因为是她找到的，她要把它带到芝加哥去。劳雷尔打算把揉面板修补好，以后试着做面包，因为就在前一天晚上，她惊喜地发现了母亲手写的制作面包的食谱。和揉面板一样，贝基的食谱也是家庭纪念物，"象征着家庭领域内无穷尽的再生产，无穷尽地制作出相同的面包"[③]。

贝基的厨艺和园艺在芒特萨卢斯颇有名气。她出生于一个成员之间关

[①] 费伊与劳雷尔对这块旧揉面板的理解大相径庭，就像在艾丽丝·沃克（Alice Walker）的短篇小说《外婆的日用家当》（"Everyday Use"）中，迪伊与麦姬两姐妹对家中的旧被子的看法截然不同一样（麦姬和母亲的观点一致），迪伊视之为一件见证过去时光的人造物，只适用于展示，已经没有实际使用价值；麦姬则认为旧被子是血脉传承和家族遗产的象征，盖着它入睡意味着紧贴祖辈的情感纽带。

[②] Marion Montgomery, *Eudora Welty and Walker Percy*: *The Concept of Home in Their Lives and Literature*, p. 41.

[③] Travis Rozier, "'The Whole Solid Past': Memorial Objects and Consumer Culture in Eudora Welty's *The Optimist's Daughter*", *The Southern Quarterly*, vol. 53, no. 1 (Fall 2015), p. 149.

系紧密的大家庭，在西弗吉尼亚的山区长大，从上辈那里学到许多持家技能，成为一位和她母亲一样成熟的家庭主妇。嫁到密西西比的芒特萨卢斯之后，她把在少女时代习得的烹饪技艺带到新的社区。贝基制作的美食在社区中有口皆碑："在芒特萨卢斯，她烤的面包是最好的！"（第159页）她将面包的制作方法详细记录下来，跟社区的人分享，教大家如何烤出好吃的面包。贝基的好友通过保存她的菜谱并且烹饪出菜谱中的美食来缅怀她对社区做出的贡献，贝基的女儿则通过保护她制作面包用的揉面板来纪念她对家庭付出的关爱。劳雷尔在整理父母的遗物时发现了贝基多年前手写的菜谱："一本熟悉的黑皮'作文本'被从上面那层取下来，在劳雷尔的膝上摊开，翻到'我最好的面包'这一页，那是二三十年前写的，出自母亲一丝不苟、十指尖尖的手，里面除了制作方法，还列出了每个细节。"（第141页）贝基还在这页中特意写道："厨师绝对不能是傻瓜。"（第141页）[1]正如苏珊·利奥纳迪（Susan J. Leonardi）所言："和一个故事一样，一个菜谱也需要导语、语境、论点和推理……一个菜谱是一种内嵌的话语，和其他内嵌的话语一样，它能够将多样的关系纳入它的框架之内。"[2]贝基通常会在菜谱的导语部分讲述一段逸闻趣事，进而提升了菜谱的吸引力。

劳雷尔对母亲和丈夫的思念集中于吃面包的情景之中。"食物的记忆"与一般的记忆不同，它属于一种"被沉淀于身体的记忆"[3]。记忆在身体上的编码远比在大脑里要深刻。一种气味可以引起无法阻挡的回忆，一种口味可以唤醒被遗忘已久的事情。饮食记忆具有某种专享性和私密性，其他人往往很难理解。费伊认为所有的面包味道都差不多，劳雷尔反驳说，那是因为费伊没有品尝过她母亲做的面包。劳雷尔想起丈夫非常爱吃面包，尤其是刚出炉的面包。她以前做过可口的面包，因而她坚信，有了母

---

[1] 这句话的英语原文是"A cook is not exactly a fool."，结合上下文语境，更准确的翻译应该是"一个下厨的人绝不会是个傻瓜"。

[2] Susan J. Leonardi, "Recipes for Reading: Summer Pasta, Lobster a la Riseholme, and Key Lime Pie", *PMLA: Publications of the Modern Language Association of America*, vol. 104, no. 3 (May 1989), p. 340.

[3] David E. Sutton, *Remembrance of Repasts: An Anthropology of Food and Memory*, New York: Berg, 2001, p. 12.

第四章 《乐观者的女儿》中的菜谱：社区精神与孝道伦理

亲的食谱，她能做出更加好吃的面包。但是，当费伊反问她，做好了面包跟谁一起吃时，她顿时黯然伤心。揉面板将劳雷尔的两位逝去的亲人带入脑海，她的情绪逐渐失控，思念的悲痛与对费伊的愤怒交织在一起。随着劳雷尔和费伊之间的争执不断升级，劳雷尔高高举起揉面板，摆出想要袭击费伊的架势，但费伊并不害怕，她知道对方不会真正动手，因为劳雷尔是一个有教养的南方女士，不太容易会做出过激的举动。与此同时，尽管费伊强调，她有全家人教她打斗，但劳雷尔也看得很清楚，费伊根本不懂打斗。这两个女人之间只存在有限度的憎恨，不久她们便达成了和解。费伊似乎有意做出让步，她叫劳雷尔把揉面板带走，"我好少样需要扔掉的东西"；劳雷尔却说不想要了，"我想没有这块板我也能过下去"。（第165页）

在费伊与劳雷尔的争斗中，"读者可以看到两人在层次上的差异，阶级冲突对于继承了塞缪尔·理查森的叙事传统的小说家来说至关重要，但在这部叙事作品中却沉默无声，沦为小说背景的一部分"[1]。韦尔蒂丝毫没有主张阶级斗争的意图，她的小说发展于一项远比抗议小说更具深厚底蕴的传统。南方文学的核心特点是反思历史和过去以及关注家庭、社区和地域的变迁，而不在于揭示社会秩序的阶级结构。有批评者认为，韦尔蒂基于费伊的言行和阶级而有意贬低她，理由是韦尔蒂在接受采访时曾说过，费伊身上具有某种邪恶。劳雷尔认为费伊缺乏激情和想象，不懂得如何去关爱他人，在韦尔蒂的眼中，这种缺乏是现代世界的潜在邪恶，费伊或许是密西西比版"荒原"的房客。[2] 然而，具有讽刺意味的是，这本小说的很大一部分能量来自费伊。劳雷尔在知识、见识和感情方面远比费伊"优越"，更不用说在优雅谈吐方面，但她的激情和能量是有缺陷的，甚至被冰冻了。如果说费伊是想要把自己打造成一个没有过去的女人的话，那么劳雷尔则似乎没有现在。读者几乎无法得知劳雷尔在芝加哥的生活状况，她的精神滋养源自她的过去。

劳雷尔和费伊既有正好相反的地方，又有共同之处，她们成为相互的镜像和映照。劳雷尔搬往北方大都市，成为一名成功的设计师，但同时她

---

[1] Thomas H. Landess, "The Function of Taste in the Fiction of Eudora Welty", p.551.
[2] Ann Romines, *The Home Plot: Women, Writing & Domestic Ritual*, pp.259–260.

始终坚持南方腹地的繁文缛节。与她形成对照的是，费伊嫁给年老的麦凯尔瓦法官，从得克萨斯搬往密西西比，放弃了打字员的临时性工作。她给南方腹地带来的是面向未来的物质主义。费伊在中年时嫁给一个年长她三十岁的老人以获得物质上的安全感，劳雷尔却在丈夫参战牺牲后一直守寡。两个女人都在婚姻中发现了自我的潜能，并且她们都没有生育孩子。不论是在大都市生活中综合旧模式，还是在旧密西西比文化中融入消费主义模式，劳雷尔和费伊都在开创有别于传统女性养育者的新模式。

劳雷尔和费伊都是新女性，但前者依然受到南方小镇旧习俗的束缚，后者缺乏独立的经济能力。在某种意义上，费伊成为劳雷尔彻底告别过去的催化剂。劳雷尔对费伊做过一个超越个人情绪的评价："不会逼迫、不会弄虚作假、不知含恨记仇的费伊。"（第70页）费伊曾对劳雷尔撒谎说她的亲人都已去世，劳雷尔后来揭穿了她的谎言，但费伊反击道："这要比我在这一带听到的某些谎言好多了！"（第91页）对此，阿姆斯有一句精彩的评论："费伊的行为是一瓶解毒剂，能化解芒特萨卢斯社区里太多的故作稳重、太多的繁文缛节、太多的空洞仪式。"① 对劳雷尔和芒特萨卢斯而言，费伊都是一股外来的新兴力量。

费伊出生于贫穷的家庭，在身体和情感的成长过程中都显得营养不良。叙述者透过劳雷尔的视角，充满怜悯地勾勒出费伊的外貌："她瘦骨嶙峋，青筋暴露：小时候很可能营养不良。"（第25页）她的亲人未能给她足够的关爱，因此，她不愿意谈及自己的过去，也不想尽抚养长辈的义务，甚至谎称家中的亲人均已去世。法官为费伊提供了物质基础，她为法官带来了生活乐趣。把费伊嫁给老法官解释为纯粹为了钱，对她来说有失公允，费伊对老法官肯定有感情，这点从她在新奥尔良的医院对他的照顾可以得到充分证明："费伊在帮助麦凯尔瓦法官吃晚饭——大部分是一口一口地喂"（第27页）；"我一夜又一夜地坐在那里陪他，把吃的送进他嘴里，给他吃药，让他抽光我的香烟，让他别胡思乱想"（第33页）。费伊在平时一直被老法官宠着，每日早餐都是由女佣送到她的房间，她在床

---

① Nancy Ruth Armes, "The Feeder: A Study of the Fiction of Eudora Welty and Carson McCullers", p. 132.

第四章 《乐观者的女儿》中的菜谱：社区精神与孝道伦理

上享用，但在老法官住院之后，费伊也开始学会照顾丈夫。遗憾的是，这种相互扶持的婚姻未能持续很长时间，健康状况恶化的法官时常生病住院，并在他们结婚才一年半的时间便撒手人寰。法官去世当天正好是费伊的生日，同时又是新奥尔良的狂欢节①。不幸的是，狂欢节演变成哀悼日。费伊从小缺乏关爱，四十岁时寻找到安全感，却很快又失去，重新进入无依无靠的状态。

劳雷尔最后决定从揉面板的归属权的争夺中退出，因为她意识到费伊是一个可怜的人，她被奇萨姆家族的人和芒特萨卢斯社区围困。在劳雷尔与费伊围绕如何处置贝基的揉面板这个问题上发生的分歧中，可以看出她们在对待过去的态度上的冲突，以及她们活在当下的能力上的迥然不同。劳雷尔坚称这块旧揉面板具有象征意义和纪念价值。费伊却坚持认为，它对大家来说是一个心理负担，因为制作和使用这块揉面板的两个人都已经离世，留下它没有任何意义。费伊的话听起来冷酷绝情，但说的是事实，"通过把她丈夫制作的、她母亲喜爱的揉面板留给费伊这个属于未来的人，劳雷尔把自己从过去和过去的纪念品中解脱出来，因为她的记忆里包含的内容远比纪念物更加丰富"②。劳雷尔认识到，一件纪念品无法将死者带回到生活中来，也无法使自己的孤独感弱化。对这位南方的女儿来说，"记忆更多地意味着个人逃离人类历史的现实，而不是集体去恢复它"③。

劳雷尔放弃揉面板，标志着她对过去及其理想化本质的拒斥。揉面板饱含着温暖的亲情记忆，但也成为一个难以逾越的心理障碍。劳雷尔需要解决的困境在于："她必须维持与过去的联系，但她又必须不断努力去把

---

① 新奥尔良狂欢节是当地闻名遐迩的传统节日，它的全称是"马尔迪·格拉斯（Mardi Gras）音乐狂欢节"。Mardi Gras 的字面意思是"油腻的星期二"，这一天是长达一个月的新奥尔良狂欢节的高潮。新奥尔良狂欢节除了包含其他地域的狂欢节都有的化妆、舞会、游行等活动之外，最具特色的是国王蛋糕聚会（King Cake parties）。参见 Robert H. Brinkmeyer, Jr., "New Orleans, Mardi Gras, and Eudora Welty's *The Optimist's Daughter*", *Mississippi Quarterly*, vol. 44, no. 4 (Fall 1991), p. 431。

② Franziska Gygax, "*The Optimist's Daughter*: A Woman's Memory", in Harold Bloom (ed.), *Eudora Welty: Bloom's Modern Critical Views*, Updated Edition, New York: Chelsea House, 2007, p. 179.

③ Richard C. Moreland, "Community and Vision in Eudora Welty", *The Southern Review*, vol. 18 (Winter 1982), p. 98.

自己解放出来,创造一个分离的自我。"① 纪念过去意味着割断自己与周围世界的联系。如果深陷于对父亲、母亲和丈夫去世的悲痛之中无法自拔,劳雷尔将无法与世界建立新的联系。通过作为代理物的揉面板,劳雷尔最终把自己从过去中解放出来。劳雷尔的父亲作为一个"乐观者",她母亲作为一个"典范的"女士,以及她与菲尔的短暂而"完美的"婚姻,在不为人知的层面都浸透着难以承受的痛楚。放弃揉面板和它代表的家庭神话是劳雷尔为未来生活做准备而迈出的坚实一步。劳雷尔充分领悟到自由选择的至关重要性,这个时刻也成为她的人生转折点,她将从浪漫化的家庭神话中走出来,不再被过去束缚。②

第三节 鸽子互哺的隐喻

在厨房,劳雷尔搜寻到的最有意义的物件是丈夫为母亲制作的揉面板;在书房,她发现的最有价值的物品是母亲保存的菜谱、信件和日记。当劳雷尔看到一张手写的字条时,记忆立刻被点燃。在这封寄给她母亲的信中,外祖母写道:"我想送一瓶糖给劳雷尔,算是她的生日礼物。不过,如果有办法的话,我很想给她送一只鸽子。只要她愿意,鸽子会在她手上吃东西。"(第142页)劳雷尔小时候在外祖母家度假时,很喜欢给鸽子喂食。年幼的劳雷尔看到鸽子还有些害怕,惊慌失措地站住不动,手里捏着一块饼干,僵硬地伸出手去招呼鸽子。劳雷尔的这个经历与韦尔蒂的经

---

① Peggy Whitman Prenshaw, "Southern Ladies and the Southern Literary Renaissance", in Carol S. Manning (ed.), *The Female Tradition in Southern Literature*, Urbana: University of Illinois Press, 1993, p. 86.

② 尽管劳雷尔最后返回芝加哥,永久地离开了芒特萨卢斯,但她仍然是一位南方女性。正如威克斯所言:"如果南方性(southernness)在某些方面与某个女人的个人身份相连,我们就认为她是一个南方女人,不论她是否彰显她对南方的依恋,是否承认此区域对她生活的影响,甚至不论她是否离开南方的环境。" Mary Louise Weaks, "Preface", in Carolyn Perry and Mary Louise Weaks (eds.), *The History of Southern Women's Literature*, Baton Rouge: Louisiana State University Press, 2002, p. xv.

第四章 《乐观者的女儿》中的菜谱：社区精神与孝道伦理

历非常接近。韦尔蒂的外祖母安德鲁斯在西弗吉尼亚的山区农场养了一些鸽子，在那里做客的韦尔蒂会给鸽子喂食。小说中劳雷尔的外祖母写给她母亲的信，在内容上与韦尔蒂的外祖母写给她母亲的信有很多相似之处。①外祖母的信浸透了真挚的家庭情感，几代母爱在暖心的文字中传递。

劳雷尔的记忆定格在外祖母的鸽子上，她回忆起鸽子进食的场景："鸽子在鸽笼里时，劳雷尔就已经仔细观察过，早就发现有一对鸽子把尖嘴插进对方的喉咙里，塞住彼此的嘴，啄出对方嗉囊里的东西，把已经咽进去的食物整个吞掉：轮流这样做……鸽子的行为让她相信，它们离不开彼此，一只离不了另一只。所以，鸽子飞下来的时候，她就设法藏到外祖母的裙子后面，因为裙子很长，又是黑色的，可这时外祖母又说：'它们只是饿了，跟我们一样。'"（第 130～131 页）鸽子习惯于在同伴之间互哺，将已吞下的食物从对方的喉咙啄出，多次循环往复。这种进食方式激起劳雷尔的反感、恐惧和深思。韦尔蒂在接受诺本（Martha van Noppen）的采访时解释说："相互喂食是鸽子进食的方式，尤其在它们求偶时。它们的行为从审美角度来看的确令人作呕，它让一个小姑娘感到吃惊。在文本中，鸽子的相互喂食与人类的进食行为产生了联系，两者在本质上是相通的。"②

关于鸽子互相喂食的描写是小说中的一个核心段落，它们的行为映照了人类的独立自主和相互依靠之间的困境。面对这份记忆时，劳雷尔面对的是对她的成长形成挑战的矛盾和纠结。鸽子通过相互依靠获得滋养，同一窝的成员为各自的食物消化做出贡献，这对整个群体的存活至关重要。个体的付出是显而易见的，每个成员放弃它的个体自由，容许其他成员自由进入它的身体获得消化和温暖。鸽子之间没有惊奇，也没有秘密，每个成员都为其他成员所熟知。与鸽子的行为相似，喂养家庭成员这项基本事务在劳雷尔的母亲和外祖母的生活中占据非常大的比重，几乎被视为一种普世行为，"在这种行为之中，生命物质必须共享，个体性以及个人专属

---

① Eudora Welty, *One Writer's Beginnings*, Cambridge, Mass.: Harvard University Press, 1984, pp. 55–57.

② Eudora Welty, *Conversations with Eudora Welty*, p. 241.

财物的概念被擦除"①。家庭关爱和个体自由构成一种并存的矛盾状态，人类难以像鸽子一样为了前者而完全放弃后者。

劳雷尔具有强烈的感受力和洞察力，幼时的她在观察外祖母家的鸽子互相喂食时，便领悟到人类亲密关系所包含的矛盾性："父母和孩子们轮流变换着地位，互相帮助，互相抗议。"（第131页）鸽子之间的互哺既映照了人类的相互依赖关系，也反衬了人类尤其是亲人之间的怨恨。布雷兹沃斯（Alan Breadsworth）和基尔（Teresa Keil）在《菜单上的社会学》(*Sociology on the Menu*)一书中精辟地阐述了家庭所包含的两组对立的意义："一方面，家庭被视为在本质上具有正面意义，是一个亲密、扶持的组织，它既有助于整个社会的延续和稳定，也为个人提供了一个逃离残酷世界的、安全的庇护所。另一方面，家庭被视为危险之地，它包含冲突、压迫甚至公开的暴力，在这个场所，男女之间、父母与孩子之间的权力差异尤为显著。"② 这种正反并存的关系在劳雷尔的家庭有着显著的体现，这些关系的交汇点就是她的母亲贝基。

贝基和麦凯尔瓦法官之间正是互相帮助、互相抗议的关系。贝基热爱生活、精于烹饪，是丈夫麦凯尔瓦法官、女儿劳雷尔和周围邻居眼中的完美女性，堪称"恬静优雅的淑女修养的典范体现"③，病故多年后仍活在人们的记忆中。在第一次婚姻中，麦凯尔瓦法官和贝基一起享用美食、分享好书，一起在花园里栽种花草，夫妇过着典型的南方式幸福生活。法官是一位有知识、有品位、有爱心的南方骑士，贝基是一位貌美、温柔、善良的南方淑女，两人就像天造地设的一对。在劳雷尔的记忆中，家庭生活和谐静谧，父母之间从未发生过口角。

然而，贝基过分理性，法官感觉生活有些单调压抑。每逢社区里有居民举行婚礼，麦凯尔瓦法官总是设法从新奥尔良买来粉红色香槟，不管是战时还是非战时。劳雷尔是法官的独生女，他坚持为她从头到尾办成一场

---

① Ann Romines, *The Home Plot: Women, Writing and Domestic Ritual*, 1992, p. 264.
② Alan Beardsworth and Teresa Keil, *Sociology on the Menu: An Invitation to the Study of Food and Society*, New York: Routledge, 1997, p. 73.
③ 李杨:《欧洲元素对美国"南方文艺复兴"本土特色的构建》，同济大学出版社2015年版，第66页。

第四章 《乐观者的女儿》中的菜谱：社区精神与孝道伦理

盛大的婚礼，贝基却认为那完全是浪费，是孩子般的傻气。其实，法官的第一次婚姻并不完美，因为贝基是一个务实的女人，在她的影响下，法官无法享受到一个南方上流社会的男人应该享有的奢华生活。因此，在第二次婚姻中，他非常乐意娇惯年轻的妻子，费伊的放任给他的生活带来更多的自由和享受。法官不希望生活过于理性务实，但在和贝基一起生活的日子里，他无法得到想要的生活。尤其是在贝基生前的最后五年，面对久病不起的妻子，他更是无从追求生活的理想。贝基生病期间，脾气变得暴躁，法官却依旧耐心地陪伴在她身旁。在贝基备受煎熬的岁月中，劳雷尔因为刚失去丈夫而沮丧不堪，不但不能回家照顾母亲，还对父亲采取了敌对的态度。在照顾患病的妻子方面，麦凯尔瓦法官显得心有余而力不足，但他总是保持乐观的心态，用善意的默认对待正在发生的一切，对此贝基无法理解。贝基在弥留之际，斥责丈夫是个懦夫。在那些年间，这位"乐观者"实际上是一位"忍耐者"。贝基去世后，麦凯尔瓦法官沦为孤家寡人。

当这位孤独老人为了寻求生活伴侣而再婚时，他似乎有意选择了一个与第一任妻子很不相同的女人。以前，麦凯尔瓦法官对饮食颇为讲究，甚至在旅途中，他也会选择在客运列车优雅的餐厅中用餐："过去，对于车上那些浆洗过的白色斜纹台布，插在银花瓶里的真正的玫瑰花蕾、冰冻芹菜、当季的哈蒙德产的新鲜草莓和车上的服务，他都欣赏备至。"（第42页）老法官愿意跟随费伊改变用餐习惯，可见他对年轻妻子的宠爱。随着费伊的到来，麦凯尔瓦法官与社区的其他成员的关系日渐疏离。贝基是一个重视家庭和社区情感的女人，而费伊则喜欢二人世界，尽管她的做法遭人非议，但她给老法官带来不一样的生活体验。法官幻想通过沉迷于现在来逃离过去，"从这个意义上说，他在利用费伊，正如费伊利用他一样；她帮助他从衰老和过去中缓刑（reprieve）"[①]。进入暮年的麦凯尔瓦法官不再需要一个像贝基那种会烧一手好菜的女人，而是需要一个心灵伴侣，能够给他的生活带来活力。虽然费伊不具备作为一个南方绅士的妻子所要求

[①] Marilyn Arnold, "Images of Memory in Eudora Welty's *The Optimist's Daughter*", *The Southern Literary Journal*, vol. 14, no. 2 (Spring 1982), p. 38.

的涵养和素质，但她的任性和娇气却可以带给老法官不一样的快乐。在麦凯尔瓦法官住院期间，费伊不顾护士的警告，给他香烟抽，用即时的享乐来减轻他的病痛："费伊俯在他身上，把自己点燃的香烟放在他嘴唇中间。"（第27页）费伊与法官轮流抽烟，以及劳雷尔外祖母家的鸽子相互从对方的嗉囊里取食，这两者具有共通之处，都是为了获得亲密感而放弃生理的完整性。后来，劳雷尔意识到，父亲和继母之间是彼此需要的关系，"她将鸽子的进食仪式与丧妻的父亲和一个比他年轻很多、外貌轻浮漂亮的费伊·奇萨姆再婚联系在一起"①。

对麦凯尔瓦法官来说，也许不会有完美的婚姻，但他愿意接受生活中的一切。正如劳雷尔所言："他做了两次选择，两次都得忍受折磨；她看到父亲忍住了。他在两任妻子的折磨中疲惫不堪地死去——最后好像几乎同时拥有她们两个。"（第140页）劳雷尔是一个敏锐的观察者，她在小说中说得很少，但她在记忆中记录了生活的点点滴滴。麦凯尔瓦法官的两任妻子实际上是他性格中的两个对立面，接受她们意味着接受矛盾的自我。麦凯尔瓦法官是一位名副其实的"乐观者"。

贝基和劳雷尔之间也是互相帮助、互相抗议的关系。贝基非常喜欢家乡的月桂（laurel），她家有一件古老的哈维兰瓷器，上面绘着月桂的图案，她还给自己唯一的女儿取名为"劳雷尔"（月桂的音译）。贝基将自己对家乡的爱与对女儿的爱融合在一起。韦尔蒂在一次访谈中说，贝基对她女儿的影响是这部小说的聚焦点，因此，书中很大一部分内容是关于贝基的倒叙。② 虽然贝基一生中的大部分时光是在密西西比的芒特萨卢斯度过的，但西弗吉尼亚的老家由始至终是她心中的故乡。每次回老家探亲时，贝基就会快乐得忘记外面的一切。在贝基弥留之际，她回忆起儿时在西弗吉尼亚的快乐时光，尤其是当地特有的白草莓滋润心田的味道。正如艾格顿所言，"食物是我们的文化中唯一能通过所有五种感官抵达我们意识的东西……这种强大的力量会一直停留在记忆中"③。贝基对前来看望

---

① Suzanne Marrs, *One Writer's Imagination: The Fiction of Eudora Welty*, Baton Rouge: Louisiana State University Press, 2002, p. 234.

② Eudora Welty, *Conversations with Eudora Welty*, p. 242.

③ John Egerton, *Southern Food: At Home, on the Road, in History*, p. 49.

第四章 《乐观者的女儿》中的菜谱：社区精神与孝道伦理

她的长老会牧师博尔特博士说出了自己的心愿，她只想再去看看故乡那座到处长满白草莓的大山，尽管这个愿望已经不可能实现，她希望上帝带她回去："你这辈子吃过的东西，没有一样比得上那些野生的白草莓鲜美、香甜。你先得明白，要到它们生长的地方去，站在那儿就地吃，就是这么回事。"（第138页）在贝基的心中，白草莓在美感、口味、稀缺和精致等层面都是极品，它们是大山的自然奇迹和童年的美好记忆的化身，是上帝的礼物。① 贝基的旧记事本中夹着她在师范学院时阅读弥尔顿的《失乐园》的读书笔记，她嫁给麦凯尔瓦法官迁居芒特萨卢斯之后，老家成为她再也无法回归的"失乐园"。

从外祖母和母亲之间的信件中，劳雷尔得知，母亲在很大程度上也是一个叛逆的女性。贝基似乎代表了过去南方心灵手巧的女拓荒者，但她作为密西西比的小镇上一位中产阶级家庭女主人，也展现出不同的侧面。贝基嫁到远方，未对长辈尽孝，最后她的母亲孤独离世。另外，贝基并没有繁衍生息一个大家庭，她只生了一个孩子，而且这个孩子至今没有后代。麦凯尔瓦家族到法官这代非但没有枝繁叶茂，甚至有血脉无人接续的危险。贝基不想成为南方农业社会中典型的女主人，儿女成群和子孙绕膝的状态并不是她追求的目标，她厌倦旧南方女性的生活方式。② 贝基在得知她的母亲去世的消息之后泣不成声，她为自己远嫁异乡不能尽孝而感到深深自责。贝基将自己对母亲的歉疚感转移到劳雷尔身上，在弥留之际，她对女儿说了最后几句话："你本来能救妈妈的命的。可你却站着袖手旁观，无所作为。我因为你而感到绝望。"（第140页）这番责备成为劳雷尔挥之不去的伤痛。在小说中，韦尔蒂揭示了母亲对女儿施加的通过激起内疚感而达到的心理控制。母亲对劳雷尔的指责与社区居民对她的谴责都围绕着孝道伦理，伦理的核心与她的身份密切相关，她是一个南方中产阶级的女儿，家庭和社区为她预设的角色任务是结婚生子、操持家务、孝敬长辈。

---

① Floyd C. Watkins, "Death and the Mountains in *The Optimist's Daughter*", *Essays in Literature*, vol. 15, no. 1 (Spring 1988), p. 81.

② Nancy Ruth Armes, "The Feeder: A Study of the Fiction of Eudora Welty and Carson McCullers", p. 124.

舌尖上的身份

劳雷尔从密西西比的家乡反叛出逃，正如贝基从母亲的山村世界反叛出逃。和母亲一样，劳雷尔也远嫁异乡，即便母亲重病在身之时，她也未能陪伴在母亲旁边。对此，贝基感到绝望，但劳雷尔也很无助。她是一位现代女性，她比母亲再往前迈出了一步。劳雷尔不但离开了成长的南方小镇，抛弃了祖辈传承下来的烹饪技艺和持家之道，并且坚持自己的事业追求，生活节奏快到连生育孩子的时间都腾不出来。劳雷尔直面南方传统伦理导致的困境，并将它抛在身后。劳雷尔认识到，她对过去无能为力。

劳雷尔烧掉母亲的菜谱、信件和日记，因为她不想在费伊将要接管的房子里留下父母生活过的任何痕迹，包括他们的幸福与痛苦。她把房子留给费伊，不是以蒙羞和投降的姿态，因为她已经把有价值的东西（母亲的书信和菜谱）都烧掉了。她舍弃这栋房子，不是把它作为一座被亵渎的庙宇丢给破坏他人财产者（vandals），而是作为一个情真意切的地点，房子里面曾经有过并且未来也将继续会有真正的生活，以及作为一个包含过错、爱意、信仰和背叛的场所。她离开芒特萨卢斯的房子，继续她生命中余下的时光，相信生命的延续不再需要可感知的象征物（palpable symbols）。① 随着父亲的去世，劳雷尔在密西西比的老家便再也没有亲人了，孤独是她生活的高度概括，回忆将成为她的宝贵财富。劳雷尔感叹："在相遇和继续我们的生活中，爱恨交织。"（第163页）这是小说接近尾声的时候，劳雷尔发出的深彻感悟，这个自我认知将有助于她建立新的人际关系，开启新的生活方式。②

《乐观者的女儿》的中心关切是孝道，它与性别、家庭、社区和地域等问题交织在一起。揉面板和菜谱是家族渊源的象征，"一代代往下（通常从母亲到女儿）传授菜谱和特殊的烹饪技巧是不断延续家庭身份的传统

---

① Michael Kreyling, *Eudora Welty's Achievement of Order*, p. 173.
② 评论者普遍对劳雷尔的选择持肯定乐观态度，但也有批评者感到不安。例如，斯帕克斯（Patricia Meyer Spacks）坚称："如果社会鼓励女人最后向内心退避，捍卫宝贵的私人遗产，那么记忆会催生痛苦的思想成熟，它要求放弃外在的诉求。从这个视角来看，这位乐观者的女儿是绝望的标志。"Patricia Meyer Spacks, *The Female Imagination*, New York: Avon Books, 1975, p. 347.

第四章 《乐观者的女儿》中的菜谱：社区精神与孝道伦理

做法"①。对于南方女人而言，家族记忆的关键是做出菜谱中的美食，在烹饪中感受它镌刻的精神共鸣。在芒特萨卢斯的女人们看来，"劳雷尔作为一个女儿所能做的最孝顺行为或许是打理家庭，学习母亲的菜谱，用母亲的炊具，烤出母亲的面包"②。她可以加入社区的女性圈子中，跟她们一起打桥牌，像母辈一样，过着安稳的日子。但劳雷尔不是一个传统的南方女性，她追求事业上的成就。其矛盾之处在于：相对于面向未来的费伊，她充满对家庭、社区和过去的眷恋；相对于守护传统的女傧相们，她向往现代女性的经济和思想独立。关于劳雷尔的矛盾性格，克里林从她的姓名入手进行了阐释："劳雷尔·麦凯尔瓦·汉德这个人物本身便是斗争场所和冲突双方：一个是带着麦凯尔瓦家族姓氏的自我，它扎根于一个地方和这个地方的人民；另一个是带着婚后的姓氏汉德的自我，它受限于爱情和记忆，通往家庭和出生地之外的个体生活。"③ 沃尔夫（Sally Wolff）则从小说作者的生平信息予以解释："乐观主义和悲观主义都在小说中显现，劳雷尔展示出两种特质，它们或许是从她的父母那里继承或习得而来。她是父母的乐观主义和悲观主义的结合。这种二分性显然根源于韦尔蒂的父母以及她自己的个性。"④

劳雷尔是一个心思细腻、性格矛盾的人物，这种性格是小说中的几股冲突的助推器和缓和剂：她对芒特萨卢斯居民在父亲葬礼上提供的食物和帮助充满感激，但对他们的道德谴责感到恐惧；她对入侵家庭的继母费伊充满憎恨，同时也心存谅解和怜悯；她对父母的深切关爱刻骨铭心，但母亲临终前的指责增强了她远离家乡未能尽孝的内疚感。对于劳雷尔来说，彻底化解矛盾的出路在于永久地离开芒特萨卢斯，从根本上

---

① David Bell and Gill Valentine, *Consuming Geographies：We Are Where We Eat*, p. 66.
② Ann Romines, *The Home Plot：Women, Writing & Domestic Ritual*, p. 268.
③ Michael Kreyling, *Eudora Welty's Achievement of Order*, p. 154.
④ Sally Wolff, *A Dark Rose：Love in Eudora Welty's Stories and Novels*, Baton Rouge：Louisiana State University Press, 2015, p. 189.

消除家庭和地域对自我身份的决定作用。劳雷尔就像"解放的手"[①]和"放飞的鸟"[②]，怀揣外祖母、父母和社区的传统遗产和温暖爱意，在北方大都市继续她的艺术家梦想。借由这部具有浓厚自传色彩的作品，韦尔蒂深刻反思了20世纪中期美国南方的性别政治和地域道德。

[①] 劳雷尔最后深刻地认识到："记忆并非活在最初的拥有物中，而是活在无拘无束的双手中。"（第165页）有论者指出："手本身十分契合小说的模式，因为它们与操纵结构或保持控制等概念相关。" Kim Martin Long, "'The Freed Hands': The Power of Images in Eudora Welty's *The Optimist's Daughter*", in Laurie Champion (ed.), *The Critical Response to Eudora Welty's Fiction*, Westport, C. T.: Greenwood Press, 1994, p. 237.

[②] 在劳雷尔准备离家远行之时，一只烟囱燕从壁炉钻出来，在屋内乱飞，无法找到出口，她小心翼翼地将燕子放飞天空。看到此景，女佣米索里说道："鸟儿都是想要飞的。"（第155页）阿诺德曾撰文重点分析了小说中"围绕鸟展开的最显著的象征意象系统"，详见 Marilyn Arnold, "Images of Memory in Eudora Welty's *The Optimist's Daughter*", pp. 28 – 38。

第五章 《愚人船》中的餐桌：
权力秩序与狂欢反抗

在本书讨论的五位女性作家中，身兼美食家和大厨双重身份者唯有凯瑟琳·安·波特一人。从她的自述和亲朋好友关于她的回忆录可以看出，波特与美食有着不解之缘。波特认为，享用食物是一项非常有意义的活动，可以让人生充满快乐："人们在吃饭或参加宴会时应该高兴，即使仅是简单地喝一杯咖啡。我这一生都是如此。"① 她的侄子保尔·波特（Paul Porter）在《回忆婶婶凯瑟琳》一文中记述了波特的烹饪技艺和饮食经历。文中写到，凯瑟琳·安·波特起床非常早，然后立刻准备早餐；吃早餐时计划好午餐，午餐时，把晚餐安排好；晚餐时，回忆前几天的晚餐，记录下详细的菜谱。② 保尔·波特赞叹："她是绝对一流的厨师，吃过她做的饭菜的朋友和访客都赞不绝口。她擅长做法国、墨西哥和美国南方菜肴……她收集了几十本食谱和一大捆从报纸杂志剪下来的菜谱，并且做了几大摞关于烹饪的笔记。"③ 波特经常亲自下厨招待文学家同行，她的烹饪技艺声名远扬，福特·马多克斯·福特（Ford Madox Ford）曾分享给她一篇烹饪羊腿的菜谱，她按照这个菜谱做出好吃的羊腿肉招待到访的弗兰克·奥康纳（Frank O'Connor）夫妇。在波特的餐桌前，宾客们享用美食、美酒，进行轻松有趣的交谈，度过一段美好的时光。④ 波特坦言："我超

---

① Joan Givner, *Katherine Anne Porter: Conversations*, Jackson: University Press of Mississippi, 1987, p. 135.

② Paul Porter, "Remembering Aunt Katherine", in Clinton Machann and William Bedford Clark (ed.), *Katherine Anne Porter and Texas: An Uneasy Relationship*, College Station: Texas A & M University Press, 1990, p. 30.

③ Paul Porter, "Remembering Aunt Katherine", p. 31.

④ Paul Porter, "Remembering Aunt Katherine", p. 32.

级喜欢下厨。我可以去应聘做一名很棒的厨师，对此我很自豪。我是一个充满想象力的厨师。等到有一天，我完成了所有的书稿，我将会写一本烹饪书。对待烹饪我是一个完美主义者。"① 虽然写作一本烹饪书的计划最终未能实现，但她在创作中融入了丰富细腻的饮食描写，这不仅体现在她聚焦于美国南方地域的短篇故事中，而且在具有"世界主义"特征的长篇小说《愚人船》中也是如此。

凯瑟琳·安·波特从1932年开始创作她唯一的长篇小说《愚人船》，直到1962年才付梓出版。虽然出版商一再催促，但波特顶住压力，按照自己的写作计划，不断完善这部鸿篇巨制。作品出版后，早期评论中最常见的字眼是"内容丰富""复杂""费解"等。② 由于波特的这部长篇小说缺乏她的短篇小说所具有的冲动和魔力，有论者指责它结构混乱、过于单调。进入21世纪，仍有评论家认为《愚人船》"显得奇怪，与此前的作品不协调"③。波特此前创作了许多以美国南方小镇为背景、仅仅包含一两个人物的短篇故事。但在这部史诗般的小说中，她刻画了一大群不同国籍和种族的人物，展示了"二战"前的风云变幻和冲突纷争。它没有像短篇故事那样细致描述美国南方的人和事，而是通过一个美国南方女性的视角来观察世界各国的人，关注国际关系和种族偏见等更加宏大的主题。针对马克·肖勒（Mark Schorer）在《纽约时报》发表的贬斥这部小说"没有情节，甚至算不上是一个故事"的书评，威廉·南斯（William L. Nance）回应说，"它的出彩之处不在于经典小说里常有的漫长曲折的情节，而在于它刻画了40多个人物，其中的很多人物都得到精细的描绘，叙述者通过深入他们的思想、戏剧化他们的动作、评论他们的背景，松散而轻松地提供了大量信息"④。小说的篇幅很长，分成三个部分，包含丰富的人物刻画、细节描写和场景叙述。其中最重要的场景是以船长餐桌为

---

① Joan Givner, *Katherine Anne Porter: Conversations*, p. 12.
② Marjorie Ryan, "Katherine Anne Porter: Ship of Fools", *Critique*, vol. 5, no. 2 (Fall 1962), p. 94.
③ Charles Baxter, "Flowering Porter": Review of Katherine Anne Porter's *Collected Stories and Other Writings*, June 11, 2009. https://www.nybooks.com/articles/2009/06/11/flowering-porter/.
④ William L. Nance, *Katherine Anne Porter and the Art of Rejection*, Chapel Hill: University of North Carolina Press, 1964, p. 160.

第五章 《愚人船》中的餐桌：权力秩序与狂欢反抗

中心的餐厅，它暗含了"自上而下的等级秩序，所有乘客在此集合，他们之间的冲突在这里集中爆发"①。达琳·昂鲁（Darlene Harbour Unrue）颇具洞见地指出，蒂勒船长有一种强烈的宇宙秩序意识，他把维护秩序作为自己的责任，但他的宇宙结构是等级化的，他和其他德国人位于权力的中心，女性的地位在男性之下；统舱乘客位于最低阶，被上流人士视为"人类渣滓"②。就种族身份而言，在头等舱乘客中，德国人处于权力的中心，其他国家的乘客处于权力中心的外围，但德国的犹太人以及配偶是犹太人的德国人则被排斥到边缘地带；从性别身份来看，头等舱的男性乘客在不同程度上都表现出对女性的歧视；在阶层身份方面，处于金字塔最底端的是数量庞大的统舱乘客，他们被上流阶层当作动物和囚犯来对待。

《愚人船》最重要的主题之一是无处不在的压迫，它表现在种族、性别和阶级等社会层面，反映在文本中俯拾皆是的饮食语言、食物意象和进餐场景之中。"真理号"航船清楚地传达了它所代表的世界的压迫本质，不同层级的饮食空间和食物品质充分体现了这个微缩世界的等级秩序。在航船上，每一餐都是在规定的时间提供，通常有铃声提示，座位的安排透露出清晰的地位意识。另外，面对强制的紧密关系以及世俗联系的缺乏，这些隔离群体的社会生活通常是闲聊的、庸俗的，甚至是粗野的。③ 从早到晚，一日三餐，几乎所有乘客都表现出旺盛的食欲："这时候，通知第二批进早餐的号声响了。他们带着被饥饿所折磨的滑稽的神情，不约而同地转过身去，向餐厅冲去。到了那时候，船上的每个人都巴不得吃东西了。"④ 在小说中，波特对饥饿和食欲的描写采取了双重标准，压迫者被刻画成贪吃的动物，而被压迫者大快朵颐的行为则被形容为充满生命力。轮船上的餐厅和酒吧最受乘客欢迎，小说的中心事件主要发生在这两个地点，种族、性别、阶级、宗教等各个层面的冲突和纷争在此轮番上演。食

---

① William L. Nance, *Katherine Anne Porter and the Art of Rejection*, pp. 160 – 161.
② Darlene Harbour Unrue, *Understanding Katherine Anne Porter*, Columbia: University of South Carolina Press, 1988, p. 131.
③ Lisa Roney, "Katherine Anne Porter's *Ship of Fools*: An Interrogation of Eugenics", *Papers on Language and Literature*, vol. 45, no. 1 (Winter 2009), p. 89.
④ ［美］凯瑟琳·安·波特:《愚人船》，鹿金译，上海译文出版社 2000 年版，第 143 页。本章后文出自该著作的引文，将随文在括号内标出引文出处页码，不再另行作注。

物有助于压迫者实施和强化权力,但同时也能帮助被压迫者冲破壁垒、颠覆权力。

第一节　吃喝的国民形象

饮食不仅是个人身份的基础,也是集体身份和他者性的基础。食物和烹饪是集体归属感的核心组成部分。人类标记一个民族或一个群体往往是通过它吃的是什么或想象它吃什么(通常引起标记者的讽刺或厌恶)。例如,对法国人来说,意大利人是"通心粉",英国人是"烤牛肉",比利时人是"炸薯条食客";英国人称法国人为"青蛙";美国人称德国人为"泡菜"(Kraut)。① 在《牛排与薯条》一文中,罗兰·巴特讨论了食物与国家身份之间的关系。他认为,牛排在法国是民族化的食物,是法国人餐桌上最重要的菜肴。它是国家的隐喻,"出现在所有的餐饮场所:在便宜的餐馆,它是扁平状的,边上呈金黄色,像鞋底;在酒馆,它肥厚多汁;在高档餐厅,它呈立体状,内核松软,外部轻微有些烧焦"②。牛排作为国家的象征符号是经过好几代人建构而成的,尤其是在法国历史上的艰难时期。在战争年代,法国牛排"变成爱国主义价值观的标志,帮助法国人在战争中崛起,它甚至内化为法国士兵的肉体,这项不可分割的财产(牛排)如果落到敌人那里就等同于叛国罪"③。"二战"期间,可口可乐对美国士兵来说也大体如此,它成为美利坚价值观的象征。

《愚人船》中的"真理号"是一艘德国的轮船,全体船员以及头等舱的大多数乘客是德国人。船上的德国人对祖国充满情绪化的骄傲,他们强烈的爱国主义集中体现在共同建构和维护德国饮食方面。里贝尔先生是一

---

① Claude Fischler, "Food, Self and Identity", *Social Science Information*, vol. 27, no. 2 (June 1988), p. 280.
② Roland Barthes, "Steak and Chips", *Mythologies*, trans. Annette Lavers, London: Paladin, 1972, p. 62.
③ Roland Barthes, "Steak and Chips", p. 62.

第五章 《愚人船》中的餐桌：权力秩序与狂欢反抗

个极端的民族主义者，他对德国酒和德国菜推崇备至。在航船出发后的第一次正式餐宴上，里贝尔先生便提议，"请允许他请客，向全桌人士敬酒，作为一个良好的开头。其他的人无不万分乐意接受。酒端上来了，是尼尔斯泰因真正的名牌多姆塔尔半干白葡萄酒，在墨西哥很难找到，即使找到了价钱也很贵，他们全都对它很想念、很喜欢，德国的美妙、优良、正宗的白葡萄酒，跟鲜花一样清香。他们闻着手中的冰凉的高脚玻璃杯，他们的眼睛湿润了，他们互相满脸笑意地看着。"（第55页）人类通过味觉、口感等生理反应实践着社会意义上的文化认同。正如菲尔德豪斯（Paul Fieldhouse）所言，"共同的饮食习惯构成一种归属感，它们确认和维护文化身份"[1]。餐宴并不仅仅是享受美食和愉快交谈，它还定义了食客们组成的世界，包括他们的社会身份、地位和特权。

食物和宴会是集体归属感的核心组成部分。无论是在餐厅还是在酒吧，船上的德国人都一致选择德国酿造的酒，并且不遗余力地在其他国家的旅客面前加以吹捧。船长派人送给女伯爵（西班牙人）两瓶冰镇的、有气泡的白葡萄酒，并附上一封献殷勤的短信："亲爱的夫人：我们不再用'香槟酒'这个词儿，说真的，也不再喝那种徒有虚名的酒。所以我乐于奉告，这份薄礼不是法国货，而只是出产于一个品种纯正的德国葡萄园的上好的绍姆魏因酒，送酒的人真挚地希望它在黄昏时可以带给你愉快的精神和生活的乐趣。"（第322页）无独有偶，事务长也在特雷德韦尔太太（美国人）面前夸赞绍姆魏因酒："我们德国人……在那次战争以后不再容许用香槟这个词儿来称呼我们德国的冒气泡的酒——我们不希望这么做。[2] 不过，要是你允许我向你提供一瓶我们的上好的绍姆魏因酒的话，我会高兴的。我自己把这种酒跟质量最好的香当或者克利科作过多年比

---

[1] Paul Fieldhouse, *Food and Nutrition: Customs and Culture*, London: Chapman & Hall, 1995, p. 76.

[2] 事实上，并不是德国人主观上不希望使用"香槟"这个词，而是他们在法律上不被允许使用这个词。有关国际法律，例如1891年签订的《商标国际注册马德里协定》、"一战"后签订的《凡尔赛条约》，对香槟的标注做出了严格的规定，它只适用于以下情形：在法国的香槟地区，选用特定的葡萄品种，依照特定的酿造工艺生产而成的气泡酒。小说中还有一个波特有意安排的细节，弗赖塔格的妻子名字就叫玛丽·尚帕（Mary Champagne），她的姓与香槟酒是同一个单词。她是犹太人，随处受到德国人的排斥，就像香槟酒被德国人排斥一样。

较，没法分出有什么区别。"（第 575 页）香当（Moet Chandon）是法国埃佩尔内地区酿造的一种著名香槟酒，克利科（Veuve Clicquot）是法国波尔多地区酿造的一种有泡沫的葡萄酒。

"真理号"航船上的德国人执意贬低法国葡萄酒而抬高本国葡萄酒的行为，潜藏着深层次的"集体无意识"，需要放置在当时的历史背景中加以考察。在西方甚至在全世界，葡萄酒长期以来被视为法国的国家符号之一。法国人自豪地认为，葡萄酒是法国献给世界的礼物，他们竭力将葡萄酒融入法国人的自我形象之中。不过，法国人把葡萄酒"注入"法兰西民族身份也经历了一个长期的"协商"（negotiating）过程。① 柯林·盖（Kolleen Guy）在《香槟变成法国酒之时：葡萄酒与国家身份塑造》一书中追溯了从 1850 年到 1914 年，葡萄酒是如何由区域性饮品发展成为"国家珍宝"的。② 罗兰·巴特也曾声称："法兰西民族将葡萄酒视作它自己的财产，就像它的 360 种奶酪和它的文化一样。葡萄酒是一种具有图腾意义的饮品。"③

将葡萄酒与国家身份关联起来，这种做法并不为法国所独有。匈牙利人将本国最著名的葡萄酒托卡伊（Tokaji）写入国歌，充分彰显了葡萄酒在民族和国家层面的重要意义。④ 1930 年，德国制定了一部全国性的法律来保护葡萄酒的品质。这部法律禁止将德国和外国的葡萄酒混合在一起，严禁混用不同种类的葡萄作为酿酒原料，对加糖法（chaptalization）加以严格管制（在此之前，大多数酿酒者惯用加糖法，以提高酒精度和延长发酵期）。⑤ 特别值得注意的是，匈牙利和德国在"二战"时期同属于轴心国阵营，这两个国家（尤其是德国）在 20 世纪 30 年代大力发展葡萄酒产

---

① Kolleen M. Guy, "Wine, Work, and Wealth: Class Relations and Modernization in the Champagne Wine Industry, 1870–1914", *Business and Economic History*, vol. 26, no. 2 (1997), p. 303.

② Kolleen M. Guy, *When Champagne Became French: Wine and the Making of National Identity*, Baltimore: Johns Hopkins University Press, 2003, pp. 1–9.

③ Roland Barthes, "Wine and Milk", in *Mythologies*, trans. Annette Lavers, London: Paladin, 1972, p. 58.

④ Steve Charters, *Wine and Society: The Social and Cultural Context of a Drink*, Oxford: Elsevier, 2006, p. 64.

⑤ Steve Charters, *Wine and Society: The Social and Cultural Context of a Drink*, p. 40.

第五章 《愚人船》中的餐桌：权力秩序与狂欢反抗

业，除了经济和市场因素之外，政治和军事因素甚至占据更加重要的位置。

弗格森在《烹饪国家主义》（"Culinary Nationalism"）一文中，以法国为例阐述了食谱如何彰显和表达国家身份。在西方，法国菜肴享有盛誉，堪称美食的典范，成为法国文化、传统、历史和国家身份的代名词。法国是名副其实的"美食王国"，法国人成功地将"法国的食物"（food in France）改造成"法国食物"（French food），通过"润物细无声"的方式，将食物转化为国家身份的表达和强化。[1] 弗格森阐述的"烹饪国家主义"与另一个概念"饮食国家主义"具有相通之处。"饮食国家主义"（gastronationalism）一词是米歇拉·德苏西（Michaela DeSoucey）创造的，意指作为政治建构的食物被用于标记民族文化身份。食物不仅包含特定的原材料和菜肴、烹饪和食用方法，还包括相关的规约、习俗和价值观。民族食物被视为民族遗产和文化的一部分，必须得到国家的保护，从而免于遭受其他民族的质疑和挑战。根据德苏西的定义，饮食国家主义是"表达主张的形式和集体身份的事业，它反映和呼应了本土饮食文化升华为民族主义大业的政治影响。它预设对一个国家的饮食习俗进行（象征的或其他形式的）攻击意味着对其遗产和文化的攻击，而不仅仅是攻击具体食物本身"[2]。

西方"美食教父"布里亚-萨瓦兰曾断言："吃饱喝足之后，人更容易产生同感，接受影响，这便是政治美食学（Political Gastronomy）的起源。饭菜已变成了治国的手段，许多国家的命运就是在宴会上决定的。"[3] 在"真理号"航船上，以船长和事务长为代表的德国人极力吹捧本国的绍姆魏因酒，贬抑法国的香当和克利科等知名品牌的葡萄酒。这种集体努力一方面旨在通过食物来构建德国的国家身份，另一方面通过拒斥法国葡萄

---

[1] Priscilla Parkhurst Ferguson, "Culinary Nationalism", *Gastronomica*, vol. 10, no. 1 (2010), pp. 102–109.

[2] Michaela DeSoucey, "Gastronationalism: Food Traditions and Authenticity Politics in the European Union", *American Sociological Review*, vol. 75, no. 3 (2010), p. 433.

[3] [法] 布里亚-萨瓦兰：《厨房里的哲学家》，敦一夫、付丽娜译，百花文艺出版社2005年版，第35页。

酒来攻击法国文化。他们的言语行动反映了德国人谋求饮食霸权的企图，映射出20世纪30年代德国在军事、政治和文化上称霸全球的野心。

"真理号"轮船就像一个微型王国，船长蒂勒仿佛是拥有绝对权威的国王。波特写道，"真理号"像是一个老伙计，蒂勒是一个"海上的老把式"（第645页），这艘船"是他的真实的世界，其中包含着不容置疑的权威、界限分明的等级和仔细地分成的级别的特权"（第580页）。权力的施展贯穿于社会体制的方方面面，"食物作为一种文化符号，衍变为一种文化性的权力策略，全面渗透到人们的日常生活之中，铺展成一张毛细血管似的微观权力网"①。蒂勒船长的权威以及船上的等级和特权最明显地体现在用餐环境上。与下文将谈到的统舱用餐区的脏乱差的状况形成强烈的对比，头等舱的餐厅环境优雅，其中船长的餐桌象征着权力的核心："餐厅拾掇得干净而闪闪发亮。桌上都摆着鲜花，还适当地陈列着一些干净的白餐巾和餐具……船长没有出场，但是舒曼医生站在他的餐桌旁迎接船长的客人，而且向他们解释，船长的习惯是，在航行的事关重大的最初时刻是在驾驶台上进晚餐的。客人们都点点头，表示完全同意，并且感谢船长的这项把他们安全地送到海上去的繁重的工作。"（第54页）专门为蒂勒设立的船长餐桌代表着权力的核心区，餐厅里的等级序列以此为轴，像同心圆一样向外围扩展。船长的延时出场，既是对个人权威的展示，也是对自我品德的标榜。

波特对"真理号"上的船长餐桌的描述，意在召唤读者联想起亚瑟王及其圆桌。中世纪传奇故事的作者们往往把亚瑟王的圆桌，以及其他模仿它的世俗餐桌，视为"最后的晚餐"的继承者。②亚瑟王和圆桌骑士们享用的晚宴被浪漫化和理想化，"完美的筵席（the ideal feast）是社会的典范（为社会树立了典范），在慷慨的上帝面前，不同阶层顺从、和谐地聚集在一起。它呼应了无比慷慨的上帝恩赐给虔诚者的天堂秩序。耶稣曾向

---

① 刘彬：《食人、食物：析〈天堂〉中的权力策略与反抗》，载《外国文学研究》2014年第1期，第81页。

② Joanna R. Bellis, "The Dregs of Trembling, the Draught of Salvation: The Dual Symbolism of the Cup in Medieval Literature", *Journal of Medieval History*, vol. 37, no. 1（March 2011）, pp. 47–61.

第五章 《愚人船》中的餐桌：权力秩序与狂欢反抗

他的门徒们许诺，他们将在天堂中和他一起进餐"①。拜恩（Aisling Byrne）进一步指出："仪式为宫廷社会提供了一种途径，从而有可能将现实塑造成几乎完美的形式。正如所有的世俗完美一样，完美的筵席是规训、禁欲和不断内省的产物。它要求宫廷社区平衡炫耀与谦逊、消费与克制、骄傲与低调、权威与服侍之间的关系。"② 在整个中世纪期间，筵席似乎总是处在权威、等级、共餐、虔诚施舍和世俗奢华等概念之间的交叉处。尽管在理想的状态下，这些价值应该共存和相互加强，但事实上，最后它们之间只可能是不完美的相互妥协。共同进餐似乎消除了差异，进餐者可以分享各自的地位，但席位安排以及上菜模式的差异却强化了等级。在小说中，船长首次现身于餐桌前的场景便清晰地展现了蕴含其中的等级秩序："进午餐的时候，船长坐在餐桌一头的主位上。"（第143页）船长是这个微型宇宙的首领，因而他的席位是餐桌的主位。

然而，随着故事情节的推进，船长的真实形象逐步浮现，他完全不是亚瑟般的理想国王，而是一个虚伪的独裁者。波特通过全知视角的叙述充分展示了蒂勒的自我吹嘘："'我在航行途中并不经常这么早就出现在餐桌旁，'船长说，好像他在念一篇演讲稿，'因为我所有的精力和注意力都一定要奉献给我的船上的事务……我通常不得不时时地剥夺自己跟你们愉快地同桌进餐的乐趣。不过，这是为了维护你们的安全和舒适，我才剥夺自己的乐趣的，'他告诉他们，使他们永远欠他这份情。"（第144页）蒂勒就像是一个叙述者操控的木偶人，他竭力将自己塑造成一个完美领袖的形象，但叙述者随即把他拉下神坛，变成一个十足的小丑："他伸伸脖子，下巴从一面转到另一面，直到他的下巴颏儿上一嘟噜一嘟噜的肥肉都摆舒服；他一个个盯着他周围的客人们看，好像在期待他们的感谢似的……'我可以肯定，你们现在舒服得多了；我们不怎么挤了，而且不再有不和

---

① Lars Kjær and Anthony J. Watson, "Feasts and Gifts: Sharing Food in the Middle Ages", *Journal of Medieval History*, vol. 37, no. 1 (March 2011), p. 2. 引文的最后一句话源自圣经："叫你们在我国里，坐在我的席上吃喝。并且坐在宝座上，审判以色列十二个支派。"[《新约·路加福音》（和合本）第22章第30节]

② Aisling Byrne, "Arthur's Refusal to Eat: Ritual and Control in the Romance Feast", *Journal of Medieval History*, vol. 37, no. 1 (March 2011), p. 67.

谐的因素……我已经把那个伪装身份混在这儿的人打发掉了；我们坐在一起的都是身份正当的人。'"（第336～337页）原本在船长餐桌就餐的弗赖塔格先生被驱离，理由是他娶了犹太女子为妻。船上的德国人几乎都是反犹主义者，他们的首领"蒂勒船长堪称执行纳粹主义基本信条的典范"①。蒂勒的种族主义行径成为他公开炫耀的资本，并冠以为公众谋福利的高尚动机。船长自吹自擂，餐桌上的人随声附和，此番场景俨然一幅揭露宫廷君臣丑态的漫画。

波特在小说中多次刻画了船长餐桌上的食客群像，其中下面这处描写尤其生动细腻：

> 他［蒂勒船长］闭上眼睛，张开嘴，把盛满豌豆和面包皮的浓汤的大调羹转头深深地送进他的嘴，上下唇夹紧调羹，然后把空调羹抽出来，咀嚼一下，咽下去，马上开始重复他的表演。其他的人也都把身子探出在他们的汤盆上；只有舒曼医生除外，他用一个杯子喝清汤。这段时间静悄悄，只有咕嘟咕嘟和稀里呼噜的吃喝声，人人费劲地在喝汤，身子一动也不动，只有脑袋在不规则地低下和抬起。这桌人封闭得严严实实，抵制一切不受欢迎的人，不管是敌人还是志同道合的人。人人脸上显出酒醉饭饱、心满意足的笑意，还混合着得意非凡的神情：归根结底，只有他们自己这些人了，一个别人也没有；他们是强有力的人、有特权的人、十足地道的人。他们不再觉得肚子饿得慌了，开始互相眉开眼笑，态度优美，脸上表情夸张，好像在演戏似的；他们正在举行一个小小的宴会庆祝他们重新发现的亲人关系，他们特殊亲密的血缘和意见一致的联系。他们认为，在那些外国人的注视下——事实上，一个也没有，甚至那些西班牙人也不在注意他们——他们建立了一个优秀的人用怎样的行为相待的范例。（第339～340页）

---

① Darlene Harbour Unrue, "Katherine Anne Porter's *Ship of Fools*: Failed Novel, Classic Satire, or Private Joke?", in Thomas Austenfeld (ed.), *Katherine Anne Porter's Ship of Fools: New Interpretations and Transatlantic Contexts*, Denton, T. X.: University of North Texas Press, 2015, p. 217.

第五章 《愚人船》中的餐桌：权力秩序与狂欢反抗

这段文字从三个层面展示了船长餐桌上的进餐者的集体丑态：第一，船长以及头等舱的绝大多数乘客都是吃相难看的饕餮之徒；第二，他们刻意想要通过仪式化的共同进餐方式构筑一个排他性的特权团体；第三，他们的"表演"其实是没有观众的孤芳自赏行为。自古以来，筵席就是一个测试场地："面对世俗世界提供的最奢华的美味佳肴，真正虔诚的人和真正的贵族，和亚瑟王一样，必须学会克制自己。在筵席上大吃大喝通常被认为是下层阶级的行为，它暴露出低贱的出身。"① 可以断言，蒂勒船长丝毫不像亚瑟王，其他的食客也不像圆桌骑士。

但有一个人例外，波特赋予了他诸多优点。舒曼医生与完美的基督徒骑士珀西瓦尔（Perceval）相似：珀西瓦尔为了找到圣杯，随时愿意放弃圆桌中的享乐世界，舒曼医生在用餐时表现得克制优雅，与其他食客形成鲜明的对比。舒曼医生是小说中为数不多的得到正面描述的人物，"波特小姐显然将他刻画成小说中的智者"，甚至可以说，他是"在'真理号'世界中代表最高智慧的人"。② 舒曼医生是小说中第一个出场时便有名有姓的人物，在此之前，波特都是使用描述性的语句来形容各个人物，没有道出他们的姓名。在结束航行时，舒曼医生深深地被周围人群的罪恶所刺痛，如果说他尚未完全放弃对人性的信念的话，他似乎也已经失去了对原有信念的强有力支撑。

舒曼医生的德国同胞们的罪恶主要体现在他们共有的沙文主义（chauvinism）和种族主义立场上。波特将他们表现出来的夸张的秩序感、优越感与肥胖、贪吃、酗酒等负面形象紧密结合在一起："小说中不计其数的程式化的句子揭示，贪吃与德国人的国民性格之间的联系几乎不可能打破。德国人的典型标签是大量地、不断地进食，旅客和船务人员中的肥胖者总是在大吃大喝。"③ 同在头等舱的美国人特雷德韦尔太太总结出一个"糟透了的事实：最有教养的德国人吃起东西来狼吞虎咽，已经变得司空见惯了。多少世纪以来，旅行者们都注意到和提起这件事情：她自己就

---

① Lars Kjær and Anthony J. Watson, "Feasts and Gifts: Sharing Food in the Middle Ages", p. 3.
② William L. Nance, *Katherine Anne Porter and the Art of Rejection*, p. 200.
③ Waldemar Zacharasiewicz, *Images of Germany in American Literature*, Iowa City: University of Iowa Press, 2007, p. 135.

没有认识过一个不是饕餮之徒的德国人"（第192页）。在"真理号"航船上，她终于遇到一个例外。通过描写用餐行为，波特凸显了舒曼医生与他的德国同胞们之间的鲜明反差："他们敞开好得惊人的胃口，迫不及待地大嚼那些大块的德国菜……时不时地停下来擦擦他们塞满了食物的嘴，默不作声地互相点点头。舒曼医生带着节制饮食之人的克制态度吃着，那样的人几乎不记得上一回是什么时候肚子真正饿过。客人们一边吃喝，一边钦佩地向他瞟上一眼。这是他们可以看到的最高层次的、教养优秀的德国人，他的富于人情味的职业尊严更为他增添了光彩。"（第55～56页）舒曼医生在用餐礼仪方面的与众不同，呼应了他在道德和信仰方面的卓尔不群。

波特关于贪吃与节制的看法可以追溯到基督教开始兴起的时代。在古代西方世界，贪吃者被认为会不可避免地威胁到社会的稳定和福祉。贪吃的行为总是受到谴责，因为它破坏了节制和理性的社会价值，甚至颠覆了关于人的定义。贪吃被视为不道德的行为，它常与非理性、疾病、死亡和动物性联系在一起，节制则正好相反，它意味着理性、健康和人性。[①] 波特对肥胖贪吃的德国人进行了尖酸的讽刺，其中对胡滕夫妇的嘲讽最为刺骨。早在航程开启前，胡滕夫妇在墨西哥港口的吃喝场景便已经给读者留下深刻印象。他们身材肥胖，他们的狗也肥胖圆滚；他们吃个不停，狗也吃个不停。这样的刻画意在暗示，胡滕夫妇和狗一样，耽于身体需求的满足。与胡滕夫妇形成强烈对照的是广场上饥肠辘辘的乞丐，他们的生活状况连富人的狗都不如。波特描绘的富人的麻木不仁，类似于狄更斯所批判的"波德斯纳普做派"（Podsnappy）。在《我们共同的朋友》中，有钱人波德斯纳普饱餐之后，站在炉前地毯上，听说刚有五六个人饿死街头，他的第一反应是"我不相信"。对于穷人饿死之类的事情，他惯常的回答是："我不想知道，也不愿谈，更不会承认！"波德斯纳普代表了一种时代态度，狄更斯称之为"波德斯纳普做派"。这种日渐成风的冷漠态度令狄更斯义愤填膺，狄更斯对此进行了猛烈的批判。[②] 波特通过颠倒人与狗之间的

[①] Susan E. Hill, *The Meaning of Gluttony and the Fat Body in the Ancient World*, pp. 10–17.
[②] 乔修峰：《狄更斯写吃喝的伦理诉求》，载《山东外语教学》2009年第5期，第83页。

第五章 《愚人船》中的餐桌：权力秩序与狂欢反抗

关系来取得反讽效果：胡滕夫妇对他们的狗比对其他人表现出更多的人性；富人的狗被当成人而穷人却被当成狗来对待。航行之初，胡滕夫妇的狗贝贝因晕船而进食不正常，胡滕太太为了照顾它而不去吃晚餐。胡滕教授假惺惺地提出由他来守护贝贝，让妻子去用餐。胡滕教授自欺欺人地说，他少吃一顿饭是小事一桩，并且冠冕堂皇地提供了人可以多长时间不进食的科学依据："一个人只少吃一餐，是不会挨饿的；他只是觉得肚子里有一点儿空，那倒并不总是最大的不幸。事实上，人可能四十天不进食品；我们现在已经用科学证实了《圣经》中的话①。"（第49页）在给自己树立了一个崇高形象之后，胡滕教授立刻转变话锋，提出晚餐的两个选项，它们的交集是他将不会错过这顿晚餐，只是不同层级的晚餐而已。对胡滕教授而言，每一顿饭都不可或缺。他最后成功说服妻子跟他一起前往餐厅共进晚餐，把狗留在房间。透过这个场景，胡滕教授的贪吃和虚伪暴露无遗。

肥胖的事务长是小说中又一个饕餮之徒，他的形象看上去最为怪诞："事务长靠在他深陷的椅子里，在吃一大块他从餐桌上带出来的香酥糕，他临走的时候，虽然自知不对，却捞了第三块。他是个大胖子，而且总是越来越胖；饥饿却白天黑夜地折磨着他的五脏六腑。他看到里贝尔先生从外面盯着看的时候，做了个动作把糕藏在纸底下，接着想出一个更好的办法，把整块糕塞进嘴去……他冒火地说，一边吹掉香酥糕屑，给那口糕噎住了……他感到营养不足，为他的糕惋惜。"（第342～343页）在早期的神学著作中，贪吃不仅是一宗罪恶，而且是最重大的罪恶之一，与堕落和道德败坏联系在一起，成为一种导致其他罪恶的罪。圣奥古斯丁提出，贪吃导致谄媚。② 事务长奉承船长，为的是能够获得邀请，坐到丰盛美味的餐桌旁。波特暗示，事务长不是生理上的营养不足，他饥肠辘辘的状态影射了他精神上的营养不良。

小说中的肥胖者总是被类比为动物，意在凸显他们巨大的食欲。史宾

---

① 此处暗指拉撒路在坟墓中被埋了4天之后复活，典出《新约·约翰福音》第11章第38节，但是胡滕教授有意地或无知地把4天更改成了40天。
② ［美］弗朗辛·珀丝：《贪吃》，李玉瑶译，生活·读书·新知三联书店2007年版，第28页。

斯（Jon Spence）认为："凯瑟琳·安·波特借用传统的讽刺方式，找出她的人物身上最令人厌恶的特征，将它们与动物联系在一起。她通过使用动物意象来思考近似于中世纪等级化的世界秩序观，在这种观念中，人失去恩宠的状态表现在他身上散发出的低级生命形式的特点。"① 动物形象影射了人性的扭曲，它将人降低到动物的层级。小说中多次用猪的形象来形容贪吃的德国人。例如，里贝尔先生"是个矮矮的胖男人，粉红色皮肤，长着个猪鼻子"（第15页）；"这个肥猪似的事务长"（第490页）；弗赖塔格当着特雷德韦尔太太的面大骂船长："他不但是头猪，而且是头最恶劣的猪，沾沾自喜的猪，他培养和喜爱他自己的猪猡性格；他吹嘘他的猪猡性格，他大吃大喝，狼吞虎咽，像一头猪；他简直已经变成了一头猪，他要是用四只脚爬的话，看起来要好得多，而且会更舒服。"（第350～351页）中世纪的神学家通常认为，猪是代表着贪吃之罪的动物，当一个人为贪吃所役，举止行事与猪一模一样，人类的天性和道德责任便会丧失。②

小说中暴饮暴食的德国人形象化再现了七宗罪之一的贪吃。在中世纪的道德剧中，刻画这种人物形象是为了宣扬道德训条。波特在她的漫画式人物塑造中吸收了中世纪的象征主义手法，将贪吃和肥胖用作她的讽刺性漫画形象的典型特征。这种文学手法招致不少批评，有人指责她"再现而不是展现德国人……他们是想象的人物和类型，而不是活生生的人"③。甚至有论者认为，波特不仅放任她对德国人的仇恨，而且显露出她厌恶人类的立场，因为她总是"有意引导读者对那些傲慢、种族主义、粗俗或耽酒狂的（dipsomaniac）人物产生憎恶情绪"④。事实上，波特的确对德国人充满强烈的情绪化偏见，她曾坦言，在刻画德国人的形象时，"我不能

---

① Jon Spence, "Looking-Glass Reflections: Satirical Elements in *Ship of Fools*", *Sewanee Review*, vol. 82, no. 2（Spring 1974）, p. 316.
② 弗朗辛·珀丝:《贪吃》，第36页。
③ Myron M. Liberman, *Katherine Anne Porter's Fiction*, Detroit: Wayne State University Press, 1971, p. 36.
④ Waldemar Zacharasiewicz, *Images of Germany in American Literature*, p. 133.

第五章 《愚人船》中的餐桌：权力秩序与狂欢反抗

假装客观"①。由于波特的引导，读者往往都很厌恶小说中的这些类型化的德国男性人物，不仅因为他们的贪吃特性，更因为他们的男权主义和种族主义做派。

第二节 食物的压迫表征

"真理号"航船是一个充满压迫的微缩世界，它的压迫本质外显于饮食方面。具体而言，酒、猪肉和蔗糖分别是女人、犹太人和统舱乘客遭受压迫的食物表征。小说中的许多重要片段都发生在船上的酒吧，这里主要由男性人物占据，他们把酒吧变成政治论争和性别歧视的场所。正如奥托（Shirley Otto）所言："社会对男人饮酒和醉酒体现出普遍的宽容，不论是发生在性爱之时、有没有食物、私下还是公开，但对女人却不是如此。"②苏尔尼亚（Jean-Charles Sournia）持类似的看法："女性醉酒总是被视为比同等情况下男性饮酒过量更加严重和丧失体面。"③ 兰斯基（Ellen Lansky）曾撰文指出，多萝西·帕克（Dorothy Parker）的短篇小说《高个金发女郎》（"Big Blonde"）与波特的《愚人船》都触及一个共同的情结：酗酒与"女性麻烦"。这两部文学作品中的女性人物都竭力争取独立自主的生活，但她们所处的文化要求她们成为异性恋的女人，她们的身体、欲望和

---

① Joan Givner, *Katherine Anne Porter: A Life*, New York: Simon and Schuster, 1982, p. 351. 波特并不是只在她唯一的长篇小说中对德国人加以负面描绘；关于她在短篇小说《假日》和中篇小说《斜塔》中对德国形象的刻画，详见 Diana Hinze, "Texas and Berlin: Images of Germany in Katherine Anne Porter's Prose", *Southern Literary Journal*, vol. 24, no. 1 (Fall 1991), pp. 77–87. 另外，也并不是只有波特一人在文学作品中经常穿插有关德国人贪吃的贬损评论，不少德国以外的作家将这个恶习作为德国人的标签。参见 Thomas Carl Austenfeld, *American Women Writers and the Nazis: Ethics and Politics in Boyle, Porter, Stafford, and Hellman*, Charlottesville: University Press of Virginia, 2001, p. 36。

② Shirley Otto, "Women, Alcohol and Social Control", in Bridget Hutter and Gillian Williams (eds.), *Controlling Women: The Normal and the Deviant*, London: Croom Helm, 1981, p. 154.

③ Jean-Charles Sournia, *A History of Alcoholism*, Cambridge, Mass.: Blackwell, 1990, p. 22.

理想必须从属于她们的男性伴侣。① 在《愚人船》中，虽然酗酒的女性人物屈从异性恋准则，但她们仍旧无法找到关系持久的丈夫，甚至无法找到可靠的男性伴侣。这些女性人物被贴上酗酒者和不适合结婚的女人的标签，她们遭受的嘲讽和谴责构成她们的女性麻烦。波特在酗酒的女主人公与不赞同女人饮酒的男性人物和读者之间建立了关联。米歇尔·福柯在《规训与惩罚》中论述的全景敞视主义为审视这个关联提供了范式：女性酗酒者是狱室中受监视的犯人，男性人物是圆形监狱的监视者。在舒曼医生和弗赖塔格等男性监视者看来，女性单独饮酒或饮酒过量均为"失范"行为，她们的饮酒活动必须处在男性的监控之中。在这种具有规训性质的凝视下，权力渗透到社会关系网络的每一个节点，转化为一种无形的操控力量，整个社会机体被毫无个性的凝视改造成一个具有感知能力的场域，不计其数的眼睛布满各个角落，它们时刻处于警觉戒备的状态。② 波特将酗酒女人的经历与女性权力缺失和男权凝视联系在一起，令人联想起一个熟悉的女性主义人物：阁楼上的疯女人。酗酒女人的疯癫在圆形监狱般的凝视下不断恶化，这种凝视意在控制和惩罚她们的"不得体"行为。

20世纪60年代以前，女性喝酒在西方社会常被看作是异常的和叛逆的行为。波特本人是一个酗酒者，她的饮酒行为频繁遭到男性的非议和谴责，因此，她对在饮酒问题上歧视女性的社会氛围极为不满。波特在小说中描绘了这种歧视对女性的负面影响以及女性的抵制和反抗。③ 哈塞尔（Holly Jean Hassel）认为，波特在小说中塑造的两个女性人物体现了她自身经历的两个不同方面，她们分别是离异的玛丽·特雷德韦尔和年轻的艺

---

① 兰斯基的论述显得悲观和片面，她关注了男性人物对女性饮酒的监视和惩罚，但忽视了女性人物通过饮酒行为来反抗父权制度和确立自我身份的努力。详见 Ellen Lansky, "Female Trouble: Dorothy Parker, Katherine Anne Porter and Alcoholism", *Literature and Medicine*, vol. 17, no. 2 (Fall 1998), pp. 212–230。

② Michel Foucault, *Discipline and Punishment: The Birth of the Prison*, trans. Alan Sheridan, New York: Vintage Books, 1995, p. 214.

③ 尽管波特并不畏惧男权社会的偏见，但健康危机和来自医生的警告经常能促使她尝试着改变她的饮食、喝酒和抽烟的习惯，虽然有时收效明显，有时收效甚微。波特在1947年秋天写道：自从她15岁以来，她第一次意识到，必须停止吸烟以及喝咖啡，"任何形式的酒都不能喝"。她庆幸自己曾经吃过各种美味佳肴，品尝过各种美酒，例如，白兰地、波旁威士忌、爱尔兰威士忌、克利科、香槟、苹果白兰地。Joan Givner, *Katherine Anne Porter: A Life*, p. 417.

第五章 《愚人船》中的餐桌：权力秩序与狂欢反抗

术家珍妮·布朗，她们的共同特点之一是酗酒。这两位女性人物从不同角度传递了波特对女性特质、雌雄同体、性别角色、艺术创作等问题的思考。① 喝酒在文化上一直被视为男性的专项，"真理号"轮船上的酒吧的光顾者也绝大多数是男性。特雷德韦尔太太的饮酒行为可以解读为她对女性身份的重新建构，通过酒来获得之前缺失的权力、个人的独立性和自主性。特雷德韦尔太太一直被界定为一个温文尔雅的贵妇人，但她认为饮酒能有效抵制这种身份符码，因而她排除一切干扰，加入饮酒者的行列，成功地颠覆了根深蒂固的传统文化对女性角色的预设。波特对珍妮饮酒的描写以及她与同行的男艺术家戴维·斯科特之间关系的叙述，比她关于特雷德韦尔太太的饮酒行为的描述更复杂，珍妮的经历揭示了波特对女性艺术家身份焦虑的真切感受。与戴维相爱，珍妮似乎必须让渡自己的艺术才华和自主身份。

沃尔什（Thomas Walsh）颇具洞见地指出，食人者和吸血鬼的隐喻在这部小说中反复出现，"所有为爱所作的努力都失败了，小说人物担心被他者吞食，用怨恨对抗怨恨，然后和对方分开，把精力回撤到自身，把那些他们尝试建立亲密关系的人视作陌生人"②。相爱意味着屈服、被吞食和被灭绝的危险，导致对自己的身体和身份的暴力侵犯。叙述者不断暗示，女人的欲望是她的敌人，憎恨和不幸福既不可避免，又是真实的，两者都是欲望的结果。爱就像是某种无法控制的饥饿，一种狂喜的食人行为。③ 在小说中，有些女性人物乐于接受既定的性别角色，放弃身份的独立状态。例如，胡滕太太坚定地认为，妻子的首要责任就是每时每刻都要

---

① 哈塞尔的论述比兰斯基的分析更进一步，她着重阐释了小说中的女性人物通过饮酒行为来建构或重构自我身份的尝试，尽管她们的尝试没有获得圆满的结果。哈塞尔认为，两位女性人物特雷德韦尔太太和珍妮都抵制将饮酒性别化的文化气候，即饮酒被视为男性的、公共的和社群的，而女性饮酒则是隐形的和私密的；她们进入饮酒所代表的男性、公共领域，以获得更多的自主性，但她们都未能彻底打破男性与女性饮酒者之间的界限，也未能完全挣脱附加在女性饮酒之上的羞耻。详见 Holly Jean Hassel, "Wine, Women, and Song: Gender and Alcohol in Twentieth-Century American Women's Fiction", PhD Dissertation, the University of Nebraska, 2002, pp. 87 – 128。

② Thomas F. Walsh, *Katherine Anne Porter and Mexico: The Illusion of Eden*, Austin: University of Texas Press, 1992, p. 212.

③ Mary Titus, *The Ambivalent Art of Katherine Anne Porter*, Athens: University of Georgia Press, 2005, p. 208.

跟丈夫保持意见一致。与胡滕太太这类传统女性不同，珍妮是一位具有现代思想的艺术家，她不愿意被动地服从男性的意志。珍妮总是感到被戴维的自我沉醉弄得憔悴虚空，他就像是一头极度饥饿的动物，"饥饿在他的骨头里，灵魂里"（第 203 页）。除了饥饿之外，戴维经常表现出来的另一个生理现象是呕吐，他与珍妮之间的关系生动地体现在呕吐意象之中，它在小说中出现过几次，每次都或多或少传递出拒斥（rejection）的象征意味。① 珍妮的家人对她从事艺术创作不理解、不支持，她的情人戴维也不断打击她的创作热情，扼杀她的艺术自由，他总是为不能控制局面而恼羞成怒。珍妮尝试通过豪饮的方式来拒斥男权束缚，但最后她仍旧选择妥协，扮演一个顺从的女性角色，为了获得浪漫的爱情，牺牲自己的艺术追求，尽管她和戴维的爱情并不一定会结出美丽的果实。波特关于珍妮的描述基本上都是正面的，她的缺点是不够独立，她在精神上和性方面依赖男人。

在与男性的关系上，离异的特雷德韦尔太太似乎比珍妮更独立，但她性格中也有保守的一面。她的名字（Mrs. Treadwell）暗示了她源于矛盾本性的谨慎特点，有时令人爱慕，有时令人难受。作者从一开始便很明显地对她抱有同情，她是唯一一位几乎被全部用正面词汇来描绘的乘客。② 特雷德韦尔太太竭力拒斥感官享受和野性释放，反复告诫自己不能成为别人心中的负面形象：像她这个年纪的女人，"人们被告知，那么经常丧失她们的稳重、她们的体面。她们变得动不动就尖叫，发胖，或者瘦得像豆芽，喜欢偷偷地喝酒"（第 347 页）。想到这种女性形象，她便会心惊肉跳。特雷德韦尔太太的焦虑和沮丧源于压抑的性别和阶级守则。③ 她已经四十五岁，但她还穿着儿童样式的服装，她在童年时期失去了安全感，一直像一个没有长大的孩子。特雷德韦尔太太登船后，首先喝的是茶，意在凸显她的中产阶级女性身份。她在喝茶时与另一个中产阶级女人所进行的有礼貌的交谈揭示了她的世界观，她从一位纯真少女变成现在的社会名

---

① William L. Nance, *Katherine Anne Porter and the Art of Rejection*, p. 190.
② William L. Nance, *Katherine Anne Porter and the Art of Rejection*, p. 177.
③ Holly Jean Hassel, "Wine, Women, and Song: Gender and Alcohol in Twentieth-Century American Women's Fiction", p. 106.

第五章 《愚人船》中的餐桌：权力秩序与狂欢反抗

流，这个过程如同一场对她哑剧般的生活方式的忍耐力的测试。最后，特雷德韦尔太太通过酗酒来释放充斥在内心的压抑情绪。

在"真理号"这个微缩世界中，更准确地说，在蒂勒船长构建的等级秩序中，犹太人身份比女性身份处于更加劣势的地位。舒曼医生清楚地认识到，这两种身份都是被边缘化的：当女伯爵哀叹，她患的是一种医治不好的疾病，"像生为犹太人那样无法解决"，舒曼医生补充说，"或者说像生为女人那样……你自己这么说过的"。（第325页）女人和犹太人的身份危机都与饮食相关，女人饮酒被男人定义为偏离规范的不道德行为，犹太人恪守犹太教饮食规范被德国人视为异端分子的表现。

强权国家把占主导地位的文化和社会习俗强加给弱势的国家和地区，这种行径被称为文化帝国主义（cultural imperialism），如果强加的是饮食习俗，则可以称之为饮食帝国主义（culinary imperialism）。埃尔斯佩思·普罗宾（Elspeth Probyn）把西方人对其他文化中的食物选择一概加以嘲讽的做法称为"饮食种族主义"（alimentary racism）。① 在"真理号"航船上，德国的饮食帝国主义和饮食种族主义表现得淋漓尽致。轮船上的犹太人以及跟犹太人有亲属关系的人是最大的受害者。在勒温塔尔的一生中，他从来没有遇到过这种令他恐惧的事情：在一艘正在返程的德国船上，没有第二个犹太人。由于种族和宗教的原因，他在船上无时无刻不遭受着歧视和威胁。一日三餐成为勒温塔尔的梦魇：

> 勒温塔尔先生独自一个人坐在餐桌旁，那顶古怪的纸童帽歪戴在他那张爱挑剔的脸上，他挑了酸奶鸡油鲱鱼、黄油甜菜、煮土豆和慕尼黑人牌啤酒作他的欢宴的晚餐。那个服务员的手的随随便便的动作引得他向上瞟了一眼。他看到了一丁点儿他非常熟悉的神情，一种鬼鬼祟祟、叫人讨厌、好奇中带轻蔑的神情，不仅仅是嘲笑勒温塔尔先生个人、他的整个民族和宗教，也嘲笑他的不像话的晚餐，它是他的生活情况的象征，是他作为在一个极端自私的非犹太人社会中的一个

---

① Elspeth Probyn, *Carnal Appetites：FoodSexIdentities*, New York：Routledge, 2000, p. 2. 该书的作者故意将标题中的三个单词连在一起为 FoodSexIdentities，以凸显三者之间的紧密联系。

> 贱民的地位的象征：他不得不从大堆的肮脏的烤猪排啊，炸猪排啊，火腿啊，红肠啊，猪蹄啊，龙虾啊，蟹啊，牡蛎啊，蛤蜊啊，鳗鱼啊——天知道有多脏——中小心谨慎地挑出他那一份饭菜，谈不上洁净，只是过得去罢了，甚至在他的肚子有点儿饿的时候，他一看到卡上的菜名还反胃。（第 576～577 页）

在反犹主义热潮高涨的"二战"前夕，从船长到头等舱的德国乘客到餐厅的服务员都成为丧失理性的种族主义分子。波特暗示，那些排斥勒温塔尔的德国人与希特勒的种族观点是一致的。

上述引文透露的另一条重要信息是，勒温塔尔使用"肮脏"来形容他不吃的食物，用"洁净"来描绘他吃的食物。每次用餐前，勒温塔尔总是使用相同的词汇来给食物分类："洁净的"与"肮脏的/不洁净的"，"能吃的"与"不能吃的"。他甚至把自己不吃的食物形容为"猪食"。对此，昂鲁评论道："德国人的民族主义是公式化和结构化的，它有自己的准则和规则指南；它也是种族主义的。然而，尤利乌斯·勒温塔尔自己的视角同样是绝缘的和不妥协的。"① 勒温塔尔的绝缘和不妥协最显著地体现在他的饮食选择上，他的饮食世界非白即黑、泾渭分明。勒温塔尔觉得轮船厨房里的景象和气味无法忍受，在他看来，这个烹饪场所是"肮脏的地洞似的地方，什么东西都毫无例外地放在同一个锅里煮，压根儿没有办法保持洁净，没法正正经经地进食，因为他们处理食品的方法不管从哪方面看都是肮脏的，脏得可以毒死人"（第 578 页）。什么食物在文化中被定义为肮脏的，身处于该文化中的人能够清晰地辨别出来。食物是否会导致死亡在客观事实上并不重要，猪肉不是毒药，进餐者知道这一点，他不吃猪肉，只是因为它在犹太教中是不符合教规的食物（trefe；nonkosher food），猪是肮脏和禁忌的强大象征物。

什么是能吃的和不能吃的、好吃的和不好吃的，这些都是文化问题。在谈论食物禁忌的性质时，玛丽·道格拉斯指出，食物禁忌建立起文化边

---

① Darlene Harbour Unrue, *Truth and Vision in Katherine Anne Porter's Fiction*, Athens: The University of Georgia Press, 1985, p. 189.

第五章 《愚人船》中的餐桌：权力秩序与狂欢反抗

界，为一种文化维护它的完整性提供了重要途径，"在文化上对模棱两可状态的不容忍表现在回避（avoidance）、区分和强制遵守上"①。许多食物禁忌的最初设立往往是从健康原因出发，但当它们内嵌到文化之中，这种生理上的解释就缺乏说服力：某些食物早已不再具有医学上的风险，但它们继续被视为具有文化上的风险。在《洁净与危险》一书中，道格拉斯揭示了卫生观中的"洁净与肮脏"与世界观中的"安全与危险"之间的紧密联系。该书第三章"《利未记》中的可憎物"在开篇时列举了《利未记》中有关饮食的一系列规定，随后对此进行了详细分析，这些分析揭示，某种动物是洁净的还是肮脏的，判断标准不是医学或生物学的实证，而是相关宗教条文的分类细则。这个分类系统预示着洁净与安全画等号，而肮脏意味着危险；对洁净条例的恪守代表了遵从某种社会秩序，肮脏则是失序的表现，是对秩序的挑战。道格拉斯认为："分离、净化、划界以及惩罚越界行为的主要功能是给本来没有章法的人类经验强加了体系。只有通过夸大内部与外部、上层与下层、认同与反对之间的差异，貌似的秩序才得以建立。"② 将一个得到高度认可的正常类型与一个具有威胁性的对立面分离开来，这是一个通常的甚至是普世的做法，借此人类给杂乱的物质世界施加意义。道格拉斯进一步指出："每当一个民族意识到入侵和危险时，调控什么能进入身体的饮食规则就会成为他们受到威胁的文化类型的生动类比。"③

对勒温塔尔而言，饮食禁忌不仅关乎宗教的神圣，而且关乎犹太种族的命运。但对身为德国人的威廉·弗赖塔格来说，饮食戒律只关乎宗教。他娶了一个犹太人为妻，追随妻子信奉犹太教。然而，弗赖塔格具有浓厚的民族主义思想，他不愿接受妻子的犹太人身份，而是不断强化她是德国人的妻子这个身份。弗赖塔格是"真理号"航船上最复杂的人物之一，"他的自我冲突在于他自己的德国人身份与妻子的非德国人（un-German）

---

① Mary Douglas, *Implicit Meanings: Essays in Anthropology*, London: Routledge, 1975, p. 53.
② Mary Douglas, *Purity and Danger: An Analysis of the Concepts of Pollution and Taboo*, London: Routledge, 1966, p. 4.
③ Mary Douglas, "Deciphering a Meal", in Carole Counihan and Penny van Esterik (eds.), *Food and Culture: A Reader*, London: Routledge, 1997, p. 52.

舌尖上的身份

身份之间的矛盾"①。他是一个富有的德国人这个事实使得他在船长餐桌上占有一个席位。餐前点菜是弗赖塔格最尴尬的时刻，起初同桌的食客对他的特殊饮食模式饶有兴趣，由于他拒绝所有猪肉制品，有人猜测他是一个素食主义者，进而为他放弃那些好吃的红肠、咸肉和火腿而感到惋惜。利齐经过反复观察发现，弗赖塔格不吃任何形式的猪肉食品，也不吃牡蛎②，当其他人说到犹太人的时候，他的脸上有一种怪异的表情。根据弗赖塔格的饮食偏好和异常反应，利齐和里贝尔先生推测弗赖塔格是犹太人，并且一致认为他在船长餐桌上用膳对德国人来说是奇耻大辱。特雷德韦尔太太回应说："弗赖塔格先生的妻子是犹太人，他不是。这是他亲口告诉我的。他非常爱她。所以你瞧……你并没有被玷污的危险。"（第296页）特雷德韦尔太太回应利齐的用词和脸上得意扬扬的表情，说明这位美国女性也受到反犹主义者的影响。

船长餐桌上的德国人几乎都是反犹主义者。里特斯多尔夫太太完全不能理解在墨西哥经商的德国人邀请犹太顾客或者商业合伙人在自己的家里就餐，尽管他们向她解释，这样做只是为了促进买卖，但里特斯多尔夫太太坚持认为与犹太人共餐是数典忘祖的表现。排斥犹太人成为船长餐桌的进餐者们的最大共同点，他们由此结成同盟关系："弗赖塔格被驱离之后，船长餐桌上的食客们尽情享用优质的德国食物，根除了秩序和体统的威胁让他们松了一口气并且团结在一起；这个场景再一次揭示了感官享受与令人恐惧的和高效的野蛮行径。"③弗赖塔格切身感受到，餐桌前的反犹主义越来越强烈。自从他娶了一位犹太人做妻子，他经常被拒绝入座以前颇受欢迎的宴席，但以前只有他妻子跟他在一起的时候，才会发生这样的事情，而如今他妻子并不在场，仅仅因为他妻子是犹太人这个事实便导致他被同桌食客拒斥。

---

① Darlene Harbour Unrue, *Truth and Vision in Katherine Anne Porter's Fiction*, p. 187.

② 犹太教的经文制定了严格的饮食戒律，塔木德的拉比在此基础上进行了详尽阐述。犹太教的饮食规则非常复杂，其中与小说中提及的内容直接相关的有两条：一、犹太人可以吃肉，但只吃蹄分两半且会反刍的动物的肉，因此，犹太人不可以吃猪和马之类的动物；二、犹太人可以吃鱼，但只吃有鳍和鳞的鱼，因此，他们不可以吃带壳的海鲜，如虾、蟹和牡蛎等。详见 Morris N. Kertzer, *What Is a Jew*?, rev. ed. New York: Simon & Schuster, 1996, p. 87.

③ Marjorie Ryan, "Katherine Anne Porter: *Ship of Fools*", p. 97.

第五章 《愚人船》中的餐桌：权力秩序与狂欢反抗

弗赖塔格被驱离船长餐桌是小说情节的重要构成部分，库恩（Joseph Kuhn）分别使用了"弗赖塔格危机"（the Freytag crisis）和"弗赖塔格事件"（the Freytag incident）来描述这个故事片段。① 弗赖塔格被船长从餐桌驱离之后，被事务长安排去跟船上唯一的犹太人共用一张小餐桌。在两人首次一起用餐时，弗赖塔格遭到勒温塔尔的猛烈批评，原因是他在自己的族裔之外娶妻，侵犯了犹太人的领地。弗赖塔格因为他的婚姻被船长餐桌排挤，接着还被勒温塔尔谴责在族裔之外娶妻，"他被夹在作恶者的种族主义与受害者的隔离和憎恨之间"②。弗赖塔格和勒温塔尔可以算得上是难兄难弟，但他们却未能结成同盟。勒温塔尔顽固坚守犹太人不与外族人通婚这项规定，因而排斥娶犹太人为妻的非犹太人弗赖塔格；更重要的是，弗赖塔格不屑与勒温塔尔为伍，他反复强调自己的德国人身份。从本质而言，弗赖塔格也是一个种族主义者，他为了避免与犹太人勒温塔尔在一张桌子上共餐，决定以后要么吩咐服务员把饭菜送到他的房舱里，要么在甲板上进餐。弗赖塔格断定，同在一艘船上的人们，"看来好像不是神态生硬、不信任和完全抵制别人，就是怀着一种侵犯人、折磨人的好奇心，看来他们在两者之间找不到一片中间地带。有时候，那是一种相当友好的好奇心；有时候，是狡猾和不怀好意的，但是你感到好像你在活生生被鱼吃掉似的"（第183页）。弗赖塔格对现实的判断是悲观的，在此基础上形成的世界观和人生观自然也是悲观的："由于没有快乐的中间地带，彻底的拒绝总比被别人吃掉（being cannibalized）更好。"③ 弗赖塔格对其他乘客没有任何怜悯之心，当他自己遭到德国同胞的排斥时，也没有乘客同情和关心他的遭遇。

与被驱离船长餐桌的弗赖塔格相比，统舱乘客的处境更加悲惨，他们食不果腹、衣衫褴褛，像动物一样被这艘"愚人船"从一个国家运往另一

---

① Joseph Kuhn, "The Weimar Moment in Katherine Anne Porter's *Ship of Fools*", in Thomas Austenfeld (ed.), *Katherine Anne Porter's* Ship of Fools: *New Interpretations and Transatlantic Contexts*, Denton, T. X.: University of North Texas Press, 2015, pp. 194-198.

② Anne-Marie Scholz, "Transnationalizing Porter's Germans in Stanley Kramer's *Ship of Fools*: West and East German Responses", in Thomas Austenfeld (ed.), *Katherine Anne Porter's* Ship of Fools: *New Interpretations and Transatlantic Contexts*, Denton, T. X.: University of North Texas Press, 2015, p. 154.

③ Thomas F. Walsh, *Katherine Anne Porter and Mexico: The Illusion of Eden*, p. 212.

个国家。在蒂勒的等级秩序中,犹太人(以及跟犹太人有直系亲属关系的人)和穷人都对德国文明构成威胁,"船长行使的政治权力在他对弗赖塔格的官方迫害和对穷人的暴虐中得到显著的表现"[①]。统舱的蔗糖工人位于金字塔的最低阶,船长将他们视作黑暗和无序的原始力量。波特通过具体细致的描述,让读者切实感受到被压迫者的痛苦,而不仅仅是获得抽象意义上的认识。统舱乘客是遭到解雇遣返的制糖劳工及其家属,多达876人。这些人大多数是西班牙人,都是在古巴糖业兴旺的时候移民过去的。他们被遣返的原因与世界市场的糖价暴跌有关:"古巴食糖,由于国际竞争,一直跌价,直跌得甘蔗种植者们负担不起把他们的作物收起来,上市去卖。由于工人中间有外国工会鼓动者,在这危急关头,也总是会出现一些罢工、动乱,提高对工资的要求。种植者们在地里烧他们的收成;他们自然已经把几千个种植园里的和制糖厂里的工人解雇了。"(第82页)为了把这些无事可做的外国人赶走,进而解决一件威胁社会稳定的大事,古巴政府依靠公众捐款筹得劳工的路费,迅速地做出了把他们遣送回国的安排。对此,"新闻报道和社论都表示一致的看法,古巴在处理它的劳工问题方面以最人道的、然而实际的态度,为全世界树立了一个范例"(第83页)。波特显然批判了古巴政府的残酷无情以及新闻报道对事实的美化,但从她接下来叙述的德国人对蔗糖工人的处理意见来看,古巴政府的做法似乎还算"人道"。里特斯多尔夫太太建议把蔗糖工人赶入大烤炉,然后打开毒气;里贝尔先生主张彻底消灭"不合时宜的人"。这两个德国人的观点影射了"二战"时希特勒下令消灭"没有生存价值"的精神病人和重残病人的"T-4行动计划"。

作为一位文学家,波特通过犀利的文字揭露和鞭挞了专制主义和殖民主义的丑恶。她的讽刺艺术呼应了"饮食人类学之父"西敏司(Sidney W. Mintz)发表的关于蔗糖与权力的精辟论断。随着糖在西方国家日常饮食中的地位发生变化,以及不断增长的大众消费的影响,跨国市场逐渐确定了糖的价格。然而,世界市场的食物商品中,几乎没有哪一种像糖一样被政治化,它同时受到殖民主义和市场力量的制约。西敏司指出:"蔗糖

---

① William L. Nance, *Katherine Anne Porter and the Art of Rejection*, p. 172.

第五章 《愚人船》中的餐桌：权力秩序与狂欢反抗

不仅是科层化的根源之一，同样也是商业化、工业化和财富之源。一旦它巨大的市场和市场潜力被人们领教之后，保持对它的控制就变得重要起来。糖戏剧性地表现出了隐藏在大众消费领域的庞大权力。对糖的控制权，以及对最终果实的觊觎，这些导致了决定宗主国与殖民地之间关系的哲学的彻底修正。"[1] 在波特的笔下，剥削者与被剥削者以及蔗糖的消费者与生产者同时出现在"真理号"航船上，围绕蔗糖的权力关系被更加直接地揭露出来。

统舱乘客的艰苦条件在小说中得到充分的展示，他们在生理上和精神上受压迫的状况与头等舱乘客的优雅和闲暇形成鲜明对比。这种强烈反差首先体现在用餐环境上，头等舱的餐厅宽敞舒适，而统舱的就餐区简陋杂乱。波特有意将两者并置在一起，一方面抨击了头等舱的食客们的虚伪和腐朽，另一方面凸显了统舱的食客们的本真和激情。在小说的开头，波特详细描绘了统舱乘客就餐地区的景象："一溜溜上面摆着食物的、用支架支起的木板桌，桌旁排着一溜溜长椅。烧菜的味儿热气腾腾地升上来；人们慢腾腾地走进来，各自坐下。他们认出那个穿樱桃红衬衫的胖子的鼓起的脊背和垂下的脑袋，已经在打起精神大吃特吃了，他自己动手，随心所欲地从他的盆子前面那些摆成半圆形的椭圆形大盘里拿种种丰盛的食物。"（第50页）不论是头等舱还是统舱的旅客，他们总是对食物最为关切。然而，波特在描写统舱乘客大快朵颐时，侧重展示他们旺盛的生命力。

"真理号"上的富人们大多数是缺乏同情心的看客，他们将自己的优越感和虚荣感建立在对统舱乘客吃的不新鲜食物和住的肮脏环境的鄙夷之上。茶余饭后，头等舱乘客经常"一溜儿往下看那片深渊似的空间……第一张餐桌已经摆好，一派叫人放心的景象。密密匝匝的人们像苍蝇似的挤在大块大块的烤牛胸肉、大量的饺子、一碗碗糖水杏儿、一堆堆新鲜的绿葱头周围。他们全心全意、默不作声地在填肚子，伸出长胳膊去取东一摞、西一摞放在白油布上的厚面包片。他们用胳膊肘支撑着探出的上身，吃着，觉得又有精力了，觉得他们的骨头和血液复原了，他们重新又有希

---

[1] ［美］西敏司：《甜与权力：糖在近代历史上的地位》，王超、朱健刚译，商务印书馆2010年版，第181页。

望了，他们的生活的欲望又觉醒了。"（第224页）虽然统舱区的食物粗糙廉价，但乘客们吃得痛快淋漓，他们身上散发出生命的元气。看热闹的富人甚至违心地认为，那些住统舱的穷人没有受到不平等的待遇："那些陌生的外国人看模样似乎并不危险；他们显然一点也不在受虐待；恰恰相反，他们在享用一顿呱呱叫的饭菜。"（第225页）船上的富人认识到，就维持稳定和秩序的途径而言，把穷人喂饱比把他们关入禁闭室更有效。

然而，统舱乘客的食物供应并没有得到保障，饥饿就像幽灵一样萦绕在统舱区。礼拜天早晨，卡里洛神父来到下面的统舱甲板，在一个可以移动的圣坛上做弥撒。在参加宗教仪式的人中间，"有六个女人在做感恩祷告。她们跪着往前爬去，她们的头被裹在黑披巾里，去领圣餐。她们仰起下巴，闭上眼睛，张大嘴，没有血色的舌头长得过度地向前伸出着，准备领受圣餐面包。那个神父严肃而匆忙地主持着这个仪式，熟练地把一片片圣饼放在伸出的舌头上，然后猛地抽回手。他按照适当的仪式结束弥撒，但是用的是最快速度，几乎是立刻收起他的圣坛，好像他在把它从一个瘟疫流行的地方挪走似的。"（第206页）这段文字读来令人感到凄凉不已，统舱乘客如此饥肠辘辘，以至于对一片分量很小的圣饼都充满期待。人类通过特定的仪式建立一种特殊的语境结构，并通过特定的时间和空间制度将食物神圣化。面包在西方人的日常生活中是充饥和果腹的主要食物，但在基督教的圣餐仪式中，面包被特定化和神圣化，它代表了耶稣的身体。在宗教和文化仪式中，食物的世俗意义被神圣意义替代。① 然而，对于食不果腹的人来说，面包的世俗意义完全超越了宗教意义。

波特并没有将统舱乘客浪漫化，这些人具有实施暴力的潜能，但他们身上有着一种其他乘客缺乏的生命力。面对各方面的不利因素，被压迫阶层最后竭力维护了人的尊严。其中最突出的例子当属木雕艺人舍身救狗的无私行为。但令人愤慨的是，胡滕夫妇沉浸在喇叭狗安全回归的喜悦之中，忘却了为救狗而牺牲的男子：他们轮流用白兰地擦它的身子，再用浴巾擦干，并让女服务员端来一大碗牛肉汤。女服务员"伸直两条胳膊，把汤交给胡滕太太，不等着看给人喝的上好的牛肉汤给糟蹋掉——想想世界

---

① 彭兆荣：《饮食人类学》，北京大学出版社2013年版，第208页。

第五章 《愚人船》中的餐桌：权力秩序与狂欢反抗

上那些无辜的、挨饿的穷人和小娃娃——竟然倒进一条毫无用处的狗的喉咙！那个救这头畜生的人被海水闷死的时候，在那臭气熏人的统舱里，是谁陪在他身旁？！他从那个伪善的教士那里只得到一小个干圣饼和一句歪曲地模仿上帝的话！"（第439页）女服务员感到无比气愤，但她不敢在胡滕夫妇面前表现出来，而是对着迎面走来的一个身材矮小的男服务员发泄怒火："在这个肮脏的世界上，做人还不如做狗！一条有钱人养的狗在喝穷人的骨头熬的汤。一个人的生命跟一条狗的相比算得上什么呀，说给我听听？当然说的是有钱人的狗喽！"（第440页）波特对男服务员的体貌描述传递出强烈的批判性：这个十四岁的男服务员"一直过着吃不饱肚子的苦日子，面色苍白，发育不足"（第440页）。消瘦的男服务员与胡滕夫妇的胖狗形成鲜明对照，直观地呼应了女服务员对富人的控诉。

　　餐厅的女服务员不敢当着胡滕夫妇的面表达自己的怒气，但船上的双胞胎顽童却是恣意妄为、无恶不作，他们是"波特笔下人类罪恶的象征"①。他们不仅将胡滕夫妇的喇叭狗丢入大海，还嘲笑肥胖的胡滕夫妇是"肉丸子"。这个侮辱性的外号给自命不凡的胡滕教授带来沉重的打击，促使他意识到，"在人类的灵魂中，存在着这样一种对邪恶的不可救药的钟爱。教授的嘴里尝到了这种苦味，他拿不准是不是他胆囊里的胆汁都倒在他的舌头上了"（第468页）。胡滕夫妇一贯对犹太人和下层阶级加以排挤和打压，如今他们自己也品尝到作恶的苦果。有趣的是，这对双胞胎弃用了他们的教名，重新给自己起了名字，新名字源于一幅他们非常喜欢的滑稽卡通画中的主人公——里克和拉克，在卡通画中是"两条无法无天的粗毛狗"（第97页）。双胞胎顽童的新名字契合了两人的突出个性，他们是邪恶的化身。事实上，和贪吃的胡滕夫妇一样，里克和拉克"没有胃口不好的时候"（第585页），他们的饥饿象征着爱的缺失和无处不在的罪恶。波特通过颠倒人与狗之间的关系来取得反讽的效果：胡滕夫妇对他们的狗比对其他人表现出更多的人性；富人的狗被当成人而穷人却被当成狗来对待。和其他作恶者的行为一样，胡滕夫妇的所作所为揭示了罪恶的真正根源是缺乏爱的能力。

---

① 黄铁池：《论凯瑟琳·安·波特〈愚人船〉》，载《外国文学研究》1995年第4期，第92页。

第三节　宴会的颠覆潜能

"哪里有压迫，哪里就有反抗"，虽然用这句话来概括航船上被压迫者实施的反抗或许显得陈词滥调，但它基本符合小说的叙述进程。反抗"与权力是共生的……只要存在着权力关系，就会存在反抗的可能性"[①]。饮食帮助被压迫者重新绘制了他们的世界，在所处的权力关系大网之中，他们找到了让自我变得安全或更为强大的途径。"真理号"上的被压迫者包括饮酒的女性、犹太人（以及亲属是犹太人的德国人）、西班牙舞蹈班子成员以及统舱的蔗糖工人。面对压迫和排挤，勒温塔尔和弗赖塔格坚守犹太教的饮食规范，在被边缘化的环境中小心谨慎地寻找安全的位置；统舱乘客制造出几次小骚乱，但很快就被平息。在小说中，女性是真正挑战和推翻蒂勒船长竭力构建的等级秩序的生力军。

长期以来，特雷德韦尔太太时刻保持警惕，始终对其他人的事情保持距离。在航行途中，她逐步释放被压制的个性，尽情享受美酒和佳肴。随着情节的推进，特雷德韦尔太太不再和女性乘客一起喝茶，而是与不同的男性乘客一起喝酒交谈。在化装舞会中，高雅的特雷德韦尔太太把她的脸涂成其中一个舞女的样貌，仿佛戴上了象征肉欲和野性的面具。[②] 玛丽·多安（Mary Ann Doane）认为，化装舞会有助于女性操控自我形象和实施报复，因而成为一种获取权力的方式。[③] 特雷德韦尔太太彻底卸下长期保

---

① ［法］米歇尔·福柯：《权力的眼睛：福柯访谈录》，严锋译，上海人民出版社1997年版，第46页。

② 面具（mask）在整部小说中占据十分重要的地位，小说中的许多人物都有自我错觉（self-delusion）。波特既展示了出于化装舞会的需要而佩戴的简单面具，也揭示了出于复杂动机而精密制作的面具。每个头等舱的乘客在象征层面上都戴着面具，它可能代表了国籍、处世哲学、年龄、宗教、社会地位、财富、政治、道德，以及其他所有存在主义的、原始人与文明人划分的区隔。详见 Smith Kirkpatrick, "Review of *Ship of Fools*", *Sewanee Review*, vol. 71, no. 1 (Winter 1963), pp. 94–95。

③ Mary Ann Doane, "Film and the Masquerade: Theorising the Female Spectator", *Screen*, vol. 23, nos. 3–4 (1982), p. 87.

第五章 《愚人船》中的餐桌：权力秩序与狂欢反抗

持着的心理防备，决定一醉方休，有人敬她酒她就喝，白兰地、查尔特勒酒、波尔图红葡萄酒、亚马·皮孔酒、莱茵干白葡萄酒和德国香槟等，各种酒都喝了个遍。在酒醉回房休息时，特雷德韦尔太太遭遇同样酩酊大醉的威廉·丹尼的性侵犯，她奋力还击，用一只高跟凉鞋反复击打他的脸部，直到他完全失去知觉。在隐喻层面上，特雷德韦尔太太使用阳具般的高跟凉鞋反击了压制女性的父权制度。高跟凉鞋原本是优雅、被动的女性传统的标志物，特雷德韦尔太太赋予了它新的意义，使之成为捍卫女性权力的利器，她也因此获得了坚强独立的女性身份。在充满性别歧视的年代，饮酒的女人通常被视为道德败坏之人，她们的酗酒行为被认为不仅仅是对身体和心理的折磨，更是一种罪过。然而，对饮酒的女性而言，酒精的麻醉作用不仅仅是帮助女性逃避艰难忧伤的现实，在争取平等和自立的过程中，饮酒更成为女性表达反抗的一个有效途径，她们酒后爆发的行为在很大程度上挑战和颠覆了压迫性的男权主义体制。

论及对男性沙文主义的挑战，最具震撼力的当属女伯爵怒砸船长送给她的上等绍姆魏因酒。遗憾的是，前文提到的兰斯基和哈塞尔在各自专门探讨《愚人船》中女性与酒的论文中都忽略了女伯爵这个重要的女性人物。德国人为了在国际上塑造德国酒的品牌影响力，拒绝使用暗含法国地名的"香槟"一词，转而使用德国的地域加以命名。这种做法遭到女伯爵的蔑视："'绍姆魏因酒！'她用讽刺的喜悦说，用怪里怪气的声调说这个词儿。'多么没法形容的德国气派！我敢肯定地说，船长的荣誉也跟这种仿制品一样高明。'"（第324页）女伯爵不仅在言语上嘲讽享有最高权威的蒂勒船长，而且在行动上对他加以羞辱。叙述者透过舒曼医生的视角描述了女伯爵的心理和举动："她挑选了世界上最简单、最直接的方法，简单和直接得甚至令人感动，来表明她对船长、对医生和对一切把她当作囚犯的力量的轻蔑和挑衅。她的脸色是平静下来过的，她把眼睛转向他的时候，是高兴得闪闪发亮的；她把那两瓶酒砸碎，好像在给一艘船命名似的。"（第327页）女伯爵砸碎绍姆魏因酒的举动，强有力地反击了蒂勒船长代表的日耳曼种族傲慢和超越国界的男性霸权。女伯爵通过言语撕开了蒂勒船长的虚假面具，通过行动挑战了他倾力建构的压迫体系。

需要指出的是，女伯爵的反抗行动是在她房间进行的，它的象征意义

舌尖上的身份

大于实际影响,而彻底把蒂勒船长拉下神坛当众羞辱的是西班牙歌舞班子。轮船启程不久,船务人员便开始接连不断地组织晚宴,以减少漫长旅程中的无聊感。西班牙歌舞班子处于边缘地位,他们在宴会中向船长献殷勤,但他只是简单应付一下,根本不把他们放在眼里。对于蒂勒船长的藐视,歌舞班子成员们一直耿耿于怀,于是精心设计了一个报复计划:"歌舞班子希望组织一场船上人人都能参加的小型联欢会,一场特殊的欢乐的晚餐会,每个人都会戴着面具出席,而且要调换餐桌的座位。"(第 371 页)戴面具和调换座位是此次联欢会的两个关键特征,二者都是颠覆特权的重要策略。里特斯多尔夫太太指出,他们的提议既不符合轮船旅行的习俗,也不符合上流人士的办事方式。但歌舞班子的经理蒂托坚称,举办晚餐会完全是一种对船长致敬的行为,习俗和方式都是次要的。

想要获得某个群体的认可,一个较为普遍的做法是组织一次宴会,邀请那个群体的人员参加。能够成功地举办一次宴会象征着被一个具有凝聚力的群体所接受而成为其成员。[①] 然而,在很大程度上,宴会是一个政治化的场域,它针对举办者预设了种族和阶层等身份层面的准入门槛。起初,头等舱的旅客对歌舞班子将要举办的晚餐会嗤之以鼻,表现出一种不屑于与他们为伍的姿态,觉得参加这种低级联欢会有损身价。面对上层人士的冷漠反应,歌舞班子加强了晚餐会的宣传攻势。他们极尽挖苦讽刺之能事,到处张贴恶语中伤、侮辱谩骂的公告。例如,针对鲍姆格特纳的海报:"烂肚子买不起一张票去参加船长的庆祝会,因为他已经害怕付不起酒吧间的酒账,然而他坐着一杯又一杯地喝白兰地。他的溃疡万岁!";针对勒温塔尔的海报:"要是一个犹太人被邀请参加人的社交活动的话,他还是抓住他的机会的好。这不会有第二次"(第 473 页)。在船长餐桌的讨论中,大部分用餐者认为西班牙舞者不是邪恶之人,而只是制造麻烦的人。然而,胡滕太太表示,不应该宽容这些西班牙舞者,这是她结婚以来第一次发表与丈夫不同的看法,但她的建议没有得到采纳。西班牙歌舞班子由皮条客、妓女和小偷组成,他们显然代表着无序和暴力。在小说中,

---

① [英]罗伊·斯特朗:《欧洲宴会史》,陈法春、李晓霞译,百花文艺出版社 2006 年版,第 234 页。

第五章 《愚人船》中的餐桌：权力秩序与狂欢反抗

"西班牙舞者们是陈腐而具有威胁性的邪恶力量，他们的错乱特性并没有因为喜剧化叙述而减轻。舞者们毫无目的地谩骂和戏弄其他乘客，只是想从作恶行为中找到快乐。他们的笑声充满了恶意和冷漠的嘲讽"①。虽然多数乘客不知道具体会发生什么事情，但他们积极主动或半推半就地参加了联欢会。伯克（Peter Burke）指出："在现实及象征的意义上，狂欢有三个重要主题：食物、性和暴力。"② 此观点用于描述西班牙歌舞班子组织的狂欢宴会十分贴切。除了上述三个主题之外，这次狂欢宴会还有一个更为关键的要素：颠覆特权。

在联欢会的海报中，歌舞班子的经理明确表示，参加者要穿奇装异服和戴面具，座位的排列要变更。事情的进展正如计划中的情形，歌舞班子成员以一种胜利的姿态接管了"传统、正式的"船长晚餐。这些原本处于边缘位置的西班牙人坐上船长的餐桌，而船长原来的那些客人都不在桌旁，餐厅里原有的秩序感荡然无存：西班牙歌舞班子成员"发出小小的兴奋的叫声坐下，像一群乌鸦落到玉米地里；洛拉坐在船长的右边，安帕罗呢，在左边，其他的人在那张加长了许多的餐桌旁找到了座位；他们经过长时间的搏斗后，终于发现自己坐在船长的餐桌旁了，那是他们下定决心要坐的高尚的地方，哪怕一辈子只坐一回，不只是坐在那儿，而且证实了他们已经赢得了他们坐这个位子的权利"（第 585 页）。面对餐厅里从未出现过的混乱状态，一向飞扬跋扈的蒂勒船长表现得怯懦无能。他尽力说服自己，这种状况无关紧要，与此同时，他幻想自己就像他喜欢的警匪片中的神勇警察一样擒拿匪徒，将他们暴力制服。随着联欢会的进行，几乎所有人都陷入了迷乱的状态之中。船长言不由衷地致谢之后，灰溜溜地离开餐厅，"躲进了驾驶台，像狐狸躲进了地洞那样，二十四个钟头内不会再被见到了"（第 588 页）。当船长的餐桌遭到西班牙歌舞班子的入侵时，它所象征的权威即刻被颠覆。船长最后狼狈地离开餐桌，表明他已经被拉下神坛。在整个事件中，船长受辱的核心在于他构建的等级秩序被推翻。

---

① Jon Spence, "Looking-Glass Reflections: Satirical Elements in *Ship of Fools*", p. 317.
② Peter Burke, *Popular Culture in Early Modern Europe*, 3rd ed., Farnham: Ashgate, 2009, p. 265.

舌尖上的身份

如果说前文谈到的女伯爵砸碎船长赠送给她的绍姆魏因酒是对船长权威的一次沉重打击，那么舞者们在狂欢聚会上的喧宾夺主则从根基上动摇了船长的权力体系。蒂托带领的西班牙歌舞班子组织宴会的借口是为蒂勒船长"加冕"，但这次宴会的真实目的和最终结果是给这位威权人物"脱冕"。"加冕/脱冕"的概念源自巴赫金的狂欢诗学，指的是民众在狂欢广场上为国王加冕和脱冕的仪式，"加冕/脱冕是双重的、模棱两可的仪式，表现了更新交替的不可避免性和创造性的能量，以及所有结构、秩序和所有权威、等级地位之令人喜悦的相对性"①。巴赫金认为，在狂欢节上，一切发展到极致，都会走向对立面。加冕和脱冕不是相互割裂的动作，而是合二为一的仪式。加冕包含了内在的脱冕概念，它从一开始就是模棱两可的。

小说的高潮事件毫无疑问是西班牙歌舞班子举办的向船长致敬的联欢会，"这次娱乐活动融合了狂欢节的传统和中世纪的死亡之舞（Dance of Death），在晚宴上，波特精心刻画了各个人物的愚蠢行为"②。这个片段再次说明，蒂勒船长根本不是亚瑟般的王者，而是一个临阵脱逃的败将。在中世纪传奇叙事中，亚瑟王不可以离开圆桌，因为提供庄重的款待宴会是当权者的主要社会和宗教义务，亚瑟王的筵席包含和谐与正义的意蕴，与臣民一同进餐是国王的道德责任。③ 进而言之，波特的《愚人船》不仅呼应了勃兰特（Sebastian Brant）的《愚人船》（*Das Narrenschiff*, 1494）和伊拉斯谟（Desiderius Erasmus）的《愚人颂》（*In Praise of Folly*, 1511），还戏仿了柏拉图的《理想国》（约公元前380年）中的相关内容。在《理想国》第六卷中，苏格拉底向阿得曼托斯解释一个真正的哲学家/国王在

---

① Mikhail Bakhtin, *Problems of Dostoevsky's Poetics*, ed. and trans. Caryl Emerson, Minneapolis: University of Minnesota Press, 1984, p. 124.

② Dimiter Daphinoff, "'After All, What Is This Life Itself?': Humanist Contexts of Death and Immortality in Katherine Anne Porter's *Ship of Fools*", in Thomas Austenfeld (ed.), *Katherine Anne Porter's Ship of Fools: New Interpretations and Transatlantic Contexts*, Denton, T. X.: University of North Texas Press, 2015, p. 39.

③ Lars Kjær and Anthony J. Watson, "Feasts and Gifts: Sharing Food in the Middle Ages", p. 3.

第五章 《愚人船》中的餐桌：权力秩序与狂欢反抗

城邦中的处境时，使用了船长和航海家的譬喻。① 苏格拉底暗示，哲学家/国王在做出重大决定时，不能受暴民思想的控制。简单粗放的民主将退化成混乱和无序，一个有智慧的船长必须坚定地引领载着"愚人"的航船。很显然，小说中的蒂勒船长不是一位大智大勇的领导者，而是一个专制的种族主义者。波特在整个小说中"一直致力于使我们认识到，那些目无法律的人与那些受尊敬的人其实是一样的"②。在伊格尔顿看来，狂欢既是僭越的，又是被授权的，它既批判社会制度，又与其共谋："狂欢节得到淋漓尽致的庆祝，必要的政治批判几乎完全展现出来。狂欢不管怎么说都是受到特许的事件，是经过许可的对霸权的颠覆，是被控制的民众暴乱，就像革命的艺术一样既振奋人心，又相对无效。"③ 那些西班牙舞者与那些船长餐桌旁的上流人士在本质上是相同的，前者的罪恶体现在偷盗和卖淫等不法行为之中，后者的罪恶体现在对穷人和异族的压迫排挤之中。

波特在小说的末尾写道，乐队反复演奏《再见》，乘客们纷纷迅速而默不作声地离开，"在乐队人员中间，有一个笨手笨脚的④小伙子，他的模样好像这辈子从来没有吃饱过，也从来没有听到过任何人说过一句他好的话似的"（第678页）。这个年轻人"代表了德国的下一代"，他的饥饿"象征着他的精神贫乏，爱的缺失将毁灭他身上一切有价值的品质"。⑤ 如果将《愚人船》的结尾孤立来看，或者将航行中的一些人物或事件孤立来看，那么从悲观主义的角度来解释波特的创作意图是完全站得住脚的，评论者斥之为人类尊严丧失的黑暗小说也可以证明是正确的。即使有论者不是从人性罪恶出发来解读这部小说，他们的评论也通常是负面的。例如，韦斯科特（Glenway Wescott）坚称，波特的主要兴趣不在于人性的拼缀性

---

① 参见［古希腊］柏拉图《理想国》，郭斌和、张竹明译，商务印书馆1986年版，第235～236页。
② Marjorie Ryan, "Katherine Anne Porter: *Ship of Fools*", p. 96.
③ Terry Eagleton, *Walter Benjamin, or Towards a Revolutionary Criticism*, London: Verso, 1981, p. 148.
④ 小说原文使用的英语单词是gangling，它的本义是"又高又瘦的"，从上下文语境来看，这个意义更贴切。
⑤ Darlene Harbour Unrue, *Truth and Vision in Katherine Anne Porter's Fiction*, p. 215.

和多样性，占据她脑海的是普世的主题和特征：爱人之间的相互不友好，贪吃和酗酒，势利和盲从，政治权力，资产阶级与贫困的对立，幼稚与衰老的对立。① 针对关于这部小说的凄凉评论，波特回应说："我从根本上认为这是一本悲观的书。我并没有想把所有人都刻画成一个圣人或罪人，而只是展示有缺点和偏见的人类或者承受着沉重负担的人类，这些负担塑造了他们，促使他们努力抗争。他们中有些人成功了，有些人未能成功。"② 波特向卡洛琳·戈登（Caroline Gordon）倾诉，没有一个评论家真正理解了这部小说，事实上，"真理号"上存在善意和尊严。③ 这一点在波特使用的包含多元意义的动物意象中可以得到充分证明。

如前文分析所示，"真理号"航船上的头等舱乘客多数表现得麻木不仁和丧失人性，小说中的动物意象充分揭示了人类像野兽一般的残忍以及精神上未启蒙的状态。头等舱乘客把统舱乘客视作牲口，而他们自己则被刻画成贪吃的动物。对比之下，小说中还有另一类动物意象，它包含了积极正面的意义，热情歌颂了母性养育者的角色。文本中几次出现母亲给婴儿喂奶的场景，其中有一处尤为感人："那个印第安人保姆轻轻地叫醒奥尔特加夫人，把婴儿塞到她的胸前，让她清晨喂奶。那个做母亲的本来迷迷糊糊，美妙地醒过来了；她感到那张饿极了的嘴在使劲温暖而稳定地咂吸，轮船在掀起滚滚前进的漫长的波涛，引擎在发出催人瞌睡的隆隆声。她的辛劳和疲倦最后消失了。母亲和婴儿蜷缩在一起，像一个人那样睡着，处在温柔的、动物的自在状态中，散发出香喷喷的动物气息。"（第180页）

从出生伊始，每个人都会不断地有饥饿感，每次的身体滋养都揭示了人性温暖的在场。持续的饥饿感促使人类永不停息地觅食，既是追求生理上的满足，更是探寻精神上的关爱。尽管旅途中充满失败和纷争，但人类在此过程中逐步成长，收获真知。波特在《愚人船》中借用航行来代表人类的生命之旅。从空间维度而言，"真理号"是一个微缩世界，不同国家、

---

① Glenway Wescott, *Images of Truth: Remembrances and Criticism*, New York: Harper & Row, 1962, pp. 54-55.

② William L. Nance, *Katherine Anne Porter and the Art of Rejection*, p. 168.

③ Darlene Harbour Unrue, *Truth and Vision in Katherine Anne Porter's Fiction*, p. 216.

第五章 《愚人船》中的餐桌：权力秩序与狂欢反抗

种族、性别、阶层和信仰的饮食男女在等级秩序中安守或抗争。从时间轴来看，荷马、柏拉图、勃兰特、但丁、班扬和乔伊斯等人刻画的正是相同的旅程，波特从他们那里汲取灵感和构思原型，续写了 20 世纪人类的饱满经历。

第六章 《在乡下》中的快餐：
消费文化与战争创伤

在与米迦尔·史密斯（Michal Smith）的访谈中，博比·安·梅森坦陈自己对食物有着某种迷恋，食物经常出现在她的梦中，她称之为"食物梦"（food dreams），这种梦在她生命的不同时段缠扰着她。①梅森说："在本义层面，我十分渴望去体验。我总是想着下一顿饭。它是我的冒险感受。"②在发表于《纽约客》杂志上的一篇题为《宴会的负担》（"The Burden of the Feast"）的文章中，梅森追忆了"食物梦"在童年的萌芽。她在面积为53英亩③的乳牛草场上长大，一家人对食物都非常迷恋，食物是他们生活的中心，家人每天做的每件事都围绕着它。他们种植、养护、收获、去皮、烹饪、上桌、进食——日复一日，季复一季，连续不断。有的年份，她家的生活被庄稼歉收的恐惧所笼罩。一家人尽情地吃，仿佛他们不知道下一顿饭从何而来。在这篇文章中，梅森再次提到，在她的生命中，她经常做一个食物梦："我面对着自助餐厅中依次排开、琳琅满目的美食。我在整个梦中都在挑选我想要的食物。想到要吃掉它们，我既愉悦又苦恼。我总是在刚选好食物准备吃的时候从梦中醒来。"④针对梅森提及的"反复出现的食物梦"，史密斯解释说，"在当下，食物或许最好地诠释了纷繁杂乱的选择及其对当代生活造成的困境"⑤。当代社会的标志性特

---

① Michal Smith, "Bobbie Ann Mason, Artist and Rebel", *The Kentucky Review*, vol. 8, no. 3 (Fall 1988), p. 56.
② Michal Smith, "Bobbie Ann Mason, Artist and Rebel", p. 57.
③ 1 英亩 = 4046.864798 平方米。
④ Bobbie Ann Mason, "The Burden of the Feast," *New Yorker*, 22 December 1997, p. 66.
⑤ Michal Smith, "Bobbie Ann Mason, Artist and Rebel", p. 57.

第六章　《在乡下》中的快餐：消费文化与战争创伤

征是消费文化，梅森认为她在学校接受的"'目标导向的训练'定位为培养富有知识和经验的消费者"，因此，她"热衷于消费经验，但在（消费的）本义层面，我更热爱美食"①。源于自身的生命感受，梅森在创作中经常描写小说人物购买、销售、烹饪、生产、种植和享用食物。梅森在作品中再现了食物和饮食仪式在南方文化中的重要性，探索了传统与现代之间的张力。

梅森的作品经常展示饮食方式的转变，以此作为社会变迁的见证。20世纪80年代以降，鲜有比梅森更加关注南方社会剧变的作家。梅森在小说中描写了大量的"快餐"食品以及一些传统的南方"慢餐"食物，折射出她的故乡肯塔基以及其他南方地区的饮食变迁。在梅森的多部作品中，饮食是重要主题和叙事焦点，《在乡下》（*In Country*）中的饮食话语尤为显著。《在乡下》讲述了 17 岁的高中毕业生山姆·休斯渴望并尝试理解越南战争，因为这场战争夺走了她父亲的生命，对她舅舅艾米特造成永久的肉体伤害和精神创伤，山姆竭力帮助他走出过去的阴霾。在环境烘托、人物塑造和情节推动上，梅森都充分借助食物作为媒介。作品中反复出现的饮食意象并不是无关紧要的细枝末节，而是文本叙述策略的深层构成要素。食物在小说中被用作隐喻、象征以及仪式的关键符号，编码了南方社会的文化变迁和南方人的转型焦虑。与其他南方小说显著不同的是，梅森在作品中浓墨重彩地刻画了美国越战士兵的形象，加入了构思精巧的越战叙事，"使之成为小说的第二个主题聚焦点，审视战争对美国文化和人民的影响，她进而将这个聚焦点加以延展，考察 20 世纪 60 年代至 80 年代所产生的其他社会文化变迁的回响"②。梅森通过再现越战对肯塔基小镇居民的影响，以充满关切的方式记述了"南方文化历史孤立状态的终结"③。

---

① Dorothy Combs Hill, "An Interview with Bobbie Ann Mason", *Southern Quarterly*, vol. 31, no. 1 (Fall 1992), p. 114.

② Johanna Price, *Understanding Bobbie Ann Mason*, Columbia: University of South Carolina Press, 2000, p. 57.

③ Yonka Krasteva, "The South and the West in Bobbie Ann Mason's *In Country*", *The Southern Literary Journal*, vol. 26, no. 2 (Spring 1994), p. 77.

舌尖上的身份

第一节 速食与慢食：新旧文化的冲突

食物是美国南方社会在当代所经历的文化变迁的显著标记。在以农业为根基的传统南方社会，人们的食物偏好、习俗和角色较为固定。但当外来者进入南方，旧的生活方式必须与新式的、更加都市化的饮食习惯和社会风俗进行竞争，多种多样的选择容易引发混乱的局面。当南方人学着吃薄饼卷和喝卡布奇诺咖啡时，他们的习俗和角色随之发生了变化，这种变化使得许多南方人感到迷失昏乱。《在乡下》中关于饮食变迁的例子比比皆是：生日聚会在麦当劳餐厅举办；可乐罐子里面藏着威士忌；"婆婆饼"并不是乡下婆婆手工做的，而是工厂中的男性工人使用机器生产出来的"月亮馅饼"；传统上隆重的求爱仪式蜕变成带心爱的人去假日酒店吃虾，在帕迪尤卡市的派对商城购买昂贵的奶酪篮，而不是将她带到家中和父母见面聚餐；浸信会教友在主日学校与教堂之间的麦当劳餐厅里举行团契活动；婚礼宴会上的食物充斥着快餐和手抓食品，而不再是南方传统的婚宴正餐。梅森在小说中叙述了南方社会的一些饮食风俗方面的"创新"，然而对于许多南方人来说，这些饮食变迁"令人不安"。①

传统食物和饮食习惯是南方身份的重要组成部分，这些饮食传统植根于农耕文化，构成了南方社会的安全和稳定的价值体系。小说的第一部分叙述了一位南方老妇人"婆婆"②跟随家人从肯塔基前往华盛顿的旅途经历。婆婆和休斯老爹"住在很远的乡下"，那里还保持着旧南方的风貌："一座座旧农庄，它们看起来还跟父亲住在那里的时候一样，没有任何改

---

① Darlene Reimers Hill, "'Use To, the Menfolks Would Eat First': Food and Food Rituals in the Fiction of Bobbie Ann Mason", *Southern Quarterly*, vol. 30, nos. 2–3 (Winter-Spring 1992), p. 83.

② 这位小说人物名叫"婆婆"（Mamaw），作者用这样一个泛指的称谓来给人物命名，意在表明她代表的是一类人。

第六章 《在乡下》中的快餐：消费文化与战争创伤

变。"①除了这次旅途，婆婆以前从来没出过远门。由于"婆婆不大出门，前一天他们在路上停下来吃饭的时候，婆婆连装在小管子里的植物奶油都不认识"（第12页）。欧文·吉尔曼（Owen Gilman）认为："婆婆的世界是由她对礼节（propriety）以及美食的尊重所定义的。在饮食方面，婆婆是一个严厉的评论家。"②同行的三人在霍华德·约翰逊旅店餐馆用餐时，婆婆看着菜单说道："这些菜都好贵……炸鸡要五块三毛五，差不多够我在商店里买两只鸡了。"（第13页）当服务生问他们"菜都还好吗"，婆婆毫不客气地回答说："鸡好硬，炸过了。"（第15页）炸鸡堪称南方食物的标志，作为老一代南方家庭主妇，婆婆十分清楚如何做出好吃的炸鸡。每当山姆到祖父母家时，她总能大饱口福，尽情享受南方乡村的传统美食：

> 婆婆把一盘煎兔肉摆上桌子。"这是沼泽地里的兔子。"她说。
> "我在科尔谷底打到的，"老爹说，"这是我见过的最大的兔子。我跟了它一英里地。"
> 山姆在她的盘子里装了两条兔子腿、一点儿土豆泥、棕色紫花豌豆、绿果冻色拉，还有卷心菜色拉。（第234页）

婆婆从简单、稳定的南方乡村来到都市化的北方，她的旅程像是一次冒险，充满了焦虑和不安。实际上，北方都市的一些特征已经逐步渗入传统的南方，旧南方的传统正在历经挑战和改变。新南方的餐桌与商品和消费紧密相连，而旧南方的餐桌以家庭烹饪为特征。

山姆的母亲艾琳是正在经历变迁的南方社会的化身。她从连一家大型商场都没有的希望镇搬迁到繁华的莱克星顿，组建了新的家庭，过上新的生活。她现在的生活方式更加都市化和时尚。在求学期间，"艾琳在城里学校总觉得自己低人一等，因为她为自己来自乡下感到自卑，所以她要做

---

① ［美］博比·安·梅森：《在乡下》，方玉、汤伟译，重庆大学出版社2014年版，第231页。本章后文出自该著作的引文，将随文在括号内标出引文出处页码，不再另行作注。

② Owen Gilman, *Vietnam and the Southern Imagination*, Jackson: University Press of Mississippi, 1992, p. 50.

出反叛的事情来引人注目"（第 231 页）。她的饮食习惯的改变反映和呼应了她在生活方式的其他方面所做的改变。她告诉山姆，她的婴儿吃她"用搅拌机打碎的天然食品"（第 188 页）。艾米特和山姆到访时，她带他们去一家"排骨很出名"的餐馆。艾琳表示，虽然她非常喜欢这家餐馆，但"我通常不吃这么油腻的东西，我已经不吃油炸食品了"（第 194 页）。自拓荒时期以来，"油炸食物是南方传统餐饮的支柱"①，艾琳声称自己吃的食物更加健康，这个主张揭示了新旧南方之间的文化冲突。在这场食物之争中，商业化的餐饮业占据上风，以"克莱克·巴瑞尔"（Cracker Barrel）、"乡村厨房"（Country Kitchen）为代表的连锁餐馆和主题餐厅取代了家庭的餐桌，成为家庭聚会的场所。在艾琳选择的这家餐馆用餐时，她觉得大家都应该点巧克力山核桃馅饼，"因为这个地方的巧克力山核桃馅饼在全帕迪尤卡属第一"（第 195 页）。山姆听到这话，立刻反驳道，"姥姥做的核桃馅饼全肯塔基第一"（第 195 页）。作为传统食物之一，核桃馅饼揭示了美国南方饮食由家庭烹饪向商业化、商品化的连锁餐馆方向的转变。

艾琳还经历过一次"奇怪的"聚餐，这是一种特殊的饮食经历，不仅老一辈南方人无法理解，她本人也难以解码它的意义。艾琳记得在少女时期，她参加过一个"白色"宴会："我记得有一次我们去吃饭，每个人都必须带点白色的东西，每个人都要穿白色的衣服，所有的食物都是白色的。我赢得了白色着装奖，我穿了一条白色长裙，配白球鞋。"（第 206 页）宴会上大家吃的东西包括"鸡胸、牛奶做的肉汁、饼干、白蛋糕、白葡萄酒。我记得我带了去掉面包皮的白面包，上面撒着奶油干酪。整件事让人厌恶，不过很搞笑。我想起码应该有点寓意，不过我想不起是什么了"（第 206 页）。艾琳赢的奖品是"一磅蛋白软糖。我也讨厌蛋白软糖"（第 206 页）。艾琳不记得白色食物意味着什么，"或许是因为只将颜色作为选择食物的标准会剥离食物的文化意义，或者说，去表意化（de-signi-

---

① Darlene Reimers Hill, "Food and Food Rituals in the Fiction of Bobbie Ann Mason", p. 82.

第六章 《在乡下》中的快餐：消费文化与战争创伤

fy）"①。在 20 世纪 60 年代以后，随着解构主义的兴起，"白色"食物这个颜色修饰词丧失了原有的"纯洁""天真"等意义，食物与传统之间的联系日渐剥离。

不仅艾琳，山姆和艾米特也不在家中吃传统的、手工制作的南方食物，而是到连锁餐馆去吃商业化的"家庭烹饪"。陪艾米特到帕迪尤卡做完身体检查之后，山姆坚持要去逛商场，尽情享受消费快感。艾米特也希望尽可能地体验都市生活，他提议去"克莱克·巴瑞尔"吃饭，因为"那儿有个做家常菜的好厨子。我想吃点乡村火腿跟玉米面包"（第 88 页）。在商业包装下，一些南方传统食物成为主题餐馆的招牌菜。诸如"克莱克·巴瑞尔"之类的餐馆提供的"传统"南方食物，确切地说，应该是"传统南方食物的拟像（simulacra）"②，它在某种程度上满足了当代南方人的怀旧情绪。

即使在家中，艾米特和山姆也经常吃"族裔的"或"域外的"食物，例如意大利千层面和墨西哥玉米薄饼卷。为了迎接心上人的到来，"艾米特花了一个下午来做意大利千层面。他似乎很高兴山姆邀请了安妮塔，他在调味汁里加了番茄酱提味"（第 118 页）。与此形成对照的是，山姆的姥爷邀请她到家中就餐的场景。史密斯姥爷说："山姆，你来我们家，我们会喂你吃的。你需要养胖点。……你姥姥会给你做乡村火腿跟李子派。"（第 52 页）艾米特与史密斯姥爷在家中待客的食物大相径庭。艾米特做的是"族裔"食物，他母亲做的是"乡村"食物。

两代人的下厨者的性别差异也反映了南方的文化变迁。艾米特这位男性以及姥姥这位女性分别承担了家庭中的烹饪者角色。在旧南方，性别角色有着清晰的界定。在旧南方的骑士神话里，"女人是家中的'淑女'，男人是家中的'君主'"③。在家庭内部最重要的性别分工是，女人负责烹饪，男人掌管餐桌。在座位有限的特殊情况下，男人优先用餐。艾米特下厨做饭，穿围裙，并且在经济上依赖他的姐姐，他的行为表现搅乱了旧南

---

① Sara Lewis Dunne, "The Foods We Read and the Words We Eat: Four Approaches to the Language of Food in Fiction and Nonfiction", pp. 47 - 48.
② Kimberly Joy Orlijan, "Consuming Subjects: Cultural Productions of Food and Eating", p. 140.
③ Darlene Reimers Hill, "Food and Food Rituals in the Fiction of Bobbie Ann Mason", p. 81.

方的性别分工。他与他父亲在家庭生活中的地位和角色差异，不仅反映了代际鸿沟，也展现了南方社会的变迁。梅森不是一个守旧主义者，在她看来，南方的传统饮食习俗并非都值得肯定和继承，它也包含必须舍弃的糟粕。例如，在短篇小说《画名》("Drawing Names")中，梅森刻画了一个名为老爹（Pappy）的旧式家长，他沉浸于陈规旧习中，抱怨现在的人漠视传统："在过去，男人先吃，孩子单独吃，女人在厨房最后吃。"[①]老爹无法忘记男人是家庭的"君主"、女人处于附属地位的日子，他希望这种状况永远不会改变。很显然，这种"男尊女卑"的陋习不仅表现在餐桌上，它也是性别不公正体制的缩影。梅森意在表明，抛弃这种"传统"有益于社会进步。

当代南方饮食变迁的一个重要表现在于"慢餐"的衰落和"快餐"的兴起。所谓"慢餐"食物，顾名思义，是指需要较长时间才能制作完成的食物。饮食历史学家约翰·艾格顿（John Egerton）在《南方食物》（*Southern Food*）一书中写道："经典的南方烤肉是快餐食物的对立面；它是需要数小时耐心准备的慢餐食物。"[②]制作乡村火腿比烤肉的时间还要长得多，大约需要9个月才能完成，即使是供当年食用的火腿，也大约需要90天才能熏好。艾格顿在书中选录了诸多南方文学作品中关于乡村火腿的赞誉之词，他断言："南方人对肉的激情一直是个突出的特点。"[③]艾格顿详细介绍了肯塔基西部区格县（Trigg County）熏制的火腿，区格火腿几乎可以和更著名的弗吉尼亚的史密斯菲尔德（Smithfield）火腿相媲美。虽然《在乡下》的空间背景不是区格县，但以梅森的故乡梅菲尔德（Mayfield）镇为原型的希望镇，离区格县并不远，因此，小说中反复提到乡村火腿也就不难理解。

艾米特从越南回到故乡之后，对以前爱吃的家乡食物失去兴趣，甚至感到讨厌。从战场回到家时，他母亲"做了乡村火腿，南部风味的新鲜豌豆馅饼，但是他似乎并不喜欢"（第176页）。叙事者刻意强调，他喝了

---

① Bobbie Ann Mason, *Shiloh and Other Stories*, New York: Harper, 1983, p. 103.
② John Egerton, *Southern Food: At Home, on the Road, in History*, New York: Knopf, 1987, p. 47.
③ John Egerton, *Southern Food: At Home, on the Road, in History*, p. 256.

第六章 《在乡下》中的快餐：消费文化与战争创伤

一罐百事可乐。乡村火腿这种"慢"食物遭到艾米特的嫌弃，他选择的是百事可乐这种"快"食品。这种食物偏好源于南方饮食的变迁以及他在越南期间充满创伤的饮食经历。事实上，史密斯姥姥自己的饮食习惯也已经发生了变化。姥姥经常邀请山姆到她家共享星期日午餐，请她吃"新"火腿，"上星期在苏维超市买来的烟熏猪里脊，七毛九一磅"（第178页）。她的星期日午餐中包括"新"火腿，而且她没有做南方星期日常吃的奶酪馅饼，而是做了瓦尔道夫色拉（Waldorf Salad）——从菜名便可得知，这道菜不是源于南方。①

在这部小说中，火腿往往伴随着悲伤的事件，同时也被赋予了化解悲伤的力量。婆婆的儿子德韦恩在越战中丧生，全家人都陷入无比悲痛之中。一位军人前来告知婆婆德韦恩的死讯，三天之后德韦恩的尸体将送到家中。当天，所有人都在那里等待，"邻居给我们送来食物，哦，他们一直不停地给我们送好吃的。等的时间太长了，送食物的人不得不回家再给我们多弄点吃的。拉蒂·康宁汉给我们拿来一条火腿、一加仑土豆色拉，还有三个馅饼。这个我永远忘不了。我们最终把他埋了，某种程度上，那是一种解脱"（第238页）。在南方饮食历史上，火腿占据尊荣的地位，对于山姆的祖母这位珍视传统的老一辈南方人来说，火腿在生命中至关重要。食物有助于化解悲痛，代表南方传统的火腿更是如此，火腿为受害者及其家属带来战胜痛苦的精神力量。

作品中多次出现的炸鸡是另一种南方人爱吃的食物，这种传统美食经历的商业化运作甚至超过了火腿。在很大程度上，炸鸡的历史乃是美国南方饮食变迁的缩影。约翰·艾格顿指出："南方炸鸡可能是源自这个区域的最受欢迎、消费量最大的食物。……关于炸鸡起源的标准解释是殖民地时期的家禽兴旺和非洲奴隶的烹饪手艺共同造就了'炸'鸡，并且非洲后裔的厨师长期以来被认为是该区域最好的炸鸡大师。"② 早在殖民地时期，南方人就开始成规模地饲养家禽，炸鸡被摆上星期日和节假日的餐桌。炸

---

① Sara Lewis Dunne, "The Foods We Read and the Words We Eat: Four Approaches to the Language of Food in Fiction and Nonfiction", p. 45.

② John Egerton, "Fried Chicken", in John T. Edge (ed.), *Foodways*, *Vol. 7 of The New Encyclopedia of Southern Culture*, Chapel Hill: University of North Carolina Press, 2007, p. 141.

鸡之所以成为南方饮食文化的图腾,"具有象征功能,部分原因是它与星期日正餐和教堂晚餐紧密相连"①。炸鸡成为人们心中的美味,并且一直延续至今。受益于商业的推力,由哈兰·桑德斯(Harland Sanders,肯德基的创始人)兜售的路边小吃肯塔基炸鸡块吸引了数以万计的加盟商。炸鸡曾是地方食物的骄傲,如今找到了巨大的市场。从20世纪中期开始,炸鸡不再仅仅是区域美食,而且变成美国化甚至全球化的快餐食品。从时间轴来看,发源于美国南方的炸鸡经历了这样的历史演变:从重要日子的正餐主菜,到深受本地大众喜爱的廉价食物,再到全美国和全球流行的快餐食品。

炸鸡在小说中往往暗含某种负面的意义。山姆的祖母在北上旅途的餐馆里对所吃的炸鸡给予了差评,即使南方家庭厨房中烹饪的炸鸡也没有传递出积极的蕴意。山姆去拜访朗尼的父母时,他的母亲玛莎请山姆在家里一起用餐,她"做了炸鸡、玉米布丁、三色豆色拉和奶油花椰菜"(第100页)。除了食物描写之外,叙述者还详细描述了朗尼父母家的内部装饰:餐桌是一张橡木圆桌,是玛莎在一位老人的仓房里搜出来的,这张桌子当时遍布蝙蝠粪,但是玛莎把它重新加工过;她还在其他仓房里搜到几把长背椅;朗尼家摆满了他母亲淘来的旧家具。(第100页)晚餐的谈话围绕着艾米特的橙剂后遗症,以及他返乡后长期失业和无法顺应希望镇的社会规范展开。山姆意识到,朗尼的家人无法理解艾米特的苦难和越战对他的创伤。晚餐以果冻、奥利奥饼干、香蕉蛋糕和红莓鸡尾酒收尾,他们吃的食物反映出他们庸俗的价值观和缺乏批判性的思维取向。晚餐中的菜肴既不完全是传统南方乡村食物,也不全是域外的食物。朗尼家的装饰和食物是对正宗地道的传统乡村食物的一种不成功的模仿。他们用餐的桌子之前遍布蝙蝠粪,暗示着这顿以炸鸡开始、以果冻和奥利奥饼干收尾的看似平常的晚餐隐藏着堕落。② 事实上,南方烹饪传统在山姆的父母辈已经开始断裂,新生代的南方人在家庭和餐馆都无法品尝到原汁原味的南方

---

① Corrie E. Norman, "Religion and Food", in John T. Edge (ed.), *Foodways*, Vol. 7 of The New Encyclopedia of Southern Culture, Chapel Hill: University of North Carolina Press, 2007, p. 99.

② Sara Lewis Dunne, "The Foods We Read and the Words We Eat: Four Approaches to the Language of Food in Fiction and Nonfiction", p. 47.

第六章 《在乡下》中的快餐：消费文化与战争创伤

菜肴。

《在乡下》出版于1984年，梅森在书中对快餐和慢餐的描写有别于同时期的饮食文化学者。《美国食物》(*American Food*)的作者埃文·琼斯(Evan Jones)在1981年坚称："猪肉曾经是，并且仍然是迪克西(Dixie)地区最受欢迎的食物。"①更重要的是，琼斯主张沿用南方传统饮食原则来烹饪菜肴。乔·泰勒(Joe Gray Taylor)在1982年出版的著作《南方的饮食与拜访：一部非正式的历史》(*Eating, Drinking, and Visiting in the South: An Informal History*)中写道："仍然足够有幸能生活在乡村的人，以及能够耕种菜地、养鸡，甚至还可能自给自足牛肉和猪肉的人，他们驱车前往最近的小镇去吃劣质的食品(abominable viands)……全家人，甚至三代人在一起，坐在汽车里，吃低劣的食品。"②对泰勒而言，自产的农家食物显然比梅森的小说人物所生产和进食的那些"劣质食品"更加优越。但梅森并不这样认为，她没有在小说中抒发"饮食怀旧"(food nostalgia)的情绪。③在与米迦尔·史密斯的访谈中，梅森说道："我们（在农场中）的所有劳动都与食物相关，但农家食物是重复的、无趣的……可乐和汉堡才是美味大餐。我记得汉堡带来的彻底享受，所以我想我能理解为什么麦当劳会取而代之。"④当许多南方人再也无法每餐都享受祖母烹饪的乡村佳肴时，梅森释然地歌颂菜品选择的自由。

从大环境来看，在梅森创作这部小说的年代，快餐是自由和多样性的象征符号。⑤对于小说中的一些人物而言，快餐不仅为身体提供了营养，也为个人的生活带来了收入。小说的焦点人物山姆，一个十七岁的女孩，在肯塔基西部的希望镇的一家快餐店"汉堡男孩"打零工。1984年夏天，

---

① Evan Jones, *American Food: The Gastronomic Story*, 2nd ed., New York: Vintage, 1981, p. 18.

② Joe Gray Taylor, *Eating, Drinking, and Visiting in the South: An Informal History*, Baton Rouge: Louisiana State University Press, 1982, 153.

③ Sara Lewis Dunne, "The Foods We Read and the Words We Eat: Four Approaches to the Language of Food in Fiction and Nonfiction", p. 42.

④ Michal Smith, "Bobbie Ann Mason, Artist and Rebel", p. 57.

⑤ Sara Lewis Dunne, "The Foods We Read and the Words We Eat: Four Approaches to the Language of Food in Fiction and Nonfiction", p. 42.

舌尖上的身份

她高中毕业，无法决定是到肯塔基大学继续深造，还是留在家乡照顾舅舅艾米特，一个患病的越战老兵。如果山姆决定留在家乡，她就会继续在"汉堡男孩"工作。在这家快餐店工作的还有她的朋友道恩，他的父亲是当地一家饼干厂的机器操作员，这家饼干厂是速食工业的另一个分支。山姆的男朋友朗尼在克罗格超市工作。克罗格超市有多种多样的熟食销售，这些即食的食品算得上是升级版的速食商品。在小说的最后，艾米特也前往"汉堡男孩"工作，他可以用工作收入来偿还政府提供给他的支持退伍军人读大学的贷款。

在小说中，汉堡所代表的自由与性开放之间有着紧密的联系。艾米特把从"汉堡男孩"到麦当劳之间的那段路称为"交配场地"，因为希望镇的青少年喜欢在这段路上来回游荡求爱。山姆和男朋友朗尼、山姆的朋友道恩和男朋友肯经常在这个区域男欢女爱，道恩还意外怀孕。事实上，山姆和道恩是"快餐恋人"的第二代。山姆的父亲德韦恩曾经在从越南写给她母亲艾琳的信中说道："如果那个在皇后小食店的家伙再来骚扰你，告诉他等我回家收拾他。"（第 221 页）尤其值得注意的是，德韦恩从越南寄给艾琳的最后一封信的最后一段写道："等我回家，我要做的第一件事是带你到皇后小食店去吃一个汉堡，把我们第一次约会时做过的事情全部重新再做一遍。就你和我和小鬼头山姆。"（第 222 页）然而，父亲的战死异乡以及好友的意外怀孕改变了山姆的生活常态，她决意打破汉堡与性之间的关联。

小说中反复呈现的快餐与慢餐这两种对立的饮食风格，可以援用莱斯利·菲德勒（Leslie Fiedler）在《美国小说中的爱情与死亡》一书中的论述框架来加以审视，两者构成了《在乡下》中的生命、爱情、性爱和死亡的语言。① 这样的阐释视角也呼应了克劳德·列维－施特劳斯、罗兰·巴特等人倡导的二分式结构主义理论路径。饮食方式的变迁和食物选择的多样性折射出社会文化的转型，梅森的饮食叙事探究了转型过程引发的困境和挑战。书中的饮食意象揭示出小说人物对待社会文化变迁的态度，有些

---

① Leslie Fiedler, *Love and Death in the American Novel*, McLean, I. L.: Dalkey Archive Press, 1960, pp. vii – x.

第六章 《在乡下》中的快餐：消费文化与战争创伤

人物对纷繁杂乱的选择，包括礼仪、角色和生活方式的多样性，感到迷茫困惑，另一些人物则尽情享受当代消费主义带来的选择多样性。梅森笔下的人物生活在一个剧烈变迁的世界之中，他们的身份和角色处于流动变化之中，他们必须应对新的礼仪和家庭结构。在这个剧变的环境中，他们竭力探寻某种可以紧紧抓住的东西，以实现新的身份认同。有一部分人重新连接旧有的传统或拥抱新的礼仪、角色和家庭结构以开创新的传统，另一部分人在怀旧、不满和彷徨中艰苦挣扎。周六夜晚坐在电视机前吃"多力多滋"薯片和喝百事可乐的新时尚，包含火腿、紫花豌豆、油炸秋葵和香蕉布丁的旧式家庭大餐，梅森从两者中能够获得同样多的快乐和意义。①南方人再也无法回到尤多拉·韦尔蒂在《三角洲婚礼》中描述的那个界限分明、礼仪角色固定的世界。

  传统饮食遭受的剧烈冲击主要源于后现代拟像社会的形塑和消费主义的肆虐。炸鲶鱼是肯塔基人十分喜欢的传统食物之一，但在小说中，它被"挪用"为一个消费符号。梅森在小说中刻画了一间"别样的"诊所："诊所坐落在一栋线条流畅的新房子里，房子外面有一座闪闪发光、形状有点像鱼的金属雕塑，可能象征着肯塔基湖里的猫鱼②。"（第83页）鲶鱼原本是地域身份和自豪感的一部分，如今变为虚空的象征符号。这些闪闪发光的金属鲶鱼"甚至揭示诊所是在利用地域沙文主义情绪使其看上去值得信赖"③，尽管实际情况是，它帮助美国政府否认橙剂的遗毒，诊所的医护人员对前来诊断治疗的越战老兵的悲惨遭遇漠不关心。

  作为消费文化的典型场所，超市售卖的食品直观地反映出饮食的变迁。梅森的《在乡下》被视为大超市小说的鼻祖，作品中时常出现购物的场景。在小说中，叙述者详细记录了女主人公的购物细节："在克罗格，山姆一时心血来潮，用本该买日用品的钱在食物部买了一堆稀奇古怪的吃食：鸡尾热狗、烟熏幼蚝、形状怪异的薄饼干，她甚至买了一罐烟熏墨鱼。然后她又买了猫粮，两盒名叫'婆婆饼'的小饼，是本地工厂生产

---

① Darlene Reimers Hill, "Food and Food Rituals in the Fiction of Bobbie Ann Mason", p. 89.
② 英语原文是 catfish，更多的时候译成"鲶鱼"。
③ Darlene Reimers Hill, "Food and Food Rituals in the Fiction of Bobbie Ann Mason", p. 82.

的。"（第 165 页）与主题餐厅中的菜品一样，超市里的食品也名不副实，两者都是打着传统和家庭的幌子，实则出自流水线生产。

颇具反讽意味的是，"婆婆饼"并不是婆婆做的，而是工厂中的男性大规模生产出来的月亮馅饼①，而这家工厂的污水管毁坏了本地农民的牧场。在受害者的人群中，就有山姆的外祖父母："姥爷抽着烟，靠在门廊栏杆上，望着远处他种的大豆。位于农田后面的那家工业园里的饼干厂让污水管穿过了他的领地。挖沟埋管时，他们没付给姥爷任何损失费，但是他们答应，如果他要使用这块地，可以随时使用他们的管道。姥爷告诉他们：这种事情永远不会发生。他带着点无奈，签署了授权书。"（第 179 页）传统的农业南方遭到工业生产和消费文化的侵蚀。饼干厂是新南方的代表，姥爷②憎恶它给乡村生活带来的变迁和瓦解。他不想参与到南方的工业化和"进步"大潮之中，不想开发自己的土地，但他无法抵抗变迁。山姆的姥爷和姥姥见证了旧南方与新南方之间的争斗，前者节节败退，他们感到无能为力。

除了商业化和工业化之外，希望镇还有另一个变化："艾米特搬来时，带来了一帮朋友——一群嬉皮士。希望镇的人从来没有见过嬉皮士或反战分子，当艾米特跟三个邋里邋遢、扎着马尾辫、留着络腮胡的家伙一起出现在镇上的时候，引起了一场轰动。"（第 25 页）山姆问姥爷，是否真是他把嬉皮士赶走的，姥爷没有正面回答这个问题，而是讲述了嬉皮士的破坏力：以前房子一侧有一片玫瑰花圃，有一天那帮嬉皮士的车被卡在花圃旁边的车道转弯处，"他们想要掉头，结果车子冲进了玫瑰花圃。他们开着那辆漆过的大众，掉头的时候在院子里弄出两道大沟来"（第 178 页）。嬉皮士对玫瑰花圃的破坏与饼干厂对牧草地的摧残是并行的，象征着工业主义和消费主义的新南方对重农主义的旧南方的侵蚀和改造。

"二战"结束后，在美国和其他西方国家，一部分年轻人蔑视传统，有意识地远离主流社会，以叛逆的生活方式来表达他们对现实社会的不

---

① 还有一个文本细节值得注意，山姆给她养的猫取名为"月亮馅饼"（Moon Pie）。
② 和前文谈到的"婆婆"（Mamaw）一样，作者用"姥爷"（Granddad）这样一个泛指的称谓来给人物命名，意在表明他代表的是一类人。

满。这些人被冠以"嬉皮士"的名号，他们起初活跃于大都市，后来逐步拓展到南方小镇。越战之后，嬉皮士文化的影响力达到顶峰。山姆的姥姥说的一小段话高度概括了希望镇的变迁以及老一辈南方人对此的态度："就是从那时候起，我觉得一切都变得不同了……希望镇以前是抚养孩子的好地方，可现在不是了。年轻人根本不在乎一两块钱，他们觉得自己什么都必须拥有，马上就有。"（第179页）在恪守传统的南方人看来，嬉皮士文化和消费文化实际上是合而为一的。值得注意的是，山姆的姥姥和姥爷在诉说时代变迁时，正在吃着传统的南方乡村食物："她咔咔嚼着一块生洋葱。姥爷已经坐了下来，拿起一块火腿往嘴里塞着。"（第179页）山姆的外祖父母对南方发生的变迁感到无奈，他们吃着乡村食物，怀念更加纯朴的往昔生活。这些简单的日常快乐"正是梅森笔下的当代南方人所竭力想要保持的，它们由于现代性的推进而逐渐与自然世界剥离开来"[①]。嬉皮士文化是工业化、现代性、消费主义推波助澜的结果，但更直接的因素是战争，如果说"二战"催生了嬉皮士文化，那么越南战争则滋养了嬉皮士文化。越南战争不仅发生在越南的"乡下"，也渗入到美国的"乡下"，正如消费文化对传统南方社会的渗透一样。

第二节 战争与打猎：丛林中的暴力

如前文所述，《在乡下》中丰富的饮食意象主要围绕着消费展开，它构成了文本的中心隐喻之一。消费既体现在实际的吃喝之中，也反映在消费文化之中，以及一种文化被消费、消化或者转化成另一种文化。这部小说的背景是肯塔基州的希望镇，小镇的变迁揭示出新旧南方之间的文化冲突。与这个文化冲突平行的是美国和越南之间的对抗。这个延伸的消费隐喻至少包含三种形式：美国人对越南文化的入侵和毁坏；战争侵吞了美国

[①] Johanna Price, *Understanding Bobbie Ann Mason*, p.149.

人的身体和思想；美国国内主战派与反战派的冲突导致美国文化的分裂。①《在乡下》通过一个越战老兵的遗腹女儿来讲述，描写她接触的老兵和她理解的越战，"从另一个角度反映了老兵们苦涩的内心世界，也更深刻地揭示了越战对女性和对普通人的影响"②。小说通过描述南方小镇普通人的生活，"反映了越战给美国社会和意识带来的深远影响"③。文化之间的冲突不仅发生在美国南部与北部之间，也发生在美国与越南，广而言之，发生在西方与东方之间。

美国发动越南战争，主要目的之一是在南越推行自己的文化和价值。战争不仅夺去了无数越南人的生命，它使用的化学落叶剂还侵蚀了大片的良田，毁坏了牧业和农业，制造了大量的难民。越战大幅度降低了越南的食物产出量，战争结束后很多年也难以恢复。与此同时，大量美国士兵、公民、商品、美元涌入越南，美国消费文化侵蚀了前南越首都西贡等大城市。美军的军营附近随处可见酒吧和妓院，即使是在岘港的偏僻乡村，也常见被丢弃的美国啤酒罐。④美国的啤酒罐象征着美国资本主义和消费主义对越南文化的排挤和取代。

与啤酒罐一样常见，甚至比它更受美军士兵欢迎的是可乐罐。它不仅是引人注目的消费符号，也是"美国人最珍爱的身份象征之一"⑤。越南人利用美国人对消费品的狂热这一特点，将可乐罐改造成武器。菲利普·梅林（Philip Melling）解释说："越南女孩出售致命的可口可乐，她们利用原装的可乐瓶子，将磨砂玻璃放入其中。缘于美国士兵对产品的热爱以及对美国制造和设计的信任，他们自取灭亡。他们为自己的购买力和对美国公司的忠诚献出了生命。"⑥梅森在小说中讲述了类似的情形："美国人扔掉的一切东西都会被越南人利用起来：炸弹壳、烟头、直升机碎片、可

---

① Kimberly Joy Orlijan, "Consuming Subjects: Cultural Productions of Food and Eating", p. 132.
② 李公昭：《美国战争小说史论》，北京大学出版社 2012 年版，第 468 页。李公昭在《美国战争小说史论》中专辟一章论述"越战老兵与创伤"，其中的第三节聚焦于梅森的《在乡下》。
③ 李公昭：《美国战争小说史论》，第 473 页。
④ George C. Herring, *America's Longest War: The United States and Vietnam*, New York: McGraw-Hill, 1986, p. 161.
⑤ Darlene Reimers Hill, "Food and Food Rituals in the Fiction of Bobbie Ann Mason", p. 83.
⑥ Philip H. Melling, *Vietnam in American Literature*, Boston: Twayne Publishers, 1990, p. 134.

第六章 《在乡下》中的快餐：消费文化与战争创伤

口可乐罐。这就像艾米特草草拼凑房子里的东西的行为。那是越南人的行为，她想，把能够找到的东西凑合着使用。越南人可以用可乐罐制作炸弹。"（第253页）美国文化与越南文化是对立的：美国是生产和消费商品的文化，越南是回收和转化消费品的文化。小说叙述者认识到美国的浪费型消费模式，将越南人描绘成拾荒者，他们回收美国人视为无用的物品。美国人享用可乐罐里的饮料，越南人则利用可乐罐做成炸弹。可乐罐的功能转化，揭示了资本主义和消费主义内在的毁灭性。

根据雷蒙·威廉斯的考证，"消费"（consume）一词从14世纪起就出现在英文里，可追溯的最早词源为拉丁文 consumere，意指完全消耗、吞食、浪费、花费。在几乎所有早期的英文用法里，"消费"这个词都具有负面的意涵，指的是摧毁、耗尽、浪费、用尽。从16世纪开始，"消费者"（consumer）的较早用法，也具有"毁灭"或"浪费"的一般意涵。虽然从18世纪中叶开始，"消费者"这个词开始以中性的意涵出现，但"消费"的负面意涵一直持续到19世纪末期。"消费者"这个词的现代演变主要是美式的，作为一个常见于商业领域的词语，它是由制造商以及他们的经纪人所创造的。讽刺的是，这个词就像早期一样，暗示着耗尽即将生产的东西。基于此，后来的理论家用"消费社会"一词来批判一个浪费的、随意丢弃的社会。①在小说中，消费主义与战争、死亡等要素交织在一起，最终指向自我毁灭。

值得注意的是，越战结束返乡后，艾米特也做些零星的维修工作："修理烤面包机，修电吹风机"（第224页）。从某种意义上说，艾米特这位参加过越战的美国老兵也受到了越南文化的影响。与此同时，艾米特也利用可乐罐作为遮蔽，用以掩藏其他物质。约翰·费斯克（John Fiske）在《理解流行文化》（*Understanding Popular Culture*）一书中提出"脱编"（excorporation）这个重要概念，意指"将某种商品'撕裂'或损形，从而确立起某个人的权利和能力，使他得以在自己的文化中改造原来的商

---

① [英]雷蒙·威廉斯：《关键词：文化与社会的词汇》，刘建基译，生活·读书·新知三联书店2005年版，第85~87页。

品"①。在前往华盛顿越战纪念馆的途中，艾米特在可乐罐中装入威士忌，婆婆以为他和山姆是在喝可乐，不知道他们实际上是在喝威士忌。在此之前，汤姆也有过类似的行为，他在山姆的可乐罐里加入一些威士忌，山姆欣然将它喝掉。山姆默认老兵们的放纵行为，并且乐于参与其中。可乐是美国现代消费主义的代表性符号，威士忌是美国南方最古老的象征符号之一，两者的混合产生了戏剧化的效果。山姆注意到，汤姆给她喝的威士忌品牌是吉姆·宾，这是肯塔基生产的一种威士忌。这让山姆想起她母亲的现任丈夫洛伦佐·琼斯收藏吉姆·宾牌威士忌酒瓶的爱好："他收藏每个圣诞节出售的形状古怪的烈酒瓶，吹嘘那些酒瓶多么值得花钱。他甚至有一辆带一个发动机和一架守车的小火车，这辆火车的每个部分都是一个吉姆·宾酒瓶。"（第66页）生活在莱克星顿的洛伦佐·琼斯，将南方的传统符号转化为一种投资。传统南方与新式的、更加都市化的南方之间的区别"被问题化和混淆"（problematized and obfuscated），因为山姆喝的饮品是混合而成的新式烈酒。山姆想要理解越战的士兵体验的愿望是通过具体/原义的以及一般/隐喻的方式，在消费的意象中表现出来，与旧南方/新南方之间的冲突交织在一起。②

　　侵入南方农场的不仅有工业化和消费主义，还有越战引发的文化断裂和心理创伤。在越南战争期间，深受美国南方人喜欢的一道菜——火腿炖豆子，被士兵们戏称为"火腿和操你妈"。艾米特拒绝他母亲做的火腿和新鲜豌豆，与他在越南的饮食经历有关。他与山姆和朗尼的谈话揭示了这一点：

　　"我们去克莱克·巴瑞尔吃饭吧，"艾米特说，"他们那儿有个做家常菜的好厨子。我想吃点乡村火腿跟玉米面包。"

　　"我想吃火腿和青豆。"山姆说。

　　"在军队里我们有火腿和黄油青豆吃。吃的次数实在太多了，我

---

① John Fiske, *Understanding Popular Culture*, Boston: Unwin Hyman, 1989, p. 15.
② Kimberly Joy Orlijan, "Consuming Subjects: Cultural Productions of Food and Eating", p. 136.

第六章 《在乡下》中的快餐：消费文化与战争创伤

们管那叫火腿和操你妈①。"

"我想吃火腿和操你妈。"朗尼大笑着说。

"他们会宰了你的。"艾米特说。（第 88 页）

同样，山姆的父亲德韦恩曾在日记中写道："7 月 7 日。C 号供应罐，火腿和青豆都从耳朵和屁眼里冒出来了。我们都在拉肚子。"（第 244 页）为了缓解赴越南作战士兵的思乡情绪，满足他们对家乡口味的渴望，美国军营专门准备了火腿和黄油青豆。由于吃的次数太多，而且食材和味道都失真，士兵们对源自家乡的这两种传统食物逐渐产生厌恶情绪。越南战场上提供的食物与南方传统中的"慢"食物截然不同，前者是罐装食品，是工业化的产物。与此形成对照的是，可乐每天都供应，但受欢迎程度有增无减。这似乎也说明，传统食物与工业化生产之间存在根本冲突，二者无法融合在一起。

除了火腿和黄油青豆之外，小说中与越战相关的饮食叙述围绕着打猎这一关键意象展开。在整部小说中，打猎的意象反复出现，关于打猎的叙述将战争与餐桌关联在一起。例如，艾琳告诉山姆说："我认为艾米特参军的时候屁都不懂。②他以为就跟杀松鼠一样，我估计。"（第 207 页）由于经常听祖辈和父辈讲述打猎的经历，山姆在卡伍德池塘野营时，也联想到捕杀松鼠："连松鼠都知道，松鼠总是在树的另一边，你绕着树转一圈，它们偷偷地躲在你对面跟着你转圈子。史密斯姥爷曾告诉她，这就是为什么你需要一条松鼠犬的原因。杂种狗最好，他说。"（第 258 页）打猎是人类暴力的体现，战争更是如此。

然而，克拉斯蒂瓦（Yonka Krasteva）却声称，南方农场的静谧田园意象展现出一片浸润着"母系氛围"的风景，"田园农庄的宁静似乎否认了对暴力和犯罪的认知"③。克拉斯蒂瓦显然是忽略了农庄里刚猎杀的兔子被烹饪和享用的场景。换句话说，她忽略了打猎和吃肉这两种人类行为

---

① 此处的英文原文是 ham and mother-fuckers。

② 这句话的英文原文是 I don't think Emmett knew beans。"Not know beans（about someone or something）"这条习语包含"豆子"这一食物意象，意思是（对某人或某事）完全缺乏了解。

③ Yonka Krasteva, "The South and the West in Bobbie Ann Mason's *In Country*", p. 84.

的暴力本质。卡罗尔·亚当斯（Carol Adams）提醒道："屠宰的本质是将动物分解成适合进食的小块，屠宰行为的核心是暴力。"①罗兰·巴特也认为，食物隐藏着一个社会中最深层次的价值，人类通过烹饪"遮蔽了肉类的残忍和海鲜的粗鲁"②。罗布利·埃文斯（Robley Evans）进一步指出："复杂的餐桌礼仪和精致的烹饪手法旨在掩盖食物的原初本质，将它从物质变成审美化的阶级象征。"③食物烹饪的过程是一个转化（或者说使之神化）的过程，从谋杀到享用，从死到生，从物质到象征。毫无疑问，阶级问题也蕴含于新旧南方之间的差异中，但梅森在小说中将关注点主要放在性别、战争、文化错位等主题上。

在《肉的性政治》(*The Sexual Politics of Meat*) 一书中，亚当斯系统深入地论证了性别主义与物种主义的同源性。作者借用"能指－所指"这对概念还原了看似单纯的食肉行为如何遮蔽人类对动物施加压迫、如何掩盖性别权力关系的真相。打猎不仅与男性气质的建构休戚相关，并且与性别主义也表里相依。中世纪欧洲大规模的灭狼行动与大规模处死女巫的运动几乎同时发生，这并非巧合。拉丁语"妓女"一词的发音和狼的发音一样，文学和民间故事也不断强化女性和狼之间的关联。④在传统观念中，"肉是男性的食物，吃肉是男性的一项活动"⑤。吃肉似乎意味着男性的特权，但《在乡下》中的女性也吃肉，建立在食肉之上的男性特权被颠覆。小说中有一个场景特别有趣，而且颇有深意。艾米特的脖子在越战中受了伤，山姆看着他脖子上脓疮愈合结痂后形成的一个个小印记，"想到一部她记不清名字的科幻片中一个母亲脖子上神秘的'X'烙印。外星人给这个女人烙上印记，像牛一样，以控制她的意识。艾米特取出牛颈肉肉末来解冻"（第129页）。此处，女人被比喻为一头牛，她的脖子被烙上印记，

---

① Carol J. Adams, *The Sexual Politics of Meat*: *A Feminist-Vegetarian Critical Theory*, New York: Continuum Publishing, 1990, p. 50.
② Roland Barthes, "Ornamental Cookery", *Mythologies*, trans. Annette Lavers, London: Paladin, 1972, p. 78.
③ Robley Evans, "'Or Else This Were a Savage Spectacle': Eating and Troping Southern Culture", *Southern Quarterly*, vol. 30, nos. 2 – 3 (1992), p. 141.
④ 刘彬:《当代西方女性主义动物伦理及其困惑》，载《外国文学》2015年第1期，第149页。
⑤ Carol J. Adams, *The Sexual Politics of Meat*: *A Feminist-Vegetarian Critical Theory*, p. 26.

第六章 《在乡下》中的快餐：消费文化与战争创伤

而这个意象是由一个男人受伤结痂的脖子所引发的。人的脖子是叙述的焦点，在人的脖子上打上烙印引起关于牛的联想，紧接着两个人，一个男人和一个女人，准备进食用牛颈肉做的肉末。人的身体被比喻为肉类，人与动物以及男人与女人之间的界限变得模糊。

亚当斯在书中专辟一章，讨论了第一次世界大战、女性主义、素食主义之间的关联在文学中的再现。她注意到："二十世纪英美的一些女性作家在探讨男性霸权问题时，拓展了战争的指涉范围。她们认为，前线不仅存在于传统观点中的战争，也存在于她们视之为对待动物的战争，其典型体现是打猎和吃肉。"[1]人类发动的战争不仅包括人类之间的战争，也包括人类对动物的屠杀。战士往往把对方视为猎物，因而从双方关系而言，参战士兵既是猎手，也是猎物。

山姆读她父亲的日记时，发现他曾描述过自己有着作为猎物的恐惧，而不是作为猎手的惬意。在写于越南的日记和信件中，德韦恩记录了他的经历、观察和想法，字里行间充满了对故乡、家庭和亲人的思念。在一篇日记中，德韦恩写道："想着打野兔。怀念那些秋天的日子。"（第244页）但在越南的丛林里，他不可能感受到在美国南方乡村打猎的快乐。他记录了自己所在的美国部队竭力寻找越南军队的一个隐蔽基地的沮丧心情："看起来好像等我们一转身，却发现他们就跟在我们身后。就像昨天乔治跟我讲的那样。我说这像打兔子，他说对，但是有区别。野兽依靠直觉行动，兔子会乱跑一气把你弄糊涂，鹿会快快跑开，他们生来就是这样——是上帝造就的——来保护自己，躲开它们的敌人。但是它们不会来猎你。"（第245～246页）德韦恩的沮丧主要源于他无法自圆其说地解释他打的比方，即杀害越南人就像猎杀动物一样，因为动物只会逃跑，不会反过来攻击猎人，而越南士兵会反击美国士兵。

尽管德韦恩的比喻体系从根本上就不成立，但他还是不断通过打猎类比来建构美国人的优越感，字里行间充满了对越南人的歧视和贬低。其中的一个典型例子便是，美国士兵经常用"黄鬼"（gook）这个贬损性的词语来形容越南人，他们甚至对死去的越南人也没有丝毫敬意。德韦恩写

---

[1] Carol J. Adams, *The Sexual Politics of Meat: A Feminist-Vegetarian Critical Theory*, p. 126.

道："博比拿着一根棍子在尸体上面乱戳，有几颗牙齿掉了出来，达雷尔捡了一颗带着当作吉祥物。他说现在他身上有特殊的黄鬼臭味，这会保护他。B大叔以前经常在身上抹上鹿尿去猎鹿。"（第246页）战争与打猎之间的关联在小说中体现得非常明显，从德韦恩的叙述可以看出，美国士兵惯于将越南人视为可以被猎杀和食用的动物。德韦恩的战友达雷尔捡了一颗越南人尸体上的牙齿作为吉祥物，但它并没有给他带来庇佑，他在随后的战斗中丧生。德韦恩和队友们发誓为达雷尔报仇："如果我们碰到黄鬼，我会了结他们，让他们变成黄鬼布丁！"（第247页）越南人被美国人塑造成可以被猎杀的动物和可以被吃掉的食物。

值得注意的是，德韦恩在日记中描绘自己因长时间野外行军导致的脚部肿胀时，也使用了食物隐喻："脚看起来像煮过的鸡脚。"（第248页）德韦恩将自己的身体看作鸡肉，因而是可食的。他去世后，尸体被运回美国南方，这幅凄惨的画面在山姆的脑海中也是以食物意象呈现的："装尸袋里他的尸体大概像汉堡一样。"（第122页）通过使用食物隐喻来形容战争的创伤和死亡，包括越南方面和美国方面，梅森旨在阐明，战争没有赢家，所有主动参加和被迫卷入的人都是受害者。

在梅森的笔下，战争就像狩猎，攻守双方的位置并不是一成不变的，"猎物"也会反击"猎手"。换句话说，动物能转变为食物，人也可能会变成食物。在小说中，人的身体被比喻为肉类。山姆觉得艾琳的婴儿"身上散发出一股酸味"，进而想象婴儿是可食的植物："一个宝宝不像是一个人，倒更像是一种植物——带着怪异的味道和脉搏，令人恶心，就像在夜里猛长的西瓜。"（第196页）山姆曾经梦见她和汤姆生了一个婴儿，这个婴儿像是搅拌器里的食物。道恩也有类似的想象："昨天我不是在食杂店买了一只鸡吗？回到家，我把放在鸡胸腔里面的内脏取出来，内脏都用纸包着，我有种恶心的想法，觉得那只鸡生下一个东西来，可那东西是一块一块的，所以得塞在一个小袋子里。"（第213页）道恩深爱着她的男友肯，但未婚先孕的负面影响令她难以承受。道恩一方面害怕生育孩子，另一方面又拒绝堕胎。正是由于这种两难处境和矛盾情绪，导致她把堕胎与取出鸡的内脏联系起来。此外，终止妊娠的胎儿就像一块块的鸡内脏被塞在一个小袋子里，此意象呼应了山姆想象她父亲的尸体像个汉堡一样被

第六章 《在乡下》中的快餐：消费文化与战争创伤

装在裹尸袋里。

作为占据绝对军事优势的入侵方，美国士兵也不可避免地成为猎物和牺牲品。在越战中，山姆的父亲沦为被宰杀在丛林中的猎物。即使是幸存者，可怕的战争经历也给他们的身心留下难以愈合的疤痕。正如詹明信（Fredric Jameson）所言："历史是伤人的，它拒绝欲望，对个人和集体实践施加无情的限制。"① "历史是伤人的"，因为过往事件的痛苦感受持续对现在产生压迫性影响。为了消除过去带来的创伤，回避和忘记成为疗伤的方式。当代社会的整个系统都几乎丧失保留过去的能力，虚幻地生活在永恒的当下。通过对历史和集体记忆加以反复编辑，大众媒体"成为我们患上历史失忆症（historical amnesia）的中介和机制"②。詹明信反对将历史完全看作一个缺场的虚体，呼吁严肃对待历史叙述，把它从解构主义和虚无主义中拯救出来。梅森勇于冲破大众媒体的屏障，挖掘历史事件的真相，指出解决问题的出路。像小说中的艾米特一样，只有直面历史，才能真正治愈创伤。

在小说的高潮部分，艾米特前来卡伍德池塘寻找山姆，她成功说服他打开心扉，畅谈他在越南的生命经历。他说出了自己曾经为了保命，装死躺在一具尸体下面的经历。周围除了死尸，没有一个人，"丛林热气里暖乎乎的血的味道，就像要煮滚了的汤……那种味道——死亡的味道——无时无刻不在。就是你在吃饭，也像是在吃死人一样"（第270页）。回顾这段创伤经历时，艾米特难以压抑内心的痛苦，负面的嗅觉和味觉记忆引发了剧烈的情感喷发。他垂下头抽泣，进而泣不成声。通过毫无顾忌的哭泣，艾米特清除了内心积压的忧愁、自责和创伤。山姆最后在卡伍德池塘的进食仪式显得有些怪异，并且具有潜在的危险，但它将山姆和她爱的人带离死亡，引向生存、和解和完满。只有当艾米特回忆起"吃死人一样"

---

① Fredric Jameson, *The Political Unconscious*, *Narrative as a Socially Symbolic Act*, Ithaca: Cornell University Press, 1981, p. 102.

② Fredric Jameson, "Postmodernism and Consumer Society", in Hal Foster (ed.), *The Anti-Aesthetic: Essays on Postmodern Culture*, Port Townsend: Bay Press, 1983, p. 125.

的感觉，他才获得重生。①从卡伍德池塘回家之后，艾米特开始采取行动，规划他和山姆以及德韦恩的母亲一起前往华盛顿越战纪念碑的旅程。经过小说主体部分的倒叙，文本的最后部分衔接上开头部分，婆婆、艾米特、山姆三代人一同前往华盛顿纪念碑。在纪念碑下，山姆真正意识到她以前并不了解越战，未能体会舅舅艾米特多年来所忍受的煎熬。小说的最后，山姆看到艾米特露出灿烂的笑容。山姆和艾米特一起解码食物语言，他们的共同努力将他们带离了过去，远离暴力、死亡和悲伤，迈向新的生活。

综观整部小说，山姆是一个"滋养者"，她呼吁关注退伍军人的生活，竭力纾解艾米特的战争创伤，维系家庭成员之间的亲情；同时她也是一个消费者，她既消费南方传统食物，也消费工业化食品，甚至消费以越战为话题的日记和故事。

第三节　消费与进食：主体身份的协商

在消费社会中，自我的定义几乎完全取决于对消费品的选择，身份具有"临时性和含糊性"（provisional and ambiguous）的特征。②超市和商场成为山姆"购买身份"的场所。青年人涌入商场购物，因为商场代表了他们努力想要获取的身份认同。货架上的商品为消费者提供了几乎无限的选择，商品选择的多样性也意味着"自我身份"选择的多样性。用安妮·弗雷德博格（Anne Friedberg）的话来说，商场是"当代身份危机得以展示的恰当场所，它也是身份易于被转变的空间"③。在小说中，山姆消费的不仅有卖场的食品，还有关于越战的故事和经历。

---

① Sara Lewis Dunne, "The Foods We Read and the Words We Eat: Four Approaches to the Language of Food in Fiction and Nonfiction", p. 51.
② Robert G. Dunn, *Identifying Consumption: Subjects and Objects in Consumer Society*, Philadelphia: Temple University Press, 2008, p. 161.
③ Anne Friedberg, *Window Shopping: Cinema and the Postmodern*, Berkeley: University of California Press, 1993, p. 122.

第六章 《在乡下》中的快餐：消费文化与战争创伤

山姆想要通过她父亲的信件来了解更多关于他在越南的经历，但她的阅读行为被刻画成犹如进食一般，书信也成为某种可以"消费"的物品。当山姆准备阅读她父亲的信件时，"她到楼下去拿了些墨西哥干酪玉米片、豆制蘸酱、一瓶冰冻百事可乐和一杯冰块，然后上楼走进自己的房间，去读信。她把所有的东西都放在自己周围，百事可乐放在床头柜上，玉米片和蘸酱放在床上一块空出来的位置上"（第217页）。在读信的时候，"一块炸玉米的碎片①掉到了信上，她用濡湿的手指捡起了它。信的原子和她唾液的原子混合在一起，穿过了时间"（第219页）。"多力多滋"薯片是一种深受美国民众欢迎的零食，它成为山姆想要了解父亲以及分享他的越战经历的符号。经由食物，现在与过去建立了联系。欧文·吉尔曼（Owen Gilman）评论道："山姆一边读信，一边吃'多力多滋'薯片——它是美国青少年的显著标记之一，这种文化是由他们吃的食品来定义的。一块碎薯片掉在她父亲的信上，山姆'用濡湿的手指捡起了它'，这个行为意味着现在与过去的物理融合（physical union）。"② 从某种意义上说，山姆父亲的信件和日记，就像她从商店购买的食品一样，是可以被消费的。德韦恩的日记与消费主义之间的紧密联系在接下来的一个场景中得到更加直观的展现：山姆将父亲的日记带到一个购物中心，她坐在凳子上阅读，手里"拿着一罐可口可乐，几块巧克力曲奇饼干"（第243页）。

值得注意的是，德韦恩的日记中也有多处提及食物，最显著的一处与死亡相关。德韦恩描述了香蕉树叶下一具腐烂的越南士兵的尸体，正在阅读日记的山姆有种身临其境的感觉："熟过头的香蕉会发出一股恶心的甜味，招来昆虫围绕，她能闻到那股味道。她吃了一块巧克力曲奇，认为这样可以让胃平和一点儿。"（第249页）对于父亲津津乐道地讲述他杀害越南人的文字，尤其是对他丑陋化和食物化越南人的描绘——把他们变成"黄鬼"布丁，山姆感到恶心。山姆吃一块巧克力曲奇来缓解自己翻腾的肠胃，这是应对恶心感的有效途径。保罗·阿特金森（Paul Atkinson）认

---

① 此处的汉语翻译不准确，英语原文中的 Doritos，不是炸玉米，而是"多力多滋"薯片，它是百事集团旗下的一款畅销的休闲食品。

② Owen Gilman, *Vietnam and the Southern Imagination*, p. 55.

为:"在陌生的、非人类的环境(丛林、荒漠、'野外')中,食物可以代表文明的世界——即意义、价值和人类劳作的世界——被开创和维持的多种不同方式。"①巧克力曲奇饼干是经过复杂的加工程序而生产出来的食品,完全不同于香蕉这种未经加工的食物,香蕉生长于荒野之中,与死亡联系在一起。曲奇饼干与香蕉的对立呼应了列维-施特劳斯在《生食与熟食》中的论断,即烹饪意味着礼仪和文明。山姆吃曲奇饼干是尝试将自己归于"文明"的世界,区分于父亲在越南丛林中枪杀"黄鬼"和做"'黄鬼'布丁"的野蛮行径。

事实上,进食与战争的并置一直存在于山姆的潜意识中。比如,有一次山姆看见艾米特在昏暗的客厅里玩"太空入侵者"的电子游戏,她脑子里出现这样一幅画面:"艾米特手拿一支 M-16 步枪,在热带丛林里,朝芭蕉叶丛中隐藏着的人开火。然后他坐下来,吃一顿火腿和'操你妈'。"(第106页)山姆之所以会想象这样的场景,是因为艾米特讲述的越战经历总是包含战争与食物。山姆清楚地记得,艾米特给她讲过一群美国士兵炸掉一座藏有越南士兵的房屋,他提到的一个重要细节是,房子里面有一头猪在嚎叫和乱蹦,士兵开枪将它打死,在炸弹引发的大火中,"这头猪被烤熟了"(第63页)。越南的丛林中混合着战争、死亡和食物,这种真实场景以幻象的形式出现在美国南方家庭的游戏机和电视等电子媒介之中,最后在肯塔基的一个自然保护区的"原始"森林里被拙劣地复制。

山姆通过阅读她父亲在越南写的日记和信件,发现了关于他的真实形象,他并不是祖母记忆中的那个"可爱的"男孩。山姆决定去卡伍德池塘过夜,体验父亲在越南丛林时的情境:"卡伍德池塘非常危险,连男童子军都不会去那儿露营,但是那里是南肯塔基最后一个可以真正接触到自然的野外的地方。"(第253页)然而,和前文谈到的外形像鲶鱼的诊所一样,位于肯塔基的卡伍德池塘乃是越南丛林的拟像,是后现代社会的消费符号。

出发去卡伍德池塘之前,山姆在厨房里开展了一次"行军征粮"行

---

① Paul Atkinson, "Eating Virtue", in Anne Murcott (ed.), *The Sociology of Food and Eating: Essays on the Sociological Significance of Food*, Aldershot: Gower, 1983, p. 11.

第六章 《在乡下》中的快餐：消费文化与战争创伤

动。艾米特此前对山姆说过，美国军队在越南经常吃"火腿和操你妈"，她希望更进一步理解战时士兵的吃喝经历。山姆带着她"自创版的"C 号供应罐来到卡伍德池塘，希望切身体验她父亲和舅舅在越南丛林的生活，即士兵们称之为"在乡下"的体验。这个场景十分重要，它包含的食物语言具有丰富的含义。她在柜子里寻找到她当童子军时期用过的睡袋和背包，带上牛仔裤和牛仔靴，然后从艾米特的军用手提箱里取出他的毯子和雨衣。更重要的是，"她搜寻着能带走的食物。家里没有火腿和'操你妈'，所以她拿了猪肉和豆子。士兵们依靠罐头维生，他们吃的黄油都是罐头装的。她把一罐肉罐头、一些墨西哥烤玉米片、几块麦片条和她买的婆婆饼与烟熏牡蛎一起放进包里，又在一个能放下六罐饮料的冷藏箱里放上百事可乐、奶酪和西柚汁。她找到自己在汉堡男孩打工时存下的几件塑料餐具"（第 252 页）。正如凯瑟琳·金尼（Katherine Kinney）所言，"因为山姆无法真正直接参与到越南战争之中，她对此之探寻只能在隐喻和明喻的层面展开"①。食物便是其中最重要的喻体。山姆选择的这些食物都体现了她的特别用意：如前所述，墨西哥玉米片将她和父亲联系在一起；烟熏牡蛎是域外食物，类似于越南食物；她带上肉罐头，因为美国士兵在越南主要以罐头为生；麦片条则是"嬉皮士"或"反战"的食物。②

罗布利·埃文斯（Robley Evans）在讨论饮食与南方文化的论文中指出，"吃是吸纳'他者'（the Other）的交际行为，把他者融入自身之中"③。山姆尝试越战士兵吃的食物，可以解读为她试图将艾米特、汤姆和她去世的父亲等人的越战经历，在象征层面上吸收为她自身的一部分。山姆在森林里度过一夜，模仿她父亲在日记中写到的饮食模式，以期重温他的越战生活："她把太空毯铺开，一边等待天黑，一边吃着猪肉、豆子、奶酪和薄饼干，从冷藏箱里拿出一罐百事可乐来喝了。"（第 257 页）但

---

① Katherine Kinney, "'Humping the Boonies': Sex, Combat, and the Female in Bobbie Ann Mason's *In Country*", in Philip K. Jason (ed.), *Fourteen Landing Zones: Approaches to Vietnam War Literature*, Iowa City: University of Iowa Press, 1991, p. 40.

② Sara Lewis Dunne, "The Foods We Read and the Words We Eat: Four Approaches to the Language of Food in Fiction and Nonfiction", p. 51.

③ Robley Evans, "'Or Else This Were a Savage Spectacle': Eating and Troping Southern Culture," p. 141.

是，哪怕只是在饮食维度上，她也无法真正全方位展现越南战争中的场景。她只能用一种打折的、差强人意的方式来复制士兵们的饮食经历。虽然她找到了猪肉和豆子，但它们与士兵们吃的特定的火腿和青豆不一样，这种特定性正是她无法企及的。小说的叙述者揭示："她知道，过去自己设想的越南，都与事实不符"（第255页）；"她突然意识到：位于肯塔基安全的角落里的这个自然保护区一点也不像越南"（第260页）。山姆对卡伍德池塘之旅的期望是建立在一个隐含的二元对立之上，即乡村与城市、田园式的旧南方与都市化的新南方。山姆期望逃离她家所在的都市环境，去体验真正的乡间，但她的目标并未实现。

山姆想要在卡伍德池塘体验美国士兵在越南的经历，但她的性别却消解了这一尝试。在卡伍德池塘，山姆听到"一阵奇怪的沙沙声，一种拖着脚走路的声音"，她担心是个强奸犯，于是准备自我防卫："她在自己的背包里寻找着武器，她带着那罐烟熏小牡蛎和一个滚轴开罐器。她开始匆忙地用罐头尖利的边缘制造一件武器。烟熏牡蛎的味道让她恶心。太迟了，她意识到这味道会暴露她的位置……她可以拿着这罐边缘尖利危险的开了的罐头，把牡蛎泼到他脸上，把他的鼻子割下来。"（第262页）山姆将烟熏牡蛎罐头当作武器，这个想法是来自艾米特的越战叙述，他对山姆讲过越南人用可乐罐制造炸弹的情形。从商店买来的食品被当作武器，"暗示了厨房里的居家生活与丛林里的战争之间，或者说女性与男性的传统领域之间的界限被模糊"①。山姆会害怕被强奸，而士兵们不会有此担忧。正如凯瑟琳·金尼所言："虽然强奸的威胁再次强化了一个事实，即她是一个女人而不是一个士兵，但这些充满恐惧的等待时刻与她想要了解的士兵密切关注不知道、看不到的敌人的情形最为接近。"②因此，在一定程度上，山姆的尝试取得了一部分预期效果。

山姆的恐惧还在继续，并以猎物的形态得到呈现。第二天早晨，山姆听到一阵杂音，她十分担心来的是一个猎人，原因是："如果猎人看见她

---

① Kimberly Joy Orlijan, "Consuming Subjects: Cultural Productions of Food and Eating", p. 144.
② Katherine Kinney, "'Humping the Boonies': Sex, Combat, and the Female in Bobbie Ann Mason's *In Country*", pp. 46–47.

第六章 《在乡下》中的快餐：消费文化与战争创伤

在动，她也许会被枪击的。只要看见在动的东西，猎人都会开枪射击。他们老是互相开枪，把对方当成了火鸡或者麋鹿。"（第262页）这段心理描写表明，山姆将自己与猎物等同起来，置于被猎杀者的位置，或者说被吃之物。在前文，山姆听到一阵嘈杂声，想象来者是一个强奸犯。作为一名女性，山姆将自己置于食与色的受害者一方。

在美国南方的传统观念中，男人和女人之间的一个重要区分是：男人上战场，女人生孩子。在山姆的世界观中，家庭空间与战争空间的界限不再清晰。在整部小说中，山姆一直都拒绝女性天生就要生孩子的观念。还是高中生的山姆就已经和男朋友发生了性关系，并且她一直服用避孕药，不想让自己成为一个被束缚在农场的家庭主妇。当山姆得知她的好朋友道恩意外怀孕的消息之后，她给出的建议是"去打胎吧——为你自己着想"（第214页）。在人类历史上，性别差异的固定模式是：女性养育，男性杀戮。但山姆并不认为当母亲是女性的生物本能。在卡伍德池塘，山姆认识到："士兵们会杀死婴儿，但是女人也会的。她们把自己未出生的婴儿从体内扯出，用水冲走，还在蠕动的血淋淋的婴儿。"（第260页）山姆将堕胎与战争关联起来，她"在性方面的反叛以及对越战知识的渴求，与小说中最含混不清和令人苦恼的意象——死婴——融合在一起。"[1]

文本中多次出现关于死婴的描写，既有关于美国婴儿的冷笑话，也有关于越南婴儿的惨状。例如，在小说第二部分第24节中，山姆和她母亲以及几个月大的宝宝（山姆同母异父的妹妹）待在一起，引发了她有关婴儿的多种联想："宝宝就像一个脱落的赘生物——一块痂或者是一个疣子……在越南，母亲们一直携带着她们死去的婴儿，直到尸体腐烂。"（第199页）小说中最令人不安的关于死婴的描述或许是以下场景："那一夜，山姆梦到她和汤姆·哈德逊有了一个孩子。一到晚上，那个孩子就得用食物加工器给搅成泥，放进冷冻室。孩子泥是蜜汁甜薯的颜色。到了早上，孩子泥解冻以后，就又变成了孩子。在梦里，这是一件快乐的事情，无人质疑。但是当她从梦中惊醒时，恐怖席卷而来。"（第98页）关于山姆的

---

[1] Katherine Kinney, "'Humping the Boonies': Sex, Combat, and the Female in Bobbie Ann Mason's *In Country*", p.44.

这个梦，凯瑟琳·金尼的解读是，它揭示了"生育和战争之间的共同点，即人类身体的可怕的易变性（mutability），它能够在生与死的无限循环中被毁灭和重构"①。更重要的是，这个梦"将暴力与食物关联了起来"②。在山姆的梦中，婴儿不仅是死的，而且是像蜜汁甜薯一样的泥状食物。山姆之所以会在梦中产生这样的意象，原因之一是山姆的母亲艾琳曾经对她展示过婴儿食品，例如蓝莓蛋糕、肝酱、胡萝卜泥；艾琳还着重强调说，"在家她吃我用搅拌机打碎的天然食品"（第188页）。山姆的梦将婴儿食品（baby food），即婴儿吃的食品，转化成作为食物的婴儿（baby as food）。梦是现实的扭曲和变形，战争和堕胎带来剧烈的死亡恐惧，进而引发了食人主义的梦魇。

旧南方的传统性别观遭到新南方文化的挑战，女性主义者解构了性别的自然属性，揭露了性别是一种社会和文化建构的产物。山姆不仅敢于去卡伍德池塘野营，而且尝试通过吃日常吃不到或不吃的食物，来证明自己的勇敢无畏。在霍华德·约翰逊旅店的餐馆，山姆"想吃点从来没吃过的东西"（第14页）。经过比较，她点了店里的特色菜蛤肉作为主食。在选择甜点时，"山姆的精神都集中在菜单上，研究着雪糕的口味。她挑了黑覆盆子和碎果仁巧克力味，这两种味道看起来根本不搭配，不过她想大胆尝试一下"（第15页）。文本中两次使用"大胆"这个词来形容山姆的行为，除了此处，另一处是描写山姆在聚会之后单独和越战退伍老兵汤姆回家，并在他家过夜的情形。山姆主动提出要搭汤姆的车去他家，"她感觉到自己正在做一件相当大胆的事情"（第149页）。在食与性两方面，山姆都表现得很"大胆"，竭力颠覆被强加的性别角色。

诚然，山姆承认性别差异，这点尤其体现在聊天的话题上："男孩子们聚在一起就会喝醉酒，吹嘘性事。女孩子们则谈论男孩和衣服。如果女人们聚在一起，她们谈论的是疾病和食谱。"（第223页）然而，山姆不仅吃肉，而且抽烟、酗酒、吸大麻。过量饮酒后出现的恶心、头痛反应，

---

① Katherine Kinney, "'Humping the Boonies': Sex, Combat, and the Female in Bobbie Ann Mason's *In Country*", p. 45.

② Kimberly Joy Orlijan, "Consuming Subjects: Cultural Productions of Food and Eating", p. 146.

第六章 《在乡下》中的快餐：消费文化与战争创伤

在医学上称为宿醉（hangover）。在小说中，宿醉对于山姆等处于青春期的人来说乃是司空见惯，而消除宿醉的方式也有不同选择。例如，"朗尼正在吃生牛排当早餐，因为有人说这有利于消除宿醉"（第210页）。山姆则选择了另一种途径："她找到一支被艾米特藏在混合巧克力饮料罐里的大麻。抽高了跟喝醉了不一样，抽高后她不会觉得难受，有人说大麻对消除宿醉有帮助。大麻味道很好，像巧克力。"（第166页）这两种消除宿醉的方式并不可靠，只是道听途说而来。它们的共同之处是，都需要通过口腔摄入某种物质，前者是生牛排，后者是大麻。

山姆吃所有被认为专属于男性的食物（烟和大麻也可以看作某种特殊的食物），从而颠覆了建立在男女饮食差异基础上的权力结构。在讨论"肉的父权文本"（patriarchal texts of meat）时，卡罗尔·亚当斯指出，肉的概念从字面上便能召唤出男性权力，"把吃肉当成男性特权，这种外显、易见的行为隐含着一个反复发生的事实，即肉类是男性支配地位的象征"[1]。山姆显然不认同吃肉属于男性特权的观点。通过吃肉的行为，山姆表达了性别平等的主张。好友道恩的怀孕使得山姆认识到，她可能会在希望镇被困住，正如她父亲去世后，她母亲的遭遇一样。她把朗尼的高中班级戒指还给了他，向他表达了分手的决心。与男友分手并没有给她带来伤感和削减她的食欲，相反，她在"汉堡男孩"非常享受地吃了一个双料芝士汉堡："山姆吞下一大口芝士汉堡，真好吃，现在这时候她还吃得那么欢真让她觉得不合适。她不知该说什么。"（第226页）。从山姆十分享受吃肉的神态可以看出，她在分手这件事情上掌握了主动权。然而，"汉堡男孩"、麦当劳、皇后小食店等快餐店连接而成的"交配场地"不仅意味着性快感，也意味着小镇的年轻人十分有限的选择机会。另外，山姆与朗尼的性交姿势总是一成不变的，正如麦当劳提供的标准化制作的汉堡一样。由此可见，梅森在小说中赋予了汉堡多重意义：性、自由、多样性和局限性。

山姆喜欢大块吃肉和畅快饮酒，对通常深受女孩欢迎的糖果和巧克力抱有排斥情绪。在西方文化中，长期存在一个偏见和谬误，即男性贪恋美

---

[1] Carol J. Adams, *The Sexual Politics of Meat: A Feminist-Vegetarian Critical Theory*, p. 33.

酒，女性贪恋糖果；女性不像男性那样爱喝酒是因为她们爱吃糖，糖果成为酒精的替代品。①糖果是小说中的另一个食物符号，山姆能够解码糖果的意义。当山姆看着艾琳给婴儿喂奶时，她注意到，"她的乳房颜色苍白，是橄榄形的，乳头就像'突刺'牌口香糖②的顶端。山姆很好奇是否这就是'突刺'口香糖名字的来源"（第202页）。当山姆认识到朗尼很无趣的时候，她觉得自己逐渐厌倦他，就像自己逐渐厌倦圣诞节吃的裹着樱桃的巧克力一样。在这两个例子中，糖果就像前面讨论的汉堡一样，意味着性和青春的不同形式。在成人的语言中，糖果暗含"罪恶的快乐、诱惑、放纵"之义，尤其对女性而言，糖果被视为性快感的象征物。③即将迈入成年阶段的山姆对糖果感到厌倦，表明她对身体愉悦和感官享受拥有更多的自主性。源于当代消费文化的"调教"，山姆这个处于青春期的女孩成为一个前文引述梅森所说的"受到目标导向训练"的消费者，她既消费本义上的食物（包括快餐和慢餐），也消费隐喻上的食物（包括她父亲在书信和日记中记录的以及她舅舅亲口讲述的越战经历）。在多种多样的"进食"行为中，山姆被消费文化"塑造"，进而与之"协商"身份，逐步确立自我的主体性。

《在乡下》中呈现的大量"快""慢"食物意象，在文体层面上，彰显了梅森的"大超市现实主义（K-Mart realism）、简约时尚、无糖百事可乐的极简主义以及后越战、后文学、后现代主义、蓝领的新早期海明威主义"④。从现实观照而言，这些食物意象映照了处于剧烈变迁中的美国南方社会。小说的叙事张力并未局限于美国南方文化与北方文化的交汇所引发的震荡和冲突，而是进一步将它们与越南战争对小说人物的生活以及对美国社会造成的问题加以并置。当山姆和母亲谈论艾米特的越战经历与外

---

① Samira Kawash, *Candy: A Century of Panic and Pleasure*, New York: Faber and Faber, 2013, p. 86.

② 此处的汉语翻译不准确，英语原文中的Tootsie Roll，是美国家喻户晓的"同笑乐"卷糖，它不是一种口香糖，而是一种牛奶可可糖。

③ Samira Kawash, *Candy: A Century of Panic and Pleasure*, p. 18.

④ John Barth, "A Few Words about Minimalism", *Weber Studies*, vol. 4, no. 2 (Fall 1987), p. 6.

第六章 《在乡下》中的快餐：消费文化与战争创伤

祖父的"二战"经历之间的异同时，山姆习惯性地通过食物意象来加以理解："日本人个头也很小，跟越南人一样……不过自从他们开始吃牛肉，他们的个头就不那么小了。她很好奇，美国人是否会因为吃豆腐或者蔬菜而个头变小呢？"（第207页）山姆的提问看似单纯，但其中隐含着美国人普遍的偏见，即食肉的人比吃素的人更具有阳刚之气。在《肉的性政治》一书中，卡洛斯·亚当斯反复论述了肉食与素食之间的差异所隐含的政治寓意。在19世纪之前的西方社会，掌权的人总能吃到肉。贵族吃掉了各种肉类中的绝大部分，劳动者只能吃碳水化合物。饮食习惯不仅昭示阶级差异，也清楚地表明父权制度下，女性被视为二等公民，她们以蔬菜、水果和谷物为主要食物。①除了制造阶级、性别之区隔，食肉修辞还捏造国族之间的优劣。亚当斯精辟地指出："大口吃肉是美国人和西方世界的典型饮食特征，它不仅是男性权力的象征，也是种族主义的标志。"②在上面这段小说引文中，山姆的饮食言语隐含着种族歧视，暗示吃牛肉的美国人比吃豆腐或者蔬菜的亚洲人更具有优越性，如果亚洲人要想获得这种优越性，就必须像美国人一样吃牛肉。山姆长期被美国的"东方主义"文化氛围浸染，导致她无意识地成为这种主导意识形态的传声筒。美国发动越南战争，主要目的是在越南推行它的文化和价值观。山姆期望充分理解越战，在高中毕业后的整个夏天，她的脑海都被这个想法占据，在某种程度上，山姆被这种愿望"消费"了。

梅森使用的饮食话语超越了文体风格或表层结构，而不仅仅是为了诠释美国南方社会的文化变迁。在这部小说中，食物语言最终汇入神话语言。梅森的食物叙事，在终极层面上，呼应了一个关于出生、死亡、重生的宏大神话。③荣格将这个宏大神话形象化为一个具有双重性的母亲原型，一个"既可爱又可怕的母亲"。与母亲原型相联系的积极品质包括：母亲的关心与同情；女性不可思议的权威；超越理性的智慧与精神升华；任何有帮助的本能或者冲动；亲切、抚育，以及支撑、帮助发展和丰饶的一切

---

① Carol J. Adams, *The Sexual Politics of Meat: A Feminist-Vegetarian Critical Theory*, p. 48.
② Carol J. Adams, *The Sexual Politics of Meat: A Feminist-Vegetarian Critical Theory*, p. 52.
③ Sara Lewis Dunne, "The Foods We Read and the Words We Eat: Four Approaches to the Language of Food in Fiction and Nonfiction", p. 53.

元素。在消极面向，母亲原型可以意指任何秘密的、隐藏的、阴暗的东西，意指深渊，意指死亡世间，意指任何贪吃、诱惑、放毒的东西，任何像命运一样恐怖和不可逃避的东西。①叶舒宪对母神所体现的矛盾的神格性质进行了概括："可爱的母亲"和"可怕的母亲"分别折射着生与死、善与恶、慈爱与凶狠的两极效应。②诺伊曼进一步指出："创造人类和其他生命体的这个女人也同样把他们都带回到她那里。疾病、饥饿、磨难，更有甚者，战争，都是她的帮手；在所有的民族中，战争女神和捕猎都把男人的生命经历呈现为一个女人嗜血为生。这个'可怕的母亲'就是饥饿的大地，它吞噬自己的孩子，用他们的躯体来养肥自己。"③当艾米特、山姆和婆婆到达华盛顿，他们在纪念碑上看到密密麻麻的名字，那些像德韦恩一样的农家子弟，如此年轻就回归到大地的怀抱，被"可怕的母亲"吃掉。通过《在乡下》中精心建构的食物隐喻和饮食话语，梅森旨在表明，显性暴力的军事战争或隐性暴力的文化侵袭，不论发生在一国之内还是国家之间，最终都没有"食者"，只有"被食者"。

---

① ［瑞士］卡尔·古斯塔夫·荣格：《原型与集体无意识》(《荣格文集》第五卷)，徐德林译，国际文化出版公司2011年版，第67～68页。

② 叶舒宪：《千面女神：性别神话的象征史》，上海社会科学出版社2004年版，第52页。

③ Erich Neumann, *The Great Mother: An Analysis of the Archetype*, trans. Ralph Manheim, Princeton: Princeton University Press, 1972, p.149.

结　论

希腊德尔菲神庙上的箴言"认识你自己"涉及人类千百年来不断探索和思考的一个核心问题：身份。身份可以是生理上或地理上的概念，但更多的时候是一个社会和文化意义上的概念。人的社会身份表现在诸多方面，其中性别、阶级、种族和宗教等方面至关重要，它们之间既相互独立，又密切相关。身份"从来不是单一的，而是建构在许多不同的且往往是交叉的、相反的论述、实践及地位上的多元组合"①。人们通过身体、家庭、社区、区域、国家等不同层面来获得对自己和他人的身份认知。在所有的认知视角中，最直接、最有效（但不可谓之最简单）的身份认知媒介是食物。

人类是地球上最复杂的生物，进食是最基本的活动，所有生物都必须进食才能生存，那么，这项最基本的活动是如何反映人类的复杂性呢？或者说，人类的复杂关系是如何体现在饮食之中的呢？食物是人吸收进入身体的极少数物质之一，所以人对食物高度重视并且极其谨慎。人吃入食物，食物便成为身体的一部分，它打破了内部和外部的空间界限。但与此同时，以相同方式吃相同食物的人共同构成"内部的人"，其他的人则是"外部的人"，食物又构筑起内部和外部的壁垒。人通过进食与物质世界和人类社会建立起联系，在觅食、进食的过程中与他人发生关系，或协作，或争斗。无论何时何地，人类都需要食物来维持生存，作为一个本能而普世的行为，进食有时似乎超越了种族、阶级、性别和信仰的社会界限；但选择或被选择跟谁一起进餐、吃入何种食物、在何处以及以何种方式进餐

---

① ［英］斯图亚特·霍尔：《导言：是谁需要"身份"？》，见斯图亚特·霍尔、［英］保罗·杜盖伊编著《文化身份问题研究》，庞璃译，河南大学出版社2010年版，第4页。

等因素，将本能的进餐行为复杂化，由此而产生的社会边界此消彼长，相互纠缠。

在西方被誉为"美食教父"的布里亚-萨瓦兰在《味觉生理学》(*The Physiology of Taste*, 1825)[①] 一书中给食物下了两个定义。其中，"通俗"的定义是："食物是一切提供营养的物质"；"科学"的定义是："食物是可以被允许进入肠胃，并通过消化而被吸收或转化为生命力，进而补充人体的生存消耗的所有物质"。[②] 由此可见，食物的关键特征是它能够被允许进入身体和被吸收成为进食者身体的有机部分。对人类而言，食物不单纯是维持生存的营养物质，还充盈着社会层面的象征意义。可以肯定的是，"人类的饮食不是简单地满足生物性需求，而是在生物性需求之上负载了文化的品质"[③]。玛丽·道格拉斯甚至认为，食物的社会功用不仅存在于人类社会之中，野外具有社会性的动物也使用食物来维护它们的社会关系。[④]

黛博拉·乐普顿（Deborah Lupton）在《食物、身体与自我》一书的开篇谈道："食物和进餐在日常生活中平淡无奇，我们活着的人必须进食才能生存。然而，这种表面的平淡无奇是带有欺骗性的。食物不仅仅是为我们'输送能量'、减轻饥饿的折磨或提供口腹享乐。我们的主体性或自我意识，我们的身体经验或我们通过身体经历生命的方式，在所有这些方面，饮食都发挥着核心作用，食物本身与主体性密不可分。"[⑤] 饮食与主体性/身份之间的密切关系也是克劳德·费什勒（Claude Fischler）的研究重点，他在《食物、自我与身份》一文中开宗明义地指出，"饮食是我们的身份认同的核心"，"食物不仅具有滋养功能，而且具有表意功能"。[⑥]

[①] 该书的法文原名为 *Physiologie du goût*，国内的译者将它意译为《厨房里的哲学家》，参见［法］布里亚-萨瓦兰《厨房里的哲学家》，敦一夫、付丽娜译，百花文艺出版社 2005 年版。

[②] Jean Anthelme Brillat-Savarin, *The Physiology of Taste* (1825), trans. M. F. K. Fisher, New York: Knopf, 1971, p. 65.

[③] 彭兆荣：《饮食人类学》，北京大学出版社 2013 年版，第 1 页。

[④] Mary Douglas, *Food in the Social Order: Studies of Food and Festivities in Three American Communities*, New York: Routledge, 2003, p. 10.

[⑤] Deborah Lupton, *Food, the Body, and the Self*, London: Sage, 1996, p. 1.

[⑥] Claude Fischler, "Food, Self and Identity", *Social Science Information*, vol. 27, no. 2 (June 1988), pp. 275–276.

结　论

有关食物的表意功能，特里·伊格尔顿做过一个精彩的总结："如果关于食物有一件事是确定的，那就是它绝不仅仅是食物，它可以得到无穷无尽的阐释，它是物质化的情感。"[①]

现实生活中的食物（literal food）具有强大的表意功能，文学中的食物（literary food）更是如此。美国南方女作家在作品中经常使用食物意象，这些意象并不是简单地为了让读者了解相关地区的饮食文化，食物扮演着一个更为重要的角色，它与人在个体和集体层面的身份认同紧密相关。本书选取卡森·麦卡勒斯、弗兰纳里·奥康纳、尤多拉·韦尔蒂、凯瑟琳·安·波特和博比·安·梅森的重要长篇小说，分别从饥饿、呕吐、菜谱、餐桌和快餐等角度深入探讨了作品中的饮食语言、食物意象和进餐场景所蕴含的社会关系、人类情感和身份政治。本书的研究对象是南方女性小说，南方和女性这两个修饰词分别代表了身份的地理维度和生理-社会维度[②]。在探讨饮食与身份之间的关系时，本书没有局限于性别，而是拓展到阶级、种族、宗教等其他层面；同时也不是孤立地审视南方的区域身份，而是将它与家庭、社区、乡村、城市、国家和全球等其他地理维度融合在一起加以讨论。

书中重点阐释的五部文学作品的创作时间介于20世纪40年代与80年代之间。在这半个世纪期间，工业化、城镇化和商业化的加速推进吞噬了南方的重农主义根基，建立在农耕传统之上的南方家庭、社区结构发生了深刻的变化。席卷美国的经济大萧条使本来就落后于其他地区的南方陷入更加艰难的困境，许多南方人食不果腹，长期积累的阶级和种族冲突集中爆发。在全球范围内，第二次世界大战前夕及期间的反犹主义和种族灭绝等反人类行径在南方引发了政治上的轩然大波，越南战争给美国社会带来新一轮的剧烈变迁和深刻影响。区域、全国、全球范围内的社会政治变迁给作为一个大集体的南方人带来了深刻的身份危机。通过书写食物短缺、餐桌政治或饮食变迁，五位南方女性作家从不同层面对身份危机与主

[①] Terry Eagleton, "Edible écriture", in Sian Griffiths and Jennifer Wallace (eds.), *Consuming Passions: Food in the Age of Anxiety*, Manchester: Mandolin, 1998, p. 204.

[②] 按照女性主义的观点，性别不仅是生理上的，更是社会建构的。

体性建构进行了深入的思考和精彩的诠释。

　　身份危机是文学艺术和哲学思考的恒定主题之一。身份危机可以是个人的,也可以是群体的;可以是身体的,也可以是心理的;可以是人类社会的,也可以是宇宙自然的。身份危机是自然而然的、随时都可以发生的、经常是出乎意料的。身份危机是进行身份建构或重建身份的唯一原因。① 身份建构或重建是一个艰难的过程,它的旨归是给主体带来至关重要的存在感和安全感。从饮食视角探讨小说主要人物的身份危机和身份建构是贯穿本书的主线。五部作品中的小说人物经历的身份危机正是南方人身份危机的缩影。除此之外,他们的身份危机往往还与个人的、直接的原因有关,但这些个人的原因并不是孤立地发生作用,而是与南方人共同面对的社会政治变迁交织在一起。

　　在麦卡勒斯、奥康纳、韦尔蒂、波特和梅森的作品中,小说主要人物的身份危机或身份焦虑直接反映在他们的进食模式之中,与此同时,他们尝试通过大快朵颐/呕吐、共同/独自进餐、饮食越界/守界等行为来化解身份危机和获得生存的安全感。在麦卡勒斯的《心是孤独的猎手》中,导致小说人物出现身份危机的主要原因是社会资源分配的不平等。下层白人和非裔美国人从事着繁重的劳动,却仍然难以解决基本的温饱问题,他们的安全感建立在获取和享用来之不易的、仅能满足生存所需的食物之上。导致米克食不果腹和面临辍学的直接因素是她父亲因意外事故而失业,但幽灵般的饥饿感并没有击垮米克,她的旺盛食欲和炽热梦想预示着南方人化解经济萧条和精神隔绝的希望。在奥康纳的《暴力夺取》中,塔沃特出现身份危机的直接原因是老塔沃特的突然离世。塔沃特习惯于舅姥爷老塔沃特提供的乡村菜肴,排斥舅舅雷拜提供的都市饮食。他的呕吐既是清空他厌恶的食物,也是清空他抵制的思想,包括老塔沃特的疯狂宗教信仰和雷拜的过度理性主义。呕吐之后的塔沃特才真正领悟到生命之粮和圣餐的寓意,不再陷入自私意愿的孤立之中。在韦尔蒂的《乐观者的女儿》中,麦凯尔瓦法官的去世是劳雷尔遭遇身份危机的导火索,更为关键的原因是

---

　　① 参见陈永国《身份认同与文学的政治》,载《清华大学学报》(哲学社会科学版)2016年第6期,第29～30页。

结　论

继母费伊的侵犯和社区居民的道德谴责。她最后放弃了揉面板以及烧毁了菜谱和书信，意味着她已告别过去和记忆，进而开启新的生活模式，与外部世界建立新的联系。在波特的《愚人船》中，男权主义和帝国主义是导致航船上的女人、犹太人和蔗糖工人被边缘化的根本原因。犹太人在独立的餐桌上坚守饮食禁忌，蔗糖工人在统舱大饱口福，食物帮助他们捍卫了自己的主体性，成为他们在德国人占优势的环境中获得存在感的有效途径。一部分女性人物加入饮酒的行列，勇敢反抗男权主义者，她们的行为挑战了父权制对中产阶级女性身份的规训。西班牙歌舞班子在狂欢宴会上占领了船长的餐桌，从而推翻了它象征的帝国霸权、性别歧视和阶级压迫。在梅森的《在乡下》中，高中毕业生山姆对于未来道路感到迷惘。越南战争夺走了她父亲的生命，对她舅舅艾米特造成永久的创伤。她母亲改嫁生子，希望她离开南方小镇，到大都市接受高等教育。山姆的迷惘映射在纷繁杂乱的食物选择上，她通过进食和消费确立起自我的主体性，她既喜欢祖辈的传统食物，又热爱快餐和商业加工食品，并且从隐喻层面上"消费"关于越战的叙述，通过揭秘越战中的饮食经历，山姆成功地帮助艾米特走出了过去的阴霾。

五位南方女性小说家的饮食书写具有不同的侧重点，但她们在叙述小说人物的饮食与身份之间的关系上存在共同之处。上述作品中的主要人物都经历着被边缘化的身份危机，这种被边缘化的状态主要源于他们的性别、阶级、种族、宗教等社会因素，他们的身份危机最显著地表现在各自的进食模式上。与此同时，他们尝试通过饮食行为在一个被边缘化的环境中找到自己的安全位置或重新定义自己的身份。如前文各章的"结语"部分所示，五位小说家对各自作品中的主要人物的"觅食之旅"或饮食身份建（重）构，在不同程度上都表达出积极乐观的态度。在美国南方女性作家精妙绝伦的饮食书写中，食物既可能是家庭或社区成员之间发生冲突的根源，也可能是家庭温暖和社区精神的标志；烹饪既有可能成为女性的体力和精神负担，也有可能给她们带来享受和权力；饮食既可以揭示纷繁复杂的身份、家庭、社会和文化政治，也可以诠释人类弥足珍贵的归属感和创造力。

说到底，食物的本质意义在于：它区分生与死。所有生物活着时，都必须进食。正是通过吸收外部世界，"主体才建立起自己的身体，从而将身体的内部与外部区分开来。如果主体的身份是建立在味觉之上的，这也意味着他的身份总是处于危险之中，因为吸收外部世界的需求暴露了他从根本上的不完整性"①。这种不完整性有力地传递了人类的一个首要需求，即身体和社会层面的饥饿。它一方面可以定义为人的进食需求和所吃的食物，也可以定义为身体或社会方面得到完全满足的不可能性。饥饿既是暂时的，也是持续的，它是人类社会的必要元素。饥饿的经验和修辞具有内在的主体性，并且从本义表现向隐喻表现移动。从这个意义上讲，饥饿本身总是在移动。②

可以说，一个人的成长以及人类社会的所有活动都与本义和隐喻上的觅食和进食相关。人永远无法彻底摆脱婴儿般的需求，"在最深层的意义上，每当食物出现时，母亲总是在脑海中浮现"③。在《爱、罪疚与修复》（*Love, Guilt and Reparation*）一书中，克莱因（Melanie Klein）将母亲的乳房视为最主要的客体，所有其他客体关系都以此为基础。在出生后的最初阶段，婴儿无法区分乳房与他/她自己的身体：孩子与母亲、自我与世界是一体的、相同的。随着乳房被送到婴儿嘴里以及从他/她嘴里移开，婴儿开始意识到乳房和自己的身体是有区别的，乳房在婴儿的心理认识上被分裂成一部分好的客体和一部分坏的客体。当婴儿得到乳房时，它是好的客体；当他/她失去乳房时，它是坏的客体。客体的分裂导致孩子对母亲产生了具有罪疚感的攻击性，对乳房的欲望越强烈，攻击性就越强。当母亲对婴儿的攻击做出反应后，攻击的愧疚感变成害怕被母亲吃掉的焦虑感。④ 母亲扮演了一个同时具有正反两面的角色，既是关键的食物提供者，

---

① Maud Ellmann, *The Hunger Artists: Starving, Writing, and Imprisonment*, Cambridge, M. A.: Harvard University Press, 1993, p. 30.

② Lesa Scholl, *Hunger Movements in Early Victorian Literature: Want, Riots, Migration*, New York: Routledge, 2016, p. 8.

③ Kim Chernin, *The Hungry Self: Women, Eating, and Identity*, New York: Times Books, 1985, p. 99.

④ Melanie Klein, *Love, Guilt and Reparation and Other Works, 1921–1945*, New York: The Free Press, 1975, pp. 306–343.

又是孩子食欲的操控者。① 孩子的态度，推而广之，所有进食者的态度，同样是矛盾的：他/她要吃（eat）某个人提供的滋养物质，同时又害怕被这个提供滋养物质的人吃掉（be eaten）。

"食人"和"被食"的隐喻经常出现在文学作品之中。例如，安吉拉·卡特和托尼·莫里森这两位女性作家在小说中分别刻画了"食人"的父权暴君和白人种族主义者。② 本书探讨的美国南方女性作家进一步拓宽了"食人者"的类别，不仅包括资本家、男权主义者、种族主义者，还包括父母（以及代理的供食者）、恋人、社区居民等与自我有着亲密关系的人。"食人"是压迫或操控的隐喻，小说人物担心"被食"意味着他们的身份处于焦虑和危机之中，主体性处于受威胁的状态。"吃"与"被吃"隐含着控制与被控制的关系，人只有通过主动的饮食行为（包括拒绝进食和呕吐等）才能建构自主的身份和确立自我的主体性。对于拥有自主性的个体而言，"吃，与不吃一样，都是对自我以及所处环境施加权力的手段。尤其是当一个人被迫进入任何类型的压制性形势之中，他可以通过进食的方式和数量来施展控制和某种程度的选择权"③。

在文学世界中，食物不仅仅是滋养身体的物质，更是人类情感和社会关系的符码；烹饪和吃喝并不只是简单的日常生活行为，而且充满了象征意义。那么，文学中的饮食书写能给读者带来什么收获和启示呢？莫言借《酒国》中的李一斗之口说道："让他们明白吃喝并不仅仅是为了维持生命，而是要通过吃喝体验人生真味，感悟生命哲学。让他们知道吃和喝不仅是生理活动过程还是精神陶冶过程、美的欣赏过程。"④ 福克纳在《坟

---

① 给孩子喂食是一种关爱行为，缔结了家长与孩子之间的纽带，但同时也把一种"生活的方式"加在从属者的身上。如果要控制给自己喂食的父母，婴儿就要提高个人的自主性，拒绝吃饭或使劲呕吐就是一种反抗行为。虽然这种象征性管束基本上是思想范畴的运作，但是吃的方式也可以看作家庭政治的一种表现途径。参见［英］布莱恩·特纳《身体与社会》，马海良、赵国新译，春风文艺出版社2000年版，第264页。

② 参见武田田《食物、食人、性与权力关系——安杰拉·卡特20世纪70年代小说研究》，载《解放军外国语学院学报》2012年第2期；刘彬《食人、食物：析〈天堂〉中的权力策略与反抗》，载《外国文学研究》2014年第1期。

③ Lilian R. Furst, "Introduction", Lilian R. Furst and Peter W. Graham (eds.), *Disorderly Eaters: Texts in Self-Empowerment*, University Park: Pennsylvania State University Press, 1992, p. 4.

④ 莫言：《酒国》，当代世界出版社2004年版，第110页。

墓的闯入者》中道出了吃喝行为在人类历史进程中的重要地位："人不见得必须吃着饭通过这个世界，而是使用吃的动作，也许仅仅靠吃这个动作才使他确实进入了世界，把他自己弄到了这个世界：不是通过而是进入，像蛾子通过具体的嚼与吞咽羊毛织品的经纬线实质钻进羊毛那样，钻进了丰富多彩的世界之中，从而制造人的整个历史，把它化为自己的一部分和记忆的一部分。"[1] 因此，研究文学中的饮食书写并不是为了在阅读文本后有一个好胃口，也不是为了学会如何烹饪文本中出现的美食，而是为了从叙述饮食的文字中获得审美体验和思想碰撞。从事饮食研究的旨归，借用列维-施特劳斯在《图腾制度》（*Totemism*）中的话来说，"不是因为食物'好吃'，而是因为食物'有助于思考'"[2]。

---

[1] ［美］威廉·福克纳：《坟墓的闯入者》，陶洁译，上海译文出版社2004年版，第184页。
[2] Claude Levi-Strauss, *Totemism*, Boston：Beacon Press, 1963, p. 89.

附录一　美国南方饮食：历史、文化与文学

一、美国南方饮食[①]

早期进入美国南方的欧洲人以印第安人的食物为主，他们从印第安人那里学到了许多关于植物栽培、野生水果、丛林野兽和江河海鲜等方面的知识。印第安人的饮食包含各种野味，海岸附近的印第安人食用大量的鱼类和贝类。他们在田地里种植玉米、豆子、南瓜和其他蔬菜。他们采摘野生李子、山核桃、栗子、黑莓和其他丛林食物。其他大陆地区的印第安人驯养了火鸡，并培育了土豆、西红柿、茄子，以及除黑胡椒以外的各种辣椒，也有可能培育了红薯和豇豆。无论是印第安人还是欧洲人，移民都会吸收其他地区的饮食文化。花生起源于巴西，之后漂洋过海来到非洲，并得到了它的非洲名字"落花生"（goober），最后被带上运送奴隶的远洋轮船"弗吉尼亚号"。

移民们开始种植玉米、豆子、南瓜以及其他农作物，但在收获这些食物之前，他们以野味或鱼为食物。鱼在大西洋沿岸和墨西哥湾地区发挥了巨大的作用。对于内地的拓荒者来说，相比鱼竿和渔网，他们更信任自己的步枪。野牛为拓荒者提供了最好不过的肉食，但它们很快就在密西西比河以东地区消失殆尽。拓荒者也喜欢吃黑熊肉，他们甚至像处理猪肉一样

[①] 此小节内容译自 Joe Gray Taylor and John T. Edge, "Southern Foodways", in John T. Edge (ed.), *Foodways*, *Vol. 7 of The New Encyclopedia of Southern Culture*, Chapel Hill: University of North Carolina Press, 2007, pp. 1 – 13. From *Foodways*, *Vol. 7 of The New Encyclopedia of Southern Culture*, edited by John T. Edge. Copyright© 2007 by the University of North Carolina Press. Used by permission of the publisher. www.uncpress.org.

腌制和加工熊肉。如果在秋季捕杀黑熊，黑熊的脂肪可以拿来做奶油或者用于其他方面。19世纪的一些南方人有吃熊肉的习惯，但在大多数地区，其他一些动物也随着移民的成倍增长而逐渐消失。内战以前，鹿肉成为南方人的家常菜。在19世纪的南方，野生的火鸡非常多，因而它们在拓荒者的饮食中占据了很高的地位。

大家千万不要把拓荒者的进食想象成拿着烤肉叉烤熊腿，烤负鼠肉，或者烤鹿腿。通常拓荒者的一家人就只有一口锅，只要是能吃的东西，无论是什么都会被扔进锅里，和前一天的剩菜混在一起煮。

在一年中的大部分时间里，印第安人要么不愁吃，要么就是闹饥荒。于是，在食物充足的时候，他们便暴饮暴食，大吃特吃。在英国，也就是第一批移民的故乡，主人会因他/她用来招待客人的食物鲜美而感到非常自豪。受这两个背景因素的影响，与"旧世界"的德国、英国、苏格兰、苏格兰－爱尔兰的农民的饮食相比，美国南方的食物显得如此充足，以至于"豪吃"（big eating）的概念便被南方的拓荒者们从拓荒时期传承到南北战争前的南方，进而一直延续到近代的南方。

在很短的时间内，拓荒者便学会了种玉米和养猪。因此，拓荒时期大多数南方人最基本的饮食是玉米面包和猪肉。森林里有很多野猪，移民们带来的圈养猪则比这些同类要驯服得多。野猪肩高、耳低、偏瘦，还有着长长的头和鼻子以及迅捷的双脚，它们总是被猎杀在森林里。很多时候，特别是每年秋天，猪的主人们会把猪集拢（roundup），把多余出来的公猪阉割掉，在上一次集拢之后出生的猪的耳朵上做好标记，然后再把那些注定要被宰掉的猪带回家，用玉米把它们养肥。久而久之，质量较好的公猪聚集到一起，南方猪的品种也越来越优良。

每年天气刚转冷，拓荒者就开始杀猪，这个过程一般会花费好几天的时间。杀完猪以后，便迎来一场吃猪肉的狂欢。肠子、肝脏、猪脚、猪头以及其他一些可以食用但又不能长期保存的部位会被立即吃掉。猪的脂肪会被放进锅里熬成猪油。熬完猪油后留下来的残渣，即脆猪皮，会被放进玉米面包里一起烤着吃，成为一道美味佳肴，人们称之为脆猪皮面包。火腿、猪肩肉、猪脸肉和熏猪肉会被一遍又一遍地加工。加工之后，这些肉会被放进盐里腌制4～6周。然后，它们会被放到熏肉房里去熏制，最好是用山核桃木烧出的烟气来熏。拓荒者也会用糖、香料等来熏制不同口味的火腿和猪肩肉，但几乎所有的肉制品的表面都会擦上红辣椒，以防止被肉蝇污染。

只要家里有猪肉，南方人几乎一日三餐都吃猪肉。煎火腿、猪肩肉、熏肉、香肠等几乎成为早餐不可或缺的组成部分。除了星期天和一些特殊的日子，南方人午间的主餐通常都包含猪肉，一般都是炸着吃。蔬菜虽然也时常炸着吃，但南方人更喜欢把蔬菜和肥腻的腌猪肉放在一起煮。在南方人看来，炒四季豆不加点油腥，绝对算不上好菜，只有加入一点猪油，才能让这道菜大放光彩。在20世纪，大多数南方家庭依然沿用这种方法来烹饪蔬菜。

南方人也吃鱼、野味和猪肉以外的肉类。拓荒时期之后，丛林里的食肉动物和印第安人一样逐渐被遗忘。南方人开始成规模地饲养家禽，鸡、鸭、鹅和火鸡被摆上星期天和节假日的餐桌。炸鸡成为人们心中的美味，并且一直延续至今。鸡蛋，有时是鸭蛋，逐渐成为餐桌上的食物。南方人有时候吃牛肉，但得克萨斯和路易斯安那草原地区的人比其他地区的人更爱吃牛肉。严格意义上讲，南方人常吃的牛肉并不是真正的牛肉，而是小牛肉（veal）或者嫩牛肉（baby beef），因为他们觉得较老的牛肉很难嚼得动。奶牛是南方人的宝贵财产。与现在的奶牛相比，过去的奶牛品质较低，产奶量不高。在南北战争前后，牛奶对南方家庭而言是一种十分重要的食物。一般来说，南方人不爱吃羊肉，但弗吉尼亚人偶尔吃，田纳西、肯塔基和路易斯安那的人则特别喜欢吃。

内战前的南方人吃的面包几乎都是玉米面包。大部分南方地区的磨坊磨玉米粉磨得很好，但无法磨小麦，尽管在上南部地区有几个小麦粉磨坊。另外，锈病（rust）大大降低了南方大部分区域的小麦产量。只有一些富裕的家庭才能吃到发酵面包，在种植园主的餐桌上还经常能见到松脆饼干，但它们不可能出现在普通农民和小镇居民的餐桌上。玉米面包有很多种类，有在锄刀或者壁炉旁木板上烤制的初级玉米饼，也有做法复杂的，把玉米面和牛奶、脱脂乳、鸡蛋、奶油搅在一起制成的玉米面包，有时甚至会加上面粉或糖。油炸玉米球是一种球状的玉米面包，一般是加上洋葱等配料，和鱼一起放到油里去炸，或是炸完鱼之后再去炸。另外，还

舌尖上的身份

有前面已经提到过的脆猪皮面包。玉米面包不好保存，因此，人们习惯于在进餐时吃热面包。

玉米可以当成蔬菜来食用，很多南方人会在早餐或晚餐喝玉米粥（现代的叫法是麦片）。绿玉米可以带荚一起烤，可以煮玉米棒子，或者把玉米穗切掉，再用不同的方式烹饪。已经成熟的玉米，加入从灰烬送料斗里得到的碱液，可以做成玉米片；将干燥的玉米片碾碎，便成了粗玉米粉。粗玉米粉是过去南方除玉米面包以外最普及的食物，现在也是一样。粗玉米粉与黄油或者猪油搭配起来十分好吃，人们甚至还可以把粗玉米粉凝固，切片，再油炸。

在南方的每个地区，人们都喜欢吃各种各样的蔬菜。南方人特别喜欢吃四季豆、黄油豆、秋葵、茄子、红豆、白豆和菜豆。南方人也吃胡萝卜、欧洲萝卜、南瓜、卷心菜甚至青豌豆（另一种叫法是英国豌豆），不过没那么喜欢吃。南方人喜欢吃爱尔兰土豆，但这种土豆无法越冬保存作为种子，种子只能进口的状况限制了它的普及。

南方蔬菜三巨头分别是芜菁、豇豆和红薯，我们很难分出这三巨头中哪个是老大。芜菁通常栽种在拓荒者的房子旁边开阔的地方，它栽种的时间甚至比建房的时间还要早。夏末栽种，在冬天寒风来临之前就有芜菁长出来。芜菁的绿叶远远比芜菁的根更有价值，因为到了春天，人们急切需要绿色蔬菜。豇豆的变种非常多，广为人知的有黑眼豌豆、克劳德豌豆、蓝壳豌豆。在煮豆子的时候，人们通常会加上一大块肥腊肉。它们和玉米面包搭配在一起，能够为人提供一天辛苦劳作所需的热量和蛋白质，正好能满足南方耕种者的需求。任何蔬菜煮出来的汤汁，即"菜汤"（pot liquor），都能就着玉米面包一起吃，其中豇豆煮出来的汤汁尤为鲜美。红薯的重要性再夸大也不为过。从夏末丰收直至冬天，红薯都是内战前南方人饭桌上的主要食物。和芜菁一样，人们会把红薯保存在泥土和腐烂的蔬菜混合成的"小山堆"中，但有些农民搭建了保存红薯"红薯屋"，它的部分或者全部处于地面之下。红薯可以煮、烤、炸，可以用来做糖，或做成布丁或馅饼。最常见的做法是将红薯放在壁炉的木炭上烤，热腾腾的红薯搭配黄油一起吃简直鲜美至极。

大种植园主的餐厅里的食物远比南方普通家庭中的食物更加丰富多

样。到南方去的游客和在南方当家庭教师的北方人曾描述过盛宴的景象：龟肉、鹿肉、火腿、火鸡和鸡可能同时出现在餐桌上，蔬菜、水果也同样丰盛。种植园的膳食往往伴随着美酒，相比之下，在农家或城镇家庭里，餐桌上更多的是牛奶、咖啡或威士忌。

奴隶的食物虽然总体来说还算充足，但与大种植园主的富足食物相比则相形见绌。在南方大部分地方，奴隶的基本口粮是每人每周两到三磅腊肉和一袋粗玉米粉。很多时候，沿海地区的鱼肉可以代替猪肉，并且路易斯安那州的西南部和得克萨斯州的奴隶经常能吃到牛肉，但这些都是例外。蔬菜是按季节来补给的，尤其是芜菁、豇豆、红薯这类食蔬。在大型种植园里，人们可能会在一个共用的厨房准备奴隶的膳食，但在大多数情况下，奴隶们是在小屋里将膳食放在炉子上的锅里煮。南方黑人也慢慢地习惯了吃熟食，直到最近，甚至到现在，南方黑人可能比南方白人吃的熟食更多。

南北战争后，南方人的生活变得非常艰苦。绝大多数以前的奴隶变成了佃农（sharecroppers），并且很快有数百万的南方白人加入他们当中。佃农可以从种植园的小卖部或杂货店买到食品和其他生活必需品。虽然他们的基本口粮依旧是玉米粉和猪肉，但是内战后的玉米粉产自"玉米生产地带"（Corn Belt），在磨粉的过程中，大量营养流失了。种植园不再养猪和杀猪，猪肉来自中西部地区。南方人吃的不是培根，而是猪背肥肉，即猪背与肋骨之间的肉层，几乎不含蛋白质。南方人主要依靠玉米面包和猪背肥肉，水果和蔬菜吃得远比内战前要少。与营养不良相关的疾病，尤其是糙皮病，在内战前十分罕见。内战后，佃农、棉纺厂工人、贫穷的小镇居民以及城市贫民窟里的居民患上这种疾病的人非常多，每年都有大量的人死亡。

一些更加贫穷的自耕农（yeoman farmers）想方设法保留他们的土地，但同样营养不良。不过，一般来说，他们自己饲养和宰杀猪，自己种玉米去磨粉。一年中的一段时间内，他们可能不得不去杂货店买猪背肥肉，但大多数自耕农家庭都有一头或两头母牛可以挤奶。他们也会种芜菁、豇豆和红薯，以此获得生存食物。自耕农比佃户更可能拥有一个果园。

19世纪晚期在两个方面出现了非常显著的变化，一个是食物本身，另一个是食物加工过程。随着小麦产量不断增加以及新的磨粉方法的出现，中西部的大面粉厂把面粉价格压得很低，甚至很贫穷的南方人也可以吃得起小麦面包。内战前，相对富裕的农民和城镇居民都很少能吃到小麦面包，但到了 1900 年，用小麦制作的面粉饼干就像玉米面包一样常见。人们还可以吃到大量的饼干。许多农民会在冬季严寒到来之前购买一定量的面粉，以防恶劣天气使他们无法出门。面粉可以按所需之量购买，但大多数商店销售的面粉最小分量是 24 磅，装在一个布袋里。

南方拓荒时期形成的饮食模式一直持续到 20 世纪，在许多小镇和农村地区，甚至持续到"二战"后。罐头食品、商业化的面包、冰箱、电炉灶和廉价面粉等多种因素叠加在一起，给南方饮食带来了一些变化，尽管变化不太大。但是，城市化、两次世界大战引发的混乱、汽车和州际公路为旅行提供的便捷、广播和电视的趋同化效果，这些因素给南方饮食习惯带来了重大的变化。

在外用餐（eating out）人数的不断增长可能是最基本的变化，城市里随处可见的价廉物美的餐馆以及快餐食品的出现，推动了这一趋势的发展。汉堡店、炸鲶鱼摊位和炸鸡店每天为大量南方人提供餐饮服务。200 年来，鸡和鲶鱼这两种食物已经成为南方饮食的重要组成部分，至今南方人仍然将它们用油炸着吃。

美国的饮食文化区域化现象仍然显著。南方食物跟着南方人迁移出了南方，使得相比以前，烧烤和炸鸡在 20 世纪更加美国化。流动到南方的新人口同样改变了区域饮食文化。寿司店遍布整个南方，当然也包括有日产或丰田工厂所在的小城镇。人们可以在便利店以及餐馆吃到印度咖喱和其他菜。墨西哥杂货店不再新奇，墨西哥餐馆也普遍存在。许多南方的新人口能享受到不同区域各种风格的烧烤，这是饮食传承的表现，烧烤的口味可能很地道，就像人们在早期的南方吃的一样。南部的烹饪菜谱日渐得到推广，《国家食品》杂志告诉读者关于油炸卡津（Cajun）火鸡或煎馅饼的方法。"肉和三盘午餐"（meat and three plate lunch）可能会逐渐消失，但品质好的仍然备受推崇。

自 1989 年《南方文化百科全书》（*Encyclopedia of Southern Culture*）出版以来，人们对饮食的研究不断成熟。关于南方饮食的记载也有很多，如拉夫卡迪奥·赫恩（Lafcadio Hearn）的《克里奥尔美食》(*La Cuisine Creole*, 1885) 一书中包括了食谱、食品摊贩的街头叫卖声和来自新奥尔良的克里奥尔谚语。关于早期饮食的轶事类作品，这本书堪称代表。在《旧弗吉尼亚绅士和其他故事》(*The Old Virginia Gentleman and Other Sketches*, 1910) 一书中，乔治·巴格比（George Bagby）说道，"老自治领州"（Old Dominion，弗吉尼亚州的别称）的原型特点是"在野营集会（camp-meeting）时获取宗教，在烧烤或炸鱼之时失去宗教"。

杰·安德森（Jay Anderson）的文章《美国民俗研究中的当代饮食研究》("The Study of Contemporary Foodways in American Folklife Research")，发表在1971年的《民间故事纪要》(*Keystone Folklore Quarterly*)，是该领域在当代的先驱作品之一。安德森认为饮食文化研究应该重点放在对历史和区域的研究，但同时也要考察"一个特定社会所有成员共享的食物体系，它由食物的概念化与评估、采购、保存、准备、消费和营养等要素关联而成"。现代学术界将饮食研究定义为研究我们吃什么，以及如何吃和为什么吃，以及在什么情形下吃。在发表于1978年的论文《吃在美国：关于美国饮食的社会定义》("America Eats: Toward a Social Definition of American Foodways") 中，查尔斯·坎普（Charles Camp）提出，研究者应强调食物事件以及食品本身的重要性。

许多学术著作，从卡伦·赫斯（Karen Hess）的《卡罗来纳州水稻厨房：非洲的联系》(*The Carolina Rice Kitchen: The African Connection*, 1992) 到马西·科恩·费里斯（Marcie Cohen Ferris）的《犹太丸子浓汤：南方犹太人聚集区的烹饪故事》(*Matzoh Ball Gumbo: Culinary Tales of the Jewish South*, 2005)，都承续了卡普的观点：考察社会成员如何在餐桌上定义自己。

研究饮食文化的学者已经认识到，必须将文化再现作为整体来理解这个领域。贫困和地理烙印的影响也得到重视。学者们还强调非洲裔美国人的重要贡献。

1. 文化再现

许多音乐表达是关于食物的，例如，戴夫·梅肯叔叔（Uncle Dave

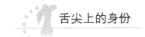
舌尖上的身份

Macon）的"十一美分棉花，四十美分肉"，丹·佩恩（Dan Penn）的"孟菲斯的女人和炸鸡"，以及孟菲斯·米妮（Memphis Minnie）的"我正在卖猪排（但我赠送肉汁）"。传统歌曲中的"奇特姆县烹饪猪肠的时节"唱出了如何以及为何制作猪肠：

在奇特姆县制作猪肠的时节，
我会在奇特姆县的山区辛勤劳作，
我会带上奇特姆县的猪肠炊具，
我希望这些猪肠会装满。

在南方文学中，饮食同样占据重要的地位。威廉·福克纳（William Faulkner）的小说《坟墓的闯入者》（*Intruder in the Dust*）中有一段话指出，饮食是了解人类社会的普世通道，人们可以通过解读饮食历史来解读人类历史："人不见得必须吃着饭通过这个世界，而是使用吃的动作，也许仅仅靠吃这个动作才使他确实进入了世界……通过具体的嚼与吞咽……钻进了世界的丰富多彩之中。"

在《看不见的人》（*Invisible Man*）中，拉尔夫·艾里森（Ralph Ellison）使用甜马铃薯（在日常生活中被称作山药）这一食物媒介激发侨居美国南方的人对非洲传统的情感眷恋："我看见一个老人在外形奇特的马车旁边搓暖手，烟管中萦绕着烤山药的香味，这味道向我徐徐袭来……我们喜欢糖制的山药，或在酥皮馅饼里烘焙，用面团裹着油炸，或是和猪肉一起烤，外表的脂肪变得黄灿灿；多年前山药也会生吃。"

对理查德·赖特（Richard Wright）而言，食物再现了象征的和物质的需求。在他的自传体作品《黑孩子》（*Black Boy*）中，赖特说道："我以我不吃的东西为生，也许是用阳光、新鲜空气和绿色蔬菜熬成的菜汤让我得以继续生存。"佐拉·尼尔·赫斯顿（Zora Neale Hurston）把食物作为描述的修辞，在《凝望上帝》（*Their Eyes Were Watching God*）一书中，主人公詹妮（Janie）这样描述她的丈夫："我讨厌他的头，又长又扁，脖子上不知是玉米饼（pone）还是脂肪。"

2. 传统的地理区域

由于地形和气候的多样性，南方成为一个多元化的区域。尽管在它的大部分地区，一顿包括肉、玉米和糖浆的饭很常见，但也有例外。在大西洋边的南部（the Atlantic South），玉米并不是主食，在它的沼泽地区，主要依靠非洲劳动力和专业知识来种植水稻。除此之外，用大米制作的食物，如肉饭（pilaus）、大米华夫饼和米制面包都很受欢迎。这个地区的海产品充足，炖牡蛎和炸蟹肉的流行反映了水域的丰富多产。

沿着新月形状的海湾南部（the Gulf South），人们的生活总是围绕着捕捉和烹饪甲壳类动物和鱼。得克萨斯州加尔维斯顿湾的牡蛎、密西西比州比洛克西和亚拉巴马州莫比尔之间水域的虾、佛罗里达州彭萨科拉湾的鲳参鱼都是生计和各种仪式的重要组成部分。在别的地方，户外烧烤可能是社区联谊和筹集资金的方式；在墨西哥湾沿岸，炸鱼和烤牡蛎是重要的饮食活动。用虾、蟹和秋葵做成的炖菜长期以来被看作是图腾式的菜肴，各个阶层的人都爱吃。

在南部的内陆，花生和山核桃十分兴盛。尽管山核桃树原产于该地区，但直到内战后，山核桃才成为主要作物，种植园主逐步在果园里种植。内战期间，联邦军与邦联军的士兵都爱吃花生，但它实际上是豆类，而不是真正的坚果。它的种植范围不大，直到20世纪初期，棉铃象鼻虫蹂躏了棉花，农民们才把它当作棉花的替代作物。

在南方最北部的几个州，寒冷天气来得更早，持续时间更长，当地的人们偏爱火腿和其他猪肉制品。为防止腐烂，在第一次霜冻之后，人们便开始杀猪。连绵山脉的山丘和山谷里住着蒸馏酿酒者，他们得以逃过联邦税务人员的视线，采用苏格兰和爱尔兰祖先的工艺，用玉米酿造威士忌。

3. 贫困效应

虽然南方的大部分地区拥有很长的生长季节来种植蔬菜，以及拥有丰富的野味和鱼，但南方并没有避免经济衰退。内战的蹂躏使人们付出了惨重的代价，这从1863年出版的《邦联收据簿》（*Confederate Receipt Book*）可以看出，该书提供了如何不用盐保存肉以及用橡子壳（acorn shells）制

舌尖上的身份

造咖啡代用品（ersatz coffee）的操作指南。

战争结束后，对于许多人来说，贫困是常态。为了补充从市区杂货店或乡村商店购买的肉和面粉的不足，许多南方人开垦了家庭菜园。20世纪早期，由于人们缺乏营养，糙皮病（pellagra）猖獗，本地产的绿色蔬菜，如羽衣甘蓝，成为下层阶级的灵丹妙药和滋补品。

经济大萧条也是毁灭性的。其间发生了一个有趣的故事。1931年，《亚特兰大日报》的编辑们与美国路易斯安那州参议员休伊·朗（Huey Long）进行了一场轻松愉快的辩论，主题是壶酒（potlikker）和玉米面包（cornbread）这两种廉价食物的正确吃法。朗支持浸泡玉米面包，报社编辑们提倡捣碎。这场辩论发生在当年的2月和3月，持续了三个半星期之久。

4. 非裔美国人的影响

许多南方人认为从猪头奶酪、羽衣甘蓝到各式甜点如切斯派，这些独特菜肴的起源应归功于欧洲的食谱和技艺。但是，非洲奴隶的到来从根本上改变了南方的饮食。非裔美国人采用非洲的厨艺和烹饪方法，重新审视欧洲的烹饪方法和美洲印第安人的食材。在厨房，非裔美国厨师会在一道菜里放一个辣椒荚，在另一道菜里放一个秋葵荚。事实上，我们现在所认识的南方饮食中的一些基本食物归因于奴隶贸易：秋葵，胡麻（benne），也称为芝麻（sesame），以及西瓜都原产自非洲。

南方的非洲人后裔用热油做菜，和他们的祖先在非洲的做法一样。他们懂得利用甜马铃薯，这种块茎植物在外表上像极了非洲的纤维山药。历史学家尤金·热那亚（Eugene D. Genovese）将这个总体趋势总结为"大房子内部的烹饪专制"（the culinary despotism of the quarters over the big house），即非裔美国人对南方白人种植园主的饮食烹饪加以改造和主宰。在现代和历史上的南方，都有大量的证据支持热那亚的理论。

5. 现代饮食

现代性伪装成交通的改善和更加趋同的食品供应，将南部各个不同地区连接在一起。在20世纪，亚特兰大的可口可乐公司和密西西比格林伍德的维京公司向国际市场销售产品。同时,南方人从农场迁往城市和郊区的大潮,刺激和增强了人们对预先包装好的食品以及更大数量和更高质量的餐馆的依赖。

由哈兰·桑德斯(Harland Sanders)兜售的路边小吃肯塔基炸鸡块吸引了成千上万的独立供应商。炸鸡和烧烤曾是地方食物的骄傲,如今找到了巨大的市场。随着地方选择禁酒法(local-option prohibition laws)被废止,在以高档酒店著称的查尔斯顿和新奥尔良等城市,铺着白色桌布的餐馆开始激增。

20世纪60年代后期,"灵魂食物"(soul food),一种南部乡村黑人的城市化食物开始流行,与此同时,灵魂音乐和其他庆祝黑人南方生活的活动也流行起来。到20世纪70年代初,"灵魂食物"逐步进入高档餐厅,例如开在市中心的"桃树尖上的亚特兰大灵魂"餐厅(Atlanta's Soul on Top O'Peachtree),位于佐治亚银行大厦第30层。1976年,一个名叫吉米·卡特(Jimmy Carter)的农民成为总统,他来自佐治亚南部平原的小镇,他的家乡最有名的花生和粗燕麦粉(grits)很快就受到全体国民的追捧。

20世纪后期,人们对区域食物日益增长的热情在南部找到了支点,宣扬南方烹饪的食谱不断出版。出生在新泽西但在南方长大的娜塔莉·杜普利(Nathalie Dupree)在1986年出版了《新南方烹饪》(*New Southern Cooking*),这部著作定义了南方烹饪的类型。杜普里还有两位前辈,分别是埃德娜·刘易斯(Edna Lewis),弗吉尼亚州自由镇的本地人,在1976年出版了《乡村烹饪的味道》(*The Taste of Country Cooking*);比尔·尼尔(Bill Neal),一位美国北卡罗来纳州"克鲁克角落"餐厅(Crook's Corner)的主厨,在1982年出版了《比尔·尼尔的南方烹饪》(*Bill Neal's Southern Cooking*)。与杜普利同时代的作品是约翰·艾格顿(John Egerton)的《南方食物:在家里、在路上、在历史中》(*Southern Food: At Home, on the Road, in History*),这本书堪称具有决定性的地位。

在千禧年之初,南方的餐厅服务迫切需要对传统食谱(如油炸绿番茄搭配蟹,山核桃搭配鲶鱼)进行更新。像"伯明翰高地酒吧和烧烤"(Birmingham's Highlands Bar and Grill)的弗兰克·斯蒂特(Frank Stitt)这类厨师声名鹊起,他们革新了粗燕麦粉和黄油意面的烹饪方式。他们的工作激发了南方年轻人了解祖先的食物和饮食方式的兴趣。为应对这一趋势,农民开始种植老品种的蔬菜和水果,而这些老品种可能在100年前就为南方人所熟知。

在20世纪末,南方学者开始关注饮食研究。其中的著作包括1995年多丽丝·威特(Doris Whitt)的学位论文《杰迈玛阿姨身上究竟发生了什么?: 美国文化中的黑人女性与食物》("What Ever Happened to Aunt Jemima?: Black Women and Food in American Culture")。20世纪90年代中期,两个致力于研究南方饮食文化的组织,南方食物保护与振兴协会(the Society for the Preservation and Revitalization of Southern Food)和美国南方食品研究所(the American Southern Food Institute)历经成立和撤销。1999年,作为密西西比大学南方文化研究中心(the Center for the Study of Southern Culture at the University of Mississippi)的分支之一的南方饮食联盟(the Southern Foodways Alliance),吸收了此前相关组织的所有会员,发起了一场记录和庆祝南方饮食的运动,主要方式是举办座谈会和拍摄口述历史和纪录片。

二、南方食物溯源[①]

自哥伦布时代以来,历经五个世纪的时光,南方逐步形成了独一无二的、充分彰显南方文化的烹饪风格。在这里,也许比其他任何地方都更能验证这句古老的谚语:"我们吃什么决定了我们是谁。"

1. 猪肉遇上玉米

最初,当西班牙和英国的探险家们登上现今的弗吉尼亚州、卡罗来纳州、佐治亚州以及更靠南部的岛屿时,他们引进和发现了各种好吃的食

---

① 此小节内容译自 John Egerton, "Roots of Southern Food", *Southern Living*, vol 25., no. 2 (Feb 1990), pp. 54 – 57。

附录一　美国南方饮食：历史、文化与文学

材，像这样的食材交换和交流一直持续到后来其他欧洲人和非洲人到来之时。同生活在沿海的美洲土著居民一道，来自其他大陆的移民们播散下精神和物质的种子，从中孕育出的多元菜系如今已经作为南方菜而远近闻名、备受青睐。在这个包罗万象的体系中，无数的食品及其制作方法应运而生：克里奥尔式和阿卡迪亚式烹饪法（Creole and Acadian）、山珍和海味、乡间美食和"灵魂食物"、族裔饮食和本土烹饪、传统的和现代的、简单的和富有创意的、豪门盛宴和地道的家常菜。

当生猪乘船从西班牙来到北美大陆时，玉米已在此处安家落户了。此外，印第安人还拥有菜豆、豌豆、南瓜、洋葱、绿色蔬菜等，各种水果、坚果和浆果，以及满是山珍的林地和海产丰富的水域。在一个世纪或者更长的时间里，外来移民引进了家畜、小麦、燕麦、卷心菜、甘薯、秋葵、黑眼豆、花生、土豆、番茄、橘子、大米、瓜类、巧克力、咖啡、茶叶以及其他食材。

充足的雨水和阳光以及季节的更替创造出适合几乎所有作物生长的理想环境，在这样宜耕的气候里，南部成了最早的农耕区，成为这个年轻国家的后花园。尽管有着一切必需的本土或外来的原材料，但它离创造出一种兼容并蓄但又别具特色的地方菜系仍有一步之遥。要成就非凡的烹饪法，其所欠缺的仅仅是非凡的厨师们——当这样的机会出现时，美国南方没有错过。

烹饪是一种创造性的才华，是一项艺术，是一门科学——甚至，在某种程度上可说是一种与生俱来而非后天可习得的技能。非凡的厨师们常常被形容为"天生如此"，而非后天努力。然而，像是存在着一个不成文的分配表一般，南方似乎被分到了异常多的厨房艺术家。本地人和移民者、黑人和白人、女人和男人，都给厨房带来了足够多的智慧、直觉和万无一失的控制力，使南方菜得以鹤立鸡群，让美国其他地方的菜系黯然失色。

自然法则不足以解释这片土地上的人才济济，历史渊源同样重要。奴隶制是推动黑人厨艺发展的主要原因。拥有非洲血统的女人和男人们准备着海量的菜肴，服侍了一代又一代人，他们是如今的南方菜的最初创造者。正是他们，而非其他人，对体现先驱精神的主食进行改良，将其发展为由种植园作物制成的精美佳肴和浓缩了南方人好客之情的华丽盛宴。

贫困是另一个影响南方食物演进的历史因素。在美国历史中，至少有两次，在伤痕累累的南北战争期间和大萧条期间，绝大部分南方人——无论肤色和阶级——都直接地品尝到了饥饿的滋味。他们的艰难生存往往依赖于部分人的聪明才智或者灵光一现，这部分人包括渔夫、猎人、园丁、征粮人——当然，其中最为重要的是厨师。

从南方历史上这些阴郁的岁月之中——奴隶制时期、种族隔离时期、贫困时期——涌现出大批非凡的厨师和他们所创造的经典菜肴。南方食物也是如此，它同样产生于纷争、劳作和苦难，被奴役所加热，因贫困和不公而增味。那些黑人女性、白人女性以及黑人男性用仅存的自由来发明创造，制作最高等级的神圣菜肴，并因此超越了缠绕于他们身上的种族、阶级和性别的重重障碍。

他们的食物充满快乐、令人难忘，就像音乐，具有跨越时代的永久魅力。现在以及多年以后，我们还会赞叹它的卓越，赞美创造它的人。

2．崛起于逆境

这些就是南方饮食错综复杂的根源。没有一种文化能割裂自身与其历史的关联，无论多少浪漫的修饰也无法改变这一点。种族和阶级的差异以及生理和心理的孤独是南方过去的生活常态，这些也使得这片土地与全国其他地方不同。

无怪乎南方食物常常作为被赞美的对象出现在诗歌、乐曲、小说、短篇故事、画作、戏剧、严肃文章、诙谐故事之中。例如，在出版于1884年的食谱中，肯塔基州梅斯维尔的卫理公会派修女们写道："糟糕的晚餐与彻底的堕落同在，而饱腹之人已然得到了一半的救赎。"美食和救赎，很难分清哪一样对她们来说才是更加令人信服的使命。

女高音歌手莱昂泰恩·普莱斯（Leontyne Price）是世界知名的歌剧明星，她早已远离故乡密西西比，但她说故乡的形象仍旧"在我的记忆中蔓延"，其中印象最深的是鲶鱼、玉米面包、芜菁和炸鸡。作家雷诺兹·普莱斯（Reynolds Price）离家乡更近，但他同样对家乡充满热爱。陶醉在北卡罗来纳州家乡的家庭聚餐的回忆中，他在新作《美丽心灵》（*Good Hearts*）中生动地描述了这一场景：

这是妈妈常做的家常菜——浇着玉米面包汁和蔓越莓酱的火鸡、乡村火腿、玉米布丁、土豆片、（她去年七月摘的）小青豆、香桃、冰镇腌酸西瓜皮、干酪酱通心面、奶油土豆、肉汁，还有她自制的天使蛋糕和神仙佳肴。这些菜由她从简陋的锅里亲手做出来，但吃起来每一口都带着独一无二的滋味。从七月四日起我就没有和她一起吃过饭了，美食对我来说是实实在在的刺激——无数种味道瞬间交织在一起，如同专为自己而行的善举。每当我因此赞美妈妈时，她只是平静地说："这是我所知的唯一的做饭方法而已。"

只有一个南方人——一个和雷诺兹·普莱斯一样有才华的作家——才能写出这样的文字。正如老话所说的那样，只有身临其境，方知其中真意。普莱斯笔下的"妈妈"和其他的南方妈妈们一样，将食物烹饪提升到最高的境界，在这个过程中，她们也将"永垂不朽"。

3. 烹饪与历史

每一个重要的历史时期都不乏超凡的英雄、戏剧化的事件、神圣的地点、激动人心的冒险神话传说。从这些标准来看，南方食物的传奇和它在文化中的地位无异于一部引人入胜的戏剧，一部百万人共同演绎、悲喜交加的史诗。回顾历史，你将看见这个厨师的角色如何在更广阔的南方历史传奇中发挥举足轻重的影响。

正是由于食物，本土美洲人和欧洲人聚在一起；也是由于食物，他们又分道扬镳。1607年，他们在詹姆斯敦相遇时，桌上摆着猪肉、玉米和烧蚝，而在下一年的冬天饥荒时期，同样是玉米——更确切地说是缺少玉米——引发了他们之间的冲突。

建在南方沿海以及随后在中部的种植园成为热情好客的圣殿，它们是如此慷慨，以至于到访者纷纷为壮观的美食惊叹不已。以烹饪闻名的法国人对这些由南方绅士和淑女主办的雅致宴会都无从挑剔。至于英国人，他们的烹饪简直不能与其相比。

托马斯·杰斐逊这位曾经担任过弗吉尼亚州州长、驻法外交官，后来成为美国总统的人，既是乡绅，又是美食家。他对确立食物的文化重要性

舌尖上的身份

所做出的贡献超过历史上任何一个南方人。（杰斐逊在任州长期间做过的最不受欢迎的事情之一是，他遣人去乡下买光了所有的肉猪，得罪了里士满的肉贩，随后他将肉猪以通胀的价格出售，肉贩们朝着他们的"肉猪州长"的住所前进，并在他家的外篱笆上挂满了猪肠。）

18世纪80年代在法工作期间，杰斐逊经常在欧洲四处游历，对食物表现出极大的兴趣。一回到弗吉尼亚州，他即刻向南方以及全美国的食客介绍了香草粹汁、橄榄和橄榄油、法国葡萄酒、意大利面、荷兰华夫饼（以及制作华夫饼的铁模具），还有冰激凌、蛋白糖、油醋色拉酱等美食的配方。他在蒙蒂塞洛（Monticello）的菜园是全美国最昂贵的一块菜地，这片试验田里常常培育着各种各样的新蔬菜，它们的生长过程都被严密地记录下来。

尽管杰斐逊品尝过的食物远不限于南方烹饪食品，但他还是为推广南方食物做出了巨大的贡献。他提供并改良了许多地方特产，如弗吉尼亚火腿、切萨皮克蟹、西鲱、甘薯、黑眼豆、芜菁、印第安烤玉米等。要弄清他的贡献到底有多大，请看这个例子：杰斐逊时代已经过去了两个世纪，现在这个国家的肉猪和玉米大多生长在中西部，然而，如果你要找最正宗的火腿、烤肉、烧烤车、玉米面包——更不用说波旁威士忌了——最好的产地依然在南方。

4. 烹饪书中的第一

远在托马斯·杰斐逊开垦他的菜园之前，美国的第一本烹饪书就已经出版了，它的作者是威廉·帕克斯（William Parks），一位住在弗吉尼亚州威廉斯堡的印刷工。这本出版于1742年的书实际上是对殖民地毫无应用价值的伦敦烹饪书的再版，但它的确为同类书籍开辟了先河，使南方在烹饪书籍领域居于全美国领先的地位，并且使这一地位从未被动摇。

由玛丽·伦道夫（Mary Randolph）所写的《弗吉尼亚主妇》（*The Virginia House-Wife*）是第一本真正意义上的美国及美国南方烹饪书。该书出版于1824年，并成为其他"家庭主妇"读物（一本于1839年在肯塔基州出版，另一本于1847年在南卡罗来纳州出版）的范本。它被饮食史学家认为是19世纪最具影响力的烹饪书。

附录一　美国南方饮食：历史、文化与文学

1883 年在亚特兰大州出版的《迪克西烹饪书》（*The Dixie Cook-Book*）是一部厚达 1300 多页的综合性图书，专为"来自'阳光灿烂的南方'的母亲、太太和女儿们所写，她们勇敢面对强迫她们成为南方家庭主妇的新型社会环境，她们面对幸运或者灾厄的勇气和忠诚，正是这片她们深爱的土地所不可或缺的支撑"。这本《迪克西烹饪书》是战后诸多用于指导女性关于基础烹饪的图书之一。

1885 年，新奥尔良的记者拉夫卡迪奥·赫恩（Lafcadio Hearn）匿名完成了《克里奥尔美食》（*La Cuisine Creole*）一书。该书是第一本关于南方主要美食城市的重要烹饪书。在世纪之交，新奥尔良报纸《皮卡尤恩时报》（*The Times-Picayune*）的编辑们出版了如今被视为经典的《皮卡尤恩之克里奥尔烹饪书》（*Picayune's Creole Cook Book*）。自此以后的很长一段时间，这座城市的鲜美食物和美好时光在南方甚至于全国享有盛誉。

19 世纪新奥尔良的饮食历史上的人物、地名和食品至今仍然意味深远：安托万餐厅（Antoine's），一家时至今日依然相当有名的餐馆；法国角的圣查尔斯旅馆（the St. Charles Hotel）；伊丽莎白·凯特林·贝盖（Elizabeth Kettenring Bégué），出于实用目的而发明了早午餐（brunch）的厨师兼女招待；大量的企业家和厨师，他们使密西西比河汽船上的餐厅和铁路卧铺车餐厅别具魅力。此外，或许是最重要的，食物本身——那些神秘而美妙的人造物质，譬如法式鱼羹，一种法国风味的海鲜拼盘；秋葵粉，巧克陶（Choctaw）菜肴和非洲菜肴的巧妙结合；还有杏仁糖，一种拔丝山核桃糖甜点，它的历史甚至不短于新奥尔良的历史。克里奥尔人，与大众的认知相反，并不是上层贵族，而仅仅是外来移民（无论他们是来自法国、西班牙还是非洲）在新奥尔良生育的第一代子女。从这个平民化的定义来看，这个词汇包括了所有后来被清晰界定为新奥尔良人的人——在这个界定的过程中，一代又一代的杰出厨师和美味菜肴发挥了重要作用。

路易斯安那州在全美国无疑是美食文化和特色美食最丰富的州。它带给人们在世界上随处可见的两种典型烹饪方式。孕育在新奥尔良的克里奥尔式（Creole）烹饪方式和孕育在海湾的阿卡迪亚（卡津）式（Acadian/Cajun）烹饪方式，就如同一对分别生长在城市和农村的表兄弟，一个富有、优雅、精明,而另一个庸俗、粗鲁、单纯——两者都充满自信,甚至可以说充满自负。简而言之,克里奥尔式(Creole)和卡津式(Cajun)烹饪方式还像同一个家庭中取得杰出成就的异卵双胞胎:两者有着公认的不同、公认的亲密,以及公认的优秀。

5. 变迁与传统

自"二战"结束以来,无穷无尽的转型横扫南方,尤其是一系列关于吃什么、怎么吃的重要变化。当然,这不仅仅是南方的现象,更是全国性的甚至是世界性的现象。

快餐连锁店、新兴科技、拓展到工作领域的女权运动、农业产值的减少、电视机以及其他畅销工具的崛起、医学的发展、对健康和营养的关注——所有这些以及其他方面的发展彻底革新了饮食习惯。人们吃掉的食物比从前多得多,吃的东西也大不相同——更多的工序、更多的化学变化、低脂、高纤维以及味道的改变(总体来看,似乎更缺乏吸引力)。类似于"纯天然""清淡化"等词汇常常被用于形容现代食物,尽管他们的含义并不总是明确的。

变化是不可避免的,也是必不可少的,没有变化就没有发展。变革往往令人不安,它是积极因素和消极因素的混合,是得到和失去的交织。南方食物可以再次作为例证:更多的自由和更高的生活标准无疑是值得期待的进步,其中的一个表现就是餐馆用餐次数的激增——但另一方面则是家庭烹饪的减少,并且随之而来的是作为家庭聚会中心的餐桌和作为团聚仪式的日常用餐的重要性逐步下降。女人更少做饭了,这对她们来说是个好消息;男人实际上做饭的时间更多了,这也是一种收获。但两者相加起来,花费在获取生活中最令人满意和提升文明的乐趣上的时间比从前任何时候都要少:这种乐趣指的是与其他懂得鉴赏的人一同准备和分享美食。

在接下来的岁月里,毫无疑问,这场旨在远离自给、自炊、自食的用餐方式——这曾是南方唯一的选择——的运动将会一直持续。除去需要花费时间和精力,菜肴本身现在也对健康意识较强的人提出了警示。糖和奶油、黄油和鸡蛋、盐和猪肉调料所创造的食物,对采用当今生活方式的人们而言,过于油腻和难以消化,因此,关于这些食物原料的警告声一浪高过一浪。

但是，饮食习惯具有强大的生命力，南方那些与饮食相关的积极传统，令人愉悦并深入人心，不会轻易消逝。在饮食方式和日常膳食上进行合理改进是一回事，将文化传统和无与伦比的南方菜连同洗碗水一起倒掉则是另一回事。那些赋予我们祖先的食物以身份、特点和品质的传统具有一种持久的生存力量。可以推断，那些传统还会在更长远的时间里一直延续下去。

三、南方文学中的食物①

在《扼梦者》(Killers of the Dream) 中，莉莲·史密斯 (Lillian Eugenia Smith) 讲述了19世纪30年代佐治亚州一群白人中产阶级女性组建南方妇女预防私刑联盟的故事。这些女性认为，如果她们不和有色种族的人一起进餐，那么领取圣餐便没有意义。领取圣餐是基督教的中心礼仪，所有的基督徒都希望提前品尝到天堂盛宴的机会。她们以小组为单位聚集，故意打破美国南方文化中的最大禁忌，和非裔美国女人一起进餐。这是一个很有意义的尝试，虽然进展并不顺利。在最初的同桌吃饭的尝试之后，黑人妇女和白人妇女都患了病。这些女人把这件事归因于"食物中毒"，但小说的作者认为事情并没有那么简单，史密斯把它描绘成一个社会症候："那些不是南方白人的人很难回忆起儿童时代的进餐禁忌如何被交织在'错误'的网状物之中，它如何从更严苛的禁令之中抽出焦虑，使得焦虑与它自身吸附在一起。但是生活在这里的我们不能忘记。"②

---

① 此小节内容译自 Thomas Head, "Food in Literature", in John T. Edge (ed.), *Foodways*, Vol. 7 of *The New Encyclopedia of Southern Culture*, Chapel Hill: University of North Carolina Press, 2007, pp. 70 – 72. From *Foodways*, Vol. 7 of *The New Encyclopedia of Southern Culture*, edited by John T. Edge. Copyright© 2007 by the University of North Carolina Press. Used by permission of the publisher. www.uncpress.org.

② Lillian Eugenia Smith, *Killers of the Dream*, New York: Norton, 1994, p. 148.

舌尖上的身份

从南方文学的最初期开始，食物和烹饪一直是定义和弘扬南方文化的主要方式之一。在上述这段故事中，史密斯综合了贯穿南方文学的许多与饮食相关的主题：丰盛、筵席、宴会、好客等，所有这些都是受到限制的，与什么样的种族、性别和阶级才有权获得餐桌上的位置有关。南方的宗教、政治上的保守主义、种族隔离制度和阶级意识，给南方作家提供了一个稳定社会的神话，他们对此既可以予以利用，也可以加以反对。

自南方文学诞生以来，富足和盛宴的意象就成为它的一个典型特征。在《弗吉尼亚通史》（1624）中，约翰·史密斯船长暂停讲述他被波瓦坦人俘获和被波卡洪塔斯人护送回来的经历，转而说起国王的兄弟欧皮查帕姆对他的热情款待，欧皮查帕姆邀请他来到家中，给他端上"一大盘又一大盘的面包、家禽肉和野兽肉"，并让他把剩下的食物带回去给移民者。威廉姆·博德二世在他写作于1738年、出版于1844年的《分界线的历史》中，描写了北卡罗来纳州的舒适生活，"容易获得食物的状况"导致那里的人"滋生了懒惰的性情"。

托马斯·杰斐逊曾因"发誓弃绝本土饮食"① 而备受指责，在他的国家观念中，吃上好的食物是不可或缺的一部分，对于这个由独立的自耕农组成的国家来说尤其如此。虽然他倡导的很多理性观念遭人质疑，原因是他与蒙蒂塞洛庄园中被奴役的黑人脱不开干系，但正是在蒙蒂塞洛的菜园和厨房以及在白宫中，杰斐逊融合了本土的丰饶物产与法国和意大利等国的雅致用餐的欧洲传统。达蒙·福勒（Damon Fowler）高度概括了杰斐逊对美国饮食历史的贡献："他倡导菜园和餐桌之间的紧密关系；发现了国内外高质量的食材；理解经典菜肴的简洁和创新食物的冒险；既保存了他自己的饮食根源，又吸收了其他文化的烹饪方式；鼓励在食物和社会交往之间建立联系，珍惜关于美酒的侃侃而谈……这个杰出而复杂的人身上永

---

① John R. Hailman, *Thomas Jefferson on Wine*, Jackson: University Press of Mississippi, 2009, p. 15.

恒地诉说着饮食在我们生活中的地位和价值。"①

约翰·彭德尔顿·肯尼迪（John Pendleton Kennedy）的小说《燕子谷仓》（*Swallow Barn*, 1832）是所有歌颂南方种植园神话的小说类型的典范。被理想化的弗吉尼亚种植园生活的中心是热情好客和共享富足的图景："他们频繁举办慷慨奢华的宴会，在宴会中，他们为追求舒适而放弃社会形式，为了享乐而抛开家庭事务。他们的大厅宽阔，膳食充足；在大型家庭壁炉中，数量庞大的木炭在燃烧着，欢快的火光照在聚会的家庭成员和众多的仆人身上，弗吉尼亚的冬季社交聚会呈现出一种封建式宽宏慷慨的、可宽恕的景象。"②

然而，种植园生活的这种仁慈的封建式宽宏慷慨经常遭到被奴役者的叙事反击，正是这些被奴役者种养和烹饪食物，才使种植园的慷慨好客成为可能。在《我的奴役和我的自由》（*My Bondage and My Freedom*, 1855）中，弗雷德里克·道格拉斯（Frederick Douglass）将劳埃德家族享受的奢华晚餐描述为在身体上和精神上都有毒："在所有他们的菜中，潜藏着看不见的邪恶，它会带给这些自欺欺人的狼吞虎咽者疼痛、伤害、暴躁的脾气、无法控制的激情、消化不良、风湿病、腰痛和痛风；所有这些，劳埃德一家人全部都有份。"③ 哈丽特·安·雅各布斯（Harriet Ann Jacobs）的作品《一个女奴的生活事件》（*Incidents in the Life of a Slave Girl*, 1861），讲述了她的女主人在星期日晚餐后，为了防止仆人们吃剩菜，在装剩菜的罐子里吐痰的习惯，从而揭露了种植园体制的慷慨传统背后的黑暗面。雅各布斯沉思道："她是教会的一员，但分享上帝的晚餐（Lord's supper）这一行为似乎并没有把她带入基督徒的思想框架中。"④

---

① https://www.monticello.org/sites/default/files/inline-pdfs/2016w_FrenchCuisineEnslavedCooks.pdf. 参见 Damon Lee Fowler（ed.）, *Dining at Monticello: In Good Taste and Abundance*, Chapel Hill: University of North Carolina Press, 2005。米歇尔·奥巴马的白宫菜园也是受到托马斯·杰斐逊的影响和启发。参见［美］米歇尔·奥巴马《美国式种植：白宫菜园和全美菜园的故事》，宋媛译，电子工业出版社 2016 年版。

② John Pendleton Kennedy, *Swallow Barn: Or A Sojourn in the Old Dominion*, Revised edition, New York: The Knickerbocker Press, 1906, p. 71.

③ Frederick Douglass, *Autobiographies*, New York: The Library of America, 1994, pp. 508–509.

④ Harriet Ann Jacobs, *Incidents in the Life of a Slave Girl*, New York: Penguin Books, 2000, p. 14.

种族问题叠加上性别,使得南方饮食传统变得更加复杂。虽然许多南方白人妇女享有大厨的名声,但事实上,她们和家人的饭菜都是由非裔美国仆人烹饪的。黑人女佣的刻板形象在南方小说中占据重要位置,最著名的例子是玛格丽特·米切尔的《飘》(1936)中的嬷嬷、威廉·福克纳的《喧嚣与骚动》(1929)中的迪尔西、卡森·麦卡勒斯的《婚礼的成员》(1946)中的贝蕾妮斯,以及哈珀·李的《杀死一只知更鸟》中的卡波妮。特鲁迪尔·哈里斯(Trudier Harris)在《从女仆人到女斗士》一书中敏锐地探讨了非裔美国作家的作品中的黑人女佣形象,这些作家包括克里斯丁·亨特、托尼·莫里森、理查德·赖特等人。①

《燕子谷仓》中的精致饭菜以及劳埃德家族享用的丰盛晚餐都是维护阶级和种族优越感的方式。"共同进餐",玛丽·泰特斯(Mary Titus)指出,"象征着群体精神和社会平等"。在描述人物所属的阶级以及谈论南方变迁中的阶级冲突时,饮食描写成为一代又一代南方作家的便利途径。在《我将表明我的立场》(1930)这篇重农主义宣言中,安德鲁·莱特尔(Andrew Nelson Lytle)以及其他作家把午餐视为家庭价值的象征,代表了南方中上阶层的生活。在南方世界中,"从土地到餐桌的漫长而复杂的进程中,每个人要参与其中"②。凯特·肖邦的《觉醒》(1899)中的进餐描写揭示了艾德娜·庞德烈对她所处的克里奥尔社会束缚体制的不满意。在哈珀·李的《杀死一只知更鸟》中,到访的沃尔特·康尼翰在晚餐中倒入糖浆,他的阶级差异立刻清楚地展现在芬奇一家人面前。

尤多拉·韦尔蒂是运用食物来快速呈现阶级差异和阶级冲突的大师。《三角洲婚礼》(1946)的结构围绕五次家庭聚餐,韦尔蒂借助这些饮食场景展示了两个不被看好的婚姻引发的家庭冲突及其最终的和解与接受。在《败局》(1970)中,沃恩奶奶九十大寿时,家庭团聚的晚宴为家庭生活和对话的戏剧性描写提供了丰富的背景。

在南方文学中,餐馆也十分重要。民权运动的一个重要组成部分是争

---

① Trudier Harris, *From Mammies to Militants: Domestics in Black American Literature*, Philadelphia: Temple University Press, 1982.

② Andrew Nelson Lytle, "The Hind Tit", in *I'll Take My Stand: The South and the Agrarian Tradition*, 75th Anniversary Edition, Baton Rouge: Louisiana State University Press, 2006, p. 227.

取在柜台式便餐馆用餐的权利,这并不是偶然事件。只有坐在一起吃饭,共同分享一个桌子,才真正拥有平等。虽然那些设置准入门槛、只允许像他们一样的人才能同桌共餐的人并没有在南方完全消失,但是绝大多数南方人现在都认识到,不同种族的人一起进餐会使筵席变得更加丰富。

四、美国南方的饮食与文学[①]

玛丽·伦道夫(Mary Randolph)在1824年出版的《弗吉尼亚的家庭主妇或有条不紊的厨师》(*The Virginia Housewife or Methodical Cook*)这本烹饪书中,提供了一个名为"阿珀奎尼米克糕点"(Apoquinimic Cakes)的松脆饼干的食谱。这种糕点包含美国印第安的名字、英国的食材以及非洲的制作方式,展示了丰富的文化融合。美国南方饮食便是在这样的融合中诞生的。在南方饮食中,食物本身、食物的制作方式、进餐的仪式以及每一道菜的内涵等,都包含着这个区域的故事。饮食为彰显南方文化提供了丰富的资源,一代又一代的南方作家不断对其进行发掘和加以丰富。

在美国南部地区的殖民叙事中,无论是对丰盛宴会的展示,或是对饥肠辘辘的移居者的描写,抑或是对土著居民奇怪的饮食方式的刻画,南方饮食都充分反映了不同群体各自独特的世界观。例如,约翰·史密斯上校(Captain John Smith)在《弗吉尼亚、新英格兰及夏季群岛通史》(*The Generall Historie of Virginia, New England, and the Summer Isles*, 1624)中认为,玉米充当了社会秩序和权力的媒介。印第安人不仅用谷物来划定领地的范围,还用玉米交换刀剑和铜壶。威廉姆·伯德(William Byrd)的《分界线秘史》(*Secret History of the Line*, 1929)评论了像弗吉尼亚的猪一样的(porcine)移居者,以此作为划分社会阶层的界线。

[①] 此小节内容译自 Mary Titus, "Food", in Joseph M. Flora and Lucinda H. MacKethan (eds.), *The Companion to Southern Literature: Themes, Genres, Places, People, Movements, and Motifs*, Baton Rouge: Louisiana State University Press, 2002, pp. 279–281.

从这些最早的叙述开始,玉米和猪肉在南方饮食中就占据主导地位。它们的无数变体,诸如蛋奶酥、玉米饼、熏火腿和猪肠,提供了无穷无尽的饮食隐喻资源。通过展示饱含个性的食谱或享用特色食物,族裔、区域以及家庭群体得以表达各自的身份。在南方文学中,食谱构成一根强韧的线条,把食物与地域绑在一起,例如,淡水龙虾与卡津乡村(即路易斯安那法裔区),蟹饼与马里兰海岸。许多南方食谱作家把食谱和评论结合在一起。比尔·尼尔(Bill Neal)等一些作者在食谱集里嵌入信息丰富的文章,另一些作者进一步开创了更加丰富杂糅的文类。例如,玛莎·麦卡洛克-威廉斯(Martha McCulloch-Williams)的《旧南方餐饮》(*Dishes and Beverages of the Old South*, 1913),以及马乔里·金南·罗林斯(Marjorie Kinnan Rawlings)的《十字架小溪烹饪术》(*Cross Creek Cookery*, 1924),它们既是食谱也是文化档案,菜谱与家庭回忆录或当地的趣闻轶事融合在一起。

一代又一代非裔美国厨师的知识和技艺对南方烹饪做出了无法估量的贡献。非裔美国作家设法保护文化遗产和确立文化身份,这种努力出色地记录了南方文化与饮食的相互交融,例如,20世纪60年代后期的一系列"灵魂食物"(soul food)食谱;在诺玛·吉恩(Norma Jean)与卡罗尔·达登(Carole Darden)合著的《蛋奶软糕和草莓酒》(*Spoonbread and Strawberry Wine*, 1978)中,食谱成为家庭叙事的一部分;全国黑人妇女委员会的近作《黑人家庭团聚食谱》(*Black Family Reunion Cookbook*, 1991)由"食谱与食物记忆"构成。

南方文化饱含对食物的赞美,并且保持着豪吃(big eating)的传统。在边远地区的传奇故事中,戴维·克罗克特(Davy Crockett)尽情享用熊肉的行为印证了他的身体力量和生命热情;一些食量惊人者正是克罗克特的继承者,像托马斯·沃尔夫(Thomas Wolfe)的《天使,望故乡》(*Look Homeward, Angel*, 1929)中的甘特一家人。丰盛的餐桌食物意象反复出现在南方文学文本中,包括各种各样的肉、蔬菜、酱及甜品。这些意象既象征着此区域的富足,又彰显了主人的社会地位。代表南方农业传统的作家,例如安德鲁·莱特尔(Andrew Lytle),他参与写作的《我将表明我的立场》(*I'll Take My Stand*, 1930)详细描写了南方农村家庭餐桌上的自家种植、自家烹饪的食物，旨在证明富有意义、秩序井然的生活扎根于家庭和土地。在所有描述种植园贵族神话的文学中，从约翰·彭德尔顿·肯尼迪（John Pendleton Kennedy）的《燕子谷仓》（*Swallow Barn*, 1832）到苏珊·达布尼·斯孟迪斯（Susan Dabney Smedes）的《一位南方种植园主的纪念物》（*Memorials of a Southern Planter*, 1887），盛大筵席在奢华餐厅中举行，强烈的仪式感巩固了内战前南方社会的等级和阶层制度。

非裔美国作家猛烈抨击了南方种植园神话，颠覆了食物丰盛的餐桌所隐含的意义。弗雷德里克·道格拉斯（Frederick Douglass）的《我的奴役与我的自由》把满桌的食物描写为"用血换来的、沉重的奢侈"，它揭示的不是文明和富足，而是奴隶制的贪婪和"食人"的罪恶本质。哈丽特·安·雅各布斯（Harriet Ann Jacobs）的《一个女奴的生活事件》（*Incidents in the Life of a Slave Girl*, 1861）描写了一位白种女主人把唾沫吐在食物中，从而颠覆了南方白人女性的优雅形象。与蓄奴家庭的衰败加以对比，雅各布斯描述了她祖母整洁的屋子，屋里的饼干和蜜饯好吃可口，滋养着家庭和社区。从奴隶叙事到后来的更加正式的黑人文学，例如理查德·赖特（Richard Wright）的《黑人男孩》（*Black Boy*, 1945），饥饿一直是文本中至关重要的隐喻，有力地揭示了黑人的生活困境以及对美好未来的向往。

在奴隶制及其后来不合理的劳动分工体系下，女性黑人经常在白人家庭的厨房中劳作。南方文学反复描绘了准备食物与享用食物的空间划分，映射了充斥于其中的种族和性别意识形态。从托马斯·杰斐逊的故居蒙蒂塞洛庄园的建筑设计到彼得·泰勒（Peter Taylor）描述私人生活的精致故事中，厨房、餐厅和分隔它们的隔断门，都成为象征性的景观。从内战前的纪实中，读者可以觉察出黑人妇女们如何在厨房中巩固自己的权力，与白种女主人抗争。系着围裙的黑人女佣，是白人作家的文本中经常出现的一个刻板化的人物形象。通过浪漫化黑人女性在白人家庭的辛勤劳作，掩盖她们的复杂个性，白人作家隐秘地维护着南方种植园神话。内战后作家笔下的黑人厨娘，例如威廉·福克纳的《喧哗与骚动》（*The Sound and the Fury*, 1929）中的迪尔西，以及卡森·麦卡勒斯的《婚礼的成员》（*The Member of the Wedding*, 1946）中的贝伦尼斯，揭示了南方家庭中种族和家庭角色之间不断变化的、复杂的交互关系。有些作家通过颠倒传统养育关系来表达社会变迁,例如,在凯瑟琳·安·波特的作品《旧秩序》(*The Old Order*, 1944)中,女白人索菲亚·简抚育了女黑人南妮的孩子;在艾丽丝·沃克的《紫色》(*The Color Purple*, 1982)中,埃莉诺·简把红薯(起源于非洲的食物)藏在金枪鱼炖锅菜中。

餐厅为描绘阶级以及种族提供了一个象征性的景观。餐厅中的实物,从雅致的餐具柜到昂贵的银制餐具,以及菜品种类和上菜方式,餐桌礼仪中蕴藏的阶级界线,所有这些或明显表达、或秘密编码出特定的社会关系。从专属正餐、家庭聚会到户外烧烤,其中的宾客名单也体现出清晰的界线。共同进餐象征着群体精神和社会平等,因此,餐馆的餐桌也是争取公民权利的场地。在《扼梦者》(*The Killers of the Dream*, 1949)中,莉莲·史密斯(Lillian Smith)描写了20世纪30年代白人女教徒决定组建"南方女性预防私刑联盟",并且与黑人女性坐在一起用餐;虽然她们并没有大张旗鼓地行动,但这种聚餐方式具有里程碑意义。

对于南方女作家而言,饮食成为她们表达性别身份的语言。在尤多拉·韦尔蒂(Eudora Welty)的小说中,食谱和厨房礼节表达了女性的生育和治愈能力,最显著的例子是她的小说《三角洲婚礼》(*Delta Wedding*, 1946)。作为女性主导的空间,厨房可以滋养女性的创造力以及交往能力。然而,在许多当代女作家的作品中,厨房被视为是女性反抗压迫性角色的空间。在弗兰纳里·奥康纳(Flannery O'Connor)的短篇故事《善良的乡下人》("Good Country People", 1955)中,赫尔伽与一位男子约会去野餐,却忘记带食物,这个滑稽的场景表明她对传统女性特质的排斥。南方剧作家也经常在创作中大量使用饮食意象,例如在贝思·亨利(Beth Henley)的《芳心之罪》(*Crimes of the Heart*, 1982)以及玛莎·诺曼(Marsha Norman)的《晚安妈妈》('*Night Mother*, 1983)中,两位戏剧家使用厨房中的食物来描写两代人之间的冲突,女儿渴望得到母亲的慈爱,但她们同时又努力去定义并决定自己的人生。女性作家们也通过展现厨房里的暴力来抨击父权制度,例如,在多萝西·阿利森(Dorothy Allison)的《卡罗来纳的私生女》(*Bastard Out of Carolina*, 1992)中,外号叫"骨头"的小女孩在厨房的地板上被她的继父强奸。

在南方文学中,餐馆具有多重含义。在传统意义上,家庭烹饪与担当喂养角色的女性关联在一起，餐馆的菜肴烹饪与男厨师关联在一起，这个背景为批判或修正性别身份提供了突破口。在安妮·泰勒（Anne Tyler）的《乡愁小馆的晚餐》（*Dinner at the Homesick Restaurant*，1982）中，埃兹拉用他在贫困的童年时期一直渴望的食物来招待他的客人。在卡森·麦卡勒斯（Carson McCullers）的《伤心咖啡馆之歌》（*The Ballad of the Sad Café*，1943）中，以及在范妮·弗拉格（Fannie Flagg）的《"短暂停留"咖啡馆里的油炸绿番茄》（*Fried Green Tomatoes at the Whistle Stop Café*，1987）中，两位作家都认为咖啡馆是一个充满不确定的自由空间，有助于消解南方文化中的异性恋与父权制度之间的关联。许多当代作家，比如博比·安·梅森（Bobbie Ann Mason），使用无处不在的加工的、购买的快餐食品来表达个人和区域身份的丧失。

无论过去还是现在，南方作家一直关注饮食中蕴含的意义，为读者提供无限的机会去体验贯穿南方文学中的文化与饮食的交融。

附录二 何谓饮食批评?[①]

请允许我以初次研究卢梭时令我印象深刻的两大主题作为开篇:读书和吃饭。(卢梭在他的《忏悔录》中说:"吃饭和阅读是我永远的爱好。")在莫里哀的喜剧中,我观察到许多关于美食的暗示,但法国文学史家似乎有一个共识,即在古典时代,人们似乎并不关注日常生活,尤其是身体活动。这一缺失往往被认为是理所当然的,对此我感到十分震惊和难以置信。

我对 17 世纪的文学研究聚焦于古代戏剧艺术对拉辛的影响,因此,我可以断定希腊喜剧,尤其是拉丁语喜剧在表现类似饮食需求等生物功能方面与其他戏剧相比是毫不逊色的。普劳图斯的《金壶》是一个例子,还有诸如莫里哀在《吝啬鬼》中的模仿。当我的视线超越法国,我很幸运地在德国发现了中世纪喜剧史上的一位重要人物,他的名字令我思绪飞扬:汉斯·乌斯特。过了很久,我才读到君特·格拉斯的《大菱鲆》,讲的是一位女祭司,同时也是位厨师,驱赶饥荒、消除饥饿的人类学寓言故事。[②]

在研究过程中,我阅读了众多西班牙语作品,这些作品大量运用想象,整体或部分地把分享面包这一举动看成是人类关系的比喻。例如,伊莎贝尔·阿朗德的小说《阿芙萝黛:故事、菜肴及其他催情剂》就描述了诸如鸡蛋等食材的催情和食用功能。

在墨西哥文学中,诗人萨尔瓦多·诺沃著有两部关于饮食的作品:他的《墨西哥美食史》;尤其是《胖子的战争》,对阿兹特克人幽默而奇特

[①] 此部分内容译自 Ronald W. Tobin, "Qu'est-ce que la Gastrocritique?", *Dix-Septième Siècle*, no. 217 (2002): pp. 621–630。译者为罗灵琦、肖明文。

[②] 德语标题是 *Der Butt*。格拉斯描写的鱼就是 Le Heilbutt,一种类似大菱鲆的鱼。它的英语译名为 *The Flounder*(比目鱼),其实是不确切的。

的肖像描写令人印象深刻，从他的这部以及其他作品可以看出他对科克托和热内的认真研读。

在意大利这个口头传统盛行的国度，我们轻而易举便能找到与美食相关的文本，如马里内蒂著名的《未来派烹饪法声明》，或者其他研究美食的人种学著作，比如康波雷西的作品，他曾写过《感觉作坊》。事实上，意大利人在美食界的首批开拓者中的地位十分显著，或者我们也可称他们为"美食先驱"。显然，想要评论食物在意大利文化，尤其是意大利裔美国文化中的角色，必须参考视觉艺术，因为没有一部关于黑手党的电影或者《黑道家族》中没有一集不包含进餐的镜头。具有讽刺意味的是，黑帮策划的那些暴力犯罪都是通过饭局商议组织的，就像所有的聚餐一样，它是一种西方传统聚餐行为的再现：最后的晚餐。

探寻文学中的美食的旅程把我带到了俄罗斯，这个国度提供了极其丰富的文学实例，它们揭示了嘴巴的三个相互矛盾的功能：营养功能、讲话功能和情欲功能。19世纪，俄罗斯文学的影响力逐渐壮大，在这个时期的俄国小说中，我们可以发现两个对立面：在陀思妥耶夫斯基的肉食主义中，性和吃被描述成暴力行为、侵犯行为和心理控制行为；在托尔斯泰的肉欲中，这些活动又表现出一种诱惑性、愉悦性和纵欲性。换句话说，为了区分"吃"和"品尝"①，这两位俄罗斯文坛巨匠对食和性产生了不同的理解，一种理解是属于权力范畴的，另一种是属于快乐范畴的：陀思妥耶夫斯基喜欢谈论"吃"，而托尔斯泰倾向于谈论"品尝"。② 这种差别与我关于《太太学堂》中阿尔诺夫和阿涅丝之间以及贺拉斯和阿格尼斯之间关系的阐述相一致。阿尔诺夫是贪得无厌之人，可以说他是"吞噬17世纪的恶魔"。

---

① 参阅《奶油馅饼：莫里哀戏剧中的喜剧和美食》中关于《太太学堂》的那一章。Ronald W. Tobin, *Tarte à la crème: Comedy and Gastronomy in Molière's Theater*, Columbus: Ohio State University Press, 1990. 我（罗纳德·托宾）认为，辨析权力和快感（即"吃"和"品尝"）之间的差异是很有用的，而在福柯的作品中，二者的差异则被忽略了。米歇尔·欧斐提出另一种永恒的辩证法："吃，死亡/死亡，被吃。摄食、消化：一个可以证明事物以食物符号的形式永恒轮回的可怕组合。食物是这个循环中的变元？" Michel Onfray, *Le ventre des philosophes*, Paris: Grasset, 1989, 55.

② 我十分感激新罕布什尔大学的罗纳德·勒布朗教授，他友好地与我分享了他关于19世纪俄罗斯文学的丰富知识。

舌尖上的身份

满足食物要素的文学作品浩如烟海,但研究文学中的饮食的著作怎么会如此之少呢?毕竟,对艺术和饮食行为很容易进行理论概括。有没有可能是这两个活动功能的近似性导致人们总是忽略或者混淆它们呢?"帕斯卡尔说,规则是显而易见的,但远非普遍用法;我们很难在这方面转变观念,因为缺少习惯:但如果真能做到的话,也许就能明白这些规则。"①

历史学从古至今的确促进了饮食研究的繁荣,尽管如此,这一现象仍然是近现代的。②饮食史的内容包含食材的选择、准备和烹饪、服务和场面、味道、禁忌和快感,我们或许可以采用布里拉萨瓦兰对它的定义:"与人类摄食有关的所有的理性知识。"饮食史是一个社会风俗习惯的珍贵见证。自从法国年鉴学派强调了日常生活的重要性,我们就不可避免地会赞同雅克·勒戈夫的结论:"从巴比伦街到'新菜系',美食史不但成为时代和文明中不可或缺的一个方面,而且是其他社会学科首先是人类学不断进步的试金石。"③或者像米歇尔·欧斐定义的那样:"饮食史是十分短促的历史。"④

事实上,在诺爱拉·夏特雷的最著名作品《烹饪激战》⑤中,我发现饮食行为可以被看成是一种修复身体的活动,它把食物聚集在一个重要的社会习俗中,并且把它们展示给外部世界,然后我们再把它们吸收到我们体内。

许多社会学家,尤其是人类学家曾经做过与人类饮食发展相关的研究,因为吃是社会存在与人类存在之间的一个节点。当然,进食的需求涉及生活的各个方面,它是所有经济的基础,是国家政治战略和家庭战略中不可分割的一部分。它成为一个社会分裂或团结的标志——此外,这也使

---

① Blaise Pascal, *Pensées*, ed. L. Brunschvicg, Paris: Nelson Editeurs, 1909, p. 1.

② 最新的概括是菲利斯·普利·鲍勃的《艺术、文化与烹饪:古代和中世纪的美食》。Phyllis Pray Bober, *Art, Culture and Cuisine: Ancient and Medieval Gastronomy*, Chicago: University of Chicago Press, 1999.

③ Jacques Le Goff, "Nourritures", *La cuisine et la table: 5 000 ans de gastronomie*, numéro spécial de *L'Histoire*, vol. 85 (1986), p. 7.

④ Michel Onfray, *Le ventre des philosophes*, pp. 216–217.

⑤ Noëlle Châtelet, *Le corps-à-corps culinaire*, Paris: Seuil, 1977.

那些研究社会制度与女性自我意识之间关系的人兴趣大增。① 最终，食物被归档到一个时代的资料里。

由于人类行为的发展实际上在很大程度上归功于饮食行为和文化制度之间的相互渗透，所以，如果忽略了文化特征、社会制度和个人态度与我们多样又古怪的饮食方式之间的关系，我们就不可能真正地了解它们。

边吃东西边阅读和写作是人类的梦想。据神话记载，希腊人是从卡德莫斯那里学到拼写的。由于这个人物同时是西顿国王的厨师，所以，我们可以看到在言语和美食之间建立起了一种象征性的关系，这就是在对味道和愉悦的关切中，甚至在二者都适合进行系统分析的这个事实上，它们共享着连接体系的共同基础。历史上还有希拉伽巴拉大帝总是用一块桌布盖住他的餐桌，桌布上绣满了即将呈献给宾客们的菜肴图案的传说。通过这种方式，他创造了第一份菜单，也创造了第一本带目录的书。寻找文学作品中的食物隐喻也就是发现转化成逻辑的肉体和会说话的身体。然而，还有什么比在文学中追溯将人群区分出来的两大行为——进食和说话——更加正常的吗？

我们在吃饭过程中完成交流行为，餐饮烹饪的基本原理决定了食物的选择、准备和消费。摄食是所有饮食科学的唯一模式，是保存物种的关键功能。亚当偷吃禁果这一犹太-基督教传统中的象征性故事，体现了摄食先于性耻辱。这两个行为通过嘴巴联系起来，嘴巴这个激起性欲的区域已经在弗洛伊德那里得到了精神分析学家的关注，但它还没有得到真正的历史学家的重视；两者的关联就是我们使用同一个单词来描述摄食和性满足。如果认为原罪是一种虚荣的表现，似乎我们就掩盖了第一次违抗上帝命令是一次摄食行为这一事实，从此以后，人类历史就是饮食和文化制度之间的紧密关系史。

然而，饮食是以社会关系为前提的，对烹饪行为和品尝行为的研究不能忽视这些联系的重要性。通过查阅一部出色的文集《文艺复兴时期的饮

---

① 例如，金·切宁认为："探寻我们与食物的关系是发现女性自我发展中的深刻矛盾心理和掩盖的罪责的最可行方法。" Kim Chernin, *The Hungry Self*, New York：Times Books, 1985, XIII。

食实践与话语》①，我们可以确定，饮食是通过跨越众多概念界限才得以适用于跨学科分析的。事实上，如果说有一个研究领域可以有质疑传统学科界限的权利，那么着力于研究进餐行为的饮食批评一定是当之无愧的代表。

法国思想对饮食的重视表现在所有与味道相关的问题上，尤其是在文学方面。但是，由于菜肴和词语之间的关系没有得到完全的发掘，因此，我们有必要设计一个多学科研究的角度来连接饮食与文学评论。这种方法意味着，探索饮食和艺术之间联系的人类科学需要一个庞大的研究工程。它属于并且以历史为研究方法，包括文化史、经济史、思想史、日常生活史和艺术史，此外，还将求助于社会学、礼仪和规范、食物和菜谱、医学、营养学、营养问题和健康问题、文学评论和符号学、精神分析和哲学、女性研究，尤其是人类学。提出饮食批评这一批评方法是为了强调：诗人和厨师都创造变化和幻想。厨房是一个发生变化的地方：为了准备食物，通常需要用火，而火是由暴躁的普罗米修斯从众神那里偷来造福人类的。厨师和诗人都是修补匠，他们通过挑选、革新和想象的过程，开创了一种神圣的行为，这种行为生产出新颖复杂的产品，并具有在身体、情感和智力方面改变消费者的能力。

现在来谈谈法国文学。在越来越多的关于法国文学中的烹饪语言的研究中，我们可以看出这一兴趣几乎是19、20世纪小说的专属。② 作家们评论《包法利夫人》里的勒·沃毕萨德男爵令人印象深刻的宴会，或者普鲁斯特的《斯万之家》③ 里的小蛋糕；还有让－保罗·萨特的反美食主义，他主张在某种程度上，身体是哲学家最大的敌人④。

---

① J. C. Margolin and R. Sautet, *Pratiques et discours alimentaires à la Renaissance*, Paris: Maisonneuve & Larose, 1982.

② 21世纪在这一方面的文学也值得一提：让－玛丽·阿波斯多丽德在她的《听众》中，把去已经变成菜市场的旧时高中的经历描写成一次"食物教学的噩梦"（Jean-Marie Apostolidès, *L'Audience*, Paris: Exil, 2001, pp. 96 – 98）。

③ 例如，让－皮埃尔·理查熏的《普鲁斯特和食物》（Jean-Pierre Richard, "Proust et l'objet alimentaire", *Littérature*, vol. 6 (1972), pp. 3 – 19）。

④ 关于此话题，参考米歇尔·欧斐引人发笑的著作《哲学家的肚子》（Michel Onfray, *Le ventre des philosophes*, p. 217）。

当然，有几位出众的学者回顾了伊拉斯谟①诗意的宗教宴会，拉伯雷②笔下的人物的消化能力，龙萨③的法式土豆色拉，象征着笛卡尔④的梦想的"陌生人的甜瓜"，萨德⑤侯爵嗜食人肉的独特口味，还有让－雅克·卢梭⑥实践的艰苦艺术。

然而，我已经默默地略过了 17 世纪文学，因为就像学校课本上所言，古典艺术不反映日常功能的存在和重要性——尽管当时的历史中有大量尽人皆知的美食轶事，从人们对脑力饮品咖啡的狂热，到路易十四死后，人们发现国王的内脏比正常人大两倍。其中还发生了让我们团结起来的事件，即瓦泰尔的自杀，它使我们注意到长在土壤里的植物有时候也是致命的。

为什么要将文学研究与时代历史加以分隔呢？如果有人要对此负责的话，那就是拉辛——抑或是拉辛式的评论，因为我们没有在法国古典主义大师⑦的作品中找到与烹饪和摄食有关的内容，就匆忙下了结论：17 世纪的戏剧与美食无关。波德莱尔就曾经说过："你们从来没有见过悲剧人物喝酒吃饭吗？"（《1846 年的沙龙》）

尽管这种状况具体来说与拉辛有关，从总体上讲又与古典艺术有关，但我们断定，巴赫金理论中极为重要的"有形物质生活的原则"在 17 世

---

① 参阅米歇尔·让纳莱的《菜肴与词语：文艺复兴时期的宴会和餐桌用语》（Michel Jeanneret, *Des mets et des mots: banquets et propos de table à la Renaissance*, Paris: José Corti, 1987, pp. 167 – 175）。

② Michel Jeanneret, "Ma patrie est une citrouille: thèmes alimentaires dans Rabelais et Folengo", *Littérature et gastronomie: huit études réunies et préfacées par Ronald W. Tobin*, Tübingen: PFSCL, 1985, pp. 113 – 147.

③ Leonard W. Johnson, "La salade tourangelle de Ronsard", *Littérature et gastronomie: huit études réunies et préfacées par Ronald W. Tobin*, Tübingen: PFSCL, 1985, pp. 149 – 173.

④ Dimitri Davidenko, *Descartes le scandaleux*, Paris: Robert Laffont, 1988, p. 105. 米歇尔·欧斐在《哲学家的肚子》中也提到过这件事。

⑤ 萨德是诺埃尔·夏特莱的《烹饪激战》中最受争议的人物，也是毕翠思·芬科的几项重要研究的目标人物。Beatrice Fink, "Food as Object, Activity, and Symbol in Sade", *Romanic Review*, vol. 65 (1974), pp. 96 – 102。

⑥ 参阅让－克洛德·博内的权威文章《卢梭的烹饪和就餐风格》[Jean-Claude Bonnet, "Le système de la cuisine et du repas chez Rousseau", *Poétique*, vol. 22 (1974), pp. 244 – 264]。

⑦ 在拉辛的戏剧中只有两次宴会，而且发生在场景之外，分别出现在《布列塔尼库斯》和《爱斯苔尔》中。宴会旨在凸显阿达莉梦里贪吃的画面。

纪的文学中被剔除了；至少那些严肃的表现被剔除了，因为在诙谐的场合，食物词汇出现得还是十分频繁的，比如布瓦洛的滑稽进餐场景，通过他对场景、气味、口味的呈现，尤其是一顿恶心的饭，最后宾客们朝着彼此的脸上扔盘子打起来的场景，这种方式让马克·赛内感到快乐。

从另一种风格来看，小说家索雷尔似乎酷爱那些很过分的饮食场面，比如《法兰孔》中的农村酒席，或者在《荒诞的牧羊人》（第三部）中孟特诺尔描述的"众神的宴会"，席间吝啬鬼朱农抱怨菜的味道，伏尔甘厨师为宴会准备了从天而降的动物。在《失宠的篇章》中，特里斯丹·艾米特对描写美食时刻没有太大兴趣——尽管他在书中描写了有毒的饭菜——而在拉·封丹的作品《故事集》和《寓言集》中却有很多类似的描写。关于奥诺伊女士的童话故事经常涉及一些具有象征意义的消费动作，比如在"春天的公主"中，口腹的贪婪与分享面包的慷慨形成了鲜明对比。

在那些书信体作家和回忆录作者中，例如塔勒芒·德·雷欧、埃罗·德·古尔维尔、帕拉蒂尼公主、曼特农夫人，尤其是圣·西蒙和赛维涅夫人，他们用美食回忆吸引了我们的注意。

伦理学家是社会存在的敏锐观察者，他们从不会忽略餐桌行为。对拉布吕耶尔来说，饮食让他想起多位值得纪念的人物。梅纳尔克不论在餐桌还是其他地方都心不在焉，比如：

> 为了吃饭方便，人们发明了一种大勺子：他拿起勺子，放到菜里，装满勺子，又把勺子放到嘴里，他们会惊讶地发现刚刚喝进的汤洒在衬衣和外套上。在整个晚餐中，他都忘记了喝酒；或者他想起来了，他觉得有人倒给他太多的酒，他就把一半多的酒泼到坐在他右边的人的脸上；他静静地喝完剩下的酒，不明白为什么大家会因为他把别人给他倒多了的酒撒到地上而哈哈大笑。①

在其他令我们感兴趣的"特征"中，科里顿的情况是个特例，他把人类存在简化成一种消化管道："他待在餐桌旁直到咽下最后一口气；他死

---

① Jean de la Bruyère, "De l'Homme", *Les Caractères*, Paris: Garnier-Flammarion, 1965, p. 7.

的那天全部用来吃;无论他在哪里,都在吃;如果他重回世间,那也是为了吃。"①

散文,尤其是叙述性文体非常适用于饮食话语分析。17世纪的诗歌中也经常出现这样的暗示,尤其是那些专门研究伯尔尼传统中的美食颂歌的作家。在这些诗人中,有一位如今在小范围内仍有说服力,至少他是坚持不懈的。那就是克雷斯梅莱的杜福尔(Du Four de la Crespelière),他在1671年翻译了《萨兰尼养生指南》。但是早在1667年,他的一本小诗集就见证了他对美食的狂热,因为《爱的消遣和其他诙谐诗歌》② 主要包括关于"瓶子和酒杯""芥末""美味佳肴""圆面包和馅饼"以及其他诱人的话题。

如果说评论家并不是完全没察觉到散文和诗歌中的美食元素的话,那么他们在戏剧中则几乎没有发现美食元素,尽管美味佳肴在喜剧中是仆人最主要的担忧。几年前,查理·莫隆曾指出食物在喜剧中扮演着重要的角色,因为它让我们产生一种幻觉,这些幻觉表现了人们在饥饿威胁面前的巨大担忧,更主要的原因是17世纪的法国正在遭遇连年饥荒的噩梦。在那些以邀请吃夜宵作为结尾的喜剧中,剧作家创造了一种和观众交流的行为,因为就餐是一种复活和再生的象征,它伴随着新秩序的建立。

意识到文学史中的这一大漏洞后,我着手对莫里哀喜剧中的饮食进行了分析。莫里哀出名于法国饮食历史的转折时代,这个时代以1651年拉瓦莱纳的《法国厨师》的发表为标志。我们可以在莫里哀的戏剧中找到那个时代美食实践的表现,这表明烹饪是从17世纪中期开始吸引人们的兴趣的。导致这种历史现象的因素有很多。

首先需要指出的是,一次建立在彻底与意大利模式决裂的基础之上的烹饪革命影响深远,但在北欧的烹饪书籍中,比如1540年出版的《小契约》,却没有对此的研究。其次,如果我们拥护诺贝特·埃利亚斯③的观点,那就不应该低估当时的社会想要在美食方面扬名四方的需求。同时,

---

① Jean de la Bruyère, "De l'Homme", p. 122.
② Du Four de la Crespelière, *Les Divertissements d'amour et autres poésies burlesques*, Paris: chez Olivier de Varennes, 1667.
③ Norbert Elias, *La civilisation des moeurs*, Paris: Calmann-Lévy, 1973.

舌尖上的身份

我们也不应忘记在一个追求系统化的时代人们对知识的"规范",其中烹饪也不例外。① 莎拉·彼得森认为,为了让人们忘记东方对西方烹饪的影响,拉瓦莱纳和他的同胞们做出了三大改变。② 首先,他们去除了菜肴的香气和金黄的色泽,这是中世纪和文艺复兴时期欧洲从伊斯兰教中获得的启发。其次,他们创建了一个概念框架,这个框架摒弃了东方菜品的甜味,以迎合意大利文艺复兴时期的饮食偏好——他们声称酸和咸才是古希腊、古罗马时期的地道口味。最后,他们对感官享受推崇备至,并将其融入和谐观念之中,也就是说,每一种调料都是为了更好地融入整体而失去它的独特性。所有这些因素都是为了巩固绝对王权下的国家集权政策,并促使法国擅作主张,自视为美学领域的价值规范。

为了给我的饮食批评奠定可靠的基础,我从十几部戏剧着手,并以此作为我的研究素材,深入分析饮食词汇。分析菜品首先应从词汇入手。这一研究方法对我阐释《太太学堂》这部喜剧而言是颇有成效的。我借鉴了几个符号学的方法来厘清与"吃"一词相关的符号体系。

我的研究实践促使我对其他的每一部戏剧都采取一种不同的研究视角,这只会更凸显我研究方法的跨学科性。饮食批评并没有固定的套路,它与所有试验性的研究方法一样,更像是服务于一个概念的技术网络。由此,我援引了《〈太太学堂〉评论》中关于味道和美学的论据,《唐璜》中的快乐和感情相通的中心概念,《安菲特利翁》中的重商主义和待客之道,《贵人迷》中的故事嵌套,《女博士》中的精神厌食症,《没病找病》中的感官性和用于排泄的医疗设施。

然而,《吝啬鬼》无疑是这方面表现最丰富的文本。我试着揭示这部喜剧中一个吝啬的有产者的日常点滴。这部剧里面有一位监督饮食开支的总管,他按照《圣经》中有关财产管理的建议和《整洁的房子》③ 行事;有一位马车夫兼厨师的旅店主,东家雅克的手下,一些与食物同名的仆人(一截燕麦和鳕鱼);还有一位与小说同名的人物,他付出了超出凡人的努

---

① Claude Fischler, *L'homnivore*, Paris: éd. Odile Jacob, 1990, pp. 221–227.

② T. Sarah Peterson, *Acquired Taste: The French Origins of Modern Cooking*, Ithaca: Cornell University Press, 1994, p. 164.

③ Audiger, *La Maison réglée*, 2e éd., chez Nicolas le Gras, 1692.

力，面面俱到，来保存并看护好所有的一切，唯独忽略了最基本的一面：物种的繁衍。他坚持用他的狂热来控制全世界：他的仆人（他们衣衫褴褛并被强迫遵守比正常多两倍的斋戒日），他的牲畜（他晚上偷偷拿走它们的饲料），甚至是他宴请的宾客们。在这部戏剧 1682 年合集的加长版中，我们可以看到这样的宴会片段，它完美地重现了 17 世纪的菜单，对此拉瓦莱纳应该会赞赏有加，因为他是这个菜单的主要发明者。因此，从饮食批评的角度看，想要泯灭生命本能的阿巴贡才是古典喜剧中最阴暗的人物。

然而，饮食批评并非万能钥匙。比如在《伪君子》中，口头表述发挥着关键作用，它使人们在脑海中浮现出莫里哀戏剧中最令人记忆深刻的饮食画面——"丰腴又肥美，红石榴般的脸色""为了给夫人补充流失的血液，午餐时喝四大杯酒"等，美食的贡献显得无足轻重。①

另外，一部仅以社交集会为背景的喜剧中却没有出现礼仪所要求的餐食或点心，这会令我们感到惊讶，但我们最终会意识到，《厌世者》中的这一空缺是有说服力的。虽未言明，但聚餐和宴饮交际的缺乏，鲜明地表现了色里曼娜的沙龙中人际关系的干涩，并突出了从戏剧开端就具有的模糊性。

饮食批评能够用于阐释莫里哀的所有类型的作品：滑稽剧（《爱恋的怨恨》）、情景剧（《冒失鬼》）、芭蕾剧（《美妙的情人们》）、桃色剧（《太太学堂》）、黑色剧（《唐璜》）。这大概是由于莫里哀笔下的偏执狂们，就他们的想象或幻象来说，并非真正的美食家：尽管他们坚持要满足他们的食欲，但是，他们忽略这一文化行为的规则。莫里哀刻画那些不熟悉餐桌礼仪的主人和客人，暗含着对真正美食家的赞美，这些真正的美食家总是器重一个懂得在丰富的喜剧结构中加入美食元素的美食作家。

作为这顿理论大餐的总结，我们要注意，饮食批评并不是沙漠中孤独绽放的花。事实上，它从属于社会评论体系，对这一思想体系贡献巨大，

---

① 在《进餐时刻》一文中，琼-路易·富朗德兰持同样的观点："莫里哀为了让读者觉得达尔丢夫的贪吃可笑，在 1669 年这样写道，'他午餐时喝四大杯红酒'，却什么东西也不吃。" Jean-Louis Flandrin, "Les heures des repas", in Aymard, Grignon et Sabban (éd.), *Le temps de manger*, Paris: éd. de la Maison des sciences de l'homme, 1993, p. 105.

尤其体现在我们对莫里哀的研究中,主要有拉尔夫·阿尔巴尼斯对社会文化的研究和詹姆斯·盖恩斯关于戏剧中社会结构的研究,以及哈洛德·努森和之后的斯蒂芬·多克对人物的着装所做的研究。[①]

饮食批评牵涉所有与食物相关的学术领域,从研究者们围绕食物展开的争论和兴趣来看,饮食批评的前景十分光明。一些学者认为,它属于艺术(关于烹饪和文学的艺术),另一些学者则认为它属于哲学;一些学者把饮食批评与社会科学,尤其是与人类学联系起来,另一些学者还试图寻找它在科学史和医学史中的位置,像帕特里克·里克丹德雷在他对《没病找病》的评论[②]中所说的那样,通过病理学诊断来阅读文学。对医学专家来说,烹饪史是一项规模宏大的事业,因为它既具有口语的通俗性,也有书面的学术性。美食史也正是处于这两个方面交织的进程中,因而值得特别关注,饮食批评亦如此。今天,我们知道,在文艺复兴时期和古典时代的欧洲,那些学者和厨师们就是借助这两种传播路径相互沟通的。[③]

在《同义词词典》(*Dizionario dei sinonimi*,1830)的最后一个词条中,如果我们把"消化"替换成"饮食",其中一段话就会变得引人深思:

> 所有的文明国家都有标题为《饮食》(*De re culinaria*)的著作。如果着手写一本关于这个话题的书……我们找不到用于表达这一伟大艺术的术语……人们在这门艺术上倾注了那么多好的、坏的"消化"(领悟),那么多愉快的、烦恼的时光,那么多不耐烦的、固执的、慷慨的和期望的行动。消化是人类生活最重要的事情之一,也是最被忽

[①] Ralph Albanese, *Le dynamisme de la peur chez Molière*, University, MS, Romance Monographs, 1976; James Gaines, *Social Structures in Molière's Theater*, Columbus: Ohio State University Press, 1984; Harold Knutson, *The Triumph of Wit*, Columbus: Ohio State University Press, 1988; Stephen V. Dock, *Costumes and Fashions in the Plays of Molière*, Genève: Slatkine, 1992.

[②] Patrick Dandrey, *Le "cas" Argan: Molière et la maladie imaginaire*, Paris: Klincksieck, 1993.

[③] 参阅阿莉达·葛莱尼给《早期科学与医学》第四卷第二期(1999年5月)特刊写的引言《新文化历史》。Anita Guerrini, "The New Cultural History", *Early Science and Medicine: A Journal for the Study of Science, Technology and Medicine in the Pre-Revolutionary Period*, vol. 4, no. 2 (1999), pp. 164-165.

视的事情之一；一部关于消化的出色论著将是一本真正的百科全书，因为它必须包括物理、化学、力学、农学、历史、文献学、美学、伦理、公共经济甚至是宗教。①

在广度和深度方面，还有比这段话更好的关于饮食批评的描述？

---

① 转引自 Piero Camporesi, *The Magic Harvest*, Cambridge, M. A.：Polity Press, 1993, p. 113。

参考文献

一、中文文献

奥康纳. 暴力夺取 [M]. 仲召明, 译. 北京: 新星出版社, 2011.

波特. 愚人船 [M]. 鹿金, 译. 上海: 上海译文出版社, 2000.

伯科维奇. 剑桥美国文学史: 第六卷 [M]. 张宏杰, 赵聪敏, 译. 北京: 中央编译出版社, 2009.

布尔迪厄. 区分: 判断力的社会批判 [M]. 刘晖, 译. 北京: 商务印书馆, 2015.

布里亚-萨瓦兰. 厨房里的哲学家 [M]. 敦一夫, 付丽娜, 译. 天津: 百花文艺出版社, 2005.

布吕内尔. 饥荒与政治 [M]. 王吉会, 译. 北京: 社会科学文献出版社, 2010.

曹莉. 尤多拉·韦尔蒂和她的短篇小说 [J]. 外国文学, 1998 (2).

陈爱敏. 饮食文化上的"他者": 当代华裔美国女作家的东方主义色彩 [J]. 当代外国文学, 2003 (3).

陈海容. 《锻如血》与"马斯科吉三部曲"中的食物书写 [J]. 外国文学, 2019 (5).

陈红薇. 奥康纳小说文本中的两个声音 [J]. 国外文学, 1998 (4).

陈永国. 美国南方文化 [M]. 长春: 吉林大学出版社, 1996.

陈永国. 身份认同与文学的政治 [J]. 清华大学学报 (哲学社会科学版), 2016 (6).

冯珠娣. 饕餮之欲: 当代中国的食与色 [M]. 郭乙瑶, 马磊, 江素侠, 译. 南京: 江苏人民出版社, 2009.

参考文献

弗吉尼亚·伍尔夫. 一间自己的房间：本涅特先生和布朗太太及其他［M］. 贾辉丰, 译. 北京：人民文学出版社, 2003.

福柯. 权力的眼睛：福柯访谈录［M］. 严锋, 译. 上海：上海人民出版社, 1997.

福斯特. 粮食生产、食品消费与新陈代谢断裂：马克思论资本主义食物体制［J］. 肖明文, 译. 马克思主义与现实, 2019（4）.

傅景川. 美国南方"圣经地带"怪诞的灵魂写手：论奥康纳和她的小说［J］. 吉林大学社会科学学报, 2000（5）.

黄铁池. 论凯瑟琳·安·波特《愚人船》［J］. 外国文学研究, 1995（4）.

黄新辉. 华裔女性文学中的食物叙事与性别政治［J］. 北京第二外国语学院学报, 2016（3）.

黄虚峰. 美国南方转型时期社会生活研究［M］. 上海：上海人民出版社, 2007.

霍尔. 导言：是谁需要"身份"？［C］//霍尔, 杜盖伊. 文化身份问题研究. 庞璃, 译. 开封：河南大学出版社, 2010.

金莉, 等. 20世纪美国女性小说研究［M］. 北京：北京大学出版社, 2010.

克里斯蒂瓦. 恐怖的权力：论卑贱［M］. 张新木, 译. 北京：生活·读书·新知三联书店, 2001.

李博婷. 弗吉尼亚·伍尔夫的吃与疯狂［J］. 国外文学, 2012（3）.

李杨. 美国"南方文艺复兴"：一个文学运动的阶级视角［M］. 北京：商务印书馆, 2011.

李杨. 欧洲元素对美国"南方文艺复兴"本土特色的构建［M］. 上海：同济大学出版社, 2015.

林斌. "精神隔绝"的宗教内涵：《心是孤独的猎手》中的基督形象塑造与宗教反讽特征［J］. 外国文学研究, 2011（6）.

林斌. 美国南方小镇上的"文化飞地"：麦卡勒斯小说的咖啡馆空间［J］. 外国文学评论, 2019（2）.

刘彬. 食人、食物：析《天堂》中的权力策略与反抗［J］. 外国文学研究, 2014（1）.

刘芹利. 论《最蓝的眼睛》佩科拉疯癫之路的食物话语［J］. 四川师范大学学报（社会科学版），2016（1）.

刘思远. 从"食欲"到"餐桌礼仪"：论《认真的重要》中的喜剧性［J］. 外国文学，2013（3）.

刘晓春. 世界精神与生态关怀：雪莱和他的素食主义［J］. 外语教学，2016（3）.

陆薇. "胃口的政治"：美国华裔与非裔文学的互文性阅读［J］. 国外文学，2001（3）.

罗伯茨. 东食西渐：西方人眼中的中国饮食文化［M］. 杨东平，译. 北京：当代中国出版社，2008.

马克思. 1844年经济学哲学手稿［M］//马克思恩格斯全集：第3卷. 中共中央马克思恩格斯列宁斯大林著作编译局，译. 北京：人民出版社，2002.

马克思. 资本论：第1卷［M］. 中共中央马克思恩格斯列宁斯大林著作编译局，译. 北京：人民出版社，2004.

麦卡勒斯. 心是孤独的猎手［M］. 陈笑黎，译. 上海：上海三联书店，2005.

莫言. 酒国［M］. 北京：当代世界出版社，2004.

帕西尼. 食与性［M］. 巫春峰，译. 北京：清华大学出版社，2018.

彭兆荣. 饮食人类学［M］. 北京：北京大学出版社，2013.

平坦. "南方女性神话"的现代解构：以韦尔蒂、麦卡勒斯、奥康纳为例的现代南方女性作家创作研究［D］. 长春：吉林大学，2010.

珀丝. 贪吃［M］. 李玉瑶，译. 北京：生活·读书·新知三联书店，2007.

钱钟书. 吃饭［M］//钱钟书散文. 杭州：浙江文艺出版社，1997.

乔修峰. 狄更斯写吃喝的伦理诉求［J］. 山东外语教学，2009（5）.

屈长江，赵晓丽. 此情可待成追忆：论《乐观者的女儿》的悼亡情感记忆［J］. 外国文学研究，1992（3）.

荣格. 原型与集体无意识［M］//荣格文集：第五卷，徐德林，译. 北京：国际文化出版公司，2011.

萨特. 萨特文集：第1卷［M］. 沈志明, 艾珉, 主编. 北京：人民文学出版社, 2005.

森. 贫困与饥荒：论权利与剥夺［M］. 王宇, 王文玉, 译. 北京：商务印书馆, 2009.

石云龙. 荒诞畸形、警醒世人：解析奥康纳笔下"畸人"形象［J］. 当代外国文学, 2003（4）.

斯特朗. 欧洲宴会史［M］. 陈法春, 李晓霞, 译. 天津：百花文艺出版社, 2006.

宋晓萍. 厨房：欲望、享乐和暴力——厨房中的女性话语以及《恰似水于巧克力》［J］. 外国文学, 2000（4）.

苏欲晓. 盲者与巨型图像：弗朗纳里·奥康纳的小说视野［J］. 外国文学评论, 2002（4）.

陶家俊. 身份认同导论［J］. 外国文学, 2004（2）.

特纳. 身体与社会［M］. 马海良, 赵国新, 译. 沈阳：春风文艺出版社, 2000.

田颖. 从厨房说起：《婚礼的成员》中的空间转换［J］. 国外文学, 2018（1）.

王凤. 食肉成"性"的布鲁姆：论《尤利西斯》中乔伊斯的反素食主义立场［J］. 外国文学评论, 2016（2）.

王进驹, 张玉洁. 论《红楼梦》日常"吃饭"描写的叙事功能［J］. 文艺理论研究, 2018（4）.

王晋平. 论托妮·莫里森的食物情结［J］. 西安外国语学院学报, 2001（3）.

王晓雄. 文明人的食人焦虑和帝国的纾解策略：十八世纪初期英国文学中的食人书写［J］. 外国文学评论, 2018（2）.

王欣. 创伤、记忆和历史：美国南方创伤小说研究［M］. 成都：四川大学出版社, 2013.

王韵秋. 隐喻的幻象：析《可以吃的女人》与《神谕女士》中作为"抵抗话语"的饮食障碍［J］. 国外文学, 2015（4）.

威廉斯. 乡村与城市［M］. 韩子满, 刘戈, 徐珊珊, 译. 北京：商务印书馆, 2013.

韦尔蒂. 乐观者的女儿［M］. 杨向荣,译. 南京:译林出版社,2013.

武田田. 食物、食人、性与权力关系:安杰拉·卡特20世纪70年代小说研究［J］. 解放军外国语学院学报,2012(2).

西敏司. 甜与权力:糖在近代历史上的地位［M］. 王超,朱健刚,译. 北京:商务印书馆,2010.

肖明翰. 美国南方文艺复兴的动因［J］. 美国研究,1999(2).

谢崇林. 食物与哥特化的身体:《金色眼睛的映像》中主体性的构建［J］. 西南农业大学学报(社会科学版),2011(12).

杨纪平. 走向和谐:弗兰纳里·奥康纳研究［M］. 北京:中国社会科学出版社,2014.

叶舒宪. 千面女神:性别神话的象征史［M］. 上海:上海社会科学院出版社,2004.

余杨. 文本的滋味:论君特·格拉斯的饮食诗学［J］. 上海交通大学学报(哲学社会科学版),2019(2).

张辛仪. 小叙事和大意象:论君特·格拉斯笔下的饮食世界［J］. 当代外国文学,2014(1).

郑佰青,张中载. 安吉拉·卡特小说中的吃与权力［J］. 当代外国文学,2015(2).

周铭. "上升的一切必融合":奥康纳暴力书写中的"错置"和"受苦灵魂"［J］. 外国文学评论,2014(1).

周作人. 看云集［M］. 石家庄:河北教育出版社,2002.

二、外文文献

ADAMS C J. The Sexual Politics of Meat: A Feminist-Vegetarian Critical Theory［M］. New York: Continuum Publishing, 1990.

ADOLPH A. Food and Femininity in Twentieth-Century British Women's Fiction［M］. Farnham: Ashgate, 2009.

AKINS A V. "We weren't laughing at them … We're grieving with you": Empathy and Comic Vision in Welty's *The Optimist's Daughter*［J］. The Southern Literary Journal, 2011, 43(2).

ALBALA K. Routledge International Handbook of Food Studies [M]. London: Routledge, 2013.

ANDERSON E N. Everyone Eats: Understanding Food and Culture [M]. New York: New York University Press, 2005.

ARCHER J E, RICHARD M T, HOWARD T. Food and the Literary Imagination [M]. New York: Palgrave Macmillan, 2014.

ARMES N R. The Feeder: A Study of the Fiction of Eudora Welty and Carson McCullers [D]. Urbana, I. L. : University of Illinois at Urbana-Champaign, 1975.

ARNOLD M. Images of Memory in Eudora Welty's *The Optimist's Daughter* [J]. The Southern Literary Journal, 1982, 14 (2).

AUSTENFELD T C. American Women Writers and the Nazis: Ethics and Politics in Boyle, Porter, Stafford, and Hellman [M]. Charlottesville: University Press of Virginia, 2001.

BAKHTIN M. Problems of Dostoevsky's Poetics [M]. Minneapolis: University of Minnesota Press, 1984.

BAKHTIN M. Rabelais and His World [M]. Bloomington: Indiana University Press, 1984.

BARTHES R. Mythologies [M]. London: Paladin, 1972.

BEARDSWORTH A, TERESA K. Sociology on the Menu: An Invitation to the Study of Food and Society [M]. New York: Routledge, 1997.

BEDNAR G J. From Emptiness to Hunger: Lonergan, Lynch, and Conversion in the Works of Flannery O'Connor [J]. Renascence, 2016, 68 (3).

BELL D, GILL V. Consuming Geographies: We Are Where We Eat [M]. New York: Routledge, 1997.

BELLIS J R. The Dregs of Trembling, the Draught of Salvation: The Dual Symbolism of the Cup in Medieval Literature [J]. Journal of Medieval History, 2011, 37 (1).

BLEVINS B. The Country Store: In Search of Mercantiles and Memories in the Ozarks [J]. Southern Cultures, 2012, 18 (4).

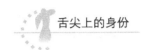

BLODGETT H. Mimesis and Metaphor: Food Imagery in International Twentieth-century Women's Writing [J]. Papers on Language & Literature, 2004, 40 (3).

BLOOM H. Modern Critical Views: Flannery O'Connor [M]. New York: Chelsea House Publishers, 1986.

BONE M. The Transnational Turn in the South [C]//DUNCAN R, JUNCKER C. Transnational America: Contours of Modern US Culture. Copenhagen: Museum Tusculanum Press, 2004.

BOURDIEU P. Distinction: A Social Critique of the Judgment of Taste [M]. New York: Routledge, 1984.

BRILLAT-SAVARIN J A. The Physiology of Taste [M]. New York: Knopf, 1971.

BRINKMEYER R H JR. Asceticism and the Imaginative Vision of Flannery O'Connor [C]//RATH S P, SHAW M N. Flannery O'Connor: New Perspectives. Athens: University of Georgia Press, 1996.

BRINKMEYER R H JR. New Orleans, Mardi Gras, and Eudora Welty's *The Optimist's Daughter* [J]. Mississippi Quarterly, 1991, 44 (4).

BRITTAIN J. The Fictional Family of Flannery O'Connor [J]. Renascence, 1966, 19.

BROOKS C. The Past Reexamined: *The Optimist's Daughter* [J]. Mississippi Quarterly, 1973, 26 (4).

BROWN J W. Fictional Meals and Their Function in the French Novel, 1789 – 1848 [M]. Toronto: University of Toronto Press, 1984.

BROWN J W. On the Semiogenesis of Fictional Meals [J]. Romanic Review, 1978, 69 (4).

BROWN N O. Love's Body [M]. New York: Vintage, 1966.

BURKE P. Popular Culture in Early Modern Europe [M]. 3rd ed. Farnham: Ashgate, 2009.

BYRNE A. Arthur's Refusal to Eat: Ritual and Control in the Romance Feast [J]. Journal of Medieval History, 2011, 37 (1).

CAMP C. Review of Cather's Kitchens: Foodways in Literature and Life [J]. Western Folklore, 2002, 61 (1).

CARR V S. The Lonely Hunter: A Biography of Carson McCullers [M]. New York: Doubleday, 1975.

CARR V S. Understanding Carson McCullers [M]. Columbia: University of South Carolina Press, 1990.

CHAMLEE K D. Cafés and Community in Three Carson McCullers' Novels [J]. Studies in American Fiction, 1990, 18 (2).

CHARTERS S. Wine and Society: The Social and Cultural Context of a Drink [M]. Oxford: Elsevier, 2006.

CHERNIN K. The Hungry Self: Women, Eating, and Identity [M]. New York: Times Books, 1985.

CLARK C K. Pathos with a Chuckle: The Tragicomic Vision in the Novels of Carson McCullers [J]. Studies in American Humor, 1975, 1 (3).

CLARK T D. Pills, Petticoats and Plows: The Southern Country Store [M]. Norman: University of Oklahoma Press, 1964.

CLINTON C. The Plantation Mistress: Woman's World in the Old South [M]. New York: Pantheon, 1982.

COHEN G A. Karl Marx's Theory of History: A Defense [M]. Princeton: Princeton University Press, 1978.

COOPER W J, Thomas E T. The American South: A History [M]. New York: Alfred A. Knopf, 1990.

COZZI A. The Discourses of Food in Nineteenth-Century British Fiction [M]. New York: Palgrave Macmillan, 2010.

DAPHINOFF D. "After All, What Is This Life Itself?": Humanist Contexts of Death and Immortality in Katherine Anne Porter's *Ship of Fools* [C]//AUSTENFELD T. Katherine Anne Porter's Ship of Fools: New Interpretations and Transatlantic Contexts. Denton, T. X.: University of North Texas Press, 2015.

DAVEY-LONGSTREET L. For a Semiotics of Food in the Nineteenth-Century

French Novel [J]. RSSI, 1994, 14 (1-2).

DAVID E. French Country Cooking [M]. Harmondsworth: Penguin, 1966.

DAVIS D A, POWELL T. Reading Southern Food [C]//DAVIS D A, POWELL T. Writing in the Kitchen: Essays on Southern Literature and Foodways. Jackson: University Press of Mississippi, 2014.

DE SOUCEYM. Gastronationalism: Food Traditions and Authenticity Politics in the European Union [J]. American Sociological Review, 2010, 75 (3).

DELEUZE G, FÉLIX G. A Thousand Plateaus [M]. London: Athlone Press, 1988.

DESMOND J. Risen Sons: Flannery O'Connor's Vision of History [M]. Athens: University of Georgia Press, 1987.

DOANE M A. Film and the Masquerade: Theorising the Female Spectator [J]. Screen, 1982, 23 (3-4).

DODD W D. The Development of Theme Through Symbol in the Novels of Carson McCullers [J]. Georgia Review, 1963, 17 (1).

DOLLARD J. Caste and Class in a Southern Town [M]. 2nd ed. New York: Harper and Brothers, 1949.

DOMINGOS N, JOSé M S, HARRY G W. Food Between the Country and the City: Ethnographies of a Changing Global Foodscape [M]. London: Bloomsbury, 2014.

DONAHOO R. Tarwater's March to the Feminine: The Role of Gender in O'Connor's *The Violent Bear It Away* [J]. Critic, 1993, 56 (1).

DOUGLAS M. Deciphering a Meal [C]//COUNIHAN C, VAN ESTERIK P. Food and Culture: A Reader. London: Routledge, 1997.

DOUGLAS M. Food in the Social Order: Studies of Food and Festivities in Three American Communities [M]. New York: Routledge, 2003.

DOUGLAS M. Implicit Meanings: Essays in Anthropology [M]. London: Routledge, 1975.

DOUGLAS M. Purity and Danger: An Analysis of the Concepts of Pollution and Taboo [M]. London: Routledge, 1966.

DRAKE R. The Paradigm of Flannery O'Connor's True Country [J]. Studies in Short Fiction, 1969 (6).

DUCKL A. The Nation's Region: Southern Modernism, Segregation, and U. S. Nationalism [M]. Athens: University of Georgia Press, 2006.

DUHAMELP A. The Novelist as Prophet [C]//FRIEDMAN M J, LAWSON L A. The Added Dimension: The Art and Mind of Flannery O'Connor. New York: Fordham University Press, 1977.

EAGLETON T. Edible écriture [C]//GRIFFITHS S, WALLACE J. Consuming Passions: Food in the Age of Anxiety. Manchester: Mandolin, 1998.

EAGLETON T. Walter Benjamin, or Towards a Revolutionary Criticism [M]. London: Verso, 1981.

EDGE J T. Fried Chicken [C]//EDGE J T. Foodways, Vol. 7 of The New Encyclopedia of Southern Culture. Chapel Hill: University of North Carolina Press, 2007.

EDGE J T. Lunch Counters (Civil Rights Era) [C]//EDGE J T. Foodways, Vol. 7 of The New Encyclopedia of Southern Culture. Chapel Hill: University of North Carolina Press, 2007.

EDWARDS M E. Virginia Ham: The Local and Global of Colonial Foodways [J]. Food and Foodways, 2011, 19 (1-2).

EGERTON J. Southern Food: At Home, on the Road, in History [M]. New York: Knopf, 1987.

EICHELBERGER J. Prophets of Recognition: Ideology and the Individual in Novels by Ralph Ellison, Toni Morrison, Saul Bellow, and Eudora Welty [M]. Baton Rouge: Louisiana State University Press, 1999.

EISINGERC E. Fiction of the Forties [M]. Chicago: University of Chicago Press, 1963.

ELLMANN M. The Hunger Artists: Starving, Writing, and Imprisonment [M]. Cambridge, M. A.: Harvard University Press, 1993.

ESMANA H. Adolescence and Culture [M]. New York: Columbia University Press, 1990.

EVANS O. Carson McCullers: Her Life and Work [M]. London: Peter Owen, 1965.

EVANS O. The Ballad of Carson McCullers: A Biography [M]. New York: Coward-McCann, 1966.

FARB P, ARMELAGOS G. Consuming Passions: The Anthology of Eating [M]. New York: Washington Square, 1980.

FERGUSON P P. Culinary Nationalism [J]. Gastronomica, 2010, 10 (1).

FERRIS M C. History, Place, and Power: Studying Southern Food [J]. Southern Cultures, 2015, 21 (1).

FERRIS M C. The Edible South: The Power of Food and the Making of an American Region [M]. Chapel Hill: The University of North Carolina Press, 2014.

FERRIS M C. The Edible South [J]. Southern Cultures, 2009, 15 (4).

FIEDLER L A. Love and Death in the American Novel [M]. New York: Criterion Books, 1960.

FIELDHOUSE P. Food and Nutrition: Customs and Culture [M]. London: Chapman & Hall, 1995.

FINK B. Enlightened Eating in Non-Fictional Context and the First Stirrings of Ecriture Gourmande [J]. Dalhousie French Studies, 1986, 11.

FISCHLER C. Food, Self and Identity [J]. Social Science Information, 1988, 27 (2).

FOKKEMA D W. Continuity and Change in Russian Formalism, Czech Structuralism and Soviet Semiotics [J]. PTL: A Journal for Descriptive Poetics and Theory of Literature, 1976 (1).

FOLKS J J. Southern Renascence [C]//FLORA J M, MACKETHAN L H. The Companion to Southern Literature: Themes, Genres, Places, People, Movements, and Motifs. Baton Rouge: Louisiana State University Press, 2002.

FOUCAULT M. Discipline and Punishment: The Birth of the Prison [M]. New York: Vintage Books, 1995.

FOUCAULT M. Nietzsche, Genealogy, History [C]//RABINOW P. The Foucault Reader. Harmondsworth: Penguin, 1984.

FURST L R. Introduction [C]//FURST L R, GRAHAM P W. Disorderly Eaters: Texts in Self-Empowerment. University Park: Pennsylvania State University Press, 1992.

FUSSELL B. My Kitchen Wars [M]. New York: North Point Press, 1999.

GIGANTE D. Taste: A Literary History [M]. New Haven: Yale University Press, 2005.

GIVNER J. Katherine Anne Porter: A Life [M]. New York: Simon and Schuster, 1982.

GIVNER J. Katherine Anne Porter: Conversations [M]. Jackson: University Press of Mississippi, 1987.

GOLDSTEIND B, AMY L T. Culinary Shakespeare: Staging Food and Drink in Early Modern England [M]. Pittsburgh, P. A.: Duquesne University Press, 2016.

GOSSETTL Y. Violence in Recent Southern Fiction [M]. Durham, N. C.: Duke University Press, 1965.

GRAVER L. Carson McCullers [M]. Minneapolis: University of Minnesota Press, 1969.

GUTIERREZ P. Cajun Foodways [M]. Jackson: University Press of Mississippi, 1992.

GUY K M. Wine, Work, and Wealth: Class Relations and Modernization in the Champagne Wine Industry, 1870–1914 [J]. Business and Economic History, 1997, 26 (2).

GUYK M. When Champagne Became French: Wine and the Making of National Identity [M]. Baltimore: Johns Hopkins University Press, 2003.

GWIN M. Mentioning the Tamales: Food and Drink in Katherine Anne Porter's Flowering Judas and Other Stories [J]. Mississippi Quarterly, 1984, 38 (1).

GYGAX F. *The Optimist's Daughter*: A Woman's Memory [C]//BLOOM H.

Eudora Welty: Bloom's Modern Critical Views. New York: Chelsea House, 2007.

HARRISON S. Eudora Welty and Virginia Woolf: Gender, Genre, and Influence [M]. Baton Rouge: Louisiana State University Press, 1997.

HASSANI H. Carson McCullers: The Alchemy of Love and Aesthetics of Pain [J]. Modern Fiction Studies, 1959, 5 (4).

HASSELH J. Wine, Women, and Song: Gender and Alcohol in Twentieth-Century American Women's Fiction [D]. Lincoln, N. E. : the University of Nebraska at Lincoln, 2002.

HAWKS J, SKEMP S. Introduction [C]//HAWKS J, SKEMP S. Sex, Race, and the Role of Women in the South: Essays. Jackson: University Press of Mississippi, 1983.

HEAD T. Food in Literature [C]//EDGE J T. Foodways, Vol. 7 of The New Encyclopedia of Southern Culture. Chapel Hill: University of North Carolina Press, 2007.

HENDIN J. The World of Flannery O'Connor [M]. Bloomington: Indiana University Press, 1970.

HILL S E. The Meaning of Gluttony and the Fat Body in the Ancient World [M]. Santa Barbara: Praeger, 2011.

HILLIARD S B. Hog Meat and Hoecake: Food Supply in the Old South, 1840 – 1860 [M]. Carbondale: Southern Illinois University Press, 1972.

HINZE D. Texas and Berlin: Images of Germany in Katherine Anne Porter's Prose [J]. Southern Literary Journal, 1991, 24 (1).

HUGHES M. Soul, Black Women and Food [C]//COUNIHAN C, VAN ESTERIK P. Food and Culture: A Reader. New York: Routledge, 1997.

JAMESON F. Archaeologies of the Future: The Desire Called Utopia and Other Science Fictions [M]. London: Verso, 2005.

KALCIK S. Ethnic Foodways in America: Symbol and the Performance of Identity [C]//Brown L K, Mussell K. Ethnic and Regional Foodways in the United States: The Performance of Group Identity. Knoxville: University of Tennessee Press, 1984.

KERR C M. Stomaching the Truth: Getting to the Roots of Nausea in the Work of Jean Paul Sartre and Flannery O'Connor [J]. Christianity and Literature, 2010, 60 (1).

KERTZER M N. What is a Jew? [M]. New York: Simon & Schuster, 1996.

KESSLER B. One Reader's Digest: Toward a Gastronomic Theory of Literature [J]. The Kenyon Review, 2005, 27 (2).

KING R H. A Southern Renaissance: The Cultural Awakening of the American South, 1930 – 1955 [M]. New York: Oxford University Press, 1980.

KIRKPATRICK S. Review of Ship of Fools [J]. Sewanee Review, 1963, 71 (1).

KJÆR L, WATSON A J. Feasts and Gifts: Sharing Food in the Middle Ages [J]. Journal of Medieval History, 2011, 37 (1).

KLEIN M. Love, Guilt and Reparation and Other Works, 1921 – 1945 [M]. New York: The Free Press, 1975.

KNOX E. Tomboys in the Work of Carson McCullers [C]//FARRIS D N, DAVIS M A, COMPTON L R. Illuminating How Identities, Stereotypes and Inequalities Matter through Gender Studies. New York: Springer, 2014.

KORENMAN J S. Carson McCullers' "Proletarian Novel" [J]. Studies in the Humanities, 1976, 5 (1).

KREYLING M. Eudora Welty's Achievement of Order [M]. Baton Rouge: Louisiana State University Press, 1980.

KRUMLAND H. "A Big Deaf-mute Moron": Eugenic Traces in Carson McCullers's *The Heart Is a Lonely Hunter* [J]. Journal of Literary & Cultural Disability Studies, 2008, 2 (1).

KUHN J. The Weimar Moment in Katherine Anne Porter's Ship of Fools [C]// Austenfeld T. Katherine Anne Porter's Ship of Fools: New Interpretations and Transatlantic Contexts. Denton, T. X.: University of North Texas Press, 2015.

LABRIE R. The Catholic Imagination in American Literature [M]. Columbia:

University of Missouri Press, 1997.

LANDESST H. The Function of Taste in the Fiction of Eudora Welty [J]. Mississippi Quarterly, 1973, 26 (4).

LANSKY E. Female Trouble: Dorothy Parker, Katherine Anne Porter and Alcoholism [J]. Literature and Medicine, 1998, 17 (2).

LATSHAW B A. Food for Thought: Race, Region, Identity, and Foodways in the American South [J]. Southern Cultures, 2009, 15 (4).

LEBLANC R D. Dinner with Chichikov: The Fictional Meal as Narrative Device in Gogol's Dead Souls [J]. Modern Fiction Studies, 1988 (18).

LEBLANC R D. Slavic Sins of the Flesh: Food, Sex, and Carnal Appetite in Nineteenth-Century Russian Fiction [M]. Durham: University of New Hampshire Press, 2009.

LEONARDI S J. Recipes for Reading: Summer Pasta, Lobster a la Riseholme, and Key Lime Pie [J]. PMLA: Publications of the Modern Language Association of America, 1989, 104 (3).

LEVI-STRAUSS C. Totemism [M]. Boston: Beacon Press, 1963.

LEVY W. The Picnic: A History [M]. New York: AltaMira Press, 2014.

LIBERMANM M. Katherine Anne Porter's Fiction [M]. Detroit: Wayne State University Press, 1971.

LONG K M. "The Freed Hands": The Power of Images in Eudora Welty's *The Optimist's Daughter* [C]//CHAMPION L. The Critical Response to Eudora Welty's Fiction. Westport, C. T.: Greenwood Press, 1994.

LUKACS G. Existentialism [C]//JUAN E S. Marxism and Human Liberation: Essays on History, Culture and Revolution. New York: Delta, 1973.

LUPTON D. Food, the Body, and the Self [M]. London: Sage, 1996.

LYNCH W. Theology and the Imagination [J]. Thought, 1954 (29).

MACKETHANL H. Novel, 1820 to 1865 [C]//FLORA J M, MACKETHAN L H. The Companion to Southern Literature: Themes, Genres, Places, People, Movements, and Motifs. Baton Rouge: Louisiana State University Press, 2002.

MADDEN D. The Paradox of the Need for Privacy and the Need for Understanding in Carson McCullers' *The Heart Is a Lonely Hunter* [J]. Literature and Psychology, 1967, 12 (2-3).

MALLON A M. Mystic Quest in *The Violent Bear It Away* [J]. Flannery O'Connor Bulletin, 1981 (10).

MANNING C S. On Defining Themes and (Mis) Placing Women Writers [C]//MANNING C S. The Female Tradition in Southern Literature. Urbana: University of Illinois Press, 1993.

MANNING C S. With Ears Opening Like Morning Glories: Eudora Welty and the Love of Storytelling, Westport [M]. Conn.: Greenwood Press, 1985.

MARRS S. One Writer's Imagination: The Fiction of Eudora Welty [M]. Baton Rouge: Louisiana State University Press, 2002.

MARRS S. What There Is to Say We Have Said: The Correspondence of Eudora Welty and William Maxwell [M]. Boston: Houghton Mifflin Harcourt, 2011.

MASS N. "Caught and Loose": Southern Cosmopolitanism in Carson McCullers's *The Ballad of The Sad Café* and *The Member of the Wedding* [J]. Studies in American Fiction, 2010, 37 (2).

May J R. *The Violent Bear It Away*: The Meaning of the Title [J]. Flannery O'Connor Bulletin, 1973 (2).

MCCULLERS C. Carson McCullers: Stories, Plays, & Other Writings [M]. New York: Library of America, 2016.

MCCULLERS C. Collected Stories [M]. Boston: Houghton Mifflin, 1987.

MCCULLERS C. Complete Novels [M]. New York: Library of America, 2001.

MCCULLERS C. Illumination and Night Glare: The Unfinished Autobiography of Carson McCullers [M]. Madison: University of Wisconsin Press, 1999.

MCCULLERS C. The Mortgaged Heart [M]. Boston: Houghton Mifflin, 1971.

MCDOWELL M B. Carson McCullers [M]. Boston: Twayne Publishers, 1980.

MCGEE D. Writing the Meal: Dinner in the Fiction of Early Twentieth-Century

Women Writers [M]. Toronto: University of Toronto Press, 2001.

MCINTOSH W A. Sociologies of Food and Nutrition [M]. New York: Plenum Press, 1996.

MENNELL S. All Manners of Food: Eating and Taste in England and France from the Middle Ages to the Present [M]. Oxford: Blackwell, 1985.

MILLARD K. Coming of Age in Contemporary American Fiction [M]. Edinburgh: Edinburgh University Press, 2007.

MILLICHAPJ R. The Realistic Structure of *The Heart Is a Lonely Hunter* [J]. Twentieth Century Literature, 1971, 17 (1).

MILLMAN S, ROBERT W K. Toward Understanding Hunger [C]//NEWMAN L F. Hunger in History: Food Shortage, Poverty, and Deprivation. Oxford: Blackwell, 1995.

MONTGOMERY M. Eudora Welty and Walker Percy: The Concept of Home in Their Lives and Literature [M]. Jefferson: McFarland, 2004.

MORELAND R C. Community and Vision in Eudora Welty [J]. The Southern Review, 1982, 18.

MURCOTT A. "It's a Pleasure to Cook for Him": Food, Mealtimes and Gender in Some South Wales Households [C]//GAMARNIKOW E, et al. The Public and the Private. London: Heinemann, 1983.

MURRAY J. Approaching Community in Carson McCullers's *The Heart Is a Lonely Hunter* [J]. Southern Quarterly, 2004, 42 (4).

NANCE W L. Katherine Anne Porter and the Art of Rejection [M]. Chapel Hill: University of North Carolina Press, 1964.

NEMETH S T. Transforming the Rebel Self: Quest Patterns in Fiction by William Styron, Flannery O'Connor and Bobbie Ann Mason [M]. Frankfurt am Main: Peter Lang, 2010.

NEUHAUS J. Manly Meals and Mom's Home Cooking: Cookbooks and Gender in Modern America [M]. Baltimore: John Hopkins University Press, 2003.

NEUMANN E. The Great Mother: An Analysis of the Archetype [M]. Princeton: Princeton University Press, 1972.

NORMAN C E. Religion and Food [C]//EDGE J T. Foodways, Vol. 7 of The New Encyclopedia of Southern Culture. Chapel Hill: University of North Carolina Press, 2007.

O'CONNOR F. Collected Works [M]. New York: Library of America, 1988.

O'CONNOR F. Mystery and Manners: Occasional Prose [M]. New York: Farrar, Straus & Giroux, 1969.

O'CONNOR F. The Complete Stories [M]. New York: Farrar, Straus and Giroux, 1971.

O'CONNOR F. The Habit of Being [M]. New York: Farrar, Straus & Giroux, 1979.

OLSON S. Tarwater's Hats [J]. Studies in the Literary Imagination, 1987, 20 (2).

OTTO S. Women, Alcohol and Social Control [C]//HUTTER B, WILLIAMS G. Controlling Women: The Normal and the Deviant. London: Croom Helm, 1981.

PADOONGPATT M. Sitting at the Table: Food History as American History [J]. Journal of American History, 2016, 103 (3).

PATTERSON L S. Stirring the Pot: The Kitchen and Domesticity in the Fiction of Southern Women [M]. Jefferson: McFarland and Co., 2008.

PEACOCK J L. Grounded Globalism [M]. Athens: University of Georgia Press, 2007.

PERRY C M. Carson McCullers and the Female Wunderkind [J]. The Southern Literary Journal, 1986, 19 (1).

PERRY C, WEAKS M L. The History of Southern Women's Literature [M]. Baton Rouge: Louisiana State University Press, 2002.

PETERS J. The Source of Flannery O'Connor's "Flung" Fish in *The Violent Bear It Away* [J]. ANQ: A Quarterly Journal of Short Articles, Notes and Reviews, 2005, 18 (2).

PETRY A H. First Ladies of Southern Literature [J]. The Southern Literary Journal, 1991, 24 (1).

PHILLIPS J. Cannibalism qua Capitalism: The Metaphorics of Accumulation in Marx, Conrad, Shakespeare and Marlowe [C]//BARKER F, HULME P, IVERSON M. Cannibalism and the Colonial World. Cambridge: Cambridge University Press, 1998.

PIATTI-FARNELL L, DONNA L B. The Routledge Companion to Literature and Food [M]. New York: Routledge, Taylor & Francis Group, 2018.

PIATTI-FARNELL L. Food and Culture in Contemporary American Fiction [M]. New York: Routledge, 2011.

PORTER K A. Collected Stories and Other Writings [M]. New York: Library of America, 2008.

PORTER K A. Ship of Fools [M]. Boston: Little, Brown and Company, 1962.

PORTER K A. The Collected Essays and Occasional Writings [M]. New York: Delacorte Press, 1970.

PORTER P. Remembering Aunt Katherine [C]//MACHANN C, CLARK W B. Katherine Anne Porter and Texas: An Uneasy Relationship. College Station: Texas A&M University Press, 1990.

POWELL T. Foodways in Contemporary Southern Poetry [C]//DAVIS D A, POWELL T. Writing in the Kitchen: Essays on Southern Literature and Foodways. Jackson: University Press of Mississippi, 2014.

PRENSHAW P W. Southern Ladies and the Southern Literary Renaissance [C]//MANNING C S. The Female Tradition in Southern Literature. Urbana: University of Illinois Press, 1993.

PRENSHAW P W. The Texts of Southern Food [J]. Southern Quarterly, 1992, 30 (2-3).

PRENSHAW P W. Women Writers of the Contemporary South [M]. Jackson: University Press of Mississippi, 1984.

PROBYN E. Carnal Appetites: FoodSexIdentities [M]. New York: Routledge, 2000.

ROMINES A. A Voice from a Jackson Interior: Eudora Welty and the Politics of

Filial Piety [C]// Pollack H, Marrs S. Eudora Welty and Politics: Did the Writer Crusade?. Baton Rouge: Louisiana State University Press, 2001.

ROMINES A. The Home Plot: Women, Writing & Domestic Ritual [M]. Amherst: University of Massachusetts Press, 1992.

RONEY L. Katherine Anne Porter's Ship of Fools: An Interrogation of Eugenics [J]. Papers on Language and Literature, 2009, 45 (1).

ROY P. Reading Communities and Culinary Communities: The Gastropoetics of the South Indian Diaspora [J]. Positions: East Asia Cultures Critique, 2002, 10 (2).

ROZIER T. "The Whole Solid Past": Memorial Objects and Consumer Culture in Eudora Welty's *The Optimist's Daughter* [J]. The Southern Quarterly, 2015, 53 (1).

RUBIN L D JR. Flannery O'Connor and the Bible Belt [C]//FRIEDMAN M J, LAWSON L A. The Added Dimension: The Art and Mind of Flannery O'Connor. New York: Fordham University Press, 1977.

RYAN M. Katherine Anne Porter: Ship of Fools [J]. Critique, 1962, 5 (2).

SCEATS S. Food, Consumption and the Body in Contemporary Women's Fiction [M]. Cambridge: Cambridge University Press, 2000.

SCHOFIELD M A. Food and Literature [C]//SMITH A F. The Oxford Companion to American Food and Drink. Oxford: Oxford University Press, 2007.

SCHOLL L. Hunger Movements in Early Victorian Literature: Want, Riots, Migration [M]. New York: Routledge, 2016.

SCHOLZ A M. Transnationalizing Porter's Germans in Stanley Kramer's *Ship of Fools*: West and East German Responses [C]//AUSTENFELD T. Katherine Anne Porter's *Ship of Fools*: New Interpretations and Transatlantic Contexts. Denton, T. X.: University of North Texas Press, 2015.

SCHULTZ D P, SYDNEY E S. Theories of Personality [M]. 8th ed. Beijing: Peking University Press, 2007.

SCOUTEN K. The Schoolteacher as a Devil in *The Violent Bear It Away* [J]. The Flannery O'Connor Bulletin, 1983 (12).

SHARPLESS R. Cooking in Other Women's Kitchens: Domestic Workers in the South, 1865 – 1960 [M]. Chapel Hill: University of North Carolina Press, 2010.

SHERRILL R A. McCullers' *The Heart Is a Lonely Hunter*: The Missing Ego and the Problem of the Norm [J]. Kentucky Review, 1968, 2 (1).

SKUBAL S M. Word of Mouth: Food and Fiction after Freud [M]. London: Routledge, 2002.

SMITH N. Homeless/Global: Scaling Places [C]//BIRD J, et al. Mapping the Futures: Local Cultures, Global Change. London: Routledge, 1993.

SOURNIA J C. A History of Alcoholism [M]. Cambridge, Mass.: Blackwell, 1990.

SPACKS P M. The Female Imagination [M]. New York: Avon Books, 1975.

SPENCE J. Looking-Glass Reflections: Satirical Elements in *Ship of Fools* [J]. Sewanee Review, 1974, 82 (2).

SPIVAK G C. A Feminist Reading: McCullers's *Heart is a Lonely Hunter* [C]//CLARK B L, FRIEDMAN M. Critical Essays on Carson McCullers. New York: Hall, 1996.

SPIVEY T R. Flannery O'Connor: The Woman, the Thinker, the Visionary [M]. Macon, Georgia: Mercer University Press, 1995.

SRIGLEY S. Asceticism and Abundance: The Communion of Saints in *The Violent Bear It Away* [C]//SRIGLEY S. Dark Faith: New Essays on Flannery O'Connor's *The Violent Bear It Away*. Notre Dame, Indiana: University of Notre Dame Press, 2012.

SRIGLEY S. Flannery O'Connor's Sacramental Art [M]. Notre Dame: University of Notre Dame Press, 2004.

STOKES A Q, WENDY A S. Consuming Identity: The Role of Food in Redefining the South [M]. Jackson: University Press of Mississippi, 2016.

STRATMAN D G. Culture and the Tasks of Criticism [C]//RUDICH N. Weapons of Criticism: Marxism in America and the Literary Tradition. Palo Alto: Ramparts Press, 1976.

SULLIVAN B. Flannery O'Connor and the Dialogue Decade [J]. Catholic Library World, 1960, 31.

SUTTOND E. Remembrance of Repasts: An Anthropology of Food and Memory [M]. New York: Berg, 2001.

TATE A. Essays of Four Decades [M]. Chicago: Swallow Press, 1968.

TAYLOR J G. Eating, Drinking, and Visiting in the South: An Informal History [M]. Baton Rouge: Louisiana State University Press, 1982.

TITUS M. The Ambivalent Art of Katherine Anne Porter [M]. Athens: University of Georgia Press, 2005.

TOBIN R W. Booking the Cooks: Literature and Gastronomy in Moliere [J]. Literary Imagination: The Review of the Association of Literary Scholars and Critics, 2003, 5 (1).

TOBIN R W. Qu'est-ce que la Gastrocritique? [J]. Dix-Septième Siècle, 2002, 217.

TOBIN R W. Tarte à la crème: Comedy and Gastronomy in Molière's Theater [M]. Columbus: Ohio State University Press, 1990.

TOMPKINS K W. Literary Approaches to Food Studies: Eating the Other [J]. Food, Culture & Society, 2005, 8 (2).

UNRUE D H. Katherine Anne Porter's *Ship of Fools*: Failed Novel, Classic Satire, or Private Joke? [C]//AUSTENFELD T. Katherine Anne Porter's Ship of Fools: New Interpretations and Transatlantic Contexts. Denton, T. X.: University of North Texas Press, 2015.

UNRUE D H. Truth and Vision in Katherine Anne Porter's Fiction [M]. Athens: The University of Georgia Press, 1985.

UNRUE D H. Understanding Katherine Anne Porter [M]. Columbia: University of South Carolina Press, 1988.

VANCE R B. Human Geography in the South: A Study in Regional Resources and Human Adequacy [M]. Chapel Hill: University of North Carolina Press, 1932.

WALD A M. American Night: The Literary Left in the Era of the Cold War

[M]. Chapel Hill, N. C.: University of North Carolina Press, 2012.

WALDRON A. Eudora: A Writer's Life [M]. New York: Doubleday, 1998.

WALSH T F. Katherine Anne Porter and Mexico: The Illusion of Eden [M]. Austin: University of Texas Press, 1992.

WARNES A. Hunger Overcome? Food and Resistance in Twentieth-Century African American Literature [M]. Athens: University of Georgia Press, 2004.

WASHBURND C. The Feeder Motif in Selected Fiction of William Faulkner and Flannery O'Connor [D]. Lubbock, T. X.: Texas Tech University, 1978.

WASHBURND C. The "Feeder" in *The Violent Bear It Away* [J]. Flannery O'Connor Bulletin, 1980 (9).

WASHBURND C. The "Feeder" Motif in Flannery O'Connor's Fiction: A Gauge of Spiritual Efficacy [C]//Westarp K H, Gretlund J N. Realist of Distances: Flannery O'Connor Revisited. Aarhus, Denmark: Aarhus University Press, 1987.

WATKINS F C. Death and the Mountains in *The Optimist's Daughter* [J]. Essays in Literature, 1988, 15 (1).

WELSCH R L, Linda K W. Cather's Kitchens: Foodways in Literature and Life [M]. Lincoln: University of Nebraska Press, 1987.

WELTY E. Complete Novels [M]. New York: Library of America, 1998.

WELTY E. Conversations with Eudora Welty [M]. Jackson: University Press of Mississippi, 1984.

WELTY E. Mississippi Food [C]//KURLANSKY M. The Food of a Younger Land: A Portrait of American Food from the Lost WPA Files. New York: Riverhead Books, 2009.

WELTY E. More Conversations with Eudora Welty [M]. Jackson: University Press of Mississippi, 1996.

WELTY E. Stories, Essays & Memoir [M]. New York: Library of America, 1998.

WERSTEIN I. A Nation Fights Back: The Depression and Its Aftermath [M].

New York: Julian Messner, 1962.

WESCOTT G. Images of Truth: Remembrances and Criticism [M]. New York: Harper & Row, 1962.

WESTLING L. Carson McCullers' Tomboys [J]. Southern Humanities Review, 1982, 4.

WESTLING L. Sacred Groves and Ravaged Gardens: The Fiction of Eudora Welty, Carson McCullers, and Flannery O'Connor [M]. Athens: University of Georgia Press, 1985.

WESTLING L. Tomboys and Revolting Femininity [C]//CLARK B L, FRIEDMAN M J. Critical Essays on Carson McCullers. New York: G. K. Hall, 1996.

WHITT M A. The Mutes in McCullers' *The Heart Is a Lonely Hunter* [J]. Pembroke Magazine, 1988, 20.

WILSON C R. Funerals [C]//HINSON G, FERRIS W. Folklife, Vol. 14 of The New Encyclopedia of Southern Culture. Chapel Hill: University of North Carolina Press, 2009.

WOLFF S. A Dark Rose: Love in Eudora Welty's Stories and Novels [M]. Baton Rouge: Louisiana State University Press, 2015.

ZACHARASIEWICZ W. Images of Germany in American Literature [M]. Iowa City: University of Iowa Press, 2007.

后　　记

《2014 年度国家社会科学基金项目申报公告》首次将青年项目申请人（包括课题组成员）的年龄由此前的不超过 39 周岁，提前至不超过 35 周岁（1979 年 3 月 1 日后出生）。那一年，我 33 岁，写课题申报书时，正值江西的岁末寒冬，经过多个日夜的奋笔疾书和反复打磨，提交了一份自己较为满意的申报书，几个月后收到立项的喜讯。现在回想起来，仿佛发生在去年，但时光其实已经过去了 7 年多。从 2014 年 6 月获批立项，到 2019 年 6 月提交结项材料，到 2020 年 2 月获得结项证书，再到如今完善书稿准备付梓，一晃我从青年迈入了中年。

从空间轴线而言，本课题的开展也跨越了多个地点。项目申报书写于江西，阶段性的论文和最终的书稿，一部分是在清华大学文科图书馆完成的，一部分写于得州大学达拉斯分校图书馆，最后一章的写作以及全文的统稿完成于中山大学外国语学院大楼的办公室。回顾这一历程，颇有些"物换星移几度秋"的感慨。

本课题的研究视角起源于 2013 年普渡大学的史蒂文（Steven Tötösy de Zepetnek）教授在清华大学文南楼的一堂课。清华大学外文系的课程体系设置了海外学者短期讲座课程，每学年聘请若干位境外学者前来授课。史蒂文教授受邀讲授"西方文学批评前沿"课程，每次课向大家介绍一个西方流行的批评范式和方法，诸如现今国内非常热门的"数字人文""后人文主义""医学人文""疾病叙事"等，但我对"饮食研究"情有独钟。自硕士一年级以来，我对美国南方文学就充满兴趣。在大量阅读文学作品的过程中，我发现美国南方作家热衷于描写美食和吃喝。听完史蒂文教授讲述的"饮食研究"专题，我心潮澎湃，喜出望外，终于找到了一个阐释自己钟爱的文学作品的理论框架和研究视角。通过课后与史蒂文教授的多

后 记

次交流以及搜索和阅读相关资料，我确定了日后的研究方向，直到现在仍在孜孜不倦地推进。

　　文学饮食研究，或曰饮食批评，是一个跨学科性质显著的研究领域，需要研究者涉猎人类学、社会学、历史学、心理学等不同学科的知识，它充满挑战，但令我着迷。有了不断迸发的兴趣点，就有足够的动力去化解研究中的难点。在清华大学读博期间，我旁听了多门与饮食相关的人文和社科类课程，与此同时大量阅读了这些领域的著作。在中山大学工作期间，我时常向社会学与人类学学院、心理学系、哲学系、历史学系、中国语言文学系的教授讨教。这种交流颇为有益，不仅加深了我对某些具体问题的理解，而且增强了我进行跨学科研究的综合能力。

　　开展饮食批评，除了要求研究者具备广博的理论知识，还要求研究者对文本细节高度敏感，这种敏感不仅来自细读的习惯，也需要熟谙饮食历史，如果条件允许，最好能亲身体验作品中的饮食场景。在美国得克萨斯州访学期间，我去过一些当地人家里做客。临别时，年长的主人往往会送给我一个菠萝，或将菠萝削皮切好，请我吃几块菠萝再离开。关于这个习俗，我询问了一个研究美国南方饮食历史的学者，她告诉我，新鲜菠萝在20世纪中期以前的南方较为罕见，算得上是一种奢侈食物，平时不容易吃到，主人在临别时给客人送菠萝，表示对客人的尊敬，这个习惯是美国南方人的好客传统和慷慨性格的表现。菠萝在南方人过去吃的水果中所处的重要地位，在南方文学作品中得到再现和印证。例如，在《心是孤独的猎手》这部讲述20世纪30年代南方工业小镇生活的小说中，麦卡勒斯写道："他路过那家果品店，能看见窗内漂亮的水果——香蕉、橘子、鳄梨、鲜艳的小金橘，甚至还有一些菠萝。"如果没有在美国访学期间的生活经历，我在阅读小说时，往往不会注意到这类文本细节。

　　由此可见，要成为一位出色的文学饮食研究者，实属不易。本人天资愚钝，学识尚浅，研究过程中时而遇到难点和堵点，幸好有许多良师指点迷津，答疑解惑。我最先想感谢的是陈永国教授。陈老师具有哲学家的深邃思想和诗人的语言才华，与他的每一次交流，我都受益良多。在课题研究的各个阶段，陈老师都给予了我十分宝贵的指导和帮助。特别感谢王宁教授、曹莉教授、余石屹教授、生安锋教授，四位老师一直对我的研究非常关心，并提出了许多中肯的意见。衷心感谢金莉教授、王丽亚教授、马海良教授、宁一中教授、陈世丹教授、王东风教授、许德金教授、王桃花教授，八位老师在我写作书稿的过程中提出了非常有价值的修改建议。此外，我十分有幸受到三位美籍教授的指导，他们是得州大学达拉斯分校的顾明栋教授和陶纳（Theresa M. Towner）教授、加州大学圣塔芭芭拉分校的托宾（Ronald W. Tobin）教授。非常感谢刘彬教授、尹晶教授、姚峰博士、廖望博士，每次与他们的交流都使得研究的思路更加清晰。十分感谢刊发本课题阶段性成果的多个期刊的匿名审稿专家和编辑老师，以及中山大学出版社的徐诗荣编辑，他们提出了许多具有针对性的修改意见。最后，尤其感谢家人一直以来的理解和关爱，父母的问候、妻子的鼓励和两个孩子的笑容，为课题的结项和书稿的完成提供了强劲的精神动力和稳固的情感支撑。

　　学术实"苦"，但饮食批评是"甜"的。由于我的"厨艺"有限，此番"烹饪"还欠火候，恳请方家们批评指正。衷心希望有越来越多的学者加入文学饮食研究这个"津津有味"的学术领域中，大家一起"在文学盛宴中品味美食"。